DROEMER

Von Alex Michaelides ist bereits folgender Titel erschienen:
Die stumme Patientin

Über den Autor:
Alex Michaelides, Jahrgang 1977, wurde in Zypern geboren und verbrachte dort seine Kindheit und Jugend. Er studierte Englische Literatur am Trinity College in Cambridge. Am *American Film Institute* in Los Angeles machte er seinen Abschluss als Drehbuchautor. Mit seinem Debut »Die stumme Patientin«, das in neunundvierzig Länder verkauft wurde, stand Alex Michaelides über ein Jahr lang auf der *New York Times*-Bestsellerliste. Auch in Deutschland hat dieser Thrilller eine große Leserschaft begeistert. Alex Michaelides lebt in London.

ALEX MICHAELIDES

DIE VERSCHWUNDENEN STUDENTINNEN

THRILLER

Aus dem Englischen
von Kristina Lake-Zapp

DROEMER

Die englische Originalausgabe erschien 2021 unter dem Titel
»The Maidens« bei The Orion Publishing Group Ltd., London.

Eigenlizenz August 2022
Droemer Taschenbuch
Deutsche Erstausgabe Juli 2021
Droemer Verlag

Ein Imprint der Verlagsgruppe
Droemer Knaur GmbH & Co. KG, München

Redaktion: lüra – Klemt & Mues GbR, Wuppertal
Covergestaltung: Sabine Kwauka
Coverabbildung: Frau: plainpicture / Torsten Roman,
shutterstock / OoddySmile Studio
Abbildung im Innenteil: iStock / Getty Images Plus / Photo2008
Satz: Adobe InDesign im Verlag
Druck und Bindung: GGP Media GmbH, Pößneck
ISBN 978-3-426-30691-8

2 4 5 3 1

Erzähl mir deiner ersten Liebe Tandeln –
Hoffnung April, die Narren Wechsel ersinnen;
Wenn die Gräber sich wandeln
Und die Toten zu tanzen beginnen.

Alfred Lord Tennyson, *Die Vision der Sünde*

PROLOG

Edward Fosca war ein Mörder.

Das war eine Tatsache. Es war nichts, was Mariana auf einer intellektuellen Ebene erfassen konnte, nur eine Ahnung. Ihr Körper wusste es. Sie spürte es in den Knochen, im Blut und tief in jeder einzelnen Zelle.

Edward Fosca war schuldig.

Trotzdem – sie konnte es nicht beweisen, würde es niemals beweisen können. Dieser Mann, dieses Monster, das mindestens zwei Menschen umgebracht hatte, würde aller Wahrscheinlichkeit nach unbehelligt bleiben.

Er war so selbstgefällig, so selbstsicher. *Er denkt, er kommt damit durch,* dachte sie. *Er denkt, er habe gewonnen.*

Doch das hatte er nicht. Noch nicht.

Mariana war fest entschlossen, ihn zu überlisten. Alles andere war keine Option.

Sie würde die ganze Nacht aufbleiben und sich alles, was geschehen war, durch den Kopf gehen lassen. Sie würde hier sitzen, in diesem kleinen, dunklen Zimmer in Cambridge, würde nachdenken und eine Lösung finden. Sie starrte auf den roten Balken des elektrischen Kamins an der Wand, der hell in der Dunkelheit glühte, und zwang sich, in eine Art Trance zu fallen.

In Gedanken würde sie bis ganz an den Anfang zurückkehren und sich an alles erinnern. An jedes einzelne Detail.

Und sie würde ihn kriegen.

TEIL EINS

1

Ein paar Tage zuvor war Mariana zu Hause in London. Sie kniete auf dem Fußboden, umgeben von Kartons, und unternahm einen weiteren halbherzigen Versuch, Sebastians Sachen zu sortieren.

Es lief nicht gut. Auch ein Jahr nach seinem Tod war der Großteil seiner Habseligkeiten auf diverse Stapel und halb leere Kartons im ganzen Haus verteilt. Sie schaffte es einfach nicht, sich davon zu trennen.

Sie liebte ihn noch immer, das war das Problem. Selbst wenn sie wusste, dass sie ihn nie wiedersehen würde, selbst wenn sie wusste, dass er für immer fort war, liebte sie ihn. Und sie wusste nicht, was sie mit all ihrer Liebe anfangen sollte. Es war so viel davon da, und das war vertrackt: Die Liebe quoll ihr aus sämtlichen Poren, wie die Füllung aus einer alten Stoffpuppe, deren Nähte sich auflösten.

Wenn sie doch nur ihre Liebe in Kartons hätte packen können, so wie sie es mit seinen Besitztümern versuchte! Was für ein erbärmlicher Anblick – das Leben eines Mannes, reduziert auf einen Haufen Flohmarktramsch.

Mariana griff in den Karton, der direkt neben ihr stand, und zog ein Paar Schuhe heraus. Sie musterte es nachdenklich – die alten grünen Turnschuhe hatte er beim Joggen am Strand getragen. Sie fühlten sich immer noch leicht feucht an; Sandkörner hatten sich ins Profil gesetzt.

Du solltest sie wegtun, sagte sie zu sich selbst. *Schmeiß sie auf den Müll. Mach's einfach.*

Schon als sie die Worte in Gedanken formulierte, wusste sie, dass deren Umsetzung ein Ding der Unmöglichkeit war. Dabei waren die Schuhe nicht Sebastian, waren nicht der Mann, den sie liebte und für immer lieben würde – sie waren bloß ein Paar alte Laufschuhe. Sich von ihnen zu trennen kam ihr dennoch vor wie ein Akt der Selbstverstümmelung; als würde sie sich ein Messer an den Arm halten und ein Stück davon abschneiden.

Also drückte Mariana die Schuhe an ihre Brust und wiegte sie wie ein Kind, anstatt sie wegzuwerfen. Und sie weinte.

***

Wie hatte sie nur so enden können?

Innerhalb eines einzigen Jahres – das unmöglich schon vorbei sein konnte und das sich nun hinter ihr erstreckte wie eine trostlose Landschaft, verwüstet von einem Hurrikan – war das Leben, das sie kannte, ausradiert worden. Und hier war sie nun: sechsunddreißig Jahre alt, allein und betrunken an einem Dienstagabend, die Schuhe eines Toten umklammernd, als wären sie Reliquien – was sie in gewisser Weise auch waren.

Etwas Schönes, etwas Heiliges war gestorben. Alles, was ihr geblieben war, waren die Bücher, die er gelesen, die Klamotten, die er getragen, die Dinge, die er berührt hatte. Sie konnte noch immer seinen Geruch daran ausmachen, ihn noch immer auf der Zungenspitze schmecken.

Deshalb brachte sie es nicht über sich, seine Sachen abzugeben: Indem sie sie festhielt, konnte sie Sebastian am Leben halten, irgendwie, wenn auch nur ein klein wenig. Ließ sie los, würde sie ihn ganz verlieren.

In seinem Essay *Trauer und Melancholie* argumentierte Freud, nach dem Tod eines geliebten Menschen müsse der Verlust psychisch akzeptiert und der Betroffene losgelassen werden; anderenfalls laufe man Gefahr, einer pathologischen Trauer zu erliegen, die er Melancholie nannte – und die wir Depression nennen.

Darüber war sich Mariana im Klaren. Sie wusste, dass sie Sebastian loslassen sollte, doch sie konnte es nicht – eben weil sie ihn noch liebte. Sie liebte ihn, obwohl er für immer fort war, hinter dem Schleier – *»hinter dem Schleier, hinter dem Schleier«* –, von wem war das noch gleich? Wahrscheinlich von Tennyson.

Hinter dem Schleier.

So fühlte es sich an. Seit Sebastians Tod sah Mariana die Welt nicht mehr in Farbe. Das Leben war gedämpft und grau und weit weg, hinter einem Schleier – hinter einem Nebel der Traurigkeit.

Sie wollte sich vor der Welt mit all ihrem Lärm, all dem Schmerz verstecken und sich einspinnen in ihre Arbeit, hier, in dem kleinen gelben Haus.

Und dort wäre sie auch geblieben – hätte Zoe sie an jenem Oktoberabend nicht aus Cambridge angerufen.

Zoes Anruf, nach der Donnerstagabend-Gruppe – damit hatte es angefangen.

So hatte der Albtraum begonnen.

2

Die Donnerstagabend-Gruppe traf sich in Marianas Wohnzimmer. Es war ein ziemlich großer Raum, der schon bald nach Marianas und Sebastians Einzug in das gelbe Haus zu Therapiezwecken umfunktioniert wurde.

Sie mochten das Haus sehr. Es stand am Fuß von Primrose Hill im Nordwesten Londons und war in demselben hellen Gelb gestrichen wie die Primeln, die im Sommer auf dem Hügel wuchsen. Geißblatt mit seinen weißen, lieblich duftenden Blüten rankte sich an einer der Außenwände in die Höhe, und in den Sommermonaten stahl sich der Duft durch die offenen Fenster hinein, schwebte die Treppe hinauf und verweilte in den Fluren und Räumen, füllte sie mit seiner Süße.

Es war außergewöhnlich warm an jenem frühen Donnerstagabend. Obwohl es bereits Anfang Oktober war, ließ sich der Indian Summer nicht unterkriegen, wie ein hartnäckiger Partygast, der den Wink mit dem Zaunpfahl hartnäckig ignorierte, indem er die sterbenden Blätter an den Bäumen einfach übersah und sich weigerte zu gehen. Die tief stehende Sonne flutete ins Wohnzimmer und tauchte es in ein goldenes Licht mit einem leichten Rotstich. Vor der Sitzung schloss Mariana die Jalousien, doch sie schob die Schiebefenster ein Stück hoch, um etwas frische Luft hereinzulassen.

Als Nächstes stellte sie die Stühle in einem Kreis auf.

Neun Stühle. Einen Stuhl für jedes Gruppenmitglied und einen für Mariana. Eigentlich sollten alle identisch sein – aber so funktionierte das Leben nun einmal nicht. Entgegen ihren besten Absichten hatte sie im Laufe der Jahre ein ganzes Sortiment an Stühlen in verschiedenen Materialien, Formen und Größen angesammelt. Ihre entspannte Haltung, die Stühle betreffend, war typisch für die Leitung ihrer Gruppen – Mariana war ungezwungen, um nicht zu sagen unkonventionell in ihrer Herangehensweise.

Marianas Berufswahl – Psychotherapeutin, spezialisiert auf Gruppentherapie – hatte etwas Ironisches. Ihre Einstellung Gruppen gegenüber war von Kindheit an ambivalent gewesen – ja, sie hatte ihnen sogar stets ein gewisses Misstrauen entgegengebracht.

Mariana war in Griechenland aufgewachsen, am Stadtrand von Athen. Sie hatte in einem großen, baufälligen, alten Haus auf einem Hügel gelebt, der bedeckt war mit einer schwarz-grünen Decke aus Olivenbäumen. Als junges Mädchen saß sie auf der rostigen Schaukel im Garten, den Blick auf die antike Stadt gerichtet, die sich unter ihr und bis hinauf zu den Säulen des Parthenons auf dem anderen Hügel in der Ferne erstreckte. Athen erschien ihr so gewaltig, so unendlich groß, und sie fühlte sich so klein und unbedeutend, dass sie die Stadt mit einer fast abergläubischen Vorahnung betrachtete.

Die Haushälterin zum Einkaufen auf den überfüllten Markt im Zentrum Athens zu begleiten, machte Mariana nervös. Sie war jedes Mal erleichtert und ein wenig erstaunt, wenn sie unversehrt nach Hause zurückkehrten. Große Gruppen schüchterten sie ein, auch noch, als sie älter wurde. In der Schule stand sie stets am Rand, mit dem Gefühl, nicht zu ihren Klassenkameraden zu passen, und dieses Gefühl des Nicht-dazu-Passens ließ sich nur schwer abschütteln. Jahre später, während der Therapie, verstand sie, dass der Schulhof nichts anderes als ein simpler Makrokosmus des Familienverbunds war. Was bedeutete, dass ihr Unbehagen nicht dem Hier und Jetzt geschuldet war, genauso wenig wie dem Schulhof an sich, dem Markt in Athen oder irgendeiner anderen Gruppe, in der Mariana sich wiederfand, sondern vielmehr dem abgeschiedenen Haus und der Familie, in der sie aufgewachsen war.

Das Haus war immer kalt gewesen, sogar im sonnigen Griechenland. Es herrschte eine Leere darin – ein Mangel an Wärme, körperlich und emotional. Das war zum Großteil auf Marianas Vater zurückzuführen, der – wenngleich in vielerlei Hinsicht ein bemerkenswerter Mann: gut aussehend, einflussreich und ausgesprochen scharfsinnig – als hoch kompliziert galt. Mariana vermutete, dass er in seiner Kindheit einen irreparablen Schaden davongetragen hatte. Sie hatte seine Eltern nie kennengelernt, und er hatte sie nur selten erwähnt. Sein Vater war Seemann gewesen. Seine Mutter arbeitete an den Docks, hatte er einmal voller Scham zugegeben, und Mariana vermutete, dass sie eine Prostituierte gewesen war.

Ihr Vater wuchs in den Slums von Athen und in der Hafengegend von Piräus auf, heuerte auf den Schiffen als Schiffsjunge an, befasste sich bald mit dem Handel von Kaffee und Weizen und – wie Mariana annahm – weniger appetitlichen Dingen. Mit fünfundzwanzig besaß er bereits sein eigenes Boot und baute sich damit eine Reederei auf. Mittels einer Kombination aus Rücksichtslosigkeit, harter Arbeit und Schweiß schuf er sich ein kleines Imperium.

Er führte sich auf wie ein König, dachte Mariana – oder wie ein Diktator. Später sollte sie herausfinden, dass ihr Vater ein extrem vermögender Mann gewesen war, worauf seine genügsame, nahezu spartanische Lebensweise niemals hätte schließen lassen. Vielleicht hätte ihre Mutter – ihre sanftmütige, feinfühlige englische Mutter – ihn ein wenig weicher machen können, hätte sie noch gelebt. Aber sie starb tragisch früh, kurz nach Marianas Geburt.

Mariana war in dem ausgeprägten Bewusstsein dieses Verlusts aufgewachsen. Als Therapeutin wusste sie, dass die frühe Selbstwahrnehmung eines Babys durch die Augen seiner Eltern erfolgt. Wir werden geboren und beobachtet. Die Gesichtsausdrücke unserer Eltern – das, was wir im Spiegel ihrer Augen sehen – entscheiden darüber, wie wir uns selbst wahrnehmen. Mariana hatte den Blick ihrer Mutter verloren – und den ihres Vaters. Es fiel ihm schwer, sie direkt anzuschauen, für gewöhnlich sah er sie über die Schulter hinweg an, wenn er sie ansprach. Mariana konnte noch so oft ihre Position verändern, konnte sich noch so sehr bemühen, in sein Blickfeld zu treten, konnte noch so sehr hoffen, von ihm gesehen zu werden – irgendwie blieb sie immer am Rand.

Bei den seltenen Gelegenheiten, bei denen sie seinen Blick kurz festhalten konnte, lag so viel Geringschätzung darin, brennende Enttäuschung. Seine Augen sagten ihr die Wahrheit: Sie war nicht gut genug. Ganz gleich, wie sehr sie sich bemühte – Mariana spürte stets, dass sie versagte, dass sie das Falsche äußerte oder tat. Schon ihre bloße Existenz schien ihn zu verärgern. Er war niemals einer Meinung mit ihr, egal, worum es ging; benahm sich ihr gegenüber wie Petruchio gegenüber Katharina in Shakespeares *Der Widerspenstigen Zähmung*: Wenn sie behauptete, es sei kalt, widersprach er, es sei heiß; wenn sie sagte, es sei sonnig, bestand er darauf, dass es regnete. Doch trotz seiner Kritik und seiner Widerspenstigkeit liebte Mariana ihn. Er war alles, was sie hatte, und sie sehnte sich danach, seiner Liebe würdig zu sein.

Es hatte in ihrer Kindheit nur wenig Liebe gegeben. Sie hatte eine ältere Schwester, aber sie standen einander nicht nahe. Elisa war sieben Jahre älter und hatte wenig bis gar kein Interesse an der schüchternen jüngeren Mariana. Also blieb sie die langen Sommermonate über allein und spielte unter dem strengen Auge der Haushälterin im Garten.

Sie wuchs weitestgehend isoliert auf, kein Wunder also, dass sie sich in der Nähe anderer Menschen ein wenig unbehaglich fühlte.

Die Ironie, dass sie sich am Ende ausgerechnet auf Gruppentherapie spezialisiert hatte, entging ihr nicht. Paradoxerweise kam ihr genau dies zupass. Bei der Gruppentherapie steht die Gruppe, nicht das Individuum im Fokus der Behandlung. Ein erfolgreicher Gruppentherapeut zu sein bedeutet – bis zu einem gewissen Maße –, unsichtbar zu sein.

Darin war Mariana gut.

Bei ihren Sitzungen hielt sie sich so weit wie möglich aus dem Gruppengeschehen heraus. Sie schaltete sich nur ein, wenn das Gespräch zum Erliegen kam, wenn eine Verhaltensinterpretation hilfreich war oder wenn etwas schiefging.

An diesem speziellen Donnerstag kam es fast sofort zu einer ernsten Auseinandersetzung, die ein Einschreiten Marianas erforderte. Das Problem war – wie üblich – Henry.

3

Henry traf später ein als die anderen. Er war erhitzt und außer Atem, und er wirkte ein wenig instabil. Mariana fragte sich, ob er high war. Sie wäre nicht überrascht gewesen, denn sie ging davon aus, dass Henry seine Medikamente missbrauchte – aber sie war seine Therapeutin, nicht sein Arzt, daher gab es wenig, was sie dagegen tun konnte.

Henry Booth war erst fünfunddreißig Jahre alt, aber er sah älter aus. Sein rötliches Haar war grau durchzogen, sein Gesicht voller Falten, genau wie das zerknitterte Hemd, das er trug. Seine Stirn war dauergerunzelt, was den Eindruck vermittelte, er sei permanent angespannt. Er erinnerte Mariana an einen Boxer oder Kämpfer, der sich darauf vorbereitet, den nächsten Schlag auszuteilen – oder einzustecken.

Henry murmelte eine Entschuldigung für sein Zuspätkommen, dann setzte er sich, einen Kaffeebecher aus Plastik in der Hand.

Der Kaffee war das Problem.

Liz meldete sich sofort zu Wort – selbstverständlich. Liz war Mitte siebzig, pensionierte Lehrerin, eine kleinliche Pedantin, die darauf bestand, dass die Dinge »anständig« erledigt wurden, wie sie sich ausdrückte. Mariana empfand sie als ziemlich anstrengend, wenn nicht gar nervtötend. Und sie ahnte, was Liz gleich anmerken würde.

»Das ist nicht erlaubt.« Liz deutete mit vor Empörung zitterndem Zeigefinger auf Henrys Kaffeebecher. »Wir dürfen *nichts* von draußen mitbringen. Das wissen wir alle.«

»Warum nicht?«, grummelte Henry.

»Weil das zu den Vorschriften gehört, Henry.«

»Ach, leck mich am Arsch, Liz.«

»Wie bitte? Mariana, haben Sie gehört, was er gerade zu mir gesagt hat?«

Liz brach prompt in Tränen aus, und von da an arteten die Dinge aus – und endeten in einer weiteren hitzigen Konfrontation zwischen Henry und den anderen Gruppenmitgliedern, die ihre geballte Wut auf ihn richteten.

Mariana beobachtete dies aufmerksam, einen fürsorglichen Blick auf Henry gerichtet, um zu sehen, wie er damit umging. Entgegen seinem großspurigen Auftreten war er ein höchst verletzliches Individuum. Als Kind war Henry grauenhaftem körperlichem und sexuellem Missbrauch durch seinen Vater ausgesetzt gewesen, bevor er unter behördliche Obhut genommen und von Pflegefamilie zu Pflegefamilie gereicht wurde. Und dennoch, trotz dieses Traumas, war Henry ein bemerkenswert intelligenter junger Mensch – und eine Zeit lang schien es, als würde seine Intelligenz genügen, um ihn zu retten: Mit achtzehn erhielt er einen Platz an einer Universität, um Geschichte zu studieren. Leider hielt er nur ein paar Wochen durch, dann holte ihn seine Vergangenheit wieder ein; er bekam einen Nervenzusammenbruch, von dem er sich nie mehr ganz erholte. Es folgte eine traurige Geschichte von Selbstverletzung, Drogenabhängigkeit und wiederholten Zusammenbrüchen, die ihn regelmäßig in die Klinik brachten – bis sein Psychiater ihn an Mariana verwies.

Mariana hatte eine Schwäche für Henry, vermutlich weil er so fürchterliches Pech im Leben gehabt hatte. Trotzdem war sie unsicher gewesen, ob sie ihn in die Gruppe aufnehmen sollte. Das lag nicht allein daran, dass er deutlich versehrter war als die anderen Gruppenmitglieder – schwerkranke Patienten konnten Halt in Gruppen finden und effizient geheilt werden, aber sie konnten ebendiese Gruppen auch beeinträchtigen bis hin zu deren Auflösung. Sobald sich eine Gruppe etabliert, bietet sie stets eine Angriffsfläche für Neid und Ausfälligkeiten. Diese werden nur selten von außen an die Gruppe herangetragen, vielmehr findet man die düsteren und gefährlichen Kräfte *innerhalb* der Gruppe selbst. Und seit er vor ein paar Monaten zu ihnen gestoßen war, hatte sich Henry als ständige Konfliktquelle entpuppt. Er brachte die Konflikte mit in die Gruppe. In ihm schlummerte eine latente Aggression – brodelnder Zorn, der sich oft nur schwer beherrschen ließ.

Aber Mariana gab nicht so leicht auf; solange sie in der Lage war, die Gruppe zu kontrollieren, war sie entschlossen, mit ihm zu arbeiten. Sie glaubte an die Gruppe, an die acht Individuen, die da in einem Kreis saßen – und sie glaubte an den Kreis und seine Heilkraft. In ihren fantasievolleren Momenten konnte Mariana nahezu mystisch werden, was die Macht von Kreisen anging: der Kreis der Sonne oder des Mondes oder der Erde; die Planeten, die im Weltall kreisten; der Kreis eines Rads oder die Kuppel einer Kirche – oder eines Eherings. Platon behauptete, die Seele sei ein Kreis – was für Mariana Sinn ergab. Das Leben war ebenfalls ein Kreis, nicht wahr? – von der Geburt bis zum Tod.

Und wenn die Gruppentherapie gut funktionierte, konnte innerhalb des Kreises eine Art Wunder geschehen – die Geburt einer eigenständigen Entität: ein Gruppengeist, eine Gruppenseele; ein »Big Mind«, wie dies oft genannt wurde, mehr als nur die Summe seiner Einzelteile; intelligenter als der Therapeut oder die einzelnen Mitglieder. Dieser Gruppengeist war weise, heilend und auf kraftvolle Weise auffangend. Mariana hatte seine Kraft so manches Mal aus erster Hand erfahren. Im Wohnzimmer an der Vorderseite ihres Hauses hatte dieser Kreis über die Jahre viele Geister beschworen und zu Grabe getragen.

Heute war es an Liz, heimgesucht zu werden. Sie konnte einfach nicht von dem Kaffeebecher ablassen. Er brachte so viel Wut und Feindseligkeit in ihr zum Vorschein – die Tatsache, dass Henry dachte, die Regeln würden nicht für ihn gelten, er könne sie also verächtlich brechen –, und dann realisierte Liz plötzlich, wie sehr Henry sie an ihren älteren Bruder erinnerte, der sich stets alles herausnahm und ein schrecklicher Tyrann gewesen war. All der Zorn auf ihren Bruder, den Liz unterdrückt hatte, bahnte sich den Weg an die Oberfläche; was gut war, dachte Mariana – er musste raus. Vorausgesetzt, Henry konnte es ertragen, als psychologischer Boxsack benutzt zu werden.

Was er natürlich nicht konnte.

Henry sprang plötzlich auf, stieß einen gequälten Schrei aus und schleuderte den Kaffeebecher auf den Boden. Er landete in der Mitte des Kreises und platzte auf – eine größer werdende schwarze Kaffeelache breitete sich auf den Bodendielen aus.

Die anderen Gruppenmitglieder empörten sich lautstark und beinahe hysterisch. Liz brach erneut in Tränen aus, Henry wollte gehen. Mariana bewegte ihn dazu, zu bleiben und zu besprechen, was passiert war.

»Es ist bloß ein verfluchter Kaffeebecher, warum macht ihr deshalb so ein Fass auf?«, stieß Henry hervor. Er klang wie ein entrüstetes Kind.

»Es geht nicht um den Kaffeebecher«, erklärte Mariana. »Es geht um Grenzen. Die Grenzen innerhalb dieser Gruppe, die Grenzen, an die wir uns hier halten. Wir haben das doch schon einmal besprochen. Wir können keine Therapie absolvieren, wenn wir uns unsicher fühlen. Grenzen geben uns Sicherheit. In der Therapie geht es um Grenzen.«

Henry sah sie ausdruckslos an. Mariana wusste, dass er sie nicht verstand. Grenzen waren per definitionem stets das Erste, was bei Kindesmissbrauch missachtet wurde. Bei Henry waren sämtliche Grenzen übertreten worden, als er ein kleiner Junge war. Folglich verstand er nicht deren Konzept. Genauso wenig wusste er, wann er Unbehagen bei jemandem hervorrief, was er für gewöhnlich tat, indem er in dessen persönliche physische oder psychische Distanzzone eindrang – er trat zu nah heran, wenn er mit einem sprach, und stellte seine Bedürftigkeit in einem Maße zur Schau, wie Mariana es noch nie zuvor bei einem Patienten erlebt hatte. Nichts genügte ihm. Er wäre bei ihr eingezogen, wenn sie ihn gelassen hätte. Es lag an ihr, die Grenze zwischen ihnen zu ziehen, die Parameter ihrer Beziehung auf eine gesunde Art und Weise zu definieren. Das war ihre Aufgabe als Therapeutin.

Aber Henry setzte ihr mehr und mehr zu, bedrängte sie, ging ihr unter die Haut – in einer Art und Weise, die für Mariana immer schwerer zu handhaben war.

4

Nach der Sitzung, als die anderen schon gegangen waren, blieb Henry noch da – angeblich, um ihr zu helfen, die Sauerei wegzuwischen. Aber Mariana wusste, dass mehr dahintersteckte; das tat es bei ihm immer. Schweigend drückte er sich im Wohnzimmer herum und beobachtete sie.

»Kommen Sie, Henry«, ermutigte sie ihn. »Zeit zu gehen … Oder möchten Sie noch etwas von mir?«

Henry nickte, aber er antwortete nicht. Stattdessen griff er in seine Tasche.

»Hier«, sagte er. »Ich habe etwas für Sie.«

Er zog einen Ring hervor. Einen roten Plastikring, der aussah, als stamme er aus einem Knallbonbon.

»Der ist für Sie.«

Mariana schüttelte den Kopf. »Sie wissen, dass ich ihn nicht annehmen kann.«

»Warum nicht?«

»Sie müssen aufhören, mir Dinge mitzubringen, Henry. Okay? Und Sie sollten jetzt wirklich nach Hause gehen.«

Er rührte sich nicht. Mariana überlegte für einen Moment. Sie hatte nicht vorgehabt, ihn auf diese Weise zu konfrontieren, nicht jetzt – aber irgendwie fühlte es sich richtig an.

»Hören Sie, Henry«, sagte sie daher. »Es gibt etwas, worüber wir reden müssen.«

»Was denn?«

»Am Montagabend nach der Gruppensitzung habe ich aus dem Fenster geschaut und Sie gesehen. Sie standen auf der anderen Straßenseite, neben der Laterne. Sie haben das Haus beobachtet.«

»Das war ich nicht.«

»Doch, das waren Sie. Ich habe Ihr Gesicht gesehen. Und zwar nicht zum ersten Mal. Ich habe Sie dort gesehen.«

Henry lief puterrot an und vermied Augenkontakt. Er schüttelte den Kopf. »Das war ich nicht, das war ich nicht, das war …«

»Hören Sie, Henry. Es ist ganz natürlich, dass Sie neugierig sind auf die anderen Gruppen, die ich leite. Doch das ist etwas, was wir *hier*, innerhalb der Gruppe, besprechen. Und es ist nicht in Ordnung, die Sitzung zu torpedieren, und es ist auch nicht in Ordnung, mich auszuspionieren. Ein solches Verhalten ruft in mir ein Gefühl der Bedrängnis, der Bedrohung hervor …«

»Ich spioniere Sie nicht aus! Ich habe bloß dagestanden. Na und?«

»Dann geben Sie also zu, dass Sie da waren?«

Henry machte einen Schritt auf sie zu. »Warum können nicht nur wir beide uns treffen? Warum können Sie mich nicht ohne die anderen treffen?«

»Sie wissen, warum. Weil ich Sie als Teil einer Gruppe betrachte – da kann ich Sie nicht zugleich als Individuum wahrnehmen. Wenn Sie eine Einzeltherapie benötigen, kann ich Ihnen gern einen Kollegen empfehlen …«

»Nein, ich möchte *Sie* …«

Henry machte einen weiteren, plötzlichen Schritt auf sie zu. Mariana wich nicht zurück. Sie hielt die Hand hoch.

»Nein. Stopp. Okay? Das ist zu nah. Henry …«

»Warten Sie. Ich möchte Ihnen etwas zeigen.«

Bevor sie ihn davon abhalten konnte, hob Henry seinen dicken, schwarzen Pulli hoch. Sein bleicher, haarloser Oberkörper bot einen grausigen Anblick.

Mit einer Rasierklinge hatte er tiefe Kreuze in seine Haut geritzt. Blutrote Kreuze in verschiedenen Größen, eingeschnitten in Brust und Bauch. Manche waren noch ganz frisch und blutig, andere waren schorfig und weinten harte, rote Perlen – erstarrte, blutige Tränen.

Mariana spürte, wie sich ihr der Magen umdrehte. Ihr wurde übel vor Ekel. Am liebsten hätte sie den Blick abgewandt, doch das gestattete sie sich nicht. Das hier war ein Hilfeschrei, natürlich, ein Versuch, in ihr eine fürsorgliche Reaktion hervorzurufen. Allerdings war es mehr als das: Es war gleichzeitig ein emotionaler Übergriff, ein psychologischer Angriff auf ihre Sinne. Henry hatte es zumindest geschafft, Mariana zu überrumpeln, sie innerlich aufzuwühlen, und dafür hasste sie ihn.

»Was zum Teufel haben Sie getan, Henry?«

»Ich ... ich konnte nicht anders. Ich musste das tun. Und Sie – Sie mussten das sehen.«

»Und jetzt habe ich es gesehen. Was glauben Sie, wie ich mich nun fühle? Können Sie sich vorstellen, wie außer mir ich bin? Ich möchte Ihnen helfen, aber ...«

»Aber was?« Er lachte. »Was hält Sie davon ab?«

»Der geeignete Zeitpunkt, Ihnen diese Hilfe zu geben, ist während der Gruppensitzungen. Sie hatten heute Abend die Gelegenheit, meine Hilfe anzunehmen, aber das haben Sie nicht getan. Wir alle hätten Ihnen helfen können ...«

»Ich will nicht *deren* Hilfe – ich will Sie, Mariana. Ich brauche Sie ...«

Mariana wusste, dass sie ihn zum Gehen auffordern musste. Es war nicht ihr Job, seine Wunden zu reinigen. Er benötigte medizinische Versorgung. Sie musste hart bleiben, um seinetwillen, aber auch zu ihrem eigenen Wohl. Dennoch brachte sie es einfach nicht über sich, ihn hinauszuwerfen, und nicht zum ersten Mal überwog Marianas Mitgefühl ihren gesunden Menschenverstand.

»Warten Sie – warten Sie eine Sekunde.«

Sie ging zur Kommode, zog eine Schublade auf und kramte darin. Dann nahm sie eine kleine Erste-Hilfe-Tasche heraus und wollte sie gerade öffnen, als ihr Handy klingelte.

Sie warf einen Blick auf die Nummer. Zoe rief an.

»Zoe?«

»Kannst du reden? Es ist wichtig.«

»Gib mir einen kleinen Moment. Ich rufe dich zurück.« Mariana beendete das Telefonat und drehte sich zu Henry um. Sie hielt ihm das Erste-Hilfe-Täschchen entgegen.

»Nehmen Sie das, Henry. Sie müssen die Wunden reinigen und,

wenn nötig, Ihren Hausarzt aufsuchen. Haben Sie mich verstanden? Ich rufe Sie morgen an.«

»Das war's dann? Und Sie nennen sich Psychotherapeutin?«

»Stopp. Genug. Sie müssen jetzt gehen.«

Mariana ignorierte Henrys Protest und führte ihn in den Flur und zur Haustür hinaus. Sie schloss die Tür hinter ihm und verspürte den Impuls, abzusperren, doch sie widerstand.

Anschließend ging sie in die Küche und öffnete den Kühlschrank. Nahm eine Flasche Sauvignon Blanc heraus.

Sie war zutiefst erschüttert. Sie musste sich zusammenreißen, bevor sie Zoe zurückrief. Sie wollte dem Mädchen keine noch größere Last aufbürden. Zoe hatte schon genug zu tragen. Ihre Beziehung war seit Sebastians Tod unausgewogen – und von jetzt an wollte sie die Balance wiederherstellen, beschloss Mariana. Sie wollte nicht, dass Zoes Abschlussjahr an der Universität von Marianas Trauer überschattet war. Sie holte tief Luft, um sich zu beruhigen. Dann schenkte sie sich ein großes Glas Wein ein und griff zum Telefon.

Zoe ging beim ersten Klingeln dran.

»Mariana?«

Mariana wusste sofort, dass etwas nicht stimmte. Zoes Stimme klang angespannt. Eine Dringlichkeit schwang darin mit, die Mariana sofort mit Krisensituationen assoziierte. *Sie klingt verängstigt,* dachte sie. Sie spürte, wie ihr Herz ein wenig schneller schlug.

»Liebes, ist … ist alles in Ordnung? Was ist passiert?«

Es entstand eine Pause, bevor Zoe antwortete. »Stell den Fernseher an«, sagte sie mit gepresster Stimme. »Schalte die Nachrichten ein.«

5

Mariana griff nach der Fernbedienung.

Sie machte den alten, tragbaren Fernseher an, der auf der Mikrowelle stand – eins von Sebastians heiligen Besitztümern, gekauft, als er noch Student gewesen war. Er hatte darauf Cricket und Rugby geschaut, während er so tat, als würde er Mariana helfen, die Wochenendmahlzeiten zuzubereiten. Der Fernseher hatte seine Mucken und flackerte für einen Moment, bis ein Bild erschien.

Mariana stellte den BBC-Nachrichtensender ein. Ein Journalist mittleren Alters berichtete etwas. Er stand draußen; wo, konnte man nicht genau erkennen, denn es wurde dunkel – vielleicht auf einem Feld oder einer Wiese. Er sprach direkt in die Kamera.

»… wurde hier in Cambridge gefunden, in dem Naturschutzgebiet, das *Paradise* genannt wird. Ich bin hier mit dem Mann, der sie entdeckt hat … Können Sie mir sagen, was passiert ist?«

Die Frage war an jemanden adressiert, der außerhalb des Kamerabereichs stand. Die Linse schwenkte auf einen kleinen, nervösen Mann mit rotem Gesicht Mitte sechzig. Er blinzelte verwirrt ins grelle Licht, dann fing er zögernd an zu sprechen.

»Vor ein paar Stunden … hm, wann war das noch genau? Ich führe jeden Tag gegen sechzehn Uhr den Hund aus, also muss es kurz danach gewesen sein … vielleicht eine Viertelstunde, zwanzig Minuten später. Wir nehmen immer den Weg am Fluss entlang, Sie wissen schon, den schmalen Pfad … Also, wir waren gerade im Naturschutzgebiet, und …«

Er verstummte, ließ den Satz unbeendet, dann setzte er erneut an: »Es war der Hund … Er ist im hohen Gras verschwunden, im Marschland. Ich habe ihn gerufen, aber er ist nicht gekommen. Ich dachte, er hätte einen Vogel oder Fuchs oder irgendein anderes Tier entdeckt – also lief ich zu ihm hin, um nachzusehen. Ich bin zwischen den Bäumen hindurchgegangen … auf die Lichtung … und da, da lag sie …«

Ein seltsamer Ausdruck trat in die Augen des Mannes. Ein Ausdruck, den Mariana nur allzu gut kannte. *Er hat Schreckliches gesehen,* dachte sie. *Ich will es nicht hören. Ich will nicht wissen, was er gefunden hat.*

Der Mann fuhr schonungslos fort, schneller jetzt, als müsse er die Worte mit aller Kraft hervorstoßen.

»Ein Mädchen … kaum älter als zwanzig. Sie hatte rote Haare, schulterlang. Zumindest glaube ich, dass die Haare rot waren. Alles war voller Blut, so viel Blut …«

»Sie war tot?«

»Ja.« Der Mann nickte. »Sie hatte Stichwunden. Überall. Und … ihr Gesicht … Gott, das war schrecklich … Ihre Augen – sie waren offen … Sie starrte … starrte …«

Er brach ab und schwieg. Tränen traten in seine Augen. *Er steht unter Schock,* dachte Mariana. *Sie sollten ihn nicht befragen – jemand sollte die Aufnahme stoppen.*

Als hätte er gemerkt, dass er zu weit gegangen war, beendete der Journalist das Interview, und die Kamera schwenkte zurück auf ihn.

»Die Eilmeldung hier aus Cambridge: Es wurde eine Frauenleiche gefunden. Die Polizei ermittelt. Das Opfer, eine junge Frau Anfang zwanzig, wurde mit zahlreichen Messerstichen tot aufgefunden …«

Mariana schaltete den Fernseher aus. Einen Moment lang starrte sie auf die dunkle Mattscheibe, fassungslos, unfähig, sich zu bewegen. Dann fiel ihr ein, dass sie das Telefon in der Hand hielt. Sie hob es ans Ohr.

»Zoe? Bist du noch dran?«

»Ich … ich denke, es ist Tara.«

»Wie bitte?« Mariana erstarrte.

Tara war eine Freundin von Zoe. Sie waren in einem Jahrgang auf dem St. Christopher College der Universität Cambridge. Mariana zögerte. Sie wollte sich nicht anmerken lassen, wie beunruhigt sie war.

»Warum sagst du das?«

»Weil die Beschreibung auf Tara zutrifft – außerdem hat sie seit gestern keiner mehr gesehen. Ich meine, ich hab alle gefragt, und ich … ich mache mir solche Sorgen, ich weiß gar nicht, was ich tun soll …«

»Warte. Nun mal langsam. Wann hast du sie zum letzten Mal gesehen?«

»Gestern Abend.« Zoe senkte die Stimme. »Sie war wirklich seltsam. Ich …«

»Seltsam? Wie meinst du das?«

»Sie hat ein paar verrückte Dinge gesagt. Seltsame Dinge.«

»Verrückt? Inwiefern?«

Es entstand eine Pause, dann antwortete Zoe mit Flüsterstimme: »Ich kann jetzt nicht darüber reden. Würdest du herkommen?«

»Selbstverständlich komme ich. Hör zu, Zoe: Hast du mit den Leuten vom College gesprochen? Du musst es ihnen mitteilen – rede mit dem Dekan.«

»Ich weiß nicht, was ich sagen soll.«

»Sag das, was du mir gesagt hast. Dass du dir Sorgen um deine Kommilitonin machst. Das College wird sich an die Polizei und an Taras Eltern wenden …«

»An ihre Eltern? Aber … was ist, wenn ich mich täusche?«

»Ich bin mir sicher, dass du dich täuschst«, erwiderte Mariana mit weitaus mehr Zuversicht, als sie in Wirklichkeit verspürte. »Bestimmt geht es ihr gut, aber wir müssen uns vergewissern. Das verstehst du doch, nicht wahr? Möchtest du, dass ich die Hochschulleitung an deiner Stelle informiere?«

»Nein, nein, das ist schon in Ordnung … Das übernehme ich.«

»Gut. Geh jetzt ins Bett, okay? Ich mache mich gleich morgen früh auf den Weg.«

»Danke, Mariana. Ich habe dich lieb.«

»Ich habe dich auch lieb.«

Mariana beendete das Telefonat. Das Glas Weißwein, das sie sich eingeschenkt hatte, stand unberührt auf der Anrichte. Sie nahm es und leerte es in einem Zug.

Ihre Hand zitterte, als sie nach der Flasche griff und das Glas ein zweites Mal füllte.

6

Mariana ging nach oben und fing an, eine Reisetasche zu packen für den Fall, dass sie ein paar Nächte in Cambridge bleiben musste.

Sie versuchte, ihre Gedanken im Zaum zu halten, aber das erwies sich als schwierig, denn sie war unglaublich besorgt. Irgendwo da draußen trieb sich ein Mann herum – angesichts der extremen Brutalität des Verbrechens ging sie davon aus, dass es sich um einen Mann handelte –, der gefährlich krank war und auf entsetzliche Weise eine junge Frau ermordet hatte ... eine junge Frau, die vermutlich nur ein paar Schritte neben ihrer geliebten Zoe gewohnt hatte.

Mariana versuchte die Vorstellung zu verdrängen, dass das Opfer genauso gut ihre Nichte hätte sein können, doch es gelang ihr nicht ganz: Ihr war schlecht vor Angst. Sie hatte eine solche Angst erst einmal in ihrem Leben empfunden – am Tag von Sebastians Tod. Ein Gefühl der Ohnmacht, eine Machtlosigkeit, eine grauenhafte Unfähigkeit, diejenigen zu beschützen, die man liebte.

Sie warf einen Blick auf ihre rechte Hand. Sie konnte nicht aufhören zu zittern. Sie ballte die Finger zur Faust, drückte sie fest zusammen. Nein, sie würde nicht zusammenbrechen. Nicht jetzt. Sie würde ruhig bleiben. Sie würde sich konzentrieren.

Zoe brauchte sie, das war alles, was zählte.

Wäre doch nur Sebastian hier! Er hätte gewusst, was zu tun war. Er hätte nicht erst überlegt, gezögert und eine Reisetasche gepackt – er hätte sich seine Schlüssel geschnappt und wäre aus der Haustür gerannt, während er noch mit Zoe telefonierte. Das hätte Sebastian getan. Warum tat sie es nicht?

Weil du ein Feigling bist, dachte sie.

Das war die Wahrheit. Wenn sie doch nur ein kleines bisschen von Sebastians Stärke besäße! Ein kleines bisschen von seinem Mut.

Komm schon, Liebes, konnte sie ihn sagen hören, *gib mir deine Hand und lass uns dem Mistkerl gemeinsam entgegentreten.*

Mariana legte sich ins Bett, dachte nach, dämmerte ein. Zum ersten Mal seit über einem Jahr galten ihre Gedanken beim Einschlafen nicht ihrem verstorbenen Ehemann.

Stattdessen dachte sie an einen anderen Mann: eine schemenhafte Gestalt mit einem Messer, die dem armen Mädchen etwas so Grauenhaftes angetan hatte. Sie fragte sich, wer dieser Mann sein mochte. Sie fragte sich, was er im Augenblick tat, dort, wo er war …

Und was er dachte.

7

7. Oktober

Wenn man einen anderen Menschen umbringt, gibt es kein Zurück.
Das verstehe ich jetzt. Ich verstehe, dass ich ein völlig anderer Mensch geworden bin.
Es ist vermutlich wie bei einer Wiedergeburt, nur dass es keine gewöhnliche Geburt ist – es ist eine Metamorphose. Was sich aus der Asche erhebt, ist kein Phönix, sondern eine hässlichere Kreatur: deformiert; unfähig, zu fliegen; ein Raubtier, das seine Klauen zum Schlagen und Reißen benutzt.
Jetzt, da ich das hier schreibe, habe ich mich unter Kontrolle.
Zum gegenwärtigen Zeitpunkt fühle ich mich ruhig und zurechnungsfähig. Aber da ist mehr als eine Person in mir.
Es ist nur eine Frage der Zeit, bis sich mein anderes Ich erhebt: blutdurstig und verrückt und versessen auf Rache. Und es wird erst Ruhe geben, wenn es bekommen hat, wonach es verlangt.
In meiner Seele schlummern zwei Personen.
Ein Teil von mir kennt meine Geheimnisse – er allein kennt die Wahrheit, aber er wird gefangen gehalten, weggesperrt, betäubt, erhält keine Stimme. Er findet nur dann ein Ventil, wenn sein Kerkermeister vorübergehend abgelenkt ist. Wenn ich betrunken bin oder einschlafe, versucht er zu sprechen. Aber das ist nicht leicht. Kommunikation findet sporadisch statt – wie bei einem codierten Fluchtplan aus einem Kriegsgefangenenlager. In dem Moment, in dem er zu greifbar wird, verschlüsselt ein Wachmann die Nachricht. Eine Mauer fällt. Leere füllt meine Seele. Die Erinnerung, um die ich ringe, verpufft.
Aber ich werde durchhalten. Das muss ich. Irgendwie werde ich mir einen Weg durch die Finsternis bahnen und in Kontakt mit

ihm treten – mit dem gesunden Teil von mir. Dem Teil, der keine Menschen verletzen möchte. Da ist vieles, was er mir sagen kann. Vieles, was ich wissen muss. Wie und warum ich so geworden bin, so weit entfernt bin von dem Menschen, der ich sein wollte – so voller Hass und Zorn, so zerrissen …
Oder belüge ich mich selbst? War ich schon immer so und wollte es mir nur nicht eingestehen?
Nein – das glaube ich nicht.
Schließlich hat jeder das Recht, Held seiner eigenen Geschichte zu sein. Also muss es mir zustehen, der Held von meiner zu sein. Selbst wenn ich das nicht bin.
Ich bin der Bösewicht.

8

Als Mariana am nächsten Morgen das Haus verließ, meinte sie, Henry zu sehen, der sich auf der gegenüberliegenden Straßenseite hinter einem Baum herumdrückte.

Doch als sie genauer hinschaute, war weit und breit niemand da. Sie musste sich das eingebildet haben, beschloss sie – und selbst wenn nicht, hatte sie im Augenblick wichtigere Dinge im Kopf. Sie verdrängte Henry aus ihren Gedanken und nahm die U-Bahn nach King's Cross.

Am Bahnhof stieg sie in den Schnellzug nach Cambridge. Es war ein sonniger Tag, der Himmel perfekt blau, durchzogen von ein paar weißen Wolkenstreifen. Sie saß am Fenster und blickte hinaus, während der Zug an grünen Hecken und weiten Flächen mit goldenem Weizen vorbeifuhr, der in der Brise wogte wie ein gelbes Meer.

Mariana war dankbar, dass sie die Sonne im Gesicht spürte – sie fröstelte, allerdings vor Unbehagen, nicht, weil ihr nicht warm genug war. Sie konnte nicht aufhören, sich Sorgen zu machen. Seit gestern Abend hatte sie nichts mehr von Zoe gehört. Mariana hatte ihr heute Morgen eine Textnachricht geschickt, aber bislang wartete sie noch auf eine Antwort.

Vielleicht entpuppte sich alles als falscher Alarm, vielleicht hatte Zoe sich geirrt?

Mariana hoffte es aufrichtig – und zwar nicht nur, weil sie Tara persönlich kannte: Sie hatte mal ein Wochenende bei ihnen in London verbracht, ein paar Monate vor Sebastians Tod. In erster Linie ging es Mariana allerdings völlig eigensüchtig um Zoes Wohlergehen.

Zoe hatte aus verschiedenen Gründen eine schwierige Jugend gehabt, doch sie hatte diese Phase hinter sich gelassen, sogar mehr als das: Sie war »auf triumphale Weise über sich selbst hinausgewachsen«, wie Sebastian es ausgedrückt hatte – was darin gipfelte, dass sie einen Studienplatz in Englischer Literaturgeschichte an der Cambridge University ergattert hatte. Tara war die erste Freundin, die sie dort fand, und Tara zu verlieren, dachte Mariana, noch dazu unter derart grauenhaften Umständen, würde Zoe möglicherweise ganz den Boden unter den Füßen wegziehen.

Aus irgendeinem Grund konnte Mariana nicht aufhören, über das Telefonat nachzugrübeln. Etwas daran störte sie.

Sie konnte nur nicht genau sagen, was.

War es Zoes Ton gewesen? Mariana hatte das Gefühl, dass ihre Nichte mit etwas hinter dem Berg hielt. Hatte sie nicht ein leichtes Zögern bemerkt, war ihr Zoe nicht sogar ausgewichen, als Mariana sie gefragt hatte, welche »verrückten« Dinge Tara von sich gegeben hatte?

Ich kann jetzt nicht darüber reden.

Warum nicht?

Was genau hatte Tara denn gesagt?

Vielleicht steckt gar nichts dahinter, dachte Mariana. *Hör auf – hör auf damit.* Sie hatte noch fast eine Stunde Zugfahrt vor sich; sie durfte nicht hier sitzen und sich selbst in den Wahnsinn treiben. Sie wäre ein Nervenbündel, wenn sie endlich ankam. Sie musste sich unbedingt ablenken.

Mariana griff in ihre Tasche und zog eine Zeitschrift heraus: *The British Journal of Psychiatry.* Sie blätterte durch die Seiten, doch sie konnte sich auf keinen der Artikel konzentrieren. Unweigerlich schweiften ihre Gedanken immer wieder zu Sebastian. Die Vorstellung, ohne ihn nach Cambridge zurückzukehren, erfüllte Mariana mit Furcht. Seit seinem Tod war sie nicht mehr dort gewesen.

Sie waren oft dorthin gefahren, um sich mit Zoe zu treffen, und Mariana verband kostbare Erinnerungen mit diesen Besuchen: Sie dachte an den Tag zurück, an dem sie Zoe ans St. Christopher College begleitet und ihr geholfen hatten, ihre Sachen auszupacken und sich einzurichten. Es war einer der glücklichsten Tage gewesen, die sie je zusammen verbracht hatten. Sebastian und sie – stolze Eltern ihrer Ziehtochter, die sie so sehr liebten.

Zoe hatte klein und verletzlich gewirkt, als sie sich zum Aufbruch bereit machten, und als sie sich von ihr verabschiedeten, hatte Mariana bemerkt, wie liebevoll Sebastian Zoe betrachtete, voller aufgeregter Vorfreude, als schaue er sein eigenes Kind an, was er auf gewisse Weise auch tat. Nachdem sie sich von Zoe in ihrem Zimmer verabschiedet hatten, brachten sie es nicht über sich, Cambridge einfach so zu verlassen, weshalb sie am Fluss entlangspazierten, Arm in Arm, wie früher, als sie jung gewesen waren. Da sie beide hier studiert hatten, war die Universität, die Stadt an sich, untrennbar mit ihrer Liebe verbunden.

Hier hatten sie einander kennengelernt, als Mariana gerade erst neunzehn gewesen war.

Sie waren einander zufällig begegnet. Es gab keinen Grund dafür, da sie verschiedene Fakultäten besuchten und verschiedene Fächer studierten: Sebastian Wirtschaftswissenschaften, Mariana Englisch. Die Vorstellung, dass es gut möglich gewesen wäre, ihre Wege hätten sich niemals gekreuzt, erschreckte sie. Was dann? Wie wäre ihr Leben dann verlaufen? Besser – oder schlechter?

Mariana durchforstete ständig ihre Erinnerungen an jene Tage – suchte nach der Vergangenheit, versuchte, das, was hinter ihnen lag, klar zu sehen, gab sich Mühe, die Reise, die sie gemeinsam unternommen hatten, zu verstehen und in einen Kontext einzubinden. Sie versuchte, sich an kleine Dinge zu erinnern, die sie gemacht hatten, versuchte, sich vergessene Gespräche ins Gedächtnis zu rufen oder sich vorzustellen, was Sebastian in diesem oder jenem Moment gesagt oder getan hätte. Allerdings war sie sich unsicher, wie viel von dem, was sie erinnerte, der Realität entsprach; je mehr ihr einfiel, desto mehr schien sich Sebastian in einen Mythos zu verwandeln. Er war jetzt ein reines Geistwesen – reine Geschichte.

Mariana war achtzehn Jahre alt, als sie nach England zog – in ein Land, das sie seit ihrer Kindheit romantisiert hatte. Vielleicht war das unvermeidlich in Anbetracht dessen, dass ihre englische Mutter in jenem Haus in Athen so viel von England hinterlassen hatte: Bücherschränke und -regale in jedem Zimmer, eine kleine Bibliothek, rappelvoll mit englischen Büchern – Romane, Dramen, Lyrikanthologien –, alle auf mysteriöse Weise dorthin transportiert, bevor Mariana auf die Welt kam.

Sie stellte sich die Ankunft ihrer Mutter in Athen vor – ausstaffiert mit Truhen und Koffern voller Bücher anstatt mit Kleidung. Und als sie nicht mehr da war, wurden die Bücher der Mutter dem einsamen kleinen Mädchen Trost und Begleiter. Während der langen Sommernachmittage lernte Mariana, das Gefühl eines Buches in den Händen zu lieben, den Geruch des Papiers, das Rascheln beim Umblättern einer Seite. Sie saß auf der rostigen Schaukel im Schatten, biss in einen frischen grünen Apfel oder in einen überreifen Pfirsich und verlor sich in einer Geschichte.

Und über diese Geschichten verliebte sich Mariana in eine Vorstellung von England und allem Englischen – in ein England, das jenseits jener Buchseiten wahrscheinlich niemals existiert hatte. Ein England mit unablässigem Regen, nassem Grün und Apfelblüten; mit mäandernden Flüssen, Weiden und Dorfpubs samt prasselnden Kaminfeuern. In das England der *Fünf Freunde*, von *Peter Pan* und *Wendy*, von *König Artus und Camelot*, von *Sturmhöhe* und Jane Austen, von Shakespeare – und Tennyson.

Hier erschien zum ersten Mal Sebastian in Marianas Geschichte; damals war sie noch ein kleines Mädchen. Wie alle Helden machte er sich schon vor seinem ersten Auftritt bemerkbar. Mariana wusste zu jener Zeit noch nicht, wie er aussah, dieser romantische Held in ihrem Kopf, aber sie war sich sicher, dass er existierte.

Er war irgendwo da draußen – und eines Tages würde sie ihn finden.

Und als sie dann Jahre später als Studentin nach Cambridge kam, war das so schön, so traumhaft, dass sie das Gefühl hatte, direkt in einem Märchen gelandet zu sein – in einer verzauberten Stadt aus einem Gedicht von Tennyson. Und ihr war klar, dass sie ihn hier, an diesem magischen Ort, finden würde, ihren Helden. Sie würde Liebe finden.

Die traurige Realität war natürlich, dass Cambridge keineswegs aus einem Märchen stammte; die Stadt war ein Ort wie jeder andere.

Und das Problem mit Marianas Träumerei war, dass sie sich selbst auch mitgebracht hatte, wie sie Jahre später in der Therapie herausfand. In der Schule hatte sie Mühe gehabt, sich einzufügen, wanderte während der Pausen durch die Flure, einsam und rastlos wie ein Geist – angezogen von der Bibliothek, wo sie sich geborgen fühlte, Zuflucht fand. Jetzt, als Studentin an der Universität Cambridge, wiederholte sich das Muster: Mariana verbrachte den Großteil ihrer Zeit in der Fakultätsbibliothek und schloss lediglich ein paar Freundschaften mit ähnlich schüchternen, lesewütigen Kommilitonen. Die Jungs ihres Jahrgangs interessierten sich nicht für sie; und natürlich fragte kein einziger, ob sie mit ihm ausgehen wolle.

Vielleicht war sie einfach nicht attraktiv genug? Sie ähnelte eher ihrem Vater als ihrer Mutter, hatte sein dunkles Haar und seine durchdringenden dunklen Augen geerbt. Jahre später sagte Sebastian ihr oft, wie schön sie war, doch das Problem war, dass es Mariana nie gelang, diese Schönheit selbst zu erkennen. Wenn sie tatsächlich schön war, so nahm sie an, dann einzig und allein wegen Sebastian: Sie badete in seinem strahlenden Licht, blühte auf wie eine Blume. Doch das kam wie gesagt erst später – als Teenager hatte Mariana nicht viel Vertrauen in ihr Aussehen, und es war auch nicht gerade hilfreich, dass sie schon im Alter von zehn Jahren gezwungen gewesen war, wegen ihrer miserablen Sehstärke eine hässliche, dicke Brille zu tragen. Mit siebzehn war sie auf Kontaktlinsen umgestiegen, weil sie sich fragte, ob sie damit nicht nur anders aussehen, sondern sich auch anders fühlen würde. Sie hatte vor dem Spiegel gestanden und ihr Konterfei betrachtet – hatte vergeblich versucht, scharf zu sehen, und sie war nie glücklich gewesen mit dem, was sie erblickte. Schon damals hatte ihr gedämmert, dass Attraktivität etwas mit der inneren, psychischen Welt zu tun hatte: mit einem Selbstvertrauen, das sie so schmerzlich vermisste.

Nichtsdestotrotz glaubte Mariana wie die fiktiven Charaktere, die sie so verehrte, an die Liebe. Und so weigerte sie sich auch nach zwei glücklosen Semestern an der Uni, die Hoffnung aufzugeben.

Wie Aschenputtel wartete sie auf den Ball.

Am St. Christopher wurde der Ball auf dem Gelände hinter dem

College veranstaltet, in den sogenannten Backs – riesige Rasenflächen, die sich bis hinunter ans Wasser erstreckten. Festzelte wurden errichtet, es gab zu essen und zu trinken, dazu Musik und Tanz. Mariana hatte sich mit ein paar anderen Mädchen verabredet, doch sie konnte sie in der Menge nicht finden. Es hatte sie all ihren Mut gekostet, allein zum Ball zu erscheinen, und nun bereute sie, dass sie sich dazu durchgerungen hatte. Sie stand am Fluss und fühlte sich schrecklich fehl am Platz zwischen all den schönen Mädchen in Ballkleidern und den gut aussehenden jungen Männern in Abendgarderobe, die allesamt vor Kultiviertheit und Selbstbewusstsein strotzten. Ihre eigenen Gefühle, ihre eigene Traurigkeit und Schüchternheit, so wurde Mariana klar, waren völlig unvereinbar mit der fröhlichen Ausgelassenheit der anderen. Es war Mariana ganz offensichtlich vorbestimmt, außerhalb zu stehen und das Leben vom Rand aus zu betrachten; es war ein Fehler gewesen, je von etwas anderem geträumt zu haben. Sie beschloss aufzugeben und in ihr Zimmer zurückzukehren.

In diesem Moment hörte sie ein lautes Platschen.

Sie sah sich um. Es folgte weiteres Platschen, begleitet von Rufen und Gelächter. Ganz in der Nähe, auf dem Fluss, alberten ein paar Jungs auf Ruderbooten und Stechkähnen – »Punts« genannt – herum, und einer von ihnen hatte das Gleichgewicht verloren und war ins Wasser gestürzt.

Mariana sah zu, wie der junge Mann an die Oberfläche kam. Er schwamm ans Ufer und stemmte sich hoch wie eine seltsame, mythische Kreatur, ein Halbgott, geboren im Wasser. Er war damals erst neunzehn, aber er sah aus wie ein Mann, nicht wie ein Junge. Er war groß, muskulös und klatschnass; Hemd und Hose klebten an seinem Körper, die blonden Haare umrahmten sein Gesicht und fielen ihm in die Augen, sodass er nichts sehen konnte. Er strich sie zur Seite, teilte sie mit beiden Händen wie einen Vorhang – und entdeckte Mariana.

Es war ein merkwürdiger, zeitloser Moment, der erste Moment, in dem sie einander sahen. Die Zeit schien sich zu verlangsamen, zu dehnen und endlos zu dauern. Mariana war wie gelähmt, hielt seinen Blick fest, unfähig, wegzuschauen. Es war ein seltsames Gefühl, ein bisschen so, als würde sie jemanden wiedererkennen – jemanden, den sie einst gut gekannt hatte –, und könnte sich nun nicht recht erinnern, wann der Kontakt abgebrochen war.

Der junge Mann ignorierte das Gejohle seiner Freunde und ging mit einem neugierigen, breiter werdenden Lächeln auf sie zu.

»Hallo«, sagte er. »Ich bin Sebastian.«

Und das war es.

Als wäre es in Stein gemeißelt. Von jenem Moment an war ihr Schicksal besiegelt. Im Rückblick versuchte Mariana oft, sich die Details an jene schicksalhafte erste Nacht ins Gedächtnis zu rufen – worüber sie gesprochen, wie lange sie getanzt, wann sie sich zum ersten Mal geküsst hatten. Doch ganz gleich, wie sehr sie sich bemühte, die Einzelheiten zerrannen ihr zwischen den Fingern wie Sandkörner. Sie konnte sich nur noch daran erinnern, dass sie sich küssten, als die Sonne aufging – und dass sie von da an unzertrennlich waren.

Sie verbrachten ihren ersten Sommer zusammen in Cambridge – drei Monate, eingesponnen in die Umarmung des anderen, unbehelligt von der äußeren Welt. Die Zeit stand still an diesem zeitlosen Ort; immer schien die Sonne, und sie verbrachten ihre Tage damit, sich zu lieben oder lange, betrunkene Picknicks auf den Wiesen hinter dem College zu genießen. Oder sie waren auf dem Fluss, glitten unter Steinbrücken hindurch, vorbei an Weiden, Feldern und Kühen. Sebastian stieß sich mit der Stange ab, während Mariana, beschwingt vom Alkohol, die Finger durchs Wasser zog und die vorbeiziehenden Schwäne beobachtete. Obwohl sie es noch nicht wusste, war Mariana schon so verliebt, dass es kein Zurück mehr gab.

Auf einer gewissen Ebene wurden sie eins, verschmolzen miteinander wie Quecksilber.

Nicht, dass sie nicht auch ihre Differenzen hatten. Im Gegensatz zu Mariana, die privilegiert aufgewachsen war, wurde Sebastian in bitterer Armut groß. Seine Eltern waren getrennt, und er stand keinem von beiden sonderlich nahe. Er wusste, dass sie ihm keinen guten Start ins Leben geboten hatten und dass er seinen eigenen Weg einschlagen musste, mit allen Konsequenzen. In vielerlei Hinsicht, so behauptete Sebastian, fühle er sich Marianas Vater und dem Streben des alten Mannes nach Erfolg verbunden. Geld spielte für Sebastian ebenfalls eine Rolle, denn anders als Mariana war er ohne aufgewachsen. Also wusste er es zu schätzen und war fest entschlossen, seinen Lebensunterhalt angemessen zu bestreiten – »damit wir etwas Sicheres für uns aufbauen können – und für unsere Kinder«.

So redete er mit nicht einmal zwanzig – so furchtbar erwachsen –, in der naiven Annahme, sie würden den Rest ihres Lebens gemeinsam verbringen. Sie hatten in jenen Tagen in der Zukunft gelebt, waren sich in endlosen Planungen ergangen und hatten dabei niemals über die Vergangenheit geredet – und über die unglücklichen Jahre, bevor sie sich kennengelernt hatten. In vielerlei Hinsicht hatte ihrer beider Leben begonnen, als sie einander fanden – in jenem Augenblick am Fluss. Mariana war fest davon überzeugt gewesen, dass ihre Liebe ewig dauern, dass sie niemals enden würde …

Haftete dieser Annahme im Rückblick nicht etwas Frevelhaftes an? Eine Art Hybris?

Vielleicht.

Und nun saß sie hier, allein in diesem Zug, auf einer Fahrt, die sie unzählige Male gemeinsam unternommen hatten, zu verschiedenen Abschnitten ihres Lebens, in verschiedenen Stimmungen – meistens glücklich, manchmal nicht –, redend oder nicht redend, lesend oder schlafend, Marianas Kopf an Sebastians Schulter gelehnt. Dies waren die unaufgeregten, alltäglichen Momente gewesen, und sie würde alles geben, wenn sie sie nur zurückhaben könnte.

Sie konnte ihn beinahe sehen – in diesem Waggon, auf dem Platz neben ihr –, und wenn sie zum Fenster schaute, rechnete sie halb damit, dass sich Sebastians Gesicht neben ihrem in der Scheibe spiegelte, abgehoben von der vorbeiziehenden Landschaft.

Doch sie sah ihn nicht. Stattdessen erblickte sie ein anderes Gesicht.

Das Gesicht eines Mannes. Er hatte die Augen auf sie geheftet.

Sie blinzelte entnervt und wandte sich vom Fenster ab, um ihn anzuschauen. Der Mann saß ihr gegenüber und aß einen Apfel. Er lächelte.

9

Der Mann starrte Mariana weiterhin offen an – wobei es, wie sie fand, eigentlich ziemlich großzügig war, ihn einen Mann zu nennen.

Er sah aus, als wäre er Anfang zwanzig, mit seinem jungenhaften Gesicht und den lockigen braunen Haaren; die Sommersprossen auf seinen bartlosen Wangen ließen ihn noch jünger wirken.

Groß und spindeldürr, trug er eine dunkle Cordjacke, ein zerknittertes weißes Hemd und einen blau-rot-weißen College-Schal, den er lose um den Hals geschlungen hatte. Seine braunen Augen, zum Teil versteckt hinter einer altmodischen Brille mit Stahlgestell, sprühten vor Intelligenz und Neugier und musterten Mariana mit offensichtlichem Interesse.

»Wie geht's?«, fragte er.

Mariana starrte ihn leicht verwirrt an. »Kennen wir uns?«

Er grinste. »Noch nicht. Aber hoffentlich bald.«

Mariana lächelte höflich. Sie wandte sich ab. Es entstand eine Pause. Dann versuchte er es erneut.

»Möchten Sie?«

Er hielt ihr eine große braune Papiertüte hin, die vor Früchten überquoll – Weintrauben, Bananen und Äpfel. »Greifen Sie zu«, bot er Mariana an. »Nehmen Sie sich eine Banane.«

Er hat eine angenehme Stimme, dachte sie. Sie schüttelte den Kopf.

»Nein, danke.«

»Sind Sie sicher?«

»Ziemlich sicher.«

Mariana drehte sich um und sah hinaus, in der Hoffnung, das würde den Dialog beenden. Wieder konnte sie sein Spiegelbild in der Scheibe ausmachen, sah, dass er enttäuscht die Achseln zuckte. Anscheinend hatte er seine langen Gliedmaßen nicht ganz unter

Kontrolle, denn er warf den Plastikbecher um. Tee ergoss sich auf den Tisch, aber das meiste landete in seinem Schoß.

»Verflucht!«

Er sprang auf und zog ein Taschentuch hervor, mit dem er die Teepfütze auf dem Tisch aufwischte und anschließend hektisch den Fleck auf seiner Hose abtupfte. Er warf ihr einen entschuldigenden Blick zu. »Tut mir leid. Sie haben nichts abbekommen, oder?«

»Nein.«

»Gut.«

Er setzte sich wieder. Sie spürte seinen Blick auf sich ruhen.

Nach einer Weile fragte er: »Sind Sie … Studentin?«

Sie schüttelte den Kopf. »Nein.«

»Ah, Sie arbeiten in Cambridge?«

Mariana schüttelte erneut den Kopf. »Nein.«

»Dann sind Sie … Touristin?«

»Nein.«

»Hm.« Er runzelte die Stirn, offenbar durcheinander.

Es entstand eine neuerliche Pause. »Ich besuche jemanden«, lenkte Mariana schließlich ein. »Meine Nichte.«

»Oh, Sie sind *Tante.*«

Er wirkte erleichtert, Mariana einer Kategorie zuordnen zu können.

»Ich mache meinen Doktor«, sagte er von sich aus, da Mariana keinerlei Anstalten machte, ihn zu fragen. »Ich bin Mathematiker – theoretische Physik, um genau zu sein.«

Er hielt inne und nahm seine Brille ab, um sie mit einem Papiertaschentuch zu putzen. Ohne wirkte er ziemlich nackt. Und zum ersten Mal stellte Mariana fest, dass er gut aussah oder gut aussehen würde, wenn er etwas älter wäre.

Er setzte die Brille wieder auf und heftete erneut die Augen auf sie. »Ich bin übrigens Frederick. Oder Fred. Wie heißen Sie?«

Mariana wollte Fred nicht ihren Namen nennen. Vielleicht weil sie das schmeichelhafte und gleichzeitig nervige Gefühl hatte, dass er versuchte, mit ihr zu flirten. Abgesehen von der offensichtlichen

Tatsache, dass er zu jung für sie war, war sie nicht bereit dazu – würde niemals bereit sein. Selbst daran zu denken, kam ihr vor wie ein übler Betrug. Sie antwortete mit steifer Höflichkeit.

»Ich heiße … Mariana.«

»Ah, das ist ein schöner Name.«

Fred plapperte weiter, versuchte, sie zum Reden zu ermutigen. Aber Marianas Antworten wurden zunehmend einsilbig. Im Stillen zählte sie die Minuten, bis sie endlich entkommen konnte.

***

Als sie in Cambridge eintrafen, versuchte Mariana, sich davonzustehlen und in der Menge zu verschwinden, aber Fred schloss draußen vor dem Bahnhof zu ihr auf.

»Darf ich Sie in die Stadt begleiten? Vielleicht im Bus?«

»Ich ziehe es vor, zu Fuß zu gehen.«

»Großartig – ich habe mein Fahrrad hier, ich kann es schieben. Oder möchten Sie damit fahren?«

Er sah sie hoffnungsvoll an. Mariana hatte Mitleid mit ihm, doch diesmal verlieh sie ihrer Stimme mehr Nachdruck.

»Ich ziehe es vor, allein zu sein, wenn das in Ordnung ist.«

»Selbstverständlich … klar. Ich verstehe. Vielleicht treffen wir uns auf einen Kaffee, später? Oder auf einen Drink? Heute Abend?«

Mariana schüttelte den Kopf und tat so, als würde sie auf die Uhr blicken. »So lange bleibe ich nicht.«

»Ach … Aber würden Sie mir Ihre Nummer geben?« Er errötete, die Sommersprossen auf seinen Wangen brannten.

Mariana schüttelte den Kopf. »Ich glaube nicht …«

»Also nein?«

»Nein.« Mariana wandte verlegen den Blick ab. »Es tut mir leid, ich …«

»Es muss Ihnen nicht leidtun. Ich bin nicht entmutigt. Wir treffen uns bald wieder.«

Etwas an seinem Ton irritierte sie.

»Bestimmt nicht.«

»Oh doch, das tun wir. Ich *sehe das voraus.* Ich verfüge diesbezüglich über eine spezielle Gabe, müssen Sie wissen. Das liegt in meiner Familie – Prophezeiungen, Vorahnungen. Ich sehe Dinge, die andere nicht sehen.«

Lächelnd betrat er die Straße. Ein Radfahrer machte einen Schlenker, um ihm auszuweichen.

»Passen Sie auf!«, warnte Mariana und fasste ihn am Arm. Der Radfahrer fuhr fluchend weiter.

»Entschuldigung«, sagte der junge Mann. »Leider bin ich auch ein wenig unbeholfen.«

Mariana streckte ihm die Hand entgegen. »Auf Wiedersehen, Fred.«

»Bis bald, Mariana.«

Er ging zu der Reihe abgestellter Fahrräder hinüber. Mariana sah zu, wie er auf seins stieg und winkend an ihr vorbeifuhr. Dann bog er um eine Ecke und verschwand.

Mariana stieß einen Seufzer der Erleichterung aus und machte sich auf den Weg in die Stadt.

10

Auf dem Weg zum St. Christopher College wuchs Marianas Furcht vor dem, was sie dort vorfinden würde.

Sie hatte keine Ahnung, was sie erwartete – ob die Polizei vor Ort war oder die Presse. Allerdings war das schwer vorstellbar: In den Straßen von Cambridge gab es keinerlei Anzeichen dafür, dass etwas passiert war, schon gar kein Mord.

Im Verhältnis zu London kam es ihr hier bemerkenswert friedlich vor. Es herrschte kaum Verkehr, das einzige Geräusch war Vogelgesang, durchbrochen von einem Chor von Fahrradklingeln, jedes Mal wenn Studenten in ihren schwarzen Akademikertalaren an ihr vorbeischwirrten wie ein Amselschwarm.

Mehrere Male hatte Mariana das Gefühl, beobachtet – oder verfolgt – zu werden, und sie fragte sich, ob es vielleicht Fred war, der sein Fahrrad gewendet und sich an ihre Fersen geheftet hatte, doch sie verwarf den Gedanken als paranoid.

Sie schaute ein paarmal über die Schulter, nur um sicherzugehen – aber natürlich war niemand hinter ihr.

Als sie sich dem College näherte, wurde die Umgebung mit jedem Schritt schöner. Kuppeln und kleine Türme schmückten die Dächer, Buchen säumten die Straßen, ihre goldenen Blätter waren entlang des Gehsteigs zu großen Haufen zusammengekehrt. Lange Reihen schwarzer Fahrräder lehnten an den schmiedeeisernen Geländern, Pflanztöpfe mit Geranien belebten die College-Mauern mit rosa und weißen Tupfern.

Mariana betrachtete eine Gruppe Studenten, augenscheinlich Erstsemester, die sich eifrig mit den Plakaten befassten, die ebenfalls an den Geländern befestigt waren und für Veranstaltungen in den ersten Wochen warben.

Sie sahen so jung aus, diese Studienanfänger! Hatten sie und Sebastian jemals so jung ausgesehen? Irgendwie erschien ihr das unmöglich. Dass diesen unschuldigen, unbedarften Gesichtern je etwas Schlimmes zustoßen sollte, war nur schwer vorstellbar, und doch fragte sie sich, für wie viele von ihnen die Zukunft Tragödien bereithielt.

Marianas Gedanken kehrten zurück zu dem bedauernswerten Mädchen, ermordet auf der Wiese am Fluss – wer auch immer sie sein mochte. Selbst wenn sich herausstellte, dass es nicht Zoes Freundin Tara war, so war sie doch jemandes Freundin, jemandes Tochter. Das war das Entsetzliche daran. Wir alle hoffen insgeheim, dass Tragödien immer nur andere Menschen ereilen – doch Mariana wusste, dass sie einen früher oder später selbst trafen.

Der Tod war kein Unbekannter für Mariana; er hatte sie seit ihrer Kindheit begleitet, hielt sich dicht hinter ihr, blickte ihr über die Schulter. Manchmal hatte sie das Gefühl, sie wäre verflucht, von einer böswilligen Göttin aus der griechischen Mythologie, dazu verdammt, jeden zu verlieren, den sie liebte. Der Krebs hatte ihr ihre Mutter genommen, als sie noch ein Kind gewesen war; Jahre später hatte ihr Vater im Olivenhain einen Herzinfarkt erlitten und tot auf einem glitschigen Sterbebett aus zerquetschten Oliven gelegen; ein entsetzlicher Autounfall hatte Marianas Schwester und ihren Ehemann aus dem Leben gerissen und Zoe zur Waise gemacht.

Und dann war da noch Sebastian – sein Tod war die größte Katastrophe.

Sie hatten nur so wenige Jahre zusammen verbringen dürfen. Nach dem College-Abschluss waren sie nach London gezogen, und für Mariana begann die weitschweifige Reise, die damit endete, dass sie Gruppentherapeutin wurde, während Sebastian in der Stadt arbeitete. Aber er hatte einen hartnäckigen Unternehmergeist und wollte sich unbedingt selbstständig machen. Also schlug Mariana vor, mit ihrem Vater zu reden.

Sie hätte es besser wissen müssen, doch sie hegte die geheime, gefühlsduselige Hoffnung, dass ihr Vater Sebastian unter seine Fittiche nehmen, ins Familienunternehmen einführen, ihn sein Erbe antreten lassen würde, bevor er es eines Tages an ihre Kinder übergab. So weit ging Mariana in ihrer Fantasie – auch wenn sie das niemals ihrem Vater oder Sebastian gegenüber zugegeben hätte. Wie auch immer – die erste Begegnung der beiden entpuppte sich als Desaster. Sebastian flog mit der romantischen Absicht nach Athen, um Marianas Hand anzuhalten, und ihr Vater war von der ersten Sekunde an gegen ihn eingenommen. Weit davon entfernt, ihm einen Platz in seinem Unternehmen anzubieten, warf er Sebastian vor, ein Erbschleicher zu sein. Mariana teilte er mit, dass er sie am Tag ihrer Hochzeit enterben würde.

Ironischerweise stieg Sebastian am Ende in die Schifffahrtsbranche ein – wenn auch ganz anders als ihr Vater. Er wandte dem kommerziellen Sektor den Rücken und gründete stattdessen Unternehmen, die sich dem Transport dringend benötigter Güter – Nahrungsmittel und andere lebenswichtige Dinge – an unterprivilegierte, schutzlose Gemeinschaften rund um den Globus verschrieben. In vielerlei Hinsicht, dachte Mariana, war er wie ein Spiegelbild ihres Vaters – nur dass er sich, anders als ihr alter Herr, auch um die Bedürfnisse anderer kümmerte. Und das machte sie stolz.

Als der umtriebige alte Grieche starb, überraschte er sie erneut, denn am Ende hinterließ er Mariana alles. Ein riesiges Vermögen. Sebastian war erstaunt darüber, dass ihr Vater trotz seines Wohlstands ein so bescheidenes Leben geführt hatte. »Als wäre er ein armer Mann! Er konnte sich gar nicht an seinem Geld erfreuen. Was für einen Sinn hatte es dann?«

Mariana hatte einen Moment lang überlegen müssen. »Sicherheit«, antwortete sie dann. »Er glaubte offenbar, das ganze Geld würde ihn irgendwie beschützen. Ich denke, er hatte Angst.«

»Angst? Wovor?«

Darauf wusste Mariana keine Antwort. Leicht verlegen schüttelte sie den Kopf. »Ich bin mir nicht sicher, ob er sich selbst kannte.«

Trotz des Erbes gönnten sich Mariana und Sebastian nur eine extravagante Anschaffung: Sie kauften das kleine gelbe Haus in Primrose Hill, in das sie sich auf den ersten Blick verliebt hatten. Den Rest des Geldes legten sie beiseite – darauf bestand Sebastian –, für die Zukunft und für ihre Kinder.

Das Thema Kinder war der einzige wunde Punkt zwischen ihnen; eine Schwachstelle, die Sebastian gelegentlich aufs Tapet brachte – für gewöhnlich, wenn er ein Glas zu viel getrunken hatte oder ins Grübeln verfiel, was selten genug vorkam. Er wünschte sich dringend Kinder, einen Jungen und ein Mädchen, um das Bild der Familie zu vervollständigen, das er im Kopf hatte. Mariana wollte ebenfalls Kinder haben, aber damit noch warten. Sie wollte zunächst ihre Ausbildung beenden und ihre Praxis für Psychotherapie etablieren, was einige Jahre dauern würde – aber na und? Sie hatten doch alle Zeit der Welt, oder nicht?

Hatten sie nicht – und genau das war das Einzige, was Mariana bereute: dass sie so anmaßend, so dumm gewesen war, die Zukunft für selbstverständlich zu halten.

Als sie mit Anfang dreißig endlich einwilligte, einen Versuch zu wagen, stellte sie fest, dass es gar nicht so leicht war, schwanger zu werden. Diese plötzliche, unerwartete Blockade bereitete ihr Sorgen – was laut ihrem Arzt nicht gerade hilfreich war.

Dr. Beck war ein älterer Mann mit väterlicher Ausstrahlung. Er schlug vor, dass Mariana und Sebastian in den Urlaub fahren sollten, weg von jeder Art von Stress, bevor sie sich auf Fruchtbarkeitstests oder mögliche Behandlungen einließen.

»Genießen Sie die Zeit zu zweit und entspannen Sie für zwei, drei Wochen am Strand«, riet Dr. Beck mit einem Augenzwinkern. »Und dann schauen wir mal, was passiert. Einfach ab und an loszulassen wirkt oft Wunder.«

Sebastian war nicht begeistert – er hatte jede Menge Arbeit vor sich, weshalb er London eigentlich nicht verlassen wollte. Später fand Mariana heraus, dass er in jenem Sommer unter großem finanziellem Druck stand, da mehrere seiner Unternehmen in Schieflage geraten waren. Er war zu stolz, sie um Geld zu bitten – er hatte niemals auch nur einen Cent von ihr genommen. Es brach ihr das Herz, als sie nach seinem Tod erfuhr, dass er in den letzten Monaten all diese unnötigen finanziellen Sorgen mit sich herumgeschleppt hatte. Hätte sie das nicht eigentlich bemerken müssen? Doch sie war auf selbstsüchtige Weise mit ihrem eigenen Kummer beschäftigt gewesen, hatte unbedingt schwanger werden wollen.

Und so hatte sie Sebastian dazu gedrängt, sich im August zwei Wochen freizunehmen und nach Griechenland zu fliegen, ins Sommerhaus von Marianas Familie auf der Insel Naxos.

Sie hatten sich in einen Flieger nach Athen gesetzt und vom Hafen die Fähre nach Naxos genommen. Die Überfahrt war vielversprechend – nicht eine einzige Wolke am Himmel, das Meer ruhig und spiegelglatt.

Am Hafen von Naxos mieteten sie ein Auto und fuhren entlang der Küste zum Haus. Es hatte Marianas Vaters gehört und war nun in Marianas und Sebastians Besitz übergegangen – obwohl sie es noch nie genutzt hatten.

Das Haus selbst war baufällig und nicht sauber – aber wunderschön gelegen, hoch oben auf einer Klippe, mit Blick auf das tiefblaue Ägäische Meer. Stufen waren in den Felsen geschlagen, welche an der Klippenwand hinunter zum Strand führten. An der Küste waren über Jahrmillionen hinweg unendlich viele rosa Korallen zerbrochen und hatten sich mit den Sandkörnern vermischt, wodurch der Strand vor dem Blau von Himmel und Meer rosa leuchtete.

Es war idyllisch, dachte Mariana, und magisch. Sie konnte jetzt schon spüren, wie sie sich entspannte, und war insgeheim voller Hoffnung, dass Naxos das kleine Wunder vollbringen würde, das sie sich von ihrem Aufenthalt dort erwarteten.

In den ersten Tagen lagen sie faul am Strand, und am Ende gab Sebastian zu, dass er froh war, hier zu sein, dass er zum ersten Mal seit Monaten entspannte. Er lag gern im nassen Sand, ließ sich von der Brandung umspülen und las dabei alte Thriller wie *Die Morde des Herrn ABC* von Agatha Christie, während sich Mariana unter dem Sonnenschirm ein Nickerchen gönnte.

Am dritten Tag schlug Mariana vor, einen Ausflug in die Hügel zu machen und den Tempel zu besichtigen. Sie dachte daran, wie sie die antike Ruine als Kind besucht hatte, wie sie durch die alten Mauern gewandert war und diesen in ihrer Fantasie allerlei magische Kräfte angedichtet hatte. Sie wollte, dass Sebastian den Ort ebenfalls sah. Also packten sie ein Picknick ein und brachen auf.

Sie nahmen die alte, kurvenreiche Bergstraße, die immer schmaler und schmaler wurde, je höher sie kamen, und die schließlich in eine unbefestigte Fahrspur mündete, übersät mit Ziegenköteln.

Und dort, am Ende der Schotterpiste, ganz oben auf dem Hügelplateau, stand die Tempelruine.

Erbaut aus naxischem Marmor, hatte der Tempel einst gestrahlt, doch nun war er schmutzig weiß und verwittert. Alles, was nach dreitausend Jahren noch davon übrig war, war eine Handvoll zerbrochener Säulen, die sich als Silhouette vor dem leuchtend blauen Himmel abzeichneten.

Der Tempel war Demeter gewidmet – Göttin der Ernte, Göttin des Lebens – und ihrer Tochter Persephone, Göttin des Todes. Den beiden Göttinnen wurde oftmals gleichzeitig gehuldigt, als zwei Seiten derselben Medaille – Mutter und Tochter, Leben und Tod. In Griechenland war Persephone schlicht als *kore* bekannt – das Mädchen.

Es war ein wunderschöner Ort für ein Picknick. Mariana breitete die blaue Decke im gesprenkelten Schatten eines Olivenbaums aus und legte den Inhalt der mitgebrachten Kühltasche darauf: eine Flasche kalten Weißwein, eine ganze Wassermelone und große Stücke salzigen, griechischen Käse. Sie hatten vergessen, ein Messer einzupacken – deshalb schmetterte Sebastian die Wassermelone gegen einen Felsbrocken, als wäre sie ein Schädel, und brach sie in Stücke. Sie aßen das süße Fruchtfleisch und spuckten die knöchernen Kerne aus.

Sebastian gab Mariana einen klebrigen Kuss.

»Ich liebe dich«, flüsterte er. »Für immer und immer …«

»… und immer«, beendete sie seinen Satz und erwiderte seinen Kuss.

Nach dem Picknick schlenderten sie durch die Ruinen. Mariana sah Sebastian nach, der ihr vorankraxelte wie ein aufgeregtes Kind. Während sie ihn beobachtete, richtete sie ein stummes Gebet an Demeter und anschließend an Kore, das Mädchen. Sie betete für Sebastian und für sich selbst – für ihre Liebe.

Noch während ihres Gebets schob sich plötzlich eine Wolke vor die Sonne, und für einen Augenblick war Sebastians Körper in Dunkelheit gehüllt, eine schwarze Silhouette vor dem blauen Himmel. Mariana schauderte, verspürte Furcht, wenngleich sie nicht wusste, warum.

Der Moment war so schnell vorüber, wie er gekommen war. Eine Sekunde später brach die Sonne hervor, und Mariana dachte nicht mehr daran.

Doch später fiel ihr natürlich alles wieder ein.

Am nächsten Morgen stand Sebastian bei Tagesanbruch auf. Er zog seine alten grünen Sportschuhe an und flüsterte Mariana zu, dass er am Strand entlanglaufen wolle. Er küsste sie und verließ das Haus.

Mariana lag im Bett, halb schlafend, halb wach. Die Zeit verstrich. Sie lauschte auf den Wind. Was als kräftige Brise begonnen hatte, nahm an Stärke und Geschwindigkeit zu, fuhr heulend durch die Olivenbäume, drückte klappernd Äste gegen die Fenster, als würden knochige Finger an die Scheiben klopfen.

Für einen Moment fragte sie sich, wie hoch die Wellen wohl sein mochten – und ob Sebastian schwimmen gegangen war, wie so oft nach dem Laufen. Aber sie machte sich keine Sorgen. Er war ein guter Schwimmer, ein starker Mann. Sie hielt ihn für unverwüstlich.

Der Wind wurde immer stärker, fegte vom Meer herein. Und Sebastian kam noch immer nicht nach Hause.

Mariana fing nun doch an, sich Sorgen zu machen, obwohl sie versuchte, es nicht zu tun, und verließ das Haus. Sie stieg die Stufen in der Felswand hinunter zum Strand, wobei sie sich dicht an der Klippe hielt, aus Angst, von einer Bö erfasst zu werden.

Am Strand fand sie keine Spur von Sebastian. Der Wind wirbelte den rosafarbenen Sand auf; sie musste bei ihrer Suche die Augen mit der Hand abschirmen. Sie konnte ihn auch nicht im Wasser entdecken – alles, was sie sah, waren riesige schwarze Wellen, die die See bis zum Horizont aufwühlten.

Sie rief seinen Namen: »Sebastian! Sebastian! Seb…«

Doch der Wind schleuderte ihr die Worte ins Gesicht zurück. Sie spürte, wie sie in Panik verfiel. Sie konnte nicht denken, nicht, wenn ihr der Wind wie verrückt in die Ohren pfiff, untermalt von dem niemals endenden Chor der Zikaden, die kreischten wie Hyänen. Und noch schwächer, in weiter Ferne – war da nicht Gelächter zu vernehmen?

Das kalte, spöttische Lachen einer Göttin?

Nein, stopp, stopp – sie musste sich zusammennehmen, musste sich konzentrieren, musste ihn finden. Wo war er? Er war doch nicht wirklich schwimmen gegangen – nicht bei diesem Wetter. So dumm würde er bestimmt nicht sein …

Und dann sah sie sie.

Seine Schuhe.

Seine alten grünen Turnschuhe, die ordentlich nebeneinander im Sand standen … direkt an der Wasserkante.

Danach war alles verschwommen. Mariana watete ins Wasser, hysterisch, heulend wie eine Harpyie. Sie schrie und schrie …

Und dann … nichts.

Drei Tage später wurde Sebastians Leiche an die Küste gespült.

11

Fast vierzehn Monate waren seit Sebastians Tod vergangen. Doch in vielerlei Hinsicht war Mariana immer noch dort, gefangen am Strand von Naxos, für alle Ewigkeiten.

Sie verharrte auf der Stelle, war paralysiert – wie einst Demeter, als Hades ihre geliebte Tochter Persephone in die Unterwelt entführte, um sie zur Frau zu nehmen. Demeter brach zusammen. Überwältigt von Trauer, setzte sie sich einfach hin und weinte. Und die Natur um sie herum teilte Demeters Kummer: Der Sommer wurde zum Winter, der Tag zur Nacht. Die Erde fiel in Trauer – genauer gesagt, in Melancholie.

Mariana konnte das nachempfinden. Je näher sie St. Christopher nun kam, desto zögerlicher wurden ihre Schritte. Die vertrauten Straßen machten es schwer für sie, die Erinnerungen zurückzudrängen, die sie zu überwältigen drohten – zumal an jeder Ecke Sebastians Geist zu warten schien. Sie hielt den Kopf gesenkt, blickte nicht auf, wie ein Soldat, der versucht, auf unbekanntes, feindliches Territorium vorzudringen. Sie musste sich zusammenreißen, wenn sie Zoe eine Hilfe sein wollte.

Deshalb war sie hier – wegen Zoe. Wäre es nach ihr gegangen, hätte Mariana Cambridge nie wieder aufgesucht. Hier zu sein erwies sich als schwerer, als sie gedacht hatte, doch sie tat es für Zoe. Sie würde alles für sie tun, denn Zoe war das Einzige, was ihr geblieben war.

Mariana bog von der King's Parade ab in die Straße mit dem unebenen Kopfsteinpflaster, die sie so gut kannte. Sie ging über die abgerundeten Steine zu einem alten Holztor am Ende der Straße und sah daran hinauf.

Das Tor zum Gelände des St. Christopher College in der alten, efeubewachsenen Mauer war doppelt so hoch wie sie selbst. Plötzlich musste Mariana daran denken, wie sie zum ersten Mal vor diesem Tor gestanden hatte – als sie zum Aufnahmegespräch aus Athen hergekommen war, kaum siebzehn Jahre alt. Sie hatte sich so klein und fehl am Platz gefühlt, so verängstigt und allein.

Wie seltsam, dass sie nun, fast zwanzig Jahre später, genauso empfand.

Sie stieß das Tor auf und trat ein.

12

Das St. Christopher College sah noch genauso aus, wie sie es in Erinnerung hatte.

Mariana hatte sich davor gefürchtet, das College-Gebäude wiederzusehen – die Kulisse ihrer traurigen Liebesgeschichte –, doch glücklicherweise kam ihr dessen Schönheit zu Hilfe, und ihr Herz brach nicht. Es jubilierte.

Das St. Christopher zählte zu den ältesten und schönsten Colleges der Universität Cambridge. Es umfasste verschiedene Höfe und Gärten, die sich bis zum Fluss hinunter erstreckten. Da es über die Jahrhunderte hinweg immer wieder umgebaut und erweitert worden war, fand man hier eine Kombination mehrerer architektonischer Stilrichtungen – Gotik, Neoklassizismus und Renaissance. Es war ein zufälliges, organisches Wachstum und daher umso schöner.

Mariana stand in der Nähe der Pförtnerloge am Main Court, dem ersten und größten Hof. Ein makelloser, hellgrüner Rasen erstreckte sich vor ihr bis zu der dunkelgrünen, mit Glyzinien bedeckten Mauer am anderen Ende des Main Court. Die Fassadenbegrünung, durchsetzt mit den hellen Tupfen weißer Kletterrosen, bedeckte die Backsteine wie ein kunstvoll gearbeiteter Wandteppich, der bis zu den Mauern der Kapelle reichte. Die Buntglasfenster leuchteten grün, blau und rot; von drinnen hörte man den College-Chor üben, harmonische Stimmen erklangen.

Eine Stimme – vielleicht die von Sebastian? – flüsterte Mariana zu, dass sie hier in Sicherheit war. Sie konnte sich ausruhen und den Frieden finden, nach dem sie sich so sehr verzehrte.

Ihr Körper entspannte sich, und sie stieß einen Seufzer aus. Sie verspürte ein überraschendes, ungewohntes Gefühl der Zufriedenheit: Das Alter dieser Mauern, dieser Säulen und Bögen, unberührt von Zeit und Veränderung, ermöglichte es ihr, ihre Trauer vorübergehend zu relativieren. Sie erkannte, dass dieser magische Ort weder ihr noch Sebastian gehörte – er gehörte sich selbst. Ihre Geschichte war nur eine von unzähligen, die sich hier abgespielt hatten, nicht bedeutender als die anderen.

Sie sah sich um. Um sie herum summte es vor Aktivität. Obwohl das Semester bereits begonnen hatte, liefen noch die letzten Vorbereitungen, und die gespannte Erwartung war fast greifbar, wie in einem Theater unmittelbar vor Aufführungsbeginn. Ein Porter in schwarzem Anzug und Melone mähte den Rasen am anderen Ende der Grünfläche. Ein weiterer Porter, wie man die College-Bediensteten im Allgemeinen nannte, hatte sich eine große grüne Schürze umgebunden und streckte den Arm in die Höhe, um mit einem langen Staubwedel die Spinnweben aus den Ecken und Winkeln der Torbögen zu entfernen. Mehrere andere Porter stellten Holzbänke auf dem Rasen auf, vermutlich für die Immatrikulationsfotos.

Die meisten der Studenten des zweiten und dritten Semesters waren bereits vor einer Woche oder früher zurückgekehrt, doch es trafen immer noch Neulinge ein. Ein nervös dreinblickender Teenager überquerte den Hof, begleitet von zankenden, ebenso nervösen Eltern mit Koffern in den Händen. Mariana lächelte freundlich.

Und dann, an der rückwärtigen Seite des Main Court, sah sie eine Gruppe uniformierter Polizisten.

Ihr Lächeln verblasste.

Die Officer kamen aus dem Büro des Dekans, begleitet vom Dekan selbst. Sogar aus dieser Entfernung konnte Mariana erkennen, dass er ein rotes Gesicht hatte und aufgeregt war.

Das konnte nur eines bedeuten: Das Schlimmste war eingetreten. Die Polizei war hier – also hatte Zoe recht. Tara war tot; es war ihre Leiche, die man im Marschland entdeckt hatte.

Mariana musste Zoe finden. Jetzt. Sie drehte sich um und eilte in Richtung des nächsten Hofs.

Sie war so tief in Gedanken versunken, dass sie den Mann, der ihren Namen rief, zunächst gar nicht bemerkte.

»Mariana? Mariana!«

Sie drehte sich um. Der Mann winkte ihr von der anderen Seite des Main Court zu. Mit zusammengekniffenen Augen sah sie zu ihm hin, unsicher, wer er sein mochte. Aber er schien sie zu kennen.

»Mariana«, rief er noch einmal, diesmal mit mehr Überzeugung. »Warte!«

Mariana blieb stehen, während der Mann mit einem breiten Lächeln über das Kopfsteinpflaster auf sie zukam.

Natürlich, dachte sie. *Das ist Julian.*

Mariana hatte sein Lächeln erkannt, heutzutage ein eher berühmtes Lächeln.

Julian Ashcroft und Mariana hatten in London zusammen Psychotherapie studiert. Sie hatte ihn seit Jahren nicht mehr gesehen, außer im Fernsehen. Neuerdings trat er regelmäßig in Nachrichtensendungen oder Dokumentationen über wahre Verbrechen auf. Er hatte sich auf forensische Psychologie spezialisiert – und ein Buch über britische Serienmörder und ihre Mütter geschrieben. Er schien sich auf lüsterne Weise an Wahnsinn und Tod zu erfreuen, was Mariana für ziemlich geschmacklos hielt.

Sie musterte ihn, als er näher kam. Julian war inzwischen Ende dreißig und von mittlerer Größe. Er trug einen eleganten blauen Blazer, ein frisch gebügeltes weißes Hemd und eine marineblaue Jeans, sein Haar war kunstvoll zerzaust. Er hatte auffallend hellblaue Augen – und perfekte weiße Zähne, die er mit schöner Regelmäßigkeit präsentierte. Er hatte etwas Gekünsteltes an sich, dachte Mariana, vermutlich war er genau deshalb beim Fernsehen richtig aufgehoben.

»Hallo, Julian.«

»Mariana«, sagte er, als er bei ihr ankam. »Ich kann es nicht glauben. Ich dachte mir, dass du es bist. Was machst du hier? Du bist doch nicht bei der Polizei, oder?«

»Nein, nein. Meine Nichte studiert hier.«

»Oh – verstehe. Schade. Ich dachte, wir könnten vielleicht zusammenarbeiten.« Julian strahlte sie an. Mit vertraulich gesenkter Stimme fügte er hinzu: »Sie haben mich angefordert, damit ich ihnen zur Hand gehe.«

Mariana konnte sich zusammenreimen, wovon er redete, und sie verspürte einen Anflug von Furcht. Sie wollte ihre Vermutung nicht bestätigt sehen, aber ihr blieb keine Wahl. Sie musste Gewissheit haben.

»Es ist Tara Hampton, stimmt's?«, fragte sie deshalb.

Julian warf ihr einen etwas überraschten Blick zu, dann nickte er. »Das ist richtig. Sie wurde heute Morgen identifiziert. Du kanntest sie?«

Mariana nickte. »Ein wenig.«

Sie stellte fest, dass sich ihre Augen mit Tränen gefüllt hatten, und wischte sie weg. Dann richtete sie den Blick auf Julian. »Gibt es schon irgendwelche Hinweise?«

»Nein.« Er schüttelte den Kopf. »Noch nicht, aber hoffentlich bald. Je früher, desto besser, um ehrlich zu sein. Eine schrecklich brutale Tat.«

»Glaubst du, der Mörder kannte sie?«

Julian nickte. »Wahrscheinlich ja. Für gewöhnlich heben wir uns ein solches Maß an Wut für unsere Liebsten auf.«

Mariana ließ sich seine Worte durch den Kopf gehen, dann nickte sie. »Möglich.«

»Zehn zu eins, dass es ihr Freund war.«

»Ich glaube nicht, dass sie einen Freund hatte.«

Julian warf einen Blick auf die Uhr. »Ich muss mich jetzt mit dem leitenden Ermittler treffen, aber ich würde mich freuen, wenn wir dieses Gespräch fortsetzen könnten … vielleicht bei einem Drink?« Er sah sie erwartungsvoll an. »Es ist schön, dich zu sehen, Mariana. Wir haben uns schließlich jahrelang nicht getroffen. Wir könnten über die alten Zeiten plaudern und uns gegenseitig auf den neuesten Stand bringen …«

Aber Mariana ging bereits weiter.

»Es tut mir leid, Julian – ich muss meine Nichte finden.«

13

Zoes Zimmer lag am Eros Court, einem der kleineren Höfe mit Studentenunterkünften, die rings um eine rechteckige Rasenfläche gebaut waren.

In der Mitte des Rasens stand eine verwitterte Statue von Eros, der Pfeil und Bogen in den Händen hielt. Jahrhundertelanger Regen und Rost hatten ihn sichtlich altern lassen und von einem Putto in einen kleinen, alten grünen Mann verwandelt.

In jeder Ecke des Hofs stand ein grauer Steinturm mit Treppenaufgängen, die zu den Unterkünften führten. Als Mariana nach oben blickte, sah sie Zoe an einem der Fenster im zweiten Stock sitzen.

Ihre Nichte hatte sie nicht gesehen, und Mariana blieb stehen und betrachtete sie für einen Moment. Vor den Bogenfenstern waren schmiedeeiserne Gitter angebracht, die kleinen, rautenförmigen Scheiben in Blei gefasst. Sie zerlegten Zoe in ein Puzzle aus Rauten – und für eine Sekunde setzte Mariana ein weiteres Bild aus diesem Puzzle zusammen: nicht das einer zwanzigjährigen Frau, sondern das einer Sechsjährigen – naiv und süß, mit roten Wangen und Zöpfen.

Mariana empfand so viel Sorge und Zuneigung für das Mädchen. Arme kleine Zoe – sie hatte schrecklich viel mitgemacht, und Mariana fürchtete sich davor, sie noch mehr zu verletzen, indem sie ihr nun die grauenhafte Nachricht überbrachte.

Sie schüttelte den Kopf, gab sich einen Ruck und betrat einen der Türme.

Drinnen stieg sie die alte, verzogene Holztreppe zu Zoes Zimmer hinauf. Die Tür war nur angelehnt, also trat sie ein.

Es war ein gemütlicher, kleiner Raum – vielleicht ein bisschen unordentlich, mit Kleidungsstücken auf den Sesseln und schmutzigen Tassen in der Spüle. Es gab einen Schreibtisch, einen kleinen Kamin und eine Fensterbank mit Kissen, auf der Zoe saß, umgeben von Büchern.

Als sie Mariana erblickte, stieß sie einen kleinen Schrei aus, sprang auf und warf sich in ihre Arme.

»Du bist da! Ich dachte nicht, dass du kommen würdest.«

»Selbstverständlich bin ich gekommen!«

Mariana versuchte, einen Schritt zurück zu machen, aber Zoe ließ sie nicht los, und ihr blieb keine andere Wahl, als sich der Umarmung zu ergeben. Sie fühlte Zoes Wärme, ihre Liebe. Es war so ungewohnt, auf derartige Weise berührt zu werden. Ihr wurde klar, wie glücklich sie war, ihre Nichte zu sehen. Plötzlich war sie zutiefst gerührt.

Nach Sebastian war Zoe immer Marianas Lieblingsmensch gewesen. Zoe ging in England aufs Internat, deshalb hatten Mariana und Sebastian sie inoffiziell adoptiert – sie hatte ein eigenes Zimmer in dem kleinen gelben Haus und verbrachte die Semesterpausen und Ferien bei ihnen. Sie wurde in England beschult, weil ihr Vater Engländer gewesen war. Streng genommen war sie also nur zu einem Viertel Griechin. Sie hatte seine helle Haut und seine blauen Augen geerbt. So kam es also nicht zum Tragen, dieses zu einem Viertel Griechisch-Sein. Mariana fragte sich, ob es sich jemals manifestieren würde – vorausgesetzt, es war nicht von der großen, nassen Decke englischer Privaterziehung erstickt worden.

Endlich entließ Zoe sie aus der Umarmung. So sanft sie konnte, teilte Mariana ihr mit, dass Taras Leichnam identifiziert worden war.

Zoe starrte sie an, Tränen strömten über ihre Wangen. Mariana zog sie wieder in ihre Arme, und Zoe klammerte sich weinend an sie.

»Schon gut«, flüsterte Mariana. »Alles wird gut.«

Sie führte Zoe zum Bett und drückte sie auf die Matratze. Als Zoe aufhörte zu schluchzen, machte Mariana ihnen einen Tee. Sie setzte den Kessel auf und wusch zwei Tassen aus, die in der kleinen Spüle standen.

Die ganze Zeit über saß Zoe aufrecht im Bett, die Knie an die

Brust gezogen, und starrte in den Raum, ohne die Tränen abzuwischen, die ihr über die Wangen liefen. Sie drückte ihr altes Stofftier an sich – ein lädiertes Zebra. Ihm fehlte ein Auge, die Nähte lösten sich auf. Es begleitete Zoe, seit sie ein Baby war, hatte viel einstecken müssen und viel Liebe bekommen. Jetzt hielt sie sich daran fest, presste es an sich und schaukelte vor und zurück.

Mariana stellte die dampfende Tasse mit süßem Tee auf den überladenen Couchtisch neben dem Bett. Sie betrachtete ihre Nichte voller Sorge. Zoe hatte als Teenager an einer schweren Depression gelitten, die sich in wiederholten Weinkrämpfen äußerte, durchbrochen von Phasen der Leere und Emotionslosigkeit, wenn sie selbst zum Weinen zu deprimiert war – womit Mariana noch weniger klarkam als mit den Tränen. Es war in diesen Phasen nahezu unmöglich gewesen, Zoe zu erreichen, auch wenn ihre Probleme angesichts des traumatischen Verlusts ihrer Eltern in so jungen Jahren kaum verwunderten.

Zoe war bei ihnen gewesen während jener Schulferien, als der Telefonanruf kam, der ihr Leben für immer verändern sollte. Sebastian ging dran, er hatte Zoe die Nachricht überbringen müssen, dass ihre Eltern bei einem Autounfall ums Leben gekommen waren. Sie brach zusammen, und er zog sie an sich und umarmte sie. Von da an kümmerten er und Mariana sich um Zoe, so gut sie konnten – vielleicht sogar ein bisschen zu viel. Doch da sie selbst auch ihre Mutter verloren hatte, war Mariana fest entschlossen, Zoe all das zu geben, wonach sie sich in jungen Jahren gesehnt hatte: mütterliche Liebe, Wärme, Zuwendung. Natürlich ging das in beide Richtungen – sie fühlte, dass Zoe so viel Liebe zurückgab, wie sie bekam.

Zu ihrer Erleichterung gelang es Zoe irgendwann, ihre Depression Schritt für Schritt in den Griff zu bekommen. Sie wurde älter, widmete sich fleißig der Schule und beendete die Pubertät in einem weitaus besseren Zustand, als sie sie begonnen hatte. Dennoch machten sich Mariana und Sebastian Sorgen, ob sie es schaffen würde, dem Druck des Universitätslebens standzuhalten – und als Zoe sich mit Tara anfreundete, fiel ihnen beiden ein Stein vom Herzen.

Später dann, nach Sebastians Tod, war Mariana dankbar, dass Zoe eine beste Freundin hatte, auf die sie sich stützen konnte. Mariana selbst hatte keine, sie musste allein mit ihrem Verlust zurechtkommen.

Doch wie würde Zoe diesen neuerlichen Verlust aufnehmen, den grauenhaften Verlust von Tara, ihrer engsten Vertrauten? Nun, das blieb abzuwarten.

»Hier, Zoe, trink eine Tasse Tee. Das ist gut gegen den Schock.«

Keine Antwort.

»Zoe?«

Plötzlich schien ihre Nichte sie zu hören. Sie blickte Mariana an, in ihren Augen standen Tränen.

»Es ist meine Schuld«, flüsterte sie. *»Es ist ganz allein meine Schuld, dass sie tot ist.«*

»Sag das nicht. Es ist nicht wahr …«

»Es ist wahr. Du verstehst das nicht.«

»Was verstehe ich nicht?«

Mariana setzte sich auf die Bettkante und wartete darauf, dass Zoe weitersprach.

»Es *ist* meine Schuld. Ich hätte etwas unternehmen müssen … vorgestern Abend … nachdem ich mich mit Tara getroffen hatte. Ich hätte es jemandem erzählen, die Polizei anrufen müssen. Dann wäre sie vermutlich noch am Leben …«

»Die Polizei? Warum?«

Zoe antwortete nicht. Mariana runzelte die Stirn.

»Was hat Tara dir anvertraut? Du hast gesagt, sie habe … ›verrückt‹ geklungen?«

Tränen traten in Zoes Augen. In drückendem Schweigen wiegte sie sich weiterhin vor und zurück. Als Therapeutin wusste Mariana, dass die beste Herangehensweise darin bestand, einfach präsent und geduldig zu sein, sodass Zoe den Moment, in dem sie ihr Herz ausschütten wollte, selbst bestimmen konnte. Doch diesmal war dazu keine Zeit. Mit leiser, beruhigender, aber fester Stimme fragte Mariana: »Was hat sie zu dir gesagt, Zoe?«

»Ich hätte dir nichts erzählen sollen. Sie hat mich schwören lassen, dass ich den Mund halte.«

»Ich verstehe – du möchtest ihr Vertrauen nicht missbrauchen. Allerdings fürchte ich, dass es dafür zu spät ist.«

Zoe starrte sie an. Als Mariana ihr ins Gesicht blickte, sah sie die Augen eines Kindes: eines kleinen, verängstigten Mädchens, das beinahe platzte, weil es ein Geheimnis bewahren musste, das es nicht für sich behalten wollte – ein Mädchen, das zu viel Angst hatte, das Geheimnis zu erzählen.

Nach einer Weile gab sich Zoe geschlagen.

»Vorgestern Abend ist Tara in mein Zimmer gekommen. Sie war völlig fertig, hatte irgendwas eingeschmissen, keine Ahnung, was. Auf alle Fälle war sie total aufgeregt, und sie sagte … sie sagte, sie habe Angst …«

»Angst? Wovor? Zoe?«

»Sie sagte … sie sagte, jemand habe ihr gedroht, sie umzubringen.«

Mariana starrte Zoe fassungslos an.

»Ich musste ihr versprechen, dass ich niemandem etwas verrate. Sie meinte, wenn ich mit jemandem darüber rede und er findet es raus, bringt er sie auf der Stelle um.«

»*Er*? Von wem hat sie geredet? Hat sie das nicht gesagt?«

»Doch.« Zoe nickte, aber sie beantwortete die Frage nicht.

»Wer ist er, Zoe?«, wiederholte Mariana.

Zoe schüttelte unsicher den Kopf. »Sie klang völlig durchgeknallt …«

»Das spielt keine Rolle, sag es mir bitte einfach.«

»Sie hat behauptet, er gehöre zum Lehrkörper. Ein Professor.«

Mariana blinzelte bestürzt. »Hier, am St. Christopher?«

Zoe nickte erneut. »Ja.«

»Ach … Und wie heißt er?«

Zoe zögerte, dann antwortete sie mit gesenkter Stimme: »Edward Fosca.«

14

Kaum eine Stunde später wiederholte Zoe ihre Geschichte vor Chief Inspector Sadhu Sangha.

Der Inspector hatte das Büro des Dekans requiriert, ein großzügiger Raum, von dem aus man den Main Court überblickte. An einer Wand stand ein wunderschön geschnitztes Regal aus Mahagoni voller ledergebundener Bücher. An den übrigen Wänden hingen gerahmte Porträts der vorherigen Dekane – welche die Polizisten mit unverhohlenem Misstrauen beobachteten.

Chief Inspector Sangha saß hinter dem großen Schreibtisch. Er öffnete die Thermoskanne, die er mitgebracht hatte, und schenkte sich einen Becher Tee ein. Er war Anfang fünfzig, hatte dunkle Augen, einen kurz geschnittenen, grau melierten Bart und trug einen grauen Blazer mit Krawatte. Als Sikh hatte er seinen Kopf mit einem Turban in auffälligem Königsblau bedeckt. Er strahlte Autorität und Stärke aus, doch gleichzeitig verströmte er eine nervöse Energie. In seinem Blick lag ein gehetzter, hungriger Ausdruck, und er klopfte ständig mit dem Fuß auf den Boden oder trommelte mit den Fingern.

Auf Mariana machte er einen leicht gereizten Eindruck. Er vermittelte ihr das Gefühl, dass er sich nicht wirklich auf das konzentrierte, was Zoe sagte, und wirkte nicht besonders interessiert. *Er nimmt sie nicht ernst,* dachte Mariana.

Doch sie täuschte sich. Er nahm sie ernst. Er stellte seinen Tee ab und fixierte Zoe.

»Was dachten Sie, als sie Ihnen das erzählt hat?«, fragte er. »Haben Sie ihr geglaubt?«

»Ich weiß nicht …«, erwiderte Zoe. »Sie stand ziemlich neben sich, sie war high. Aber sie war ständig high, deshalb …« Zoe zuckte die Achseln und überlegte eine Sekunde lang. »Ich meine, das klang so seltsam …«

»Hat sie gesagt, *warum* Professor Fosca gedroht hatte, sie umzubringen?«

Zoe blickte leicht unbehaglich drein. »Sie hat behauptet, sie würden miteinander schlafen. Angeblich haben sie gestritten, und sie hat ihm gedroht, das Kollegium über ihr Verhältnis zu informieren, damit er gefeuert wird. Daraufhin hat er behauptet, wenn sie das täte, würde er …«

»… sie umbringen?«

Zoe nickte. Sie wirkte erleichtert, sich diese Last von der Seele geredet zu haben.

Der Inspector schien sich das, was er soeben gehört hatte, für einen Moment durch den Kopf gehen zu lassen. Dann stand er abrupt auf.

»Ich werde mit Professor Fosca reden. Sie warten hier. Und Zoe – wir müssen Sie bitten, eine offizielle Aussage zu machen.«

Er verließ das Zimmer. Als er weg war, wiederholte Zoe ihre Worte, die ein junger Polizeianwärter schriftlich festhielt. Mariana wartete beunruhigt und fragte sich, was nun wohl passieren würde.

Eine Stunde, die ihr sehr lang vorkam, verstrich. Dann kehrte Inspector Sangha zurück. Er setzte sich wieder.

»Professor Fosca hat sich überwiegend kooperativ gezeigt«, sagte er. »Ich habe seine Aussage aufgenommen. Er gibt an, zum fraglichen Zeitpunkt ein Seminar in seinen Räumlichkeiten abgehalten zu haben. Es ging von zwanzig bis zweiundzwanzig Uhr, sechs Studentinnen waren anwesend. Er hat mir die Namen genannt. Wir haben bislang mit zwei von ihnen gesprochen. Sie bestätigen seine Angaben.« Der Inspector sah Zoe nachdenklich an. »Infolgedessen klage ich den Professor keines Verbrechens an. Er kann nicht für Taras Tod verantwortlich sein – ganz gleich, was diese behauptet hat.«

»Verstehe«, flüsterte Zoe.

Sie blickte auf ihren Schoß. Sie wirkte besorgt, dachte Mariana.

»Können Sie mir etwas über Conrad Ellis erzählen?«, fragte der Inspector. »Er ist hier nicht eingeschrieben – soweit ich weiß, wohnt er in der Stadt. Er war Taras Freund?«

Zoe schüttelte den Kopf.

»Conrad war nicht Taras Freund. Sie haben zusammen abgehangen, mehr nicht.«

»Verstehe.« Der Inspector warf einen Blick auf seine Notizen. »Offenbar hat er zwei Vorstrafen – eine wegen Drogenhandels, die andere wegen schwerer Körperverletzung …« Er sah Zoe forschend an. »Seine Nachbarn haben uns mitgeteilt, dass es zwischen ihm und Tara mehrfach zu lautstarken Auseinandersetzungen gekommen ist.«

Zoe zuckte die Achseln. »Er ist manchmal ziemlich mies drauf, aber das war sie auch. Er hat ihr nie etwas getan, wenn Sie darauf hinauswollen. So ist er nicht. Er ist ein netter Kerl.«

»Hm. Klingt in der Tat liebenswert.« Der Inspector wirkte nicht überzeugt. Er trank seinen Tee aus und schraubte den Deckel auf die Thermoskanne.

Fall abgeschlossen, dachte Mariana.

»Ich denke, Sie sollten sie ernst nehmen, Inspector«, meldete sie sich entrüstet zu Wort.

Inspector Sangha blinzelte. Es schien ihn zu überraschen, dass Mariana das Wort ergriff. »Helfen Sie mir auf die Sprünge«, sagte er. »Wer sind Sie noch gleich?«

»Ich bin Zoes Tante und Vormund. Und – wenn nötig – ihre Fürsprecherin.«

Inspector Sangha wirkte leicht amüsiert. »Soweit ich das beurteilen kann, scheint mir Ihre Nichte durchaus in der Lage, für sich selbst einzustehen.«

»Nun, Zoe hat eine gute Menschenkenntnis. Das hatte sie schon immer. Wenn sie Conrad kennt und für unschuldig hält, sollten Sie sie ernst nehmen.«

Das Lächeln des Chief Inspectors verblasste. »Ich werde ihn befragen und mir meine eigene Meinung bilden – falls Sie nichts dagegen haben. Nur damit wir uns verstehen, Mariana – *ich* bin hier zuständig, und es gefällt mir nicht, wenn man mir vorschreiben will, wie ich meinen Job zu machen habe …«

»Ich schreibe Ihnen nichts …«

»… oder wenn man mich unterbricht. Ich lege Ihnen daher dringend nahe, mich nicht noch mehr zu verärgern. Gehen Sie mir aus dem Weg und halten Sie sich aus dieser Untersuchung heraus. Verstanden?«

Mariana wollte widersprechen – aber sie hielt sich zurück. Stattdessen zwang sie sich zu einem Lächeln.

»Voll und ganz«, versicherte sie.

15

Nachdem sie das Büro des Dekans verlassen hatten, schlenderten Zoe und Mariana durch die Kolonnade – eine Reihe von zwölf Marmorsäulen, die die darüberliegende Bibliothek stützten. Die Säulen waren alt und verwittert und durchzogen von Sprüngen, die aussahen wie Adern. Sie warfen lange Schatten auf den Boden, die die Frauen in Finsternis hüllten, wenn sie daran vorbeigingen.

Mariana legte den Arm um Zoe. »Alles in Ordnung, Liebes?«, fragte sie.

Zoe zuckte die Achseln. Dann blieb sie abrupt stehen und erstarrte. Wie aus dem Nichts trat ein Mann hinter einer der Säulen hervor und versperrte ihnen den Weg.

Er sah Zoe an.

»Hallo, Zoe.«

»Professor Fosca«, erwiderte diese und schnappte nach Luft.

»Wie geht es Ihnen? Alles okay? Ich kann nicht glauben, dass so etwas passiert ist. Ich stehe unter Schock.«

Mariana fiel auf, dass er einen amerikanischen Akzent hatte. Seine Stimme klang weich, melodisch, mit anglisiertem Einschlag, sein Ton erregt.

»Sie Arme«, fuhr er fort. »Es tut mir so leid, Zoe. Sie müssen am Boden zerstört sein …«

Er streckte die Hand nach ihr aus – und Zoe zuckte kaum merklich zurück. Mariana entging ihre Reaktion nicht, genauso wenig wie dem Professor. Er warf Zoe einen verlegenen Blick zu.

»Hören Sie mir zu«, bat er sie. »Ich erzähle Ihnen genau das Gleiche, was ich dem Inspector erzählt habe. Es ist wichtig, dass Sie es von mir hören – jetzt.«

Fosca ignorierte Mariana und wandte sich ausschließlich an Zoe. Mariana beobachtete ihn aufmerksam, während er sprach. Der

Professor war jünger, als sie erwartet hatte, Anfang vierzig, und sah bemerkenswert gut aus. Er hatte einen athletischen Körperbau, ausgeprägte Wangenknochen und einen durchdringenden, dunklen Blick. Alles an ihm war dunkel – die fast schwarzen Augen, der Bart, die Kleidung. Die langen schwarzen Haare hatte er am Hinterkopf zu einem losen Man Bun geschlungen. Auch er trug einen schwarzen Talar, darunter ein am Kragen geöffnetes Hemd mit einer gelockerten Krawatte, was ihm etwas Charismatisches, Byroneskes verlieh.

»Die Wahrheit ist, dass ich die Situation wahrscheinlich schlecht gehandhabt habe. Tara kam mit dem Stoff kaum zurecht – ich bin mir sicher, Sie können das bestätigen, Zoe. Ihre Leistungen waren abgrundtief schlecht, trotz meiner wiederholten Bemühungen, sie zur Teilnahme zu bewegen und dazu, ihre Seminararbeit abzuschließen. Letzten Endes ließ sie mir keine Wahl. Ich hatte eine sehr offene Aussprache mit ihr, in der ich ihr zu verstehen gab, dass ich zwar nicht wisse, ob Drogen im Spiel seien oder Beziehungsprobleme, für mich jedoch feststehe, dass sie in diesem Jahr nicht genug getan hatte, um weiterzukommen. Ich machte ihr klar, dass sie den ganzen Stoff nachholen müsse. Wenn sie dazu nicht bereit sei, würde sie der Universität verwiesen.« Er schüttelte resigniert den Kopf. »Tara wurde ziemlich hysterisch. Sie behauptete, ihr Vater würde sie umbringen, und flehte mich an, es mir noch einmal zu überlegen. Was für mich nicht infrage kam. Dann änderte sich ihr Verhalten. Sie wurde ausgesprochen aggressiv. Drohte mir und behauptete, sie würde meine Karriere ruinieren und dafür sorgen, dass ich gefeuert würde.« Er seufzte. »Anscheinend hat sie genau das versucht. Alles, was sie Ihnen gegenüber behauptet hat, Zoe – diese sexuellen Unterstellungen –, dienen dazu, meinen Ruf zu zerstören.« Er senkte die Stimme. »Ich würde mich niemals auf sexuelle Handlungen mit einer meiner Studentinnen einlassen – das wäre die abscheulichste Form von Vertrauensmissbrauch, Machtmissbrauch. Wie Sie wissen, war ich Tara sehr zugetan. Deshalb ist es so schmerzhaft, ihre Anschuldigungen zu hören.«

Auch wenn sie es nur ungern zugab, hielt Mariana den Professor für absolut überzeugend. Nichts an seinem Verhalten deutete darauf hin, dass er log. Alles, was er sagte, klang nach der Wahrheit. Tara hatte oft in ängstlichen Worten über ihren Vater gesprochen, und Zoe hatte nach ihrem Aufenthalt auf dem Anwesen der Familie in Schottland berichtet, dass Taras Vater ein strenger, mitunter sogar drakonischer Patriarch sei. Mariana konnte sich gut vorstellen, wie er reagierte, wenn Tara in diesem Jahr durchfiel. Sie konnte sich ebenso gut vorstellen, dass die Aussicht, ihn von ihrem Scheitern unterrichten zu müssen, Tara in Panik versetzte – und in Verzweiflung.

Mariana warf Zoe einen Blick zu, um zu sehen, wie sie Foscas Worte aufnahm. Es war schwer zu sagen. Zoe wirkte offensichtlich angespannt. Verlegen starrte sie auf den Steinboden.

»Ich hoffe, das bringt ein wenig Klarheit in die Angelegenheit«, sprach Fosca weiter. »Wichtig ist jetzt, dass wir der Polizei helfen, den zu schnappen, der Tara das angetan hat. Ich habe Chief Inspector Sangha nahegelegt, sich auf Conrad Ellis zu konzentrieren, den Mann, mit dem Tara eine Beziehung hatte. Nach allem, was man hört, ist er ein ziemlich unangenehmer Bursche.«

Zoe sagte nichts.

»Zoe?«, fragte Fosca. »Sind wir uns einig? Wir haben im Moment Gott weiß genug um die Ohren, auch ohne dass Sie mir Derartiges unterstellen.«

Zoe nickte langsam.

»Alles klar«, sagte sie.

»Gut.« Fosca nickte ebenfalls, doch er wirkte nicht ganz zufrieden. »Ich muss jetzt weiter. Wir sehen uns später. Passen Sie auf sich auf, ja?«

Zum ersten Mal, seit er ihnen den Weg verstellt hatte, sah Fosca Mariana an. Er hob grüßend die Hand, dann drehte er sich um und verschwand hinter einer der Säulen.

Es entstand eine Pause. Zoe wandte sich Mariana zu. Sie wirkte besorgt.

»Und jetzt?«, fragte sie mit einem leisen Seufzer.

Mariana überlegte für einen Moment. Ihr Blick fiel auf Julian Ashcroft, der soeben das Büro des Dekans verließ. Nachdenklich beobachtete sie, wie er den Hof überquerte.

»Ich habe da eine Idee«, sagte sie.

16

Später an jenem Nachmittag saß Mariana im Polizeipräsidium Conrad Ellis gegenüber.

»Hallo, Conrad«, sagte sie. »Ich bin Mariana.«

Conrad Ellis war unmittelbar nach der Befragung durch Chief Inspector Sangha verhaftet worden.

Die Polizei war zuversichtlich, dass er ihr Mann war, auch wenn sie über keinerlei Beweise, Indizien oder Sonstiges verfügte.

Tara war von Mr. Morris, dem Haupt-Porter, gesehen worden, als sie das College-Gelände gegen zwanzig Uhr durch das große Tor verließ. Conrad hatte ausgesagt, er habe in seiner Wohnung auf Tara gewartet, aber sie sei dort nicht aufgetaucht – allerdings hatte Conrad keine Beweise für seine Behauptung und zudem für den ganzen Abend kein Alibi.

In seiner Wohnung hatte man trotz gründlicher Suche keine Mordwaffe finden können. Seine Kleidung und andere Habseligkeiten waren beschlagnahmt und zur forensischen Untersuchung geschafft worden, in der Hoffnung, diese würde irgendetwas ergeben, was ihn mit dem Mord in Verbindung brachte.

Zu Marianas Überraschung hatte sich Julian sofort bereit erklärt, ihr zu helfen, als sie sich mit der Bitte an ihn wandte, ein Gespräch mit Conrad zu arrangieren.

»Ich kann dich mitnehmen«, schlug er vor. »Ich muss ohnehin eine psychologische Bewertung vornehmen. Wenn du möchtest, kannst du dabei sein.« Er zwinkerte ihr zu. »Solange Sangha dich nicht erwischt.«

»Danke. Ich schulde dir etwas.«

Julian schien das kleine Spielchen zu genießen. Zusammen betraten sie die Polizeistation, und er zwinkerte erneut, als er einen der Officer darum bat, Conrad Ellis aus seiner Arrestzelle zu holen.

Der Vernehmungsraum war kalt, ohne Fenster, die Luft abgestanden. Es war unangenehm, sich darin aufzuhalten – aber vermutlich war genau das gewollt.

»Ich bin Psychotherapeutin«, stellte Mariana sich vor. »Außerdem bin ich Zoes Tante. Sie kennen Zoe, oder? Vom St. Christopher College?«

Conrad wirkte für eine Sekunde verwirrt; dann dämmerte es ihm, und er nickte abwesend. »Sie ist Taras Freundin.«

»Richtig. Sie möchte, dass Sie wissen, wie leid es ihr tut – wegen Tara.«

»Zoe ist in Ordnung … Ich mag sie. Sie ist nicht wie die anderen.«

»Die anderen?«

»Taras andere Freundinnen.« Conrad schnitt eine Grimasse. »Ich nenne sie die *Hexen.*«

»Tatsächlich? Dann mögen Sie ihre Freundinnen also nicht?«

»Ich bin es, den sie nicht mögen.«

»Aus welchem Grund?«

Conrad zuckte die Achseln. Sein Gesicht war leer, ausdruckslos. Mariana hatte auf eine emotionale Reaktion gehofft, etwas, was ihr helfen würde, ihn besser einzuschätzen, aber sie bekam keine. Für einen kurzen Moment fühlte sie sich an ihren Patienten Henry erinnert – er hatte den gleichen getrübten Blick, der von jahrelangem Drogenmissbrauch herrührte.

Conrads äußere Erscheinung sprach gegen ihn – und genau das war das Problem, dachte sie. Er war schwerfällig, riesig und stark tätowiert. Dennoch hatte Zoe recht: Er hatte auch etwas Weiches an sich, etwas Sanftmütiges. Er wirkte verwirrt; offenbar wusste er nicht, wie ihm gerade geschah.

»Ich verstehe das nicht – warum denken Sie, ich hätte ihr etwas angetan? Ich habe ihr nichts angetan! Ich liebe sie – habe sie geliebt, meine ich.«

Mariana sah zu Julian hinüber, um seine Reaktion einzuschätzen. Er wirkte nicht beeindruckt. Er stellte Conrad alle möglichen Fragen über sein Leben und sein Elternhaus – und je länger die Befragung dauerte, je quälender sie wurde, desto finsterer sah es für Conrad aus.

Und umso mehr war Mariana von seiner Unschuld überzeugt. Er log nicht; dieser Mann war todunglücklich. Erschöpft von Julians Fragerei, stützte er den Kopf in die Hände – und weinte still.

Am Ende der Befragung meldete sich Mariana noch einmal zu Wort.

»Kennen Sie Professor Fosca, Conrad?«, wollte sie wissen. »Taras Dozent?«

Conrad gab ein Grunzen von sich, das für Mariana klang wie ein Ja.

»Sie haben ihn also kennengelernt?«

»Ja.«

»Wie haben Sie ihn kennengelernt? Durch Tara?«

»Ja.« Er nickte. »Ich hab ihm ein paarmal was besorgt.«

Mariana blinzelte. Sie sah Julian an. »Sie meinen Drogen?«

»Was für Drogen?«, fragte Julian.

Conrad zuckte die Achseln. »Kam drauf an, was er wollte.«

»Dann haben Sie Professor Fosca regelmäßig getroffen?«

Weiteres Achselzucken. »Oft genug.«

Mariana zögerte. »Was hielten Sie von seiner Beziehung zu Tara? Kam Ihnen daran irgendetwas befremdlich vor?«

»Tja«, sagte Conrad und zog erneut die Schultern hoch. »Er stand auf sie.«

Mariana tauschte einen Blick mit Julian.

»Tatsächlich?«

Mariana wollte noch weiter bohren, doch Julian beendete das Gespräch abrupt, indem er behauptete, er habe genug für seinen Bericht.

»Ich hoffe, das war informativ für dich«, sagte Julian, als sie das Präsidium verließen. »Ziemlich überzeugender Auftritt, findest du nicht?«

Mariana sah ihn erstaunt an. »Das hat er nicht gespielt. Dazu ist er gar nicht in der Lage.«

»Glaub mir, Mariana, die Tränen waren vorgetäuscht. Oder er hat aus Selbstmitleid geheult. Ich hab das alles schon erlebt.«

»Dann hältst du es nicht für besorgniserregend, dass er dem Professor Drogen verkauft hat?«

Julian tat ihre Frage mit einem Achselzucken ab. »Ab und an ein bisschen Gras zu kaufen, macht einen noch lange nicht zum Mörder.«

»Und was ist mit Conrads Behauptung, Fosca habe auf Tara gestanden?«

»Und wenn schon? Es heißt, sie habe umwerfend ausgesehen. Du kanntest sie doch – was wollte sie mit so einem Trottel?«

Mariana schüttelte traurig den Kopf. »Ich nehme an, Conrad war lediglich ein Mittel zum Zweck.«

»Drogen?«

Sie nickte seufzend.

Julian sah sie an.

»Komm, ich fahre dich zurück – es sei denn, du möchtest vorher noch etwas trinken gehen?«

»Ich kann nicht, ich muss zurück ins College. Um sechs findet ein Gedenkgottesdienst für Tara statt.«

»Dann eben ein andermal.« Ein neuerliches Zwinkern. »Du schuldest mir etwas, schon vergessen? Wie wär's mit morgen?«

»Ich fürchte, dann bin ich nicht mehr hier – ich reise morgen ab.«

»Okay, wir werden irgendwann einen Termin finden. Notfalls spüre ich dich in London auf.«

Julian lachte, doch nicht mit den Augen. Sie blieben kalt, hart, unnachgiebig. Die Art und Weise, wie er sie ansah, rief Unbehagen in Mariana hervor.

Sie war daher ziemlich erleichtert, als sie nach St. Christopher zurückkehrten und sie die Flucht antreten konnte.

17

Die College-Kapelle war 1621 aus Stein und Holz erbaut worden, der Fußboden bestand aus Ebenholz und Marmor, die Buntglasfenster leuchteten in kräftigen Tönen und bildeten Ereignisse aus dem Leben des heiligen Christopher ab. Wappen und lateinische Leitsätze in goldener Schrift zierten die hohe, gewölbte Decke.

Die Bänke waren dicht gefüllt mit Fellows – wie man den Großteil des akademischen Personals, vor allem die älteren Gelehrten, in Cambridge bezeichnete – und Studenten. Mariana und Zoe nahmen vorn Platz.

Taras Eltern, Lord und Lady Hampton, saßen neben dem Dekan und dem Präsidenten der Universität Cambridge. Sie waren von Schottland hergeflogen, um den Leichnam ihrer Tochter zu identifizieren. Mariana stellte sich vor, wie sie sich während der Fahrt von ihrem entlegenen Landsitz zum Flughafen Edinburgh und während des anschließenden Flugs nach Stansted gequält haben mussten. Die lange Strecke hatte ihnen Zeit zum Nachdenken gegeben – zu Hoffnung, Furcht und Sorge –, bis sie endlich in der Leichenhalle von Cambridge eintrafen, wo sich ihre schlimmsten Befürchtungen auf grausame Weise bestätigen sollten.

Lord und Lady Hampton saßen steif dort; ihre Gesichter waren weiß, verzerrt, erstarrt. Mariana betrachtete sie wie gebannt. Sie erinnerte sich an das Gefühl: als wäre man in eine Gefriertruhe gesteckt worden; eiskalt, taub vor Schock. Es dauerte nicht lange, und es wurde zu einem gesegneten Zustand, verglichen mit dem, was als Nächstes kam, wenn der Frost schwand, der Schock nachließ – und die beiden beginnen würden, das Ausmaß ihres Verlusts zu begreifen.

Mariana sah, dass Professor Fosca soeben die Kapelle betrat. Er schritt durch den Mittelgang, gefolgt von einer Gruppe, bestehend aus sechs ganz besonderen jungen Damen. Besonders, weil sie alle außergewöhnlich schön waren – und weil sie alle lange, weiße Kleider trugen. Sie verströmten Selbstsicherheit, Selbstbewusstsein; und sie wussten, dass sie beobachtet wurden. Die anderen Studenten sahen ihnen mit großen Augen nach, als sie an ihnen vorbeidefilierten.

Waren dies Taras Freundinnen?, fragte sich Mariana. Die Freundinnen, die Conrad so wenig leiden konnte, dass er sie als *Hexen* bezeichnete?

Als der Gottesdienst begann, senkte sich düsteres Schweigen über die Trauernden. Begleitet von der Orgel, sangen Chorknaben in roten Soutanen mit weißen Spitzenkrausen bei Kerzenschein eine Hymne auf Latein; ihre engelsgleichen Stimmen schraubten sich in die Dunkelheit empor.

Das hier war keine Beisetzung. Die eigentliche Bestattung sollte in Schottland stattfinden. Mariana dachte an das bedauernswerte tote Mädchen, das allein in der Leichenhalle lag.

Und sie dachte daran, wie ihr Geliebter zu ihr zurückgekehrt war. Sie hatte ihn in einer Klinik in Naxos identifizieren müssen. Als sie ihn dort sah, war er noch nass. Wasser tropfte auf den Boden, in seinen Haaren und Augen klebte Sand. Seine Haut war voller Löcher; die Fische hatten kleine Stücke aus seinem Fleisch gebissen. Eine seiner Fingerspitzen fehlte, eingefordert von der See.

Sobald Mariana diesen leblosen, wächsernen Körper sah, wusste sie, dass es nicht Sebastian war. Das, was da vor ihr lag, war bloß eine Hülle. Sebastian war fort – doch wohin?

In den Tagen nach seinem Tod war Mariana wie taub. Sie verharrte in einem anhaltenden Schockzustand, unfähig, zu akzeptieren, was passiert war – oder es zu glauben. Es erschien ihr unmöglich, dass sie ihn niemals wiedersehen, nie mehr seine Stimme hören, nie mehr seine Berührung spüren würde.

Wo ist er?, fragte sie sich unablässig. *Wohin ist er gegangen?*

Und dann, als die Realität einzusickern begann, erlitt sie eine Art verspäteten Nervenzusammenbruch. Als würde ein Damm brechen, strömten ihre Tränen, ein Wasserfall der Trauer.

Anschließend kam der Zorn.

Ein brennender Zorn, blinde Wut, die sie zu verschlingen drohte – und alle anderen in ihrer Nähe. Zum ersten Mal in ihrem Leben wollte Mariana tatsächlich körperlichen Schmerz verursachen, wollte um sich schlagen und jemandem wehtun, am meisten sich selbst.

Sie machte sich Vorwürfe, natürlich tat sie das. *Sie* hatte darauf bestanden, dass sie nach Naxos reisten; wären sie in London geblieben, wie Sebastian es sich gewünscht hatte, wäre er noch am Leben.

Sie machte auch Sebastian Vorwürfe. Wie hatte er nur so leichtsinnig sein und bei diesem Wetter hinausschwimmen können? Wie hatte er derart fahrlässig mit seinem Leben umgehen können – und mit ihrem?

Marianas Tage waren schlecht, ihre Nächte noch schlimmer. Zunächst bot ihr die Kombination aus reichlich Alkohol und Schlaftabletten eine vorübergehende medikamentöse Zuflucht – trotz der Albträume von Katastrophen wie sinkenden Schiffen, Zugunglücken, verheerenden Überflutungen. Sie träumte von endlosen Reisen, Expeditionen durch gottverlassene arktische Gegenden, die sie – Schnee und Eis trotzend – nach Sebastian absuchte, ohne ihn je zu finden. Nach und nach verloren die Tabletten an Wirkung, und sie lag bis drei oder vier Uhr morgens wach – lag da, sehnte sich nach ihm und hatte nichts außer ihren Erinnerungen, um diese Sehnsucht zu stillen: flackernde Bilder ihrer gemeinsamen Tage und Nächte, sommers wie winters, projiziert auf die Leinwand der Dunkelheit. Schließlich wandte sie sich erneut an ihren Arzt, halb wahnsinnig vor Trauer und Schlafmangel. Da sie die Schlaftabletten ganz offensichtlich missbrauchte, weigerte sich Dr. Beck, ihr ein weiteres Rezept auszustellen. Stattdessen schlug er einen Ortswechsel vor.

»Sie sind eine vermögende Frau«, sagte der Arzt, dann fügte er wenig einfühlsam hinzu: »… und Sie haben keine Kinder, um die Sie sich kümmern müssten. Warum gehen Sie nicht ins Ausland? Machen Sie eine Reise, sehen Sie sich die Welt an.«

Angesichts der letzten Reise, auf die Dr. Beck Mariana geschickt und die mit dem Tod ihres Ehemanns geendet hatte, beschloss sie, seinen Rat nicht zu befolgen. Stattdessen zog sie sich in ihre Fantasiewelt zurück.

Sie schloss die Augen, sah die Tempelruine auf Naxos vor sich, die schmutzig weißen Säulen vor dem blauen Himmel, und dachte daran, wie sie zu dem Mädchen gebetet hatte – um Sebastians und ihre Liebe. War das der Fehler gewesen? Hatte sie die Göttin irgendwie erzürnt? War sie eifersüchtig auf ihr Glück? Oder hatte sich Kore womöglich selbst auf den ersten Blick in den schönen Mann verliebt und ihn für sich haben wollen, so wie Hades einst sie für sich beansprucht hatte, indem er sie in die Unterwelt entführte?

Das schien es irgendwie leichter zu machen – Sebastians Tod dem Übernatürlichen zuzuschieben, der kapriziösen Laune einer Göttin. Die Alternative – dass sein Tod bedeutungslos war, zufällig, ohne jeden Sinn – war mehr, als sie ertragen konnte.

Hör auf damit, dachte sie jetzt. *Hör endlich auf damit.* Sie spürte, wie ihr die jämmerlichen Tränen des Selbstmitleids in die Augen traten. Unwillig wischte sie sie weg. Sie wollte nicht zusammenbrechen, nicht hier. Sie musste hier raus, raus aus der Kapelle.

»Ich brauche etwas Luft«, flüsterte sie Zoe zu.

Zoe nickte und drückte kurz ihre Hand. Mariana stand auf und eilte nach draußen.

Als sie die dämmrige, überfüllte Kapelle verlassen hatte und auf den leeren Vorplatz trat, überkam sie augenblicklich ein Gefühl der Erleichterung.

Weit und breit war niemand zu sehen. Der Main Court lag still und verlassen da. Es war dunkel, abgesehen von den hohen Laternen, die auf dem Hof verteilt waren und die ihr Licht wie einen Heiligenschein verbreiteten. Vom Fluss zog dichter Nebel herauf und umwaberte die alten Gemäuer. Mariana blickte hinauf in den Himmel. All die Sterne, die in London unsichtbar waren, erstrahlten hier in hellem Glanz – Millionen glitzernder Diamanten in der unendlichen Schwärze.

Er musste dort sein, irgendwo.

»Sebastian?«, flüsterte sie. »Wo bist du?«

Sie lauschte und betrachtete das Firmament, wartete auf ein Zeichen – auf eine Sternschnuppe oder eine Wolke, die vor dem Mond vorbeizog. Auf etwas, irgendetwas.

Aber da war nichts.

Nur Dunkelheit.

18

Nach dem Gottesdienst versammelten sich die Trauergäste draußen auf dem Hof und plauderten in kleinen Gruppen miteinander. Mariana und Zoe standen abseits von den anderen, und Mariana setzte Zoe kurz über ihr Zusammentreffen mit Conrad ins Bild und bestätigte ihr, dass sie die Einschätzung, Taras Freund sei unschuldig, teile.

»Siehst du?«, sagte Zoe. »Conrad war's nicht. Wir müssen ihm irgendwie helfen.«

»Ich weiß nicht, was wir tun können«, sagte Mariana.

»Ich bin mir ziemlich sicher, dass Tara noch mit jemand anderem geschlafen hat. Nicht nur mit Conrad. Sie hat so etwas mehrfach angedeutet … Vielleicht findet sich auf ihrem Handy ein Hinweis oder auf ihrem Laptop. Ich könnte in ihr Zimmer gehen und …«

Mariana schüttelte den Kopf. »Mach das nicht, Zoe.«

»Warum nicht?«

»Ich denke, das solltest du der Polizei überlassen.«

»Aber du hast doch gehört, was der Inspector gesagt hat. Sie suchen nicht nach Taras Mörder – sie haben sich bereits für einen Schuldigen entschieden. Wir müssen etwas unternehmen. Ich wünschte, Sebastian wäre hier. Er hätte gewusst, was zu tun ist.«

Mariana akzeptierte den unterschwelligen Vorwurf. »Ich wünschte auch, er wäre hier.« Sie zögerte, dann fügte sie hinzu: »Ich habe nachgedacht. Wie wär's, wenn du für ein paar Tage mit mir nach London kommst?«

Sie hatte die Worte kaum ausgesprochen, als sie auch schon wusste, dass dies genau der falsche Vorschlag war. Zoe starrte sie verblüfft an.

»Wie bitte?«

»Vielleicht ist es gut für dich, mal von hier wegzukommen.«

»Ich kann nicht einfach *weglaufen*. Es würde ja doch keinen Unterschied machen. Glaubst du, das ist es, was Sebastian mir geraten hätte?«

»Nein«, erwiderte Mariana, plötzlich gereizt. »Aber ich bin nicht Sebastian.«

»Nein«, sagte nun auch Zoe, die ihre Verärgerung spiegelte. »Das bist du nicht. Sebastian hätte gewollt, dass du bleibst. *Dazu* hätte er geraten.«

Für eine Weile sagte Mariana nichts. Dann beschloss sie, etwas auszusprechen – einen Gedanke, der ihr seit ihrem Telefonat gestern Abend Sorgen bereitete.

»Zoe, bist du dir sicher, dass … du mir alles erzählt hast?«

»Was meinst du?«

»Ach, ich weiß nicht. Über diese Sache – mit Tara. Ich denke … Ich werde das Gefühl nicht los, dass du mit irgendetwas hinter dem Berg hältst.«

Zoe schüttelte den Kopf. »Nein, das tue ich nicht.« Sie wandte den Blick ab.

Marianas Zweifel hielten an.

»Zoe. Vertraust du mir?«

»Die Frage beantwortet sich doch wohl von selbst.«

»Dann hör mir zu. Es ist wichtig. Es gibt etwas, was du mir nicht erzählst. Das weiß ich. Das spüre ich. Du musst mir vollständig vertrauen. Bitte.«

Zoe zögerte, dann lenkte sie ein. »Mariana, ich …«

Doch bevor sie weitersprechen konnte, schien Zoe hinter Marianas Schulter etwas zu sehen – etwas, das sie zum Schweigen brachte. Ein seltsamer, angstvoller Ausdruck trat in ihre Augen, nur für eine Sekunde, dann war er verschwunden. Sie wandte sich wieder Mariana zu und schüttelte den Kopf. »Da ist nichts. Ehrlich.«

Mariana drehte sich um, um herauszufinden, was Zoe gesehen hatte. Und dort, gleich neben dem Eingang der Kapelle, stand Professor Fosca mit seiner Entourage – den schönen Mädchen in den weißen Kleidern, ins Gespräch vertieft.

Professor Fosca zündete sich eine Zigarette an. Seine Augen begegneten denen von Mariana. Sie starrten einander eine Sekunde lang an.

Dann löste sich der Professor aus der Gruppe und kam auf sie zu, lächelnd.

»Hallo«, sagte er, an Mariana gewandt. »Ich hatte noch gar nicht die Gelegenheit, mich vorzustellen. Ich bin Edward Fosca.«

»Ich bin Mariana … Andros.« Sie hatte ihren Mädchennamen eigentlich nicht benutzen wollen. Er war ihr einfach so herausgerutscht. »Zoes Tante.«

»Ich weiß, wer Sie sind. Zoe hat mir von Ihnen erzählt. Die Sache mit Ihrem Mann tut mir sehr leid.«

»Oh«, sagte Mariana überrascht. »Danke.«

»Und es tut mir sehr leid für Zoe«, fügte er hinzu. Sein Blick schweifte zu ihr. »Erst der Verlust ihres Onkels, und nun muss sie um Tara trauern.«

Zoe sagte nichts; sie zuckte nur die Achseln und mied seinen Blick.

Irgendetwas verschwieg sie, irgendwie wich sie aus. *Sie hat Angst vor ihm,* dachte Mariana plötzlich. *Warum?*

»Im Grunde tut es mir leid für alle Studenten«, sagte er. »Ein Vorfall wie dieser wird das gesamte Jahr beeinträchtigen, wenn nicht gar die gesamte College-Zeit.«

Zoe wandte sich abrupt an Mariana. »Ich muss los. Ich treffe mich mit ein paar Freunden im Pub. Möchtest du mitkommen?«

Mariana schüttelte den Kopf. »Ich habe versprochen, bei Clarissa, meiner ehemaligen Professorin, vorbeizuschauen. Wir sehen uns später.«

Zoe drehte sich um und ging über das Kopfsteinpflaster davon. Mariana wandte sich wieder Fosca zu, doch zu ihrer Überraschung war er schon fort.

Zurück blieb nur eine Spur von Zigarettenrauch, der sich in einer Spirale nach oben schraubte, bevor er sich in Luft auflöste.

19

Erzählen Sie mir von Professor Fosca, Clarissa«, bat Mariana.
Die alte Dame sah sie fragend an und schenkte bernsteinfarbenen Tee aus einer silbernen Kanne in zwei zierliche Porzellantassen. Sie reichte Mariana Tasse und Untertasse.

»Professor Fosca? Warum erkundigen Sie sich nach ihm?«

Mariana beschloss, dass es besser wäre, nicht ins Detail zu gehen. »Aus keinem bestimmten Grund«, antwortete sie daher. »Zoe hat ihn mir gegenüber erwähnt.«

Clarissa zuckte die Achseln. »Ich kenne ihn nicht besonders gut – er ist erst seit ein paar Jahren bei uns. Ein herausragender Denker. Amerikaner. Hat bei Robertson in Harvard promoviert.«

Sie setzte sich Mariana gegenüber in den verschossenen, limetten grünen Sessel am Fenster und schenkte ihr ein warmes Lächeln. Clarissa Miller ging auf die achtzig zu, ihr altersloses Gesicht war umgeben von einem Schopf ungebändigter grauer Haare. Unter ihrem schwarzen Talar trug sie eine weiße Seidenbluse und einen Tweedrock, dazu eine locker fallende grüne Strickjacke, die wahrscheinlich älter war als die meisten ihrer Studenten.

Als Mariana hier studierte, war Clarissa ihre Professorin gewesen. Der größte Teil des Unterrichts am St. Christopher College fand auf individueller Ebene zwischen Fellow und Student in den Räumen der Lehrkraft statt – meist kamen kleine Gruppen zusammen, um sich gemeinsam einem speziellen Thema zu widmen. Nach zwölf Uhr mittags – oder sogar schon früher – wurde nach Ermessen der jeweiligen Lehrkraft ausnahmslos Alkohol gereicht: in Clarissas Fall ein exzellenter Beaujolais, der aus den labyrinthartigen Weinkellern unter dem College geholt wurde – was eine Ausbildung nicht nur in den Literaturwissenschaften, sondern auch im Trinken implizierte.

Es implizierte auch, dass diese Stunden eine persönlichere Note erhielten und die Grenzen zwischen Lehrer und Student mitunter verwischten. Clarissa war gerührt, vielleicht sogar fasziniert gewesen von dem einsamen, mutterlosen griechischen Mädchen, das sich nach Cambridge verirrt hatte, und sie hielt eine schützende mütterliche Hand über Mariana, solange diese am St. Christopher College studierte.

Was Mariana betraf: Sie hatte sich von Clarissa inspiriert gefühlt – nicht nur von den bemerkenswerten akademischen Leistungen der Professorin auf einem von Männern dominierten Gebiet, sondern von ihrem Wissen und ihrer Begeisterung, dieses zu teilen. Clarissas Geduld und Freundlichkeit – und auch ihre gelegentliche Reizbarkeit – führten dazu, dass Mariana von ihr sehr viel mehr lernte als von jedem anderen Dozenten.

Nach Marianas Abschluss blieben die beiden Frauen über gelegentliche Nachrichten und Postkarten in Verbindung, bis eines Tages eine unerwartete E-Mail von Clarissa eintraf – Beweis dafür, dass sie entgegen allen Erwartungen ins Internetzeitalter eingetreten war. Sie hatte Mariana nach Sebastians Tod eine schöne, von Herzen kommende E-Mail geschickt, die Mariana so bewegte, dass sie sie gespeichert und mehrere Male gelesen hatte.

»Es heißt, Professor Fosca habe Tara unterrichtet«, sagte Mariana jetzt.

Clarissa nickte. »O ja, das hat er. Das arme Mädchen … Ich weiß, dass er ihretwegen ziemlich besorgt war.«

»Tatsächlich?«

»Ja, er fürchtete, dass Tara das Semester nicht bestehen würde.« Sie schüttelte seufzend den Kopf. »Eine schreckliche Sache.«

»Ja«, pflichtete Mariana ihr bei. »Einfach grauenhaft.«

Mariana nahm einen Schluck Tee und sah zu, wie Clarissa ihre Pfeife stopfte – ein schönes Stück aus dunklem Kirschholz.

Pfeife rauchen war eine Angewohnheit, die Clarissa von ihrem verstorbenen Ehemann übernommen hatte. Infolgedessen rochen ihre Zimmer nach Rauch und würzigem Pfeifentabak; über die Jahre war der Geruch in die Wände eingedrungen, in das Papier der Bücher, in Clarissa selbst. Mitunter war er schier überwältigend, und

Mariana wusste, dass Studenten in der Vergangenheit Einwände erhoben hatten, wenn Clarissa während der Seminare rauchte – bis sie schließlich gezwungen war, sich an die sich ändernden Gesundheitsvorschriften anzupassen und in Anwesenheit der Studenten von ihrer Gewohnheit abzusehen.

Doch Mariana machte es nichts aus; im Gegenteil, als sie jetzt hier saß, stellte sie fest, dass sie diesen Geruch vermisst hatte. Bei den seltenen Gelegenheiten, bei denen in der Welt außerhalb des Colleges eine Pfeife geraucht wurde, fühlte sie sich sofort geborgen, da sie die stark riechenden, dunklen Rauchwolken mit Weisheit und Bildung assoziierte – und mit Liebenswürdigkeit.

Clarissa zündete die Pfeife an und paffte, wodurch sie hinter Rauchwolken verschwand. »Es ist so schwer, einen Sinn darin zu erkennen«, sagte sie. »Ich bin ziemlich ratlos. Es führt mir vor Augen, was für ein behütetes Leben wir hier in dieser Feste der Wissenschaft führen – naiv, vielleicht bewusst ignorant gegenüber den Schrecken der Welt.«

Insgeheim stimmte Mariana ihr zu. Über das Leben zu lesen war keine Vorbereitung darauf, es auch zu leben, das hatte sie auf die harte Tour erfahren. Aber sie sagte es nicht. Sie nickte nur.

»Eine derartige Brutalität ist erschreckend. Nicht leicht zu begreifen …«

Clarissa deutete mit der Pfeife auf Mariana. Sie benutzte die Pfeife oft, um ihre Gesten zu unterstreichen. Oftmals flog dabei brennender Tabak heraus und hinterließ dunkle Brandlöcher auf den Teppichen.

»Die alten Griechen hatten ein Wort dafür, müssen Sie wissen. Für diese Art von Zorn.«

Mariana war fasziniert. »Tatsächlich?«

»*Menis.* Es gibt im Englischen nichts Entsprechendes. Erinnern Sie sich? Homer beginnt sein *Ilias*-Epos mit folgenden Worten: ›μῆνιν ἄειδε θεὰ Πηληϊάδεω Ἀχιλῆος‹ – Göttin, singe mir nun des Peleussohnes Achilleus unheilbringenden Zorn.«

»Aha. Dann bedeutet *menis* also ›unheilbringender Zorn‹?«

Clarissa sinnierte einen Augenblick. »Ich nehme an, das ist die

Übersetzung, die dem am nächsten kommt, ja. Wut trifft es ebenfalls – und Rage.«

Mariana nickte. »Rage, das passt. Es war, als hätte der Mörder Tara im Rausch getötet.«

Clarissa legte die Pfeife in einen kleinen, silbernen Aschenbecher. »Ich bin so froh, dass Sie hier sind, meine Teuerste.« Sie lächelte. »Sie werden uns eine große Hilfe sein.«

»Ich bleibe nur für eine Nacht – und das auch nur wegen Zoe.«

Clarissa sah sie enttäuscht an.

»Ich muss zurück nach London«, setzte Mariana zu einer Erklärung an. »Meine Patienten …«

»Selbstverständlich. Dennoch …« Clarissa zuckte die Achseln. »Vielleicht erwägen Sie doch, ein paar Tage zu bleiben? Um des Wohl des Colleges willen?«

»Ich wüsste nicht, wie ich helfen könnte. Ich bin Psychotherapeutin, kein Detective.«

»Dessen bin ich mir bewusst. Sie sind eine Psychotherapeutin, die sich auf Gruppentherapie spezialisiert hat … Und worum handelt es sich hier, wenn nicht um eine Gruppenangelegenheit?«

»Ja, das ist richtig, aber …«

»Sie waren ebenfalls Studentin an diesem College – was Ihnen ein gewisses Maß an Einsicht und Verständnis verleiht, welches die Polizei, so gute Absichten sie auch hegen mag, einfach nicht besitzt.«

Mariana schüttelte den Kopf. Sie war leicht verärgert, weil sie derart in Verlegenheit gebracht wurde.

»Ich bin keine Kriminologin. Das ist nicht mein Fachgebiet.«

Clarissa wirkte enttäuscht, aber sie entgegnete nichts. Stattdessen musterte sie Mariana einen Moment lang. Dann sagte sie in weicherem, einfühlsamerem Ton: »Verzeihen Sie mir, meine Teuerste. Mir fällt auf, dass ich gar nicht gefragt habe, wie es sich anfühlt.«

»Was denn?«

»Hier zu sein – ohne Sebastian.«

Das war die erste Anspielung auf Sebastian, und sie traf Mariana unvorbereitet. Sie wusste nicht, was sie sagen sollte.

»Ich weiß nicht, wie sich das anfühlt.«

»Es muss *sonderbar* sein, oder?«

Mariana lächelte. »Sonderbar ist ein gutes Wort.«

»Es war sonderbar für mich, nach Timmys Tod. Er war immer da – und dann, plötzlich, nicht mehr. Ich rechnete die ganze Zeit damit, dass er auf einmal hinter einer Säule hervortreten und mich überraschen würde … Das tue ich noch immer, manchmal.«

Clarissa war dreißig Jahre lang mit Professor Timothy Miller verheiratet gewesen. Zwei berühmte Cambridge-Exzentriker, die man oft zusammen durch die Stadt stürmen sah, Bücher unter den Armen, die Haare ungekämmt, gelegentlich merkwürdige Socken tragend, ins Gespräch vertieft. Eines der glücklichsten Paare, denen Mariana jemals begegnet war – bis Timmy vor zehn Jahren starb.

»Es wird leichter«, sagte Clarissa.

»Tatsächlich?«

»Es ist wichtig, nach vorn zu schauen. Man darf nicht immer über die Schulter nach hinten blicken. Denken Sie an die Zukunft, meine Teuerste.«

Mariana zuckte die Achseln. »Um ehrlich zu sein, sehe ich keine große Zukunft vor mir … Im Augenblick sehe ich ohnehin nicht viel. Es liegt alles …« Sie suchte nach den passenden Worten. Dann fielen sie ihr ein: »Hinter einem Schleier. Von wem ist das? *Hinter dem Schleier, hinter dem Schleier …*«

»Tennyson«, antwortete Clarissa, ohne zu zögern. »*In Memoriam* – Strophe sechsundfünfzig, wenn ich mich nicht täusche.«

Mariana lächelte. Die meisten Fellows waren wandelnde Enzyklopädien, doch Clarissa war eine wandelnde Bibliothek. Die Professorin schloss die Augen und fuhr fort, aus dem Gedächtnis zu rezitieren:

»O Leben, so nichtig, so zerbrechlich!
O, Deiner Stimme tröstlicher Segen!
Welch Hoffnung auf Antwort oder Behelf?
Hinter dem Schleier, hinter dem Schleier …«

Mariana nickte traurig. »Ja … ja, das ist es.«

»Ich fürchte, Tennyson wird heutzutage ziemlich unterschätzt.« Clarissa warf einen Blick auf die Uhr. »Wenn Sie über Nacht bleiben, müssen wir Ihnen ein Zimmer besorgen. Ich rufe schnell in der Pförtnerloge an.«

»Danke.«

»Aber zuvor …«

Die alte Frau stand auf und trat ans Bücherregal. Sie fuhr mit dem Finger über die Buchrücken, bis sie ein ganz bestimmtes Werk entdeckt hatte. Sie zog es heraus und drückte es Mariana in die Hand.

»Hier. Nach Timmys Tod habe ich daraus viel Trost bezogen.«

Mariana betrachtete den schwarzen Ledereinband mit den eingestanzten, verblassten Goldlettern: *IN MEMORIAM A. H. H. von Alfred Lord Tennyson.*

Clarissa sah Mariana fest in die Augen. »Lesen Sie es.«

20

Mr. Morris fand ein Zimmer für Mariana. Morris war der Haupt-Porter in St. Christopher.

Mariana war überrascht, ihn in der Pförtnerloge anzutreffen. Sie erinnerte sich gut an den *alten* Mr. Morris, einen älteren, onkelhaften Herrn, der am College beliebt und für seine Nachsichtigkeit mit den Studenten bekannt war.

Dieser Mr. Morris war jung, unter dreißig, groß und kräftig gebaut. Er hatte ein markantes Kinn und dunkelbraunes Haar, an einer Seite gescheitelt und mit Gel zurückgestrichen. Er trug einen dunklen Anzug, eine blau-grüne College-Krawatte und eine schwarze Melone.

Als Mariana ihn überrascht ansah, lächelte er.

»Sie sehen aus, als hätten Sie jemand anderen erwartet, Miss.«

Mariana zögerte verlegen. »Ich dachte, ich würde Mr. Morris antreffen …«

»Er war mein Großvater. Er ist vor ein paar Jahren verstorben.«

»Oh, verstehe. Es tut mir leid …«

»Machen Sie sich keine Gedanken. Ich werde ständig darauf angesprochen – und ich bin nur eine blasse Kopie, wie mir die anderen Porter häufig vor Augen rufen.« Er zwinkerte und tippte an seinen Hut. »Hier entlang, Miss. Bitte folgen Sie mir.«

Sein höfliches, förmliches Auftreten schien einer anderen Ära anzugehören, dachte Mariana. Einer besseren, vielleicht.

Er bestand darauf, trotz ihrer Proteste ihre Reisetasche zu tragen. »So handhaben wir die Dinge hier nun einmal. Das wissen Sie. St. Christopher zählt zu den Orten, an denen die Zeit stillsteht.«

Der junge Mr. Morris wirkte völlig gelassen und absolut souverän – was ihrer Erfahrung nach typisch war für die meisten College-Porter. Ohne sie, die sich tagtäglich um alles kümmerten – angefangen bei der Pflege der Anlagen über Pförtneraufgaben bis hin zum reibungslosen Ablauf der externen Logistik –, wäre das Leben hier schnell zum Erliegen gekommen.

Mariana folgte ihm zu einem Gebäude am Gabriel Court, demselben Hof, an dem sie in ihrem ersten Studienjahr untergebracht gewesen war. Das Zimmer, das Morris ihr zugedacht hatte, befand sich in einem achteckigen Türmchen aus großen, verwitterten Granitplatten. Sie gingen hinein und stiegen die Eichenwendeltreppe hinauf in den ersten Stock.

Morris schloss eine Tür auf, öffnete sie und reichte Mariana den Schlüssel.

»Bitte sehr, Miss.«

»Vielen Dank.«

Sie trat ein und sah sich um. Der Raum war klein – mit einem Erkerfenster, einem Kamin und einem Himmelbett aus Eiche mit gedrehten Bettpfosten, die aussahen wie salomonische Säulen. Das Bett hatte einen schweren Chintz-Baldachin und ringsum Vorhänge. Es wirkte ein bisschen erdrückend, fand sie.

»Das ist einer der schöneren Räume, die unseren Ehemaligen zur Verfügung stehen«, sagte Morris. »Vielleicht ein wenig beengt, aber ich hoffe, Sie haben es bequem.« Er stellte Marianas Tasche neben dem Bett auf dem Fußboden ab.

»Danke, das ist sehr freundlich von Ihnen.«

Sie hatten nicht über den Mord gesprochen, doch sie spürte, dass sie das Thema auf irgendeine Weise anschneiden sollte – hauptsächlich deshalb, weil sie unablässig daran dachte.

»Eine schreckliche Sache, die da passiert ist«, fing sie an.

Morris nickte. »Nicht wahr?«

»Es muss für alle im College extrem erschütternd sein.«

»Ja, das ist es. Ich bin froh, dass mein Großvater das nicht mehr erleben musste. Es hätte ihm sehr zu schaffen gemacht.«

»Kannten Sie sie?«

»Tara?« Er schüttelte den Kopf. »Nur vom Hörensagen. Sie war … sagen wir … allgemein bekannt. Sie und ihre Freundinnen.«

»Ihre Freundinnen?«

»Ja. Eine etwas … provokante Gruppe junger Damen.«

»Provokant? Das ist eine interessante Wortwahl.«

»Tatsächlich?«

Er wirkte bewusst zurückhaltend, und Mariana fragte sich, warum.

»Was genau meinen Sie damit?«

Morris strich sich mit der Hand übers Kinn. »Nun, sie sind ein bisschen … aufrührerisch, wenn Sie verstehen, was ich meine. Wir müssen die Damen und ihre Partys im Auge behalten. Da ist stets alles Mögliche im Gange. Ein paarmal war es sogar nötig, einen Riegel vorzuschieben.«

»Verstehe.«

Es war schwer, seinen Gesichtsausdruck zu deuten. Mariana fragte sich, was sich hinter seinem guten Benehmen und entgegenkommenden Verhalten verbarg. Was dachte er wirklich?

»Wenn Sie neugierig wegen Tara sind, sollten Sie mit einer der Aufwartefrauen sprechen. Die wissen immer, was im College vor sich geht. Kennen den ganzen Klatsch.«

»Ich werde das im Hinterkopf behalten.«

»Wenn Sie mich nicht mehr brauchen, Miss, gehe ich jetzt. Gute Nacht.«

Damit verließ er das Zimmer und schloss leise die Tür hinter sich.

Mariana war endlich allein – nach einem langen und anstrengenden Tag. Erschöpft ließ sie sich aufs Bett sinken.

Sie warf einen Blick auf die Uhr. Neun. Sie sollte einfach unter die Decke schlüpfen, aber sie wusste, dass sie ohnehin nicht einschlafen konnte. Sie war zu aufgewühlt, zu durcheinander.

Also stand sie wieder auf und machte sich daran, ihre Reisetasche auszupacken. Dabei stieß sie auf den schmalen Gedichtband, den Clarissa ihr gegeben hatte.

In Memoriam.

Sie setzte sich aufs Bett und schlug ihn auf. Die Jahre hatten den Seiten die Feuchtigkeit entzogen. Sie strich mit den Fingerspitzen über das spröde Papier.

Was hatte Clarissa gesagt? Sie habe nach dem Tod ihres Mannes viel Trost daraus bezogen.

Mariana erinnerte sich, dass sie das Gedicht als Studentin gelesen hatte. Wie die meisten Leser war sie überrascht gewesen über die gewaltige Länge. Das Gedicht umfasste über dreitausend Verse, und sie empfand es als ungeheuren Erfolg, dass sie bis zum Ende durchgehalten hatte. Zu jener Zeit hatte es sie nicht angesprochen – aber sie war ja auch jünger gewesen, glücklich und verliebt, da bedurfte es keiner traurigen Poesie.

Wie Mariana hatte auch Alfred Tennyson eine unglückliche Kindheit gehabt – das »schwarze Blut« der Tennysons war berühmt-berüchtigt. Der Vater war ein Säufer und drogensüchtig und betrieb auf schändlichste Weise Missbrauch – Tennysons Geschwister litten an Depressionen und Geisteskrankheiten und wurden entweder eingewiesen oder begingen Selbstmord. Er selbst floh von zu Hause, als er achtzehn war. Und wie Mariana taumelte er in eine Welt der Freiheit und Schönheit in Cambridge. Und wie sie fand er Liebe. Ob die Beziehung zwischen Arthur Henry Hallam und Tennyson nun sexuell war oder nicht, ist gleichgültig – auf alle Fälle war sie zutiefst romantisch: Von dem Tag an, als sie einander am Ende ihres ersten Studienjahres begegneten, verbrachten sie jeden einzelnen Moment miteinander. Sie wurden oft Hand in Hand gesehen – bis Hallam ein paar Jahre später, 1833, an einem Aneurysma starb.

Es ist unbestritten, dass sich Tennyson niemals ganz von dem Verlust erholte. Deprimiert, derangiert, ungewaschen, ergab er sich seiner Trauer. Er zerbrach. Während der nächsten siebzehn Jahre trauerte er, schrieb nur einzelne Gedichtfetzen – Verse, Strophen, Elegien, alle über Hallam. Schließlich fasste er diese Verse zu einem gewaltigen Gedicht zusammen. Es wurde als *In Memoriam A. H. H.* veröffentlicht und bald als eines der großartigsten Werke betrachtet, die je in englischer Sprache geschrieben wurden.

Mariana setzte sich aufs Bett und fing an zu lesen. Schon bald entdeckte sie, wie schmerzlich authentisch und vertraut seine Stimme klang – und wie bei einer außerkörperlichen Erfahrung hatte sie den seltsamen Eindruck, dass es *ihre* Stimme war, nicht Tennysons; dass er ihre unaussprechlichen Gefühle für sie aussprach. Und genau wie Tennyson nach Hallams Tod, kehrte auch Mariana ein Jahr nach dem Verlust ihres geliebten Mannes nach Cambridge zurück. Tennyson ging durch dieselben Straßen, durch die er mit Hallam gegangen war, und er fand, dass es sich »gleich anfühlte, und doch nicht gleich« – er stand draußen vor Hallams Zimmer und sah, »dass ein anderer Name an der Tür stand«.

Und dann stolperte Mariana über jene Verse, die so berühmt geworden waren, dass sie in die englische Literaturgeschichte eingingen – und als sie hier darauf stieß, begraben unter so vielen anderen Versen, trafen sie sie doch völlig unvorbereitet, überrumpelten sie, raubten ihr den Atem:

Wahr bleibt's, was auch immer geschieht;
Ich spüre der Trauer Rumorn;
Doch besser, ich habe geliebt und verlorn,
Als wäre die Liebe für immer versiegt.

Mariana ließ das Buch sinken und schaute aus dem Fenster. Draußen war es dunkel, die Scheibe reflektierte ihr Gesicht. Sie starrte sich selbst an. Tränen liefen über ihre Wangen.

Was nun?, fragte sie sich. *Was sollst du jetzt tun?*

Zoe hatte recht – sie lief davon. Aber wohin würde sie flüchten? Zurück nach London? Zurück zu dem gelben Haus in Primrose Hill mit all seinen Geistern der Vergangenheit? Es war nicht mehr ihr Zuhause – nur ein Unterschlupf, in dem sie sich verstecken konnte.

Zoe brauchte sie hier, ob sie es zugab oder nicht. Mariana konnte sie nicht einfach im Stich lassen – das war keine Option.

Plötzlich fiel ihr ein, was Zoe vor der Kapelle gesagt hatte: Sebastian hätte gewollt, dass Mariana blieb.

Sebastian würde wollen, dass Mariana sich behauptete und kämpfte.

Was also hielt sie davon ab?

Ihre Gedanken kehrten zu Professor Foscas Auftritt in der Kolonnade zurück. »Auftritt« war das passende Wort. Seine Darbietung hatte ein bisschen zu geschliffen gewirkt, zu *einstudiert.* Allerdings hatte er ein Alibi – es sei denn, er hatte sechs Studentinnen überredet, für ihn zu lügen, was unwahrscheinlich war. Also musste er unschuldig sein.

Trotzdem.

Irgendetwas passte nicht. Ergab keinen Sinn.

Tara hatte Fosca beschuldigt, ihr mit dem Tod gedroht zu haben. Und ein paar Stunden später war sie tatsächlich nicht mehr am Leben.

Vielleicht würde es nicht schaden, noch ein paar Tage zu bleiben und Fragen zu stellen. Über Taras Beziehung zu ihrem Professor. Professor Fosca würde das sicher verkraften.

Und wenn die Polizei keine Nachforschungen anstellte, sollte Mariana das vielleicht übernehmen – das war sie Zoes Freundin schuldig. Sie würde der Sache nachgehen; und sei es nur deshalb, weil kein anderer es tat.

TEIL ZWEI

Mein Einwand bei der ganzen Psychoanalyse gilt dem Vorurteil, dass Leiden ein Fehler ist oder ein Zeichen der Schwäche, wenn nicht sogar ein Zeichen von Krankheit. Dabei sind möglicherweise die größten Wahrheiten, die wir kennen, aus dem menschlichen Leid entstanden.

Arthur Miller

Den Laistrygonen und Zyklopen
Und dem grimmigen Poseidon wirst du niemals entgegentreten,
Wenn du sie nicht selbst in deiner Seele trägst,
Wenn sich deine Seele nicht gegen sie rüstet.

C. P. Cavafy, *Ithaka*

1

Heute konnte ich nicht einschlafen. Zu viel Energie, zu aufgewühlt. Überdreht, wie meine Mutter sagen würde.
Ich gab es auf, schlafen zu wollen, und machte einen Spaziergang. Als ich durch die menschenleeren Straßen der Stadt wanderte, begegnete ich einem Fuchs. Er hatte mich nicht kommen hören und blickte erschrocken auf.
So nahe war ich einem Fuchs noch nie. Was für ein großartiges Geschöpf! Das Fell, der Schwanz – die dunklen Augen, die mich direkt anblickten.
Ich schaute hinein, und ich sah … Was sah ich?
Es ist schwer zu beschreiben – es war, als würde ich das ganze Wunder der Schöpfung betrachten, das Wunder des Universums, dort, in den Augen jenes Tieres, in jener Sekunde. Es war, als würde ich Gott sehen. Und für eine Sekunde nur überkam mich ein seltsames Gefühl. Ich spürte eine Art Präsenz. Ich spürte, dass Gott dort war, auf der Straße, und meine Hand hielt.
Plötzlich fühlte ich mich sicher. Mit mir selbst im Reinen, als wäre ein wütendes Fieber abgeklungen, ein Delirium von selbst ausgebrannt … Und zusammen mit der Morgendämmerung kam der andere Teil von mir – der gute Teil, der gesunde Teil – zum Vorschein.
Doch dann …
Dann verschwand der Fuchs in den Schatten, und die Sonne ging auf … und Gott war fort. Ich blieb allein zurück, zerrissen in zwei Hälften.
Ich will nicht zwei Personen sein. Ich will eine Person sein. Ich will ganz sein. Doch anscheinend habe ich keine Wahl.
Und als ich dort auf der Straße stand, bei Sonnenaufgang, stieg eine grauenvolle Erinnerung in mir auf – an einen anderen Sonnenaufgang, Jahre zuvor. An einen anderen Morgen, einen

Morgen genau wie diesen. Dasselbe gelbe Licht. Dasselbe Gefühl, in zwei Hälften gespalten zu sein.
Aber wo?
Wann?
Ich weiß, dass ich mich erinnern kann, wenn ich mich nur genug anstrenge. Aber möchte ich das? Ich habe den Eindruck, dass ich mir alle Mühe gebe, das, was an die Oberfläche drängt, zu vergessen. Wovor habe ich solche Angst? Ist es mein Vater? Glaube ich immer noch, dass er plötzlich aus der Versenkung auftaucht wie der Bösewicht im Theater und mich niederschlägt?
Oder ist es die Polizei? Fürchte ich, dass mir auf einmal jemand die Hand auf die Schulter legt, mich verhaftet und bestraft – zur Vergeltung meiner Vergehen?
Warum habe ich solche Angst?
Irgendwo wird es eine Antwort geben. Und ich weiß, wo ich danach suchen muss.

2

Als Erstes ging Mariana am nächsten Morgen zu Zoe. Ihre Nichte war gerade aufgewacht und wirkte ziemlich angeschlagen. Das Zebra fest in einer Hand, schob sie mit der anderen die Schlafmaske von den Augen.

Sie blinzelte Mariana an, die die Vorhänge zurückzog, um das Tageslicht hereinzulassen.

Zoe sah nicht gut aus – unter ihren Augen lagen dunkle Ränder, und sie wirkte erschöpft.

»Entschuldige, ich habe nicht gut geschlafen. Ich hatte wieder diese Albträume.«

Mariana reichte ihr eine Tasse Kaffee. »Wegen Tara? Ich ebenfalls.«

Zoe nickte und nippte an ihrem Kaffee. »Das Ganze kommt mir vor wie ein einziger Albtraum. Ich kann nicht glauben, dass sie wirklich … tot ist.«

Tränen stiegen in Zoes Augen. Mariana wusste nicht, ob sie sie trösten oder ablenken sollte. Ihre Wahl fiel auf Letzteres. Sie trat an Zoes Schreibtisch und betrachtete den Stapel Bücher, der darauf lag: *Die Herzogin von Malfi, Die Tragödie des Rächers, Die spanische Tragödie.*

»Lass mich raten. Dieses Semester ist die Tragödie dran?«

»Die *Rache*tragödie.« Zoe verdrehte die Augen. »Das ist *so* bescheuert.«

»Es macht dir also keinen Spaß?«

»*Die Herzogin von Malfi* ist ganz okay. Ich meine, es ist schon seltsam – lauter abgedrehtes Zeug.«

»Ich erinnere mich. Vergiftete Bibeln und Werwölfe. Aber irgendwie funktioniert's, richtig? Zumindest dachte ich das immer.« Mariana betrachtete das Buch. »Ich habe das Stück seit Jahren nicht mehr gelesen.«

»Es wird in diesem Semester von den Studenten im ADC Theatre aufgeführt. Du solltest kommen und es dir ansehen.«

»Das mache ich. Es ist gut. Warum hast du nicht vorgesprochen?«

»Hab ich, aber ich habe keine Rolle bekommen.« Zoe seufzte mit gespieltem Überdruss. »Schicksal.«

Mariana grinste. Doch dann fiel ihre kleine Scharade, dass alles in Ordnung war, plötzlich in sich zusammen. Sie sahen einander an.

Zoe legte die Stirn in tiefe Falten.

»Reist du ab? Willst du dich verabschieden?«

»Nein. Ich habe beschlossen zu bleiben. Wenigstens ein paar Tage – um Fragen zu stellen. Mal sehen, ob ich helfen kann.«

»Wirklich?« Zoes Augen hellten sich auf, die Stirnrunzeln glätteten sich. »Das ist großartig, Mariana. Vielen Dank.« Sie zögerte. »Hör mal, was ich gestern gesagt habe … dass ich mir wünschte, Sebastian wäre an deiner Stelle hier – es tut mir leid.«

Mariana schüttelte den Kopf. Sie verstand. Zoe und Sebastian hatten schon immer eine besondere Verbindung gehabt. Als sie klein gewesen war, war Zoe stets zu Sebastian gelaufen, wenn sie sich das Knie aufgeschürft oder sich geschnitten hatte und Trost brauchte. Mariana machte es nichts aus – sie wusste, wie wichtig es war, einen Vater zu haben. Und Sebastian war für Zoe das gewesen, was einem Vater am nächsten kam.

Sie legte Zoe die Hand auf den Unterarm.

»Du musst dich nicht entschuldigen. Sebastian konnte mit Krisensituationen sehr viel besser umgehen als ich.«

»Er hat immer auf uns aufgepasst. Und jetzt …« Zoe verstummte.

Mariana schenkte ihr ein aufmunterndes Lächeln. »Und jetzt passen wir aufeinander auf. Einverstanden?«

»Okay.« Zoe nickte. Dann nahm sie sich zusammen und sagte mit festerer Stimme: »Gib mir zwanzig Minuten. Ich springe schnell unter die Dusche und ziehe mich an. Dann können wir überlegen, wie es weitergehen soll.«

»Wie meinst du das? Hast du denn heute gar keine Vorlesungen?«

»Doch, aber …«

»Kein Aber«, entgegnete Mariana bestimmt. »Geh zu deinen Vorlesungen. Nimm an deinen Seminaren teil. Wir treffen uns zum Mittagessen. Dann können wir reden.«

»Ach, Mariana …«

»Nein. Ich meine es ernst. Gerade jetzt ist es wichtiger denn je, dass du dich auf deine Arbeit konzentrierst, verstehst du?«

Zoe seufzte, doch sie protestierte nicht.

»Gut«, sagte Mariana und küsste sie auf die Wange. »Wir sehen uns später.«

***

Mariana verließ Zoes Zimmer und ging hinunter zum Fluss.

Auf ihrem Spaziergang kam sie am College-Bootshaus vorbei – und an der langen Reihe der am Ufer vertäuten Ruderboote und Punts, die St. Christopher gehörten. Sie schaukelten sanft auf dem Wasser.

Unterwegs rief Mariana ihre Patienten an, um die Sitzungen in der nächsten Woche abzusagen.

Sie erzählte ihnen nicht, was passiert war. Sie sagte nur, dass es sich um einen familiären Notfall handelte. Die Patienten nahmen die Neuigkeit gut auf – abgesehen von Henry. Sie hatte nicht erwartet, dass er gelassen reagieren würde, und das tat er auch nicht.

»Vielen Dank auch«, bemerkte er sarkastisch. »Prost, Mahlzeit. Das ist ja super.«

Mariana versuchte, ihm zu erklären, dass dies eine Notsituation war, aber das interessierte ihn nicht. Wie ein Kind war Henry nur in der Lage, seine eigenen Bedürfnisse zu sehen. Er war frustriert und ausschließlich daran interessiert, Mariana zu strafen.

»Liegt Ihnen eigentlich irgendetwas an mir? Oder bin ich Ihnen scheißegal?«

»Henry, auf das hier kann ich keinen Einfluss nehmen …«

»Was ist mit mir? Ich brauche Sie, Mariana! Darauf kann *ich* keinen Einfluss nehmen. Es passieren gewisse Dinge. Ich … ich ertrinke hier …«

»Was ist los, Henry? Was ist passiert?«

»Darüber kann ich nicht am Telefon reden. Ich brauche Sie ... Warum sind Sie nicht zu Hause?«

Mariana erstarrte. Woher wusste er, dass sie nicht in London war? Er musste schon wieder das Haus beobachtet haben.

Plötzlich schrillte eine Alarmglocke in ihrem Kopf. Die Situation mit Henry war unvertretbar, und sie war sauer auf sich selbst, weil sie es so weit hatte kommen lassen. Sie würde sich damit auseinandersetzen müssen – und mit Henry. Aber nicht jetzt. Nicht heute.

»Ich muss Schluss machen«, sagte sie.

»Ich weiß, wo Sie sind, Mariana. Ist Ihnen das klar? Ich beobachte Sie. Ich kann Sie sehen ...«

Mariana legte auf. Sie fühlte sich angespannt und unbehaglich. Sie ließ den Blick über das Flussufer und den schmalen Fußweg auf beiden Seiten schweifen – doch sie konnte Henry nirgendwo entdecken. Natürlich nicht, er versuchte lediglich, ihr Angst einzujagen. Genervt stellte sie fest, dass sie auf seinen Köder angebissen hatte.

Sie schüttelte den Kopf, holte tief Luft und setzte ihren Spaziergang fort.

3

Es war ein wundervoller Morgen. Das Sonnenlicht schimmerte durch die Weiden am Fluss und ließ die Blätter über ihrem Kopf in einem intensiven Grün leuchten. Unter ihren Füßen wucherten wilde Veilchen, die den Weg bedeckten wie Schwärme winziger rosa Schmetterlinge. Es war fast nicht möglich, eine solche Schönheit mit dem Grund ihrer Anwesenheit zusammenzubringen, zumal ihre Gedanken beinahe unablässig um Mord und Tod kreisten.

Was zum Teufel mache ich hier eigentlich?, fragte sie sich. *Das ist doch verrückt.*

Es fiel ihr schwer, *nicht* negativ zu denken – bei all dem, was sie nicht wusste. Sie hatte keine Ahnung, wie sie einen Verbrecher schnappen sollte. Sie war keine Kriminologin und, anders als Julian, auch keine forensische Psychologin. Alles, worüber sie verfügte, war eine gewisse Kenntnis der menschlichen Natur und des menschlichen Verhaltens, erworben in jahrelanger Arbeit mit Patienten. Das musste genügen.

Sie sollte sich unbedingt darum bemühen, die Selbstzweifel aus ihrem Kopf zu verbannen, damit sie sie nicht beeinträchtigten. Sollte auf ihre Instinkte vertrauen. Sie überlegte einen Moment lang.

Wo galt es zu beginnen?

Nun, zuerst – und das war das Wichtigste – musste sie sich mit Tara befassen: Was für ein Mensch war sie gewesen, wen hatte sie geliebt, wen hatte sie gehasst – und wen hatte sie gefürchtet? Mariana nahm an, dass Julian recht hatte: Tara kannte ihren Mörder. Deshalb musste sie, Mariana, ihre Geheimnisse aufdecken. Was nicht allzu schwer sein dürfte. In Gruppen wie diesen, in kleinen, eng begrenzten Gemeinschaften, kursierte viel Klatsch und Tratsch, und die Menschen wussten sehr gut über das Privatleben der anderen Bescheid. Wenn etwas dran war an Taras Behauptung, sie habe eine Affäre mit Edward Fosca gehabt, musste es Gerüchte darüber geben.

Mal sehen, was die Kommilitonen und das College-Personal dazu zu sagen hatten. So würde Mariana anfangen – sie würde Fragen stellen.

Und, noch entscheidender, sie würde gut zuhören.

Sie erreichte einen belebteren Abschnitt des Flussufers, auf Höhe der Mill Lane. Vor ihr gingen die Leute spazieren, joggten, fuhren Rad. Mariana dachte nach. Der Mörder konnte einer von ihnen sein, konnte sich in unmittelbarer Nähe bewegen.

Konnte sie beobachten.

Wie sollte sie ihn erkennen? Tja, die Antwort lautete wohl, dass das nicht möglich war. Und trotz aller Beteuerungen von Julian, er sei auf diesem Gebiet Experte, konnte er es auch nicht. Mariana wusste das. Auf das Thema Psychopathie angesprochen, würde Julian auf eine Schädigung des Frontal- oder Temporallappens im Gehirn der Betroffenen hinweisen und eine Reihe nichtssagender Bezeichnungen aufzählen wie »antisoziale Persönlichkeitsstörung« oder »maligner Narzissmus«. Außerdem würde er diverse, eher schwammig umrissene Eigenschaften benennen: hohe Intelligenz, oberflächlicher Charme, grandiose Selbstüberzeugung, pathologisches Lügen, Verachtung der Moral. Doch all das erklärte nur sehr wenig. Es erklärte nicht, wie – oder warum – ein Mensch so endete: als gnadenloses Monster, das andere Menschen benutzte, als wären sie angeschlagene Spielzeuge, die man in Stücke zerschmettern konnte.

Vor langer Zeit hatte man Psychopathie ganz einfach mit »böse« gleichgesetzt. Manche Menschen waren böse – sie fanden Freude daran, andere zu verletzen oder zu töten. Es wurde über sie geschrieben, seit Medea eine Axt gegen ihre Kinder erhoben hatte, und vermutlich schon lange davor. Das Wort »Psychopath« wurde 1888 von einem deutschen Psychiater geprägt – im selben Jahr, in dem Jack the Ripper London terrorisierte –, abgeleitet von dem Wort »psychopathisch«, was so viel bedeutet wie »seelisch leidend«.

Für Mariana war das der Schlüssel – das *Leiden* –, das Gefühl, dass diese Monster ebenfalls Schmerz litten. Indem sie sie als Opfer betrachtete, konnte sie rationaler mit ihnen umgehen – und empathischer. Psychopathie oder Sadismus kamen niemals aus dem Nichts. Es war kein Virus, das einen aus heiterem Himmel infizieren konnte. Beides hatte immer eine lange Vorgeschichte, die bis in die Kindheit zurückreichte.

Mariana glaubte, dass die Kindheit eine reaktive Erfahrung darstellte. Um Empathie für einen anderen Menschen empfinden zu können, musste man also zunächst Empathie vermittelt bekommen – von den Eltern oder anderen Bezugspersonen. Das wiederum bedeutete, dass dem Mann, der Tara umgebracht hatte, als kleinem Junge keine Empathie, keine Freundlichkeit entgegengebracht worden war. Er hatte gelitten – auf entsetzliche Weise.

Allerdings wachsen viele Kinder in von Missbrauch oder Gewalt geprägten Umgebungen auf, und nicht alle enden als Mörder. Warum? Nun, wie Marianas ehemalige Supervisorin zu sagen pflegte: »Es braucht nicht viel, um eine Kindheit zu retten.« Ein wenig Freundlichkeit, etwas Verständnis oder Bestätigung: jemanden, der die Realität eines Kindes erkennt und anerkennt – und der seine geistige Gesundheit rettet.

In diesem Fall, so vermutete Mariana, hatte es niemanden gegeben, keine warmherzige Großmutter, keinen Lieblingsonkel, keinen wohlmeinenden Nachbarn oder Lehrer, der seinen Schmerz gesehen, ihn benannt und damit greifbar gemacht hatte. Die einzige Realität gehörte dem, der das Kind missbrauchte, und die Gefühle wie Scham, Angst und Wut, die es verspürte, waren zu gefährlich, als dass es sie allein verarbeiten konnte – das Kind hätte auch gar nicht gewusst, wie. Also verarbeitete es diese Gefühle nicht, nahm sie nicht wahr. Es opferte sein wahres Selbst, all diesen ungefühlten Schmerz und Zorn, der sogenannten Unterwelt, der düsteren Welt des Unbewussten.

Das Kind verlor den Bezug zu dem Menschen, der es wirklich war. Was wiederum bedeutete, dass der Mann, der Tara an diesen abgelegenen Ort gelockt hatte, sich selbst vermutlich ebenso fremd war wie allen anderen. Aller Wahrscheinlichkeit nach war er ein brillanter Performer; untadelig höflich, leutselig, charmant. Doch irgendwie hatte Tara ihn provoziert, und das verängstigte Kind in ihm war zum Vorschein gekommen und hatte nach einem Messer gegriffen.

Doch was hatte ihn getriggert?

Das war die Frage. Wenn Mariana doch nur in seinen Kopf blicken und seine Gedanken lesen könnte – wo immer er war.

»Hallo.«

Die Stimme hinter ihr ließ Mariana zusammenfahren. Sie wirbelte herum.

Es war Fred, der junge Mann, den sie im Zug kennengelernt hatte. Einen Stapel Papiere unter den Arm geklemmt, schob er sein Fahrrad und aß dabei einen Apfel. Er grinste.

»Erinnern Sie sich an mich?«

»Ich erinnere mich.«

»Ich wusste, wir würden uns wiedertreffen. Ich habe es vorhergesehen. Wie gesagt, ich bin ein wenig hellsichtig.«

Mariana lächelte. »Cambridge ist eine kleine Stadt. Das ist nur ein Zufall.«

»Als Physiker glaube ich nicht an Zufälle. So etwas gibt es nicht. Diese Abhandlung, an der ich gerade schreibe, beweist das.«

Er deutete mit dem Kinn auf den Stapel Papiere unter seinem Arm, der ihm im selben Moment entglitt. Seitenweise mathematische Gleichungen fielen zu Boden und verteilten sich auf dem Weg.

»Oh, Mist!«

Er ließ sein Fahrrad fallen und flitzte los, um die Blätter einzusammeln. Mariana kniete sich hin, um ihm zu helfen.

»Danke«, sagte Fred, als sie die letzten Seiten aufgehoben hatten. Sein Gesicht war nur wenige Zentimeter von ihrem entfernt. Sie sahen einander an. Er hatte schöne Augen, dachte Mariana, dann schob sie den Gedanken beiseite und stand auf.

»Ich bin froh, dass Sie noch hier sind«, sagte er. »Bleiben Sie länger?«

Mariana zuckte die Achseln. »Ich weiß es noch nicht. Ich bin wegen meiner Nichte hier. Sie … sie hat schlechte Nachrichten erhalten.«

»Sie meinen den Mord? Ihre Nichte ist am St. Christopher, richtig?«

Mariana blinzelte verwirrt. »Ich … erinnere mich nicht, Ihnen das erzählt zu haben.«

»O doch, das haben Sie«, entgegnete er, dann setzte er eilig hinzu: »Alle reden darüber – über das, was passiert ist. Ich habe viel darüber nachgedacht und ich habe ein paar Theorien aufgestellt.«

»Worüber?«

»Über Conrad.« Fred warf einen Blick auf die Uhr. »Ich muss jetzt los. Sie haben keine Lust, sich mit mir auf einen Drink zu treffen? Sagen wir … heute Abend? Wir könnten reden.« Er sah sie hoffnungsvoll an. »Nur wenn Sie möchten, und natürlich ganz ohne Druck – keine große Sache …«

Er redete sich um Kopf und Kragen. Mariana wollte ablehnen, aber irgendetwas hielt sie davon ab. Was wusste er über Conrad? Vielleicht konnte er ihr weiterhelfen – ihr womöglich etwas sagen, was ihr von Nutzen sein konnte. Es war einen Versuch wert.

»Okay«, willigte sie ein.

Fred sah sie überrascht und erfreut an. »Wirklich? Fantastisch. Wie wär's gegen neun? Im Eagle? Ich gebe Ihnen meine Nummer.«

»Ich brauche Ihre Nummer nicht. Ich werde da sein.«

»Also gut«, sagte er grinsend. »Ich freue mich auf unser Date.«

»Das ist kein Date.«

»Nein, natürlich nicht. Ich weiß nicht, warum ich das gesagt habe. Okay. Wir sehen uns später.« Er stieg auf sein Fahrrad und radelte über den Weg am Flussufer davon. Mariana sah ihm nach, dann drehte sie sich um und spazierte zurück zum College.

Zeit, die Ärmel hochzukrempeln und sich an die Arbeit zu machen.

4

Mariana eilte über den Main Court auf eine Gruppe Frauen mittleren Alters zu, die Tassen mit dampfendem Tee in den Händen hielten, Kekse aßen und miteinander plauderten – die Aufwartefrauen, auch »Bedder« genannt, bei ihrer Teepause.

Bedder war ein universitätseigener Begriff – und die damit Bezeichneten so etwas wie eine Institution. Seit Hunderten von Jahren waren ganze Armeen einheimischer Frauen bei den Colleges beschäftigt, um Betten zu machen, Papierkörbe auszuleeren und die Zimmer zu reinigen. Hinzugefügt werden muss, dass die Rolle dieser Aufwärterinnen durch ihren täglichen Kontakt zu den Studentinnen und Studenten häufig nicht auf Haushaltsdienste beschränkt blieb, sondern auf seelsorgerische Tätigkeiten ausgeweitet wurde. Marianas Bedder war damals mitunter der einzige Mensch, mit dem sie sich tagtäglich austauschte – bis sie Sebastian begegnete.

Die Aufwartefrauen waren eine Respekt einflößende Truppe. Mariana fühlte sich leicht eingeschüchtert, als sie sich ihnen näherte. Sie fragte sich nicht zum ersten Mal, was sie wirklich von den Studenten hielten, diese Frauen der Arbeiterklasse, von denen keine einzige die Annehmlichkeiten dieser privilegierten, oftmals verwöhnten jungen Leute genoss.

Vielleicht hassen sie uns ja, dachte Mariana plötzlich. Sie hätte es ihnen nicht verübeln können.

»Guten Morgen, die Damen«, sagte sie.

Die Gespräche verstummten. Die Bedder sahen Mariana neugierig und ein wenig misstrauisch an. Sie lächelte.

»Können Sie mir helfen? Ich suche nach Tara Hamptons Aufwärterin.«

Mehrere Köpfe drehten sich nach einer Frau um, die im Hintergrund stand und sich gerade eine Zigarette anzündete.

Die Bedder war Ende sechzig, vielleicht älter. Sie trug einen blauen Kittel, zwischen ihren Füßen stand ein Eimer mit verschiedenen Reinigungsmitteln und einem Staubwedel. Sie war nicht dick, aber stämmig, und hatte ein rundes Gesicht, das umgeben war von rot gefärbten Haaren mit weißem Ansatz. Sie hatte ihre Augenbrauen ausgezupft und sich stattdessen zwei Striche hoch auf die Stirn gemalt, was ihr einen verblüfften Ausdruck verlieh. Offenbar machte es sie verlegen, dass man sie herausgepickt hatte.

»Das bin ich, meine Gute«, sagte sie mit einem angestrengten Lächeln. »Ich bin Elsie. Wie kann ich Ihnen helfen?«

»Mein Name ist Mariana. Ich habe hier studiert, und ich ... bin Psychotherapeutin«, improvisierte sie. »Der Dekan hat mich gebeten, mit verschiedenen College-Angehörigen über die Auswirkungen von Taras Tod zu sprechen. Ist es wohl möglich, dass wir uns ... kurz unterhalten?«

Das klang lahm. Mariana hatte nicht viel Hoffnung, dass Elsie den Köder schlucken würde. Sie sollte recht behalten.

Elsie schürzte die Lippen. »Ich brauche keine Psychotherapeutin, meine Gute. Mit meinem Kopf ist alles in Ordnung, vielen Dank.«

»So meinte ich das nicht – ich handele aus eigenem Interesse. Ich ... ich stelle ein paar Recherchen an.«

»Nun, ich habe wirklich nicht die Zeit ...«

»Es wird nicht lange dauern. Darf ich Sie auf eine Tasse Tee einladen? Ein Stück Kuchen?«

Bei der Erwähnung des Kuchens trat ein Glitzern in Elsies Augen. Ihre Haltung wurde weniger abweisend. Sie zuckte die Achseln und zog an ihrer Zigarette.

»In Ordnung. Allerdings müssen wir uns beeilen. Ich habe vor dem Mittagessen noch einige Treppenaufgänge und mehrere Zimmer zu reinigen.«

Elsie drückte die Kippe auf dem Kopfsteinpflaster aus, dann band sie ihre Schürze ab und reichte sie einer anderen Aufwartefrau, die sie wortlos entgegennahm.

Anschließend ging sie zu Mariana.

»Folgen Sie mir, meine Gute«, sagte sie. »Ich kenne den besten Ort.«

Damit marschierte Elsie von dannen. Mariana folgte ihr, und in dem Moment, als sie sich umdrehte, hörte sie, wie die anderen Bedder aufgeregt zu flüstern begannen.

5

Mariana folgte Elsie über die King's Parade. Sie überquerten den Market Square mit seinen grün-weißen Verkaufszelten und Buden, an denen Blumen, Bücher und Kleidungsstücke verkauft wurden, dann kamen sie am strahlend weißen Senate House mit dem glänzenden, schwarzen, schmiedeeisernen Zaun vorbei. Seite an Seite passierten sie den Fudge Shop, aus dessen offenen Türen ein überwältigender, süßer Duft nach Zucker und heißem Weichkaramell strömte.

Unter der rot-weißen Markise des Copper Kettle blieb Elsie stehen. »Das ist mein Lieblingslokal«, sagte sie.

Mariana nickte. Sie kannte die Teestube aus ihren Studentenzeiten. »Nach Ihnen.«

Sie folgte Elsie hinein. Drinnen saß eine bunte Mischung aus Studenten und Touristen, die sich in verschiedenen Sprachen unterhielten.

Elsie steuerte schnurstracks auf die Glasvitrine mit den Kuchen zu. Sie beäugte die Auswahl an Brownies, Schokoladenkuchen, Kokosschnitten, gedecktem Apfelkuchen und Zitronenbaiser. »Eigentlich dürfte ich ja nicht«, sagte sie. »Nun … vielleicht eins.«

Sie wandte sich der älteren, weißhaarigen Bedienung hinter der Theke zu. »Ein Stück Schokoladenkuchen, bitte. Und eine Kanne English-Breakfast-Tee.« Sie nickte in Marianas Richtung. »Sie bezahlt.«

Mariana bestellte sich einen Tee, und sie nahmen an einem Tisch am Fenster Platz.

Es entstand eine kurze Pause. Dann beschloss Mariana, gleich zur Sache zu kommen, und fragte freundlich: »Kennen Sie meine Nichte? Zoe? Sie war mit Tara befreundet.«

Elsie schien nicht beeindruckt. »Oh, Zoe ist Ihre Nichte? Ja, ich bin für sie zuständig. Eine richtige kleine Madame.«

»Zoe? Wie meinen Sie das?«

»Sie hat sich mir gegenüber ausgesprochen unhöflich verhalten – mehrfach.«

»Oh, das tut mir leid zu hören. Es klingt gar nicht nach ihr. Ich werde mit ihr reden.«

»Tun Sie das, meine Gute.«

Ein unangenehmer Moment verstrich.

»Ich weiß allerdings nicht, wie ich Ihnen helfen könnte.«

»Nun, ich …«

Sie wurden von einer Kellnerin unterbrochen – jung, hübsch, osteuropäisch –, die ihnen Tee und Kuchen brachte. Elsies Gesicht hellte sich sichtlich auf.

»Paulina! Wie geht es Ihnen?«

»Mir geht's gut, Elsie. Und Ihnen?«

»Haben Sie's noch nicht gehört?« Elsies Augen weiteten sich, ihre Stimme zitterte vor gespieltem Entsetzen. »Eins von meinen Küken wurde abgeschlachtet – in Stücke geschnitten, unten am Fluss.«

»Ja, ja, das habe ich mitbekommen. Es tut mir leid.«

»Pass auf, wohin du gehst, Paulina. Es ist nicht sicher – ein hübsches Mädchen wie du, nachts allein dort draußen.«

»Ich werde vorsichtig sein, Elsie«, versprach die Kellnerin.

»Gut.« Die Aufwärterin sah der davoneilenden jungen Frau wohlwollend nach, dann wandte sie sich genießerisch ihrem Kuchen zu. »Nicht schlecht«, nuschelte sie zwischen zwei Bissen. Ihr Mund war schokoladenverschmiert. »Möchten Sie auch mal?«

Mariana schüttelte den Kopf. »Nein, danke.«

Der Kuchen erfüllte seinen Zweck, denn Elsies Laune besserte sich. Während sie kaute, betrachtete sie Mariana nachdenklich. »So, meine Gute«, sagte sie nach einer Weile, »ich hoffe, Sie erwarten nicht, dass ich Ihnen diesen Unsinn mit der Psychotherapie abkaufe. Sie wollen mir Informationen entlocken.«

»Sie sind ausgesprochen scharfsichtig, Elsie.«

Die Aufwartefrau kicherte und ließ einen Zuckerwürfel in ihren Tee plumpsen. »Elsie entgeht nicht viel.«

Sie hatte die befremdliche Angewohnheit, von sich selbst in der dritten Person zu sprechen, und warf Mariana nun einen durchdringenden Blick zu. »Raus mit der Sprache – worum geht es wirklich?«

»Ich würde gerne wissen, wann Sie Tara zum letzten Mal gesehen haben, Elsie.«

»Natürlich an dem Tag, an dem sie gestorben ist … Ich werde das nie vergessen. Ich habe gesehen, wie das arme Mädchen ihrem Tod entgegenging.«

»Was meinen Sie damit?«

»Nun, ich stand im Hof und wartete auf einige meiner Kolleginnen – wir nehmen immer zusammen den Bus nach Hause. Ich sah, wie Tara aus dem Gebäude kam. Sie war furchtbar aufgeregt. Ich winkte und rief ihren Namen, aber aus irgendeinem Grund hat sie mich nicht gehört. Ich habe ihr nachgeschaut, als sie den Hof verließ. Sie kam nie mehr zurück …«

»Um wie viel Uhr war das? Erinnern Sie sich daran?«

»Genau um Viertel vor acht. Ich weiß das so genau, weil ich auf die Uhr gesehen habe – wir hätten den Bus um ein Haar verpasst.« Elsie schnalzte missbilligend mit der Zunge. »Nicht, dass er jemals pünktlich kommen würde.«

Mariana schenkte ihr Tee nach und fragte in vertraulichem Ton: »Sie standen Tara nahe, nicht wahr?«

Elsie warf ihr einen leicht argwöhnischen Blick zu. »Wer hat das behauptet? Zoe?«

»Nein – ich nehme es lediglich an, weil Sie als ihre Aufwartefrau Tara häufig zu Gesicht bekommen haben. Ich mochte meine Bedder sehr gern.«

»Tatsächlich, meine Gute? Das ist schön.«

»Nun, es ist ein wirklich wichtiger Service, den Sie da anbieten … Ich bin mir allerdings nicht sicher, ob ihn immer alle genügend wertschätzen.«

Elsie nickte enthusiastisch. »Da haben Sie recht. Die Leute denken, man wischt lediglich ein bisschen Staub und leert die Papierkörbe. Dabei sind die Küken zum ersten Mal von zu Hause fort –

man kann sie nicht einfach sich selbst überlassen, man muss sich um sie kümmern.« Sie lächelte warmherzig. »Elsie passt auf sie auf. Elsie sieht jeden Tag nach ihnen, weckt sie jeden Morgen – oder findet sie tot auf, wenn sie sich in der Nacht erhängt haben.«

»Ja, aber Tara ist nicht in ihrem Zimmer gestorben«, hielt Mariana leicht alarmiert dagegen.

»Nein. Das ist sie nicht.« Elsie wirkte beinahe enttäuscht. »Als ich hörte, was er ihr angetan hat, dieser Bastard, wer immer er sein mag … Nun, für gewöhnlich rühre ich Alkohol nicht an, aber da hat mir mein Mann einen großen Brandy eingeschenkt. Tara war mein Liebling von allen Mädchen, die ich je betreut habe, müssen Sie wissen. Das hübscheste Ding, das ich je gesehen habe.«

»Da stimme ich Ihnen zu, Elsie. Ich kannte Tara ein wenig. Sie war extrem schön …« Mariana zögerte, dann fuhr sie fort: »Ich habe mir Gedanken über ihre Freundinnen gemacht. Was halten Sie von ihnen?«

Elsie zog eine Augenbraue in die Höhe. »Oh, Sie meinen *die*, oder?«

»*Die?*«

Elsie lächelte, aber sie antwortete nicht.

Vorsichtig hakte Mariana nach: »Als ich mit Conrad geredet habe, hat er sie ›Hexen‹ genannt.«

»Ach was.« Elsie kicherte. »›Zicken‹ würde es eher treffen, meine Gute.«

»Sie mögen die jungen Damen nicht?«

Elsie zuckte die Achseln. »Das waren nicht wirklich ihre Freundinnen. Tara hat sie gehasst. Ihre Nichte war die Einzige, die nett zu ihr war.«

»Und die anderen?«

»Oh, sie haben sie gemobbt, die arme Kleine. Sie hat sich oft deswegen bei mir ausgeweint. ›Du bist meine einzige Freundin, Elsie‹, hat sie gesagt. ›Ich habe dich so lieb, Elsie.‹«

Elsie wischte sich eine eingebildete Träne aus dem Augenwinkel. Mariana wurde übel: Diese Darbietung war so ekelhaft süß wie der

Schokoladenkuchen, den Elsie gerade verschlungen hatte – und sie glaubte ihr kein einziges Wort. Entweder fantasierte Elsie, oder sie war einfach eine notorische Lügnerin. Nichtsdestotrotz fragte sie nach.

»Warum haben die anderen Mädchen Tara gemobbt? Das begreife ich nicht.«

»Sie waren eifersüchtig. Weil sie so hübsch war.«

»Verstehe … Ich frage mich allerdings, ob mehr dahinterstecken könnte.«

»Nun, da erkundigen Sie sich am besten bei Zoe.«

»Bei Zoe?«, wiederholte Mariana erstaunt. »Was wollen Sie damit sagen? Was hat Zoe damit zu tun?«

Elsie setzte ein kryptisches Lächeln auf. »Das ist hier die Frage, nicht wahr, meine Gute?« Näher ging sie nicht darauf ein.

»Und was ist mit Professor Fosca?«, fragte Mariana gereizt.

»Was soll mit ihm sein?«

»Conrad behauptet, er habe sich für Tara interessiert.«

Elsie wirkte weder beeindruckt noch überrascht. »Der Professor ist ein Mann – und er ist genau wie alle anderen.«

»Und das heißt …?«

Elsie schnaubte, doch sie gab keine Antwort. Mariana spürte, dass das Gespräch seinem Ende entgegenging. Es würde nichts bringen, die Aufwartefrau weiter zu bedrängen. So beiläufig wie möglich kam sie daher auf den eigentlichen Grund ihrer Einladung zu Tee und Kuchen zu sprechen.

»Elsie, wäre es möglich, dass ich … einen Blick in Taras Zimmer werfe?«

»In ihr Zimmer?« Zunächst sah es so aus, als wolle Elsie Marianas Bitte abschlagen, doch dann zuckte sie die Achseln. »Das kann ja vermutlich nicht schaden. Die Polizei hat es bereits auf den Kopf gestellt – deshalb wollte ich morgen gründlich sauber machen … Wissen Sie, was? Lassen Sie mich schnell austrinken, dann gehen wir zusammen hin.«

Mariana lächelte erfreut. »Vielen Dank, Elsie.«

6

Elsie schloss die Tür von Taras Zimmer auf, ging hinein und schaltete das Licht an. Mariana folgte ihr.

Es sah so aus wie in jedem Mädchenzimmer, nur noch unordentlicher. Dass die Polizei die Sachen durchwühlt hatte, war nicht zu bemerken – es hatte vielmehr den Anschein, als hätte Tara den Raum gerade eben verlassen und könnte jede Sekunde zurückkommen. In der Luft hing noch immer ein Hauch von ihrem Parfüm, an den Möbeln haftete der süßliche Geruch von Marihuana.

Mariana wusste nicht, wonach sie suchte. Nach etwas, das die Polizei übersehen hatte – aber was? Die Officer hatten alles mitgenommen, worauf Zoe ihre Hoffnungen gesetzt hatte, um irgendeinen Hinweis zu erhalten – Taras Computer, ihr Handy und ihr iPad waren nicht mehr da. Ihre Kleidung hing im Schrank oder lag verstreut auf dem Sessel und auf dem Fußboden – teure Stücke, behandelt wie Lumpen. Ähnlich respektlos schien Tara mit ihren Büchern umgegangen zu sein, die aufgeschlagen auf dem Teppich lagen, die Buchrücken geknickt.

»War sie immer so chaotisch?«

»O ja, meine Gute.« Elsie gab ein missbilligendes Geräusch von sich, gefolgt von einem nachsichtigen Kichern. »Ein hoffnungsloser Fall. Ich weiß nicht, was sie ohne mich gemacht hätte.«

Die Aufwärterin setzte sich aufs Bett. Offenbar hatte sie beschlossen, Mariana ins Vertrauen zu ziehen. Jetzt gab sie sich nicht länger zurückhaltend, ganz im Gegenteil.

»Ihre Eltern wollen heute ihre Sachen einpacken«, teilte sie Mariana mit. »Ich habe ihnen angeboten, das für sie zu übernehmen, um ihnen die Mühe zu sparen. Aus irgendeinem Grund haben sie jedoch abgelehnt. Manchen Leuten kann man es eben nicht recht machen. Was mich nicht überrascht. Ich weiß, was Tara von den beiden gehalten hat. Sie hat mir erzählt, dass Lady Hampton ein eingebildetes Miststück ist – und alles andere als eine *Lady,* das kann ich Ihnen versichern. Und was ihren Ehemann anbelangt …«

Mariana hörte nur mit einem Ohr zu und wünschte sich inständig, Elsie würde verschwinden, damit sie sich konzentrieren konnte. Sie ging zu einer kleinen Frisierkommode. Betrachtete sie. Unter den Rahmen des Spiegels waren einige Fotos geklemmt, darunter eins von Tara und ihren Eltern. Tara war unglaublich schön gewesen; sie strahlte förmlich. Sie hatte lange rote Haare und exquisite Züge – das Gesicht einer griechischen Göttin.

Nachdenklich schweifte Marianas Blick über die restlichen Sachen auf dem Frisiertisch: mehrere Parfümflaschen, Make-up, eine Bürste. Sie betrachtete die Bürste. Eine lange rote Strähne hatte sich darin verfangen.

»Sie hatte wundervolle Haare«, sagte Elsie, die Mariana beobachtete. »Ich habe sie ihr gebürstet. Sie hat es geliebt, wenn ich das machte.«

Mariana lächelte höflich und streckte die Hand nach einem kleinen Stofftier aus – ein flauschiges Kaninchen, das gegen den Spiegel gelehnt war. Anders als Zoes altes Zebra, das mittlerweile ramponiert und abgenutzt aussah, wirkte dieses Spielzeug seltsam neu – nahezu unberührt.

Elsie löste das Rätsel.

»Das habe ich ihr gekauft. Sie war so allein, als sie hier ankam, brauchte dringend etwas zum Kuscheln. Also habe ich ihr das Häschen besorgt.«

»Wie nett von Ihnen.«

»Elsie ist nun einmal herzensgut. Ich habe ihr auch die Wärmflasche mitgebracht. Nachts wird es hier bitterkalt. Die Bettdecken hier nützen nicht viel – sie sind dünn wie Pappe.« Sie gähnte, offenbar langweilte sie sich. »Brauchen Sie noch lange, meine Gute? Ich muss nämlich wirklich weitermachen – vor mir liegen noch mehrere Zimmer.«

»Ich möchte Sie nicht aufhalten. Vielleicht … könnte ich noch ein paar Minuten bleiben?«

Elsie zögerte kurz. »In Ordnung. Ich gehe unterdessen eine rauchen. Ziehen Sie die Tür hinter sich zu, wenn Sie fertig sind.«

»Danke.«

Damit verließ die Bedder Taras Zimmer. Mariana stieß einen Seufzer aus. Gott sei Dank. Sie schaute sich erneut um. Noch hatte sie nicht gefunden, wonach sie suchte – was immer das sein mochte. Sie hoffte, es würde ihr klar werden, sobald sie es entdeckte. Irgendein Hinweis, etwas, was ihr Einblick in Taras Gemütsverfassung geben konnte. Etwas, was Mariana weiterhelfen würde – aber was?

Sie ging hinüber zur Kommode. Öffnete jede einzelne Schublade und inspizierte den Inhalt. Eine deprimierende, morbide Angelegenheit. Sie kam sich vor wie eine Chirurgin, die Taras Körper aufschnitt und ihre inneren Organe untersuchte. Mariana sichtete die intimsten Besitztümer der ermordeten Studentin – ihre Unterwäsche, ihr Make-up, ihre Haarpflegeprodukte, ihren Pass, Führerschein, Kreditkarten, Fotos von Tara als Kind, als Baby, Erinnerungen und Notizen, alte Kassenbelege, einzelne Tampons, leere Kokainfläschchen, Tabak- und Graskrümel.

Es war seltsam: Tara hatte sich in Luft aufgelöst, genau wie Sebastian, und all ihre Habseligkeiten hinterlassen. *Nach unserem Tod,* dachte Mariana, *ist alles, was von uns bleibt, ein Mysterium – und unser Besitz, der von anderen übernommen wird.*

Sie beschloss aufzugeben. Wonach auch immer sie suchte – es war nicht hier. Hatte vielleicht nie existiert. Sie schloss die letzte Schublade und schickte sich an, das Zimmer zu verlassen.

Doch irgendetwas ließ sie innehalten, als sie schon an der Tür stand. Sie drehte sich um und ließ den Blick ein weiteres Mal durch den Raum schweifen.

Ihre Augen blieben an der Korkpinnwand über dem Schreibtisch hängen. Notizen, Flyer, Postkarten und mehrere Fotos waren daran befestigt.

Auf einer der Postkarten war ein Gemälde abgebildet, das Mariana kannte: *Tarquinius und Lucretia* von Tizian. Mariana trat näher heran und betrachtete es.

Lucretia lag in ihrem Schlafzimmer auf dem Bett, nackt und wehrlos; Tarquinius kniete über ihr – ein Schwert in der Hand, gleißend im Licht, bereit, zuzustoßen. Ein schönes Bild, doch zutiefst verstörend.

Mariana nahm die Postkarte von der Pinnwand und drehte sie um.

Auf die Rückseite hatte jemand mit schwarzer Tinte ein Zitat geschrieben. Vier Zeilen in altgriechischer Schrift:

ἓν δὲ πᾶσι γνῶμα ταὐτὸν ἐμπρέπει:
σφάξαι κελεύουσίν με παρθένον κόρῃ
Δήμητρος, ἥτις ἐστὶ πατρὸς εὐγενοῦς,
τροπαῖά τ᾽ ἐχθρῶν καὶ πόλει σωτήριαν.

Mariana betrachtete sie ratlos.

7

Clarissa saß in ihrem Sessel am Fenster, als Mariana bei ihr eintraf, die Pfeife in der Hand, umgeben von Rauchwolken. Sie korrigierte einen Stapel Arbeiten, der auf ihrem Schoß lag.

»Darf ich Sie um ein Gespräch bitten?«, fragte Mariana, die an der Tür stehen geblieben war.

»Oh, Mariana. Sie sind noch hier? Kommen Sie rein, meine Teuerste, kommen Sie rein.« Clarissa winkte sie ins Zimmer. »Setzen Sie sich.«

»Ich möchte nicht stören …«

»Alles, was mich davon abhält, Studentenaufsätze zu benoten, ist eine willkommene Abwechslung.« Sie legte die Arbeiten beiseite und warf Mariana, die auf dem Sofa Platz nahm, einen neugierigen Blick zu. »Dann haben Sie also beschlossen, doch noch zu bleiben?«

»Nur für ein paar Tage. Zoe braucht mich.«

»Gut. Sehr gut. Das freut mich.« Clarissa zündete ihre Pfeife an und paffte. »Was kann ich für Sie tun?«

Mariana griff in ihre Tasche und zog die Postkarte heraus. Sie reichte sie Clarissa. »Die hier habe ich in Taras Zimmer gefunden. Können Sie etwas damit anfangen?«

Für einen Augenblick betrachtete Clarissa das Foto, dann drehte sie die Karte um und las das Zitat mit hochgezogener Augenbraue vor: »ἓν δὲ πᾶσι γνῶμα ταὐτὸν ἐμπρέπει: / σφάξαι κελεύουσίν με παρθένον κόρῃ / Δήμητρος, ἥτις ἐστὶ πατρὸς εὐγενοῦς, / τροπαῖά τ᾽ ἐχθρῶν καὶ πόλει σωτήριαν.«

»Von wem ist das?«, wollte Mariana wissen. »Kennen Sie es, und vor allem: Was bedeutet das?«

»Ich denke … es handelt sich um ein Zitat von Euripides. *Die Kinder des Herakles,* wenn ich mich nicht irre. Sie kennen das Stück?«

Mariana verspürte einen Anflug von Scham, weil sie noch nie etwas davon gehört, geschweige denn die Tragödie gelesen hatte. »Helfen Sie mir auf die Sprünge?«

»Es spielt in Athen«, sagte Clarissa. »König Demophon macht sich für den Krieg bereit. Er will die Stadt gegen die Mykener verteidigen.« Die alte Professorin steckte sich die Pfeife in den Mundwinkel, riss ein Streichholz an und entzündete den Tabak ein weiteres Mal. Sie paffte, dann fuhr sie fort: »Demophon will wissen, wie seine Chancen stehen, deshalb sucht er das Orakel auf.« Neuerliches Paffen. »An der Stelle des Stücks findet sich das Zitat von der Postkarte.«

»Verstehe.«

»Hilft Ihnen das weiter?«

»Nicht wirklich.«

»Nicht?« Clarissa stieß eine Rauchwolke aus. »Worin besteht die Schwierigkeit?«

Mariana lächelte. Manchmal sorgte Clarissas Brillanz dafür, dass sie etwas schwer von Begriff war. »Ich fürchte, mein Altgriechisch ist ein bisschen eingerostet.«

»Ah … ja. Natürlich, Verzeihung …« Clarissa betrachtete die Postkarte. »Grob übersetzt steht da: ›Die Orakel sind sich einig: Um den Feind zu schlagen und die Stadt zu retten … muss ein Mädchen geopfert werden – ein Mädchen von edler Abstammung …‹«

Mariana blinzelte überrascht. »Von ›edler Abstammung‹? Das steht da?«

Clarissa nickte. »Die Tochter von πατρὸς εὐγενοῦς – eines Edelmannes … muss geopfert werden der κόρῃ Δήμητρος …«

»Demetros?«

»Demeter. Die Göttin. Und κόρῃ – *kore* – bedeutet …«

»Mädchen. In diesem Fall natürlich Tochter.«

»Richtig.« Clarissa nickte. »Ein Mädchen von edler Abstammung muss der Tochter der Demeter geopfert werden – der Persephone.«

Mariana spürte, wie sich ihr Herzschlag beschleunigte. *Das ist bloß ein Zufall,* dachte sie. *Es hat nichts zu bedeuten.*

Mit einem Lächeln reichte ihr Clarissa die Postkarte zurück. »Wie

Sie sicherlich wissen, war Persephone eine ziemlich rachsüchtige Göttin.«

Mariana traute ihrer Stimme nicht, daher nickte sie nur.

Clarissa schaute sie aufmerksam an. »Ist alles in Ordnung, meine Teuerste? Sie sehen ein bisschen …«

»Mir geht es gut. Es ist bloß so …« Für eine Sekunde war sie versucht, Clarissa ihre Gefühle zu erklären, aber was sollte sie sagen? Dass sie die abergläubische Vorstellung hegte, ebendiese rachsüchtige Göttin sei für den Tod ihres Mannes verantwortlich gewesen? Wie konnte sie ihre Gedanken laut aussprechen, ohne komplett verrückt zu klingen? Also zuckte sie stattdessen die Achseln und sagte: »Es ist ziemlich zynisch.«

»Was denn? Ach, Sie meinen, dass Tara von *edler Abstammung* ist – und *geopfert* wurde? In der Tat, eine höchst unerfreuliche Ironie.«

»Glauben Sie, es könnte mehr dahinterstecken?«

»Worauf wollen Sie hinaus, meine Teuerste?«

»Ich weiß es nicht. Nur … warum war sie dort, diese Postkarte? In ihrem Zimmer? Woher kommt sie?«

Clarissa wedelte wegwerfend mit der Pfeife. »Oh, die Frage ist leicht zu beantworten. Tara hatte in diesem Semester ein Seminar zum Thema ›Griechische Tragödie‹ belegt. Es besteht daher durchaus die Möglichkeit, dass sie das Zitat aus einem der infrage kommenden Dramen übernommen hat.«

»Nein … das kann ich mir nicht vorstellen.«

»Es ist schon ein wenig außergewöhnlich, das gebe ich zu. Dennoch bin ich mir sicher, dass Professor Fosca meine Vermutung bestätigt.«

Mariana blinzelte. »Professor Fosca?«

»Sie war in seinem Seminar.«

»Aha.« Mariana versuchte, ihrer Stimme einen unaufgeregten Klang zu verleihen.

»Er ist Experte für griechische Tragödien. Ein brillanter Kopf. Sie sollten mal eine seiner Vorlesungen besuchen. Äußerst beeindruckend. Es sind übrigens die bestbesuchten Vorlesungen der ganzen Fakultät. Die Studenten stehen Schlange, um ins Auditorium zu gelangen, sitzen auf dem Fußboden, wenn sämtliche Plätze belegt sind. Das muss man sich mal vorstellen!« Clarissa lachte, dann fügte sie eilig hinzu: »Natürlich waren auch meine eigenen Vorlesungen stets sehr gut besucht. Ich hatte in dieser Hinsicht viel Glück. Aber in einem derartigen Maße … Nein, ich muss zugeben, das kannte ich nicht. Wissen Sie, meine Teuerste, wenn Sie neugierig sind, sollten Sie sich mit Zoe über Professor Fosca unterhalten. Sie kennt ihn am besten.«

»Zoe?«, fragte Mariana perplex. »Tatsächlich? Wieso?«

»Nun, er ist ihr Professor.«

»Ach – verstehe.« Mariana nickte nachdenklich. »Ja, natürlich, das mache ich.«

8

Mariana lud Zoe zum Mittagessen ein. Sie gingen in eine nahe gelegene französische Brasserie, die erst kürzlich eröffnet hatte und sehr beliebt war bei ausgehungerten Studenten, die Besuch von ihren Angehörigen bekamen.

Die Brasserie war um einiges schicker als die Restaurants, die Mariana aus ihren Studententagen kannte. Und sie war gut besucht. Als sie eintraten, schlug ihnen eine Kakofonie aus Gesprächen, Gelächter und Besteckgeklapper entgegen. Es duftete verführerisch nach Knoblauch, Wein und brutzelndem Fleisch. Ein eleganter Kellner mit Weste und Krawatte führte Mariana und Zoe zu einem Tisch in einer Nische, mit weißer Tischdecke und schwarzen Lederstühlen.

Etwas extravagant bestellte Mariana eine halbe Flasche Champagner rosé. Das war untypisch für sie, und Zoe zog prompt eine Augenbraue in die Höhe.

»Warum nicht?« Mariana zuckte die Achseln. »Wir können eine kleine Aufmunterung gebrauchen.«

»Ich beschwere mich ja gar nicht«, entgegnete Zoe.

Und tatsächlich – als der Champagner serviert wurde und die rosa Bläschen in den feinen Kristallgläsern perlten, hob sich ihrer beider Laune beträchtlich. Zunächst sprachen sie nicht über Tara oder den Mord. Stattdessen sprangen sie von Thema zu Thema, um einander auf den neuesten Stand zu bringen. Sie redeten über Zoes Studium am St. Christopher College und wie es ihr am Anfang des dritten Jahres erging – und über ihre frustrierende Unsicherheit bezüglich der Frage, was sie nach dem Studium mit ihrem Leben anfangen wollte.

Und dann sprachen sie über die Liebe. Mariana wollte wissen, ob Zoe sich mit jemandem traf.

»Natürlich nicht. Meine Kommilitonen sind solche Kleinkinder!«

Sie schüttelte den Kopf. »Ich bin vollkommen glücklich mit mir selbst. Ich denke, ich werde mich nie verlieben.«

Mariana lächelte. Zoe klang sehr jung, wenn sie so redete. *Stille Wasser …* Sollte sich ihre Nichte trotz ihrer gegenteiligen Behauptung doch irgendwann verlieben, so wären ihre Gefühle tief, vermutete Mariana.

»Eines Tages wird es passieren, warte es ab«, sagte sie.

»Nein.« Zoe schüttelte den Kopf. »Nein, danke. Soweit ich es beurteilen kann, bringt die Liebe doch nur Kummer.«

Mariana musste lachen. »Das klingt ziemlich pessimistisch.«

»Du meinst *realistisch?*«

»Wohl kaum.«

»Und was ist mit dir und Sebastian?«

Mariana war auf diesen Schlag nicht vorbereitet, der – wie beiläufig ausgeteilt – direkt unter die Gürtellinie ging. Sie brauchte eine Sekunde, um ihre Stimme zu finden.

»Er hat mir sehr viel mehr beschert als Kummer.«

»Entschuldige.« Zoe war augenblicklich zerknirscht. »Ich wollte dich nicht aus der Fassung bringen, ich …«

»Du hast mich nicht aus der Fassung gebracht. Es ist schon okay.«

Aber es war nicht okay. Hier zu sein, in diesem netten Restaurant, und Champagner zu trinken, ermöglichte es ihnen, für eine Weile der Realität zu entfliehen – dem Mord und allem Unerfreulichen – und glücklich in der Blase des gegenwärtigen Moments zu verweilen. Doch jetzt hatte Zoe ein Loch in die Blase gestochen, und Mariana spürte, wie all ihre Traurigkeit, ihre Sorgen und ihre Furcht zurückgeflutet kamen.

Für einen Moment aßen sie schweigend. Dann sagte Mariana leise: »Zoe, wie geht es dir? Wegen Tara?«

Zoe schwieg. Hob die Schultern und ließ sie wieder herabfallen. Blickte nicht auf.

Nach einer Weile antwortete sie: »Okay, nicht gut. Ich kann nicht aufhören, daran zu denken – wie sie gestorben ist, meine ich. Ich kriege das einfach nicht aus dem Kopf.«

Sie hob den Blick. Sah Mariana an. Und Mariana verspürte einen Anflug von frustriertem Mitgefühl; sie wollte, dass alles in Ordnung kam, wollte Zoe den Schmerz nehmen, so wie sie es getan hatte, als diese noch ein kleines Mädchen gewesen war. Wollte ein Pflaster auf die Wunde kleben und einen Kuss daraufdrücken, aber sie wusste, dass das nicht helfen würde. Also griff sie über den Tisch und drückte Zoes Hand.

»Ich weiß, dass du dir das im Moment kaum vorstellen kannst – aber es wird leichter.«

»Tatsächlich?« Zoe zuckte erneut die Achseln. »Seit Sebastians Tod ist jetzt über ein Jahr vergangen – und es ist kein bisschen leichter geworden. Es tut immer noch weh.«

Mariana nickte, unfähig, Zoe zu widersprechen. Ihre Nichte hatte ja recht. »Wir können nichts anderes tun«, sagte sie daher, »als die Erinnerung an die beiden aufrechtzuerhalten – so gut es geht.«

Zoe hielt ihrem Blick stand und nickte. »Okay.«

»Und die beste Möglichkeit, Tara zu ehren, ist …«

»… den Kerl zu schnappen?«

»Ja. Und genau das werden wir tun.«

Die Vorstellung schien Zoe zu trösten. Sie nickte. »Hast du denn schon irgendwelche Fortschritte gemacht?«

»Ja, das habe ich tatsächlich.« Mariana lächelte. »Ich habe mit Elsie gesprochen, Taras Bedder. Sie hat mir erzählt, dass …«

»O Gott.« Zoe verdrehte die Augen. »Nur damit du es weißt: Elsie ist eine Lügnerin und eine Soziopathin. Tara hat sie *gehasst*.«

»Oh, wirklich? Elsie hat behauptet, sie hätten einander sehr nahegestanden … Sie hat mir auch mitgeteilt, dass du dich ihr gegenüber ziemlich unhöflich verhalten hast.«

»Weil sie ein *Psycho* ist, deshalb. Sie ist mir unheimlich.«

Psycho war nicht das Wort, das Mariana verwendet hätte, aber sie konnte Zoes Eindruck auch nicht ganz widersprechen. »Wie dem auch sei, es passt nicht zu dir, unhöflich zu sein.« Sie zögerte. »Elsie hat außerdem angedeutet, dass du mehr weißt, als du mir mitteilst.«

Sie beobachtete Zoe aufmerksam, aber die zuckte nur die Achseln.

»Egal. Hat sie dir auch erzählt, dass Tara sie aus ihrem Zimmer geworfen hat? Weil Elsie ohne zu klopfen eingetreten ist, als Tara aus der Dusche kam? Sie hat sie förmlich gestalkt.«

»Ach.« Mariana überlegte einen Moment lang, dann griff sie in ihre Tasche. »Was hältst du davon?«

Sie zog die Postkarte hervor, die sie in Taras Zimmer gefunden hatte, und übersetzte das Zitat für Zoe. »Denkst du, Tara hat das geschrieben?«

Zoe schüttelte den Kopf. »Das bezweifle ich.«

»Warum sagst du das?«

»Weil Tara sich einen Scheiß für griechische Tragödien interessiert hat.«

Mariana musste unweigerlich schmunzeln. »Fällt dir jemand ein, der ihr das geschickt haben könnte?«

»Eher nicht. Das ist ziemlich seltsam. Was für ein unheimliches Zitat!«

»Was ist mit Professor Fosca?«

»Was soll mit ihm sein?«

»Glaubst du, er steckt dahinter?«

Zoe wirkte nicht überzeugt. »Kann sein – aber warum sollte er ihr eine Nachricht auf Altgriechisch schicken? Noch dazu ausgerechnet diese?«

»Tja, das ist die Frage. Warum?« Mariana nickte und betrachtete Zoe nachdenklich. »Erzähl mir von ihm. Von dem Professor.«

»Was soll ich dir erzählen?«

»Wie ist er so?«

Zoe runzelte leicht die Stirn. »Ich habe dir am Anfang des Studiums von ihm erzählt, Mariana. Dir und Sebastian.«

»Wirklich?« Mariana erinnerte sich. »Oh, ja – der amerikanische Professor. Richtig. Jetzt weiß ich es wieder.«

»Echt?«

»Ja, aus irgendeinem Grund hatte ich das wohl vergessen. Ich erinnere mich, weil Sebastian dachte, du würdest auf ihn stehen.«

Zoe schnitt eine Grimasse. »Da hat er sich getäuscht. Ich stehe nicht auf ihn.«

Sie stieß die Worte so defensiv und mit so überraschender Vehemenz hervor, dass Mariana sich plötzlich fragte, ob Zoe tatsächlich für Professor Fosca schwärmte. Es war nicht ungewöhnlich, dass sich Studentinnen in ihre Lehrer verliebten – schon gar nicht, wenn sie so charismatisch und gutaussehend waren wie Edward Fosca.

Andererseits war es möglich, dass sie Zoes Reaktion falsch deutete … Womöglich steckte etwas ganz anderes dahinter.

Mariana beschloss, es dabei zu belassen, zumindest für den Augenblick.

9

Nach dem Mittagessen spazierten sie am Fluss entlang zurück zum College.

Zoe kaufte sich ein Schokoladeneis und war völlig damit beschäftigt, es zu genießen, sodass sie eine Weile in einvernehmlichem Schweigen nebeneinanderher gingen.

Die ganze Zeit über war sich Mariana einer Art Doppelbild bewusst – eines weiteren, schwachen Bildes, das sich über das aktuelle legte: eine Erinnerung an Zoe als kleines Mädchen, das über genau diesen Weg mit den angeschlagenen, teils zersprungenen Steinen ging und dabei ein Eis aß. Bei jenem Besuch – Mariana war noch Studentin gewesen – hatte die kleine Zoe Sebastian kennengelernt. Sie erinnerte sich an Zoes Schüchternheit und wie Sebastian ihr mit einem Zaubertrick darüber hinweggeholfen hatte. Er hatte eine Münze hinter Zoes Ohr hervorgezogen, ein Trick, der sie jahrelang erfreut hatte.

Sebastian begleitete sie auch auf diesem Spaziergang – ein weiteres gespenstisches Bild, das sich über die Gegenwart schob.

Seltsam, welche Dinge dir einfallen. Sie kamen an einer alten, verwitterten Holzbank vorbei. Dort hatten sie gesessen, auf jener Bank, sie und Sebastian, nach Marianas Abschlussprüfungen, hatten gefeiert mit Prosecco, gemischt mit Crème de Cassis. Dort hatten sie Gauloises Blau geraucht, die Sebastian bei der Party am Vorabend hatte mitgehen lassen. Sie dachte daran, wie sie ihn geküsst hatte, wie süß seine Küsse schmeckten mit dem Hauch von Likör auf seinen Lippen, vermischt mit Tabak.

Zoe sah sie von der Seite an. »Du bist sehr still. Alles okay?«

Mariana nickte. »Wollen wir uns einen Moment hinsetzen?« Sie hatte kaum zu Ende gesprochen, als sie eilig hinzufügte: »Nicht auf diese Bank.« Sie deutete auf eine andere ein Stück weiter vorn. »Lass uns die da nehmen.«

Sie setzten sich. Es war ein ruhiges Fleckchen im gesprenkelten Schatten einer Weide direkt am Ufer. Die Zweige der Weide wogten im leichten Wind, ihre Enden strichen träge übers Wasser. Mariana beobachtete einen Stechkahn, der unter der Brücke hindurchtrieb.

Ein Schwan glitt vorbei. Sie folgte ihm mit den Augen.

Der Schwan hatte einen orangefarbenen Schnabel und eine schwarze Zeichnung vom Auge bis zum Schnabelansatz. Er sah ein bisschen lädiert aus. Seine einst glänzenden Federn waren schmutzig und vom Flusswasser grünlich verfärbt, vor allem am Hals. Nichtsdestotrotz war er ein beeindruckendes Geschöpf – majestätisch. Er wandte seinen langen Hals und blickte in Marianas Richtung.

Bildete sie sich das ein – oder sah er sie direkt an?

Für eine Sekunde hielt der Schwan ihren Blick fest. Seine dunklen Augen schienen sie mit kühler Intelligenz zu taxieren.

Und dann war die Musterung vorbei, er wandte sich von ihr ab, und Mariana war entlassen – vergessen. Sie sah, wie er ebenfalls unter der Brücke verschwand.

»Du magst ihn nicht, oder?«, fragte sie und blickte Zoe an.

»Professor Fosca? Das habe ich nie behauptet.«

»Ich habe nur den Eindruck. Magst du ihn oder nicht?«

Zoe zuckte die Achseln. »Hm … der Professor … Er verwirrt mich, nehme ich an.«

Mariana war überrascht, und sie war sich nicht sicher, was Zoe damit meinte. »Und du lässt dich nicht gern verwirren?«

»Natürlich nicht.« Zoe schüttelte den Kopf. »Ich weiß gern, woran ich bin. Außerdem kommt es mir so vor, als würde er *schauspielern*. Keine Ahnung, wie ich das beschreiben soll – als wäre er nicht der, der zu sein er vorgibt. Als wollte er nicht, dass man sieht, wer er wirklich ist. Vielleicht täusche ich mich auch … Alle anderen halten ihn für umwerfend.«

Mariana nickte. »Clarissa hat gesagt, er sei sehr beliebt.«

»Allerdings! Es ist wie ein Kult. Vor allem die Mädchen fahren total auf ihn ab.«

Plötzlich fielen Mariana die Studentinnen in Weiß ein, die sich bei dem Gedenkgottesdienst für Tara um Fosca versammelt hatten. »Du meinst Taras Freundinnen? Diese Mädchengruppe? Ich dachte, du wärst ebenfalls mit ihnen befreundet …«

Zoe schüttelte heftig den Kopf. »Ganz bestimmt nicht. Ich meide sie wie die Pest.«

»Ach. Sie sind also nicht sonderlich beliebt?«

Zoe warf ihr einen vielsagenden Blick zu. »Kommt darauf an, wen du fragst.«

»Soll heißen?«

»Sie sind Professor Foscas Lieblinge … sein *Fanklub.*«

»Sein *Fanklub?*«, wiederholte Mariana skeptisch.

»Na ja, nicht wirklich ein Fanklub. Eher seine private Studiengruppe. Eine Art Geheimbund.«

»Wieso geheim?«

»Weil sie nur für seine ›besonderen‹ Studentinnen ist.« Zoe verdrehte die Augen. »Er nennt sie ›Die Mädchen‹. Ist das nicht das Dämlichste, was man je gehört hat?«

»Die Mädchen. Es gibt also keine männlichen Studenten in diesem Geheimbund?«

»Nein.«

»Verstehe.«

Und Mariana verstand tatsächlich – zumindest meinte sie zu verstehen, eine Ahnung zu bekommen, wohin all das führte und warum Zoe so zugeknöpft war.

»Tara gehörte zu diesen Mädchen?«

»Ja.« Zoe nickte.

»Und die anderen? Kann ich sie kennenlernen?«

Ihre Nichte schnitt eine Grimasse. »Willst du das wirklich? Sie sind nicht gerade freundlich.«

»Wo sind sie jetzt?«

»Jetzt?« Zoe warf einen Blick auf die Uhr. »Hm. Professor Fosca hat in einer halben Stunde Vorlesung. Alle werden da sein.«

Mariana nickte. »Und wir zwei ebenfalls.«

10

Nur wenige Minuten vor Vorlesungsbeginn trafen Mariana und Zoe an der Fakultät ein.

Vor dem Schwarzen Brett blieben sie stehen und studierten den heutigen Stundenplan. Die Nachmittagsvorlesung von Professor Fosca fand im größten Hörsaal statt. Sie stiegen die Treppen hinauf.

Das riesige Auditorium war hell erleuchtet – Sitzreihen aus dunklem Holz führten hinunter zum Podium, auf dem sich ein Stehpult mit Mikrofon befand.

Clarissa hatte recht, was die Beliebtheit von Foscas Vorlesungen anging – der Hörsaal war rappelvoll. Ganz oben entdeckten sie zwei freie Plätze. Die Vorfreude des wartenden Publikums war nahezu greifbar, eher wie bei einem Konzert oder einer Theateraufführung als bei einer Vorlesung über griechische Tragödien, dachte Mariana.

Und dann betrat Professor Fosca das Podium.

Er trug einen eleganten schwarzen Anzug, sein Haar war zurückgekämmt und zu einem festen Knoten geschlungen. Einen Ordner in der Hand, schritt er zum Lesepult. Er legte den Ordner darauf und richtete das Mikrofon aus. Anschließend ließ er den Blick für einen Moment durch den riesigen Raum schweifen, dann senkte er den Kopf.

Im Publikum herrschte gespannte Erwartung. Sämtliche Gespräche verebbten zu einem Flüstern. Mariana konnte sich einer gewissen Skepsis nicht erwehren – aufgrund ihrer Fachkenntnisse über die Gruppentherapie war sie in der Regel misstrauisch gegenüber jeder Gruppe, die in einen Lehrer verliebt war; so etwas ging selten gut aus. Auf Mariana wirkte Fosca eher wie ein grüblerischer Popstar als wie ein Dozent; fast erwartete sie, dass er anfing zu singen. Doch er sang nicht. Stattdessen blickte er auf und sah sich erneut in dem überfüllten Hörsaal um. Mariana meinte, ein Glitzern in seinen

Augen zu erkennen. Tränen? Aber vielleicht bildete sie sich das auch nur ein.

»Heute«, begann Fosca, »möchte ich über Tara sprechen.«

Um sie herum wurde geflüstert. Köpfe drehten sich, Blicke wurden getauscht. Anscheinend hatten die Studenten genau darauf gehofft. Mariana bemerkte, dass ein paar von ihnen angefangen hatten zu weinen.

Offenbar liefen auch bei Fosca tatsächlich die Tränen, denn nun glänzten seine Wangen im hellen Saallicht. Er wischte sie nicht ab, sondern sprach mit ruhiger, gleichmäßiger Stimme weiter, so laut, dass er das Mikrofon vermutlich gar nicht gebraucht hätte.

Was hatte Zoe behauptet? Dass er ständig schauspielerte? Wenn ja, war seine Darbietung so gut, dass Mariana – wie der Rest der Zuhörer – nicht umhinkam, sich davon mitreißen zu lassen.

»Wie viele von Ihnen wissen«, sagte Fosca, »war Tara eine meiner Studentinnen. Und deswegen stehe ich hier – mit gebrochenem Herzen. Beinahe hätte ich gesagt, ›voller Verzweiflung‹. Erst wollte ich die Vorlesung heute absagen, aber was ich an Tara am meisten geliebt habe, war ihre Stärke, ihre Furchtlosigkeit – sie würde nicht wollen, dass wir verzweifeln und uns dem Hass ergeben. Wir müssen nach vorn blicken. Das ist die einzige Möglichkeit, uns gegen das Böse zu verteidigen … und die beste Art und Weise, unsere Freundin zu ehren. Ich bin heute wegen Tara hier. Und das seid ihr auch.«

Das Publikum jubelte und spendete donnernden Applaus, den Fosca mit einer angedeuteten Verbeugung zur Kenntnis nahm. Er öffnete den Ordner, breitete seine Unterlagen aus und schaute auf. »Und jetzt, meine Damen und Herren – machen wir uns an die Arbeit.«

Professor Fosca war ein beeindruckender Redner. Er warf kaum einen Blick in seine Notizen und vermittelte so den Eindruck, die gesamte Vorlesung aus dem Stehgreif zu halten. Er sprach lebhaft, engagiert, witzig, leidenschaftlich, und – was das Wichtigste war – er zeigte Präsens, schien direkt mit jedem einzelnen Zuhörer zu kommunizieren.

»Ich dachte, es sei eine gute Idee, heute unter anderem über die Liminalität in der griechischen Tragödie zu sprechen«, sagte er. »Was bedeutet das? Nun, denken Sie an Antigone, gezwungen zur Wahl zwischen Tod und Entehrung; oder an Iphigenie, die sich bereit macht, für Griechenland zu sterben; oder an Ödipus, der beschließt, sich selbst zu blenden und ins Exil zu begeben. Die Liminalität bezeichnet eine Schwelle zwischen zwei Welten – den Rand dessen, was für menschlich gehalten wird –, eine Art Transitraum, in dem einem alles genommen wird, in dem man das Diesseits verlässt und das Jenseits dahinter betritt. Wenn die Tragödien funktionieren, geben sie uns eine Ahnung davon, wie sich das anfühlt.«

Nun projizierte Fosca ein Dia auf die große Leinwand hinter ihm. Es zeigte ein Marmorrelief von zwei Frauen, die zu beiden Seiten eines nackten Jünglings standen; beide streckten die rechte Hand nach ihm aus.

»Kennt jemand diese Damen?«

Ein Meer verneinend geschüttelter Köpfe. Mariana hatte eine leise Ahnung, um wen es sich handeln konnte, und sie hoffte inständig, dass sie sich täuschte.

»Diese beiden Göttinnen«, fuhr Fosca fort, »sind dabei, einen jungen Mann in die Mysterien von Eleusis einzuführen. Die zwei sind natürlich Demeter und ihre Tochter Persephone.«

Mariana hielt den Atem an. Gab ihr Bestes, sich nicht ablenken zu lassen. Sich zu konzentrieren.

»Das sind die geheimen Initiations- und Weiheriten von Eleusis – der Eleusis-Kult. Sie vermitteln die liminale Erfahrung des Schwebezustands zwischen Leben und Tod, eine Transzendenzerfahrung. Was hatte es mit diesem Kult auf sich? Bei den Mysterien von Eleusis geht es um Persephone – Kore, das Mädchen, wie sie auch genannt wurde –, die Göttin des Todes, die Königin der Unterwelt …«

Während Fosca sprach, fing er für eine Sekunde Marianas Blick ein. Auf seine Lippen trat der Anflug eines Lächelns.

Er weiß es, dachte sie. *Er weiß, was Sebastian zugestoßen ist – deshalb macht er das. Um mich zu quälen.*

Aber woher? Woher wusste er das? Er konnte es nicht wissen! Es war unmöglich. Sie hatte niemandem von ihrem Erlebnis in der Ruine des Demeter-Tempels erzählt, nicht einmal Zoe. Es war bloß Zufall, mehr nicht; es hatte *nichts* zu bedeuten. Sie zwang sich, sich zu beruhigen und ihre Aufmerksamkeit auf das zu richten, was Fosca sagte.

»Als sie in Eleusis ihre Tochter verloren hatte, tauchte Demeter die Welt in winterliche Dunkelheit, bis Zeus zum Einschreiten gezwungen war. Er erlaubte Persephone, jedes Jahr für sechs Monate von den Toten zurückzukehren – während unseres Frühlings und Sommers. Die restlichen sechs Monate verbringt sie in der Unterwelt. Licht und Dunkelheit, Leben und Tod. Diese Reise der Persephone setzt sich fort – vom Leben zum Tod und zurück – im Eleusis-Kult. Dort, in Eleusis, am Eingang zur Unterwelt, könnten auch Sie an den geheimen Riten teilnehmen, dasselbe erfahren wie die Göttin.«

Er senkte die Stimme. Mariana sah, wie die Zuhörer die Hälse reckten, um ja kein Wort zu verpassen. Er hatte sie fest am Wickel.

»Wie genau diese Riten in Eleusis aussehen, blieb für Tausende von Jahren ein Geheimnis«, sagte Fosca. »Die Riten, die Mysterien galten als ›unbeschreiblich‹ – weil sie ein Versuch waren, uns in etwas einzuweihen, was jenseits von Worten liegt. Menschen, die daran teilnahmen, waren anschließend nicht mehr dieselben. Es kursierten Geschichten über Visionen, geisterhafte Heimsuchungen und Reisen in das Leben nach dem Tod. Da die Teilnahme an den Riten jedem offenstand – Männern, Frauen, Sklaven und Kindern –, musste man nicht einmal Grieche sein. Die einzige Bedingung war, dass man Griechisch *verstand,* damit man verstand, was einem gesagt wurde. Zur Vorbereitung bekam man ein Getränk, das *kykeon* genannt und aus Gerste gemacht wurde. Diese spezielle Gerste war von einem schwarzen Pilz, dem sogenannten Mutterkorn, befallen, welcher über halluzinogene Eigenschaften verfügte. Tausende Jahre später wurde daraus LSD hergestellt. Ob die Griechen von diesen Eigenschaften wussten oder nicht – sie versetzten sich alle in einen leichten Rauschzustand, welcher als Ursache für manche der Visionen gelten kann.«

Fosca sagte dies mit einem Augenzwinkern, was für Gelächter sorgte. Als die Lacher verklungen waren, fuhr er in ernsterem Ton fort: »Stellen Sie sich das vor. Nur für eine Sekunde. Stellen Sie sich vor, Sie wären da – stellen Sie sich die Aufregung, die freudige Erwartung vor. All diese Menschen, die sich um Mitternacht am Eingang zur Unterwelt trafen und von Priestern in die Felshöhlungen geführt wurden. Die einzigen Lichter stammten von den Fackeln der Priester. Man kann sich ausmalen, wie finster und rußig es dort gewesen sein muss. Kalter, feuchter Stein, und es ging tiefer und tiefer hinab, in eine große Kammer.

Die eigentlichen Mysterien fanden im sogenannten Telesterion statt – ein riesiges Gebäude mit zweiundvierzig Marmorsäulen, ein wahrer Steinwald. Es konnte Tausende Eingeweihte gleichzeitig aufnehmen und war groß genug, um einen weiteren Tempel zu beherbergen – das Anaktoron, den heiligen Ort, zu dem nur die Priester Zutritt hatten. Dort wurden die Relikte der Göttin aufbewahrt.«

Foscas schwarze Augen funkelten, als er sprach. Er schien alles vor sich zu sehen, als würde er es durch seine Worte heraufbeschwören, wie mit einem Zauberspruch.

»Wir werden nie erfahren, was genau dort passiert ist – schlussendlich bleiben die Mysterien von Eleusis ein Mysterium. Wir wissen nur, dass die Eingeweihten bei Anbruch der Morgendämmerung nach der Erfahrung von Tod und Wiedergeburt ins Licht zurückkehrten – mit einem neuen Verständnis davon, was es bedeutet, Mensch zu sein, am Leben zu sein.«

Er hielt inne und blickte für einen Moment ins Publikum. Dann sprach er weiter, jetzt in einem anderen Ton – leise, leidenschaftlich, emotional.

»Lassen Sie sich eines gesagt sein: *Darum* geht es in den Dramen der alten Griechen. Darum, was es bedeutet, ein Mensch zu sein. Was es bedeutet, am Leben zu sein. Wenn Ihnen das beim Lesen entgeht, wenn Sie nichts anderes vor sich sehen als einen Haufen leerer Worte, dann verpassen Sie etwas. Nicht nur bei den Stücken – sondern in Ihrem Leben, im Hier und *Jetzt*. Wenn Sie sich des Transzendenten nicht bewusst sind, wenn Sie sich des glorreichen Mysteriums von Leben und Tod nicht bewusst sind, dessen Teil zu sein Sie sich glücklich schätzen dürfen, wenn Sie das nicht mit Freude und Ehrfurcht erfüllt – dann könnten Sie genauso gut nicht am Leben sein. Das ist die Botschaft von Tragödien: Haben Sie Teil an dem Wunder. Um Ihretwillen und um Taras willen: *Leben Sie es.*«

Man hätte eine Stecknadel fallen hören können. Und dann ertönte lauter, emotionaler, spontaner Applaus.

Er hielt eine Weile an.

11

Zoe und Mariana reihten sich in die Schlange auf den Stufen vor dem Ausgang des Hörsaals ein.

»Und?«, fragte Zoe und sah Mariana neugierig an. »Was denkst du?«

Mariana lachte. »Hm, ich denke, *verwirrend* trifft es ganz gut.«

Zoe lächelte. »Ich hab's dir ja gesagt.«

Draußen im hellen Sonnenlicht ließ Mariana den Blick über die Menge der umhereilenden Studenten schweifen. »Sind sie hier? Die Mädchen?«

Zoe nickte. »Da drüben.«

Sie deutete auf sechs junge Frauen, die sich plaudernd bei einer Bank versammelt hatten. Manche standen, andere saßen, einige rauchten.

Anders als die übrigen Studenten der Fakultät waren diese Mädchen nicht nachlässig oder exzentrisch gekleidet. Ihre Garderobe wirkte elegant und sah teuer aus. Sie achteten auf ihr Äußeres, waren zurechtgemacht, sorgfältig frisiert, gepflegt. Am eklatantesten aber war ihre Haltung: Sie strahlten Selbstvertrauen aus, Überlegenheit.

Mariana betrachtete sie einen Moment lang nachdenklich. »Du hast recht«, sagte sie dann, »sie wirken nicht freundlich.«

»Das sind sie auch nicht. Sie sind solche Snobs! Halten sich für ach-so-wichtig. Vermutlich sind sie das auch – dennoch …«

»Warum sagst du das? Warum denkst du, sie könnten ›wichtig‹ sein?«

Zoe deutete auf eine hochgewachsene, gertenschlanke Blondine, die auf der Armlehne der Bank saß. »Nun, das Mädchen dort ist zum Beispiel Carla Clarke. Ihr Dad ist *Cassian Clarke.*«

»Wer?«

»Ach, Mariana. Er ist Schauspieler – total berühmt.«

Mariana lächelte. »Verstehe. Und die anderen?«

Diskret zeigte Zoe der Reihe nach auf die anderen Mitglieder der Gruppe. »Siehst du die dort links? Die Hübsche mit den kurzen, dunklen Haaren? Das ist Natasha. Sie ist Russin. Ihr Vater ist ein Oligarch oder so was Ähnliches … Ihm gehört halb Russland. Diya ist eine indische Prinzessin – sie hat im letzten Jahr die besten Ergebnisse an der Uni erzielt, ein wahres Genie. Sie spricht mit Veronica. Deren Dad ist ein Senator, ich glaube, er kandidiert für die Präsidentschaftswahl …« Sie blickte Mariana an. »Verstehst du jetzt, was ich meine?«

»Ja. Du hältst sie für intelligent – und ausgesprochen privilegiert.«

Zoe nickte. »Du müsstest ihnen mal zuhören, wenn sie von ihren Ferien erzählen – Jachten, Privatinseln, Ski-Chalets –, zum Kotzen …«

Mariana nickte. »Das kann ich mir vorstellen.«

»Kein Wunder, dass sie von allen gehasst werden.«

»Sie werden gehasst?«, fragte Mariana.

Zoe zuckte die Achseln. »Na ja, alle sind neidisch, nehme ich an.«

Mariana überlegte kurz, dann schlug sie vor: »Okay. Versuchen wir's mal.«

»Was meinst du?«

»Lass uns mit ihnen reden – über Tara. Und Fosca.«

»Jetzt?« Zoe schüttelte den Kopf. »Auf keinen Fall. Das wird niemals funktionieren.«

»Warum nicht?«

»Sie kennen dich nicht, also werden sie mauern – oder auf dich losgehen, vor allem dann, wenn du den Professor erwähnst. Glaub mir, du solltest es lieber bleiben lassen.«

»Klingt so, als hättest du Angst vor ihnen.«

Zoe nickte. »Habe ich auch.«

Noch bevor Mariana etwas darauf erwidern konnte, sah sie Professor Fosca aus dem Gebäude kommen. Er ging zu den Mädchen, und sie scharten sich um ihn und flüsterten vertraulich miteinander.

»Komm«, forderte Mariana ihre Nichte auf.

»Mariana, tu's nicht …«

Doch Mariana ignorierte Zoe und marschierte zu Fosca und den Studentinnen.

Er sah auf, als sie näher kam, und lächelte.

»Guten Tag, Mariana«, begrüßte er sie. »Ich meine, ich hätte Sie im Audimax gesehen.«

»Das ist richtig.«

»Ich hoffe, die Vorlesung hat Ihnen gefallen.«

Mariana suchte nach den richtigen Worten. »Sie war ausgesprochen … informativ. Sehr beeindruckend.«

»Vielen Dank.«

Mariana fasste die jungen Frauen ins Auge, die sich um den Professor versammelt hatten. »Sind das Ihre Studentinnen?«

Fosca betrachtete die Mädchen, noch immer den Anflug eines Lächelns auf den Lippen. »Einige von ihnen. Einige von den interessanteren.«

Mariana sah die Studentinnen freundlich an. Sie erwiderten ihren Blick mit steinernen Mienen – eine ausdruckslose Mauer.

»Ich bin Mariana«, stellte sie sich vor. »Zoes Tante.«

Sie drehte sich um, aber ihre Nichte war ihr nicht zu der kleinen Gruppe bei der Bank gefolgt und nirgendwo zu sehen. Mariana wandte sich wieder den anderen zu.

»Ich habe Sie beim Gedenkgottesdienst für Tara gesehen. Sie sind mit Ihren weißen Kleidern aus der Menge herausgestochen.« Sie legte den Kopf leicht schief. »Das hat mich neugierig gemacht.«

Die Mädchen zögerten. Dann sah eine von ihnen, Diya, Fosca an und sagte: »Das war meine Idee. In Indien tragen wir bei Bestattungen immer Weiß. Außerdem war Weiß Taras Lieblingsfarbe, deshalb …«

Sie zuckte die Achseln, und ein anderes Mädchen beendete den Satz für sie.

»… deshalb haben wir ihr zu Ehren Weiß getragen.«

»Sie hasste Schwarz«, ergänzte eine der übrigen Studentinnen.

»Verstehe.« Mariana nickte. »Das ist interessant.«

Die Mädchen reagierten nicht.

Es entstand eine kurze Pause. Mariana wandte sich an Fosca. »Ich möchte Sie um einen Gefallen bitten, Professor.«

»Nur zu.«

»Der Dekan hat mich als Psychotherapeutin gebeten, ein paar informelle Gespräche mit den Studenten zu führen, um herauszufinden, wie sie das, was geschehen ist, verarbeiten.« Sie richtete den Blick wieder auf die Mädchen. »Darf ich mir zu diesem Zweck einige Ihrer Schützlinge ausleihen?«

Sie brachte ihr Anliegen so unschuldig wie möglich vor, dennoch fühlte sie, wie Fosca seinen laserähnlichen Blick auf sie richtete – er starrte sie an, versuchte, sie einzuschätzen. Sie konnte sich vorstellen, was er dachte, dass er sich fragte, ob sie aufrichtig war – oder ob sie insgeheim versuchte, *ihn* unter die Lupe zu nehmen. Er schaute auf seine Armbanduhr.

»Es findet gleich ein Seminar statt«, sagte er. »Aber ich wage zu behaupten, dass ich ein, zwei meiner Studentinnen erübrigen kann.« Er nickte zwei Mädchen zu. »Veronica? Serena? Wie wäre es mit Ihnen?«

Die beiden jungen Frauen musterten Mariana. Es war unmöglich, ihre Gefühle zu erkennen.

»Sicher«, antwortete Veronica gleichgültig. Sie sprach mit einem amerikanischen Akzent. »Ich hab eh schon einen Psychologen … Aber ich gehe gern etwas trinken, vorausgesetzt, sie bezahlt.«

Serena nickte. »Ich auch.«

»Abgemacht.« Mariana drehte sich zu Fosca um. »Vielen Dank.«

Foscas dunkle Augen fixierten Marianas Gesicht.

»Es war mir ein Vergnügen, Mariana. Ich hoffe, Sie bekommen alles, was Sie brauchen.«

12

Am Eingang zum Gelände der Anglistik-Fakultät stieß Mariana auf Zoe, die sich dort herumdrückte. Sie fragte ihre Nichte, ob sie sich ihr und den beiden Mädchen anschließen wolle – und Zoe nahm die Einladung, etwas trinken zu gehen, an. Kurz darauf betraten sie die College-Bar von St. Christopher, die an einer Ecke des Main Court lag.

Das Lokal bestand komplett aus Holz – alte, knarzende, verzogene Bodendielen, mit Eichenpaneelen beschlagene Wände und eine große, hölzerne Bar. Mariana und die drei jungen Frauen nahmen an dem langen Eichentisch am Fenster Platz, welches auf eine efeubedeckte Wand hinausging. Mariana setzte sich neben Zoe, Veronica und Serena gegenüber.

Mariana hatte Veronica als das Mädchen erkannt, das bei dem Gedenkgottesdienst für Tara so emotional aus der Bibel vorgelesen hatte. Veronica hieß mit Nachnamen Drake, und sie kam aus einer wohlhabenden amerikanischen Politikerfamilie – ihr Vater war Senator in Washington.

Sie sah umwerfend aus, und das wusste sie. Sie hatte lange blonde Haare, mit denen sie ständig spielte, wenn sie sprach. Ihr starkes Make-up betonte ihren Mund und die großen blauen Augen. Sie hatte eine tolle Figur, die sie mit ihrer hautengen Jeans in Szene setzte. Das Mädchen trug das Selbstbewusstsein zur Schau, das mit der selbstverständlichen Autorität einer privilegierten Herkunft einherging.

Veronica bestellte ein Pint Guinness, das sie hastig trank. Sie redete viel. Ihre Art zu sprechen wirkte leicht gestelzt. Mariana fragte sich, ob sie Rhetorikunterricht erhalten hatte. Als Veronica erzählte, dass sie nach ihrem Abschluss Schauspielerin werden wolle, war Mariana nicht überrascht. Sie war gleich davon ausgegangen, dass sich hinter dem Make-up, dem mondänen Gebaren und der Eloquenz eine völlig andere Person verbarg. Allerdings hatte sie keine Ahnung, welche, und sie nahm an, dass Veronica das ebenfalls nicht wusste.

In einer Woche würde Veronica zwanzig werden, und trotz der gegenwärtigen traurigen Umstände hatte sie vor, eine Party zu organisieren.

»Das Leben muss weitergehen, nicht wahr? Genau das hätte Tara auch gesagt. Ich habe übrigens vor, ein Separee im Groucho Club in London zu mieten. Zoe, du musst unbedingt kommen«, fügte sie hinzu, doch ihre Worte klangen nicht überzeugend.

Zoe gab einen knurrenden Laut von sich und konzentrierte sich auf ihren Drink.

Mariana sah das andere Mädchen an, Serena Lewis, das schweigend an seinem Weißwein nippte. Serena war klein und zierlich. So, wie sie da saß, erinnerte sie Mariana an einen Sperling, der alles beobachtete, ohne einen Laut von sich zu geben.

Anders als Veronica trug Serena kein Make-up – nicht, dass sie es nötig gehabt hätte, ihre Haut war makellos rein. Sie hatte die langen, dunklen Haare zu einem straffen Zopf geflochten und trug eine zartrosa Bluse mit einem Rock, der ihr bis unters Knie reichte.

Serena kam aus Singapur, doch sie war in verschiedenen englischen Internaten aufgewachsen, weshalb sie mit dem Akzent der englischen Upperclass sprach. Serena war genauso reserviert, wie Veronica kommunikativ war. Immer wieder warf sie einen Blick auf ihr Handy; ihre Hand schien davon angezogen zu werden wie von einem Magnet.

»Erzählen Sie mir von Professor Fosca«, bat Mariana.

»Was wollen Sie wissen?«

»Ich habe gehört, Tara und er sollen sich nahegestanden haben.«

»Ich habe keine Ahnung, wo Sie das aufgeschnappt haben. Die beiden standen sich nicht im Mindesten nahe.« Veronica wandte sich an Serena. »Oder?«

Wie aufs Stichwort schaute Serena, die gerade eine Nachricht eintippte, von ihrem Handy auf und schüttelte den Kopf. »Nein, ganz und gar nicht. Der Professor war freundlich zu ihr – aber sie hat ihn bloß benutzt.«

»Sie hat ihn benutzt?«, wiederholte Mariana. »Inwiefern?«

»So hat Serena das nicht gemeint«, schaltete sich Veronica ein. »Sie wollte sagen, dass Tara seine Zeit und Energie vergeudet hat. Professor Fosca investiert viel Arbeit in uns, müssen Sie wissen. Er ist der beste Lehrer, den man finden kann.«

Serena nickte. »Er ist der wundervollste Lehrer auf der ganzen Welt. Der brillanteste. Außerdem …«

Mariana beendete die Laudatio. »Ich würde gern über die Mordnacht sprechen.«

Veronica zuckte die Achseln. »Wir waren den ganzen Abend über bei Professor Fosca. Er hält für uns ein Privatseminar in seinen Räumlichkeiten ab. Tara hätte auch dort sein sollen, aber sie ist nicht aufgetaucht.«

»Um wie viel Uhr war das?«

Veronica sah Serena an. »Es hat um acht begonnen, richtig? Und es hat wie lange gedauert? Bis zehn?«

»Ja.« Serena nickte. »Ich glaube, ja. Bis zehn oder kurz nach zehn.«

»Und der Professor war die ganze Zeit über bei Ihnen?«

Beide Mädchen antworteten gleichzeitig.

»Ja«, sagte Veronica.

»Nein«, sagte Serena.

In Veronicas Augen blitzte Verärgerung auf. Sie warf Serena einen vorwurfsvollen Blick zu. »Wovon redest du?«

»Oh, nichts«, ruderte Serena verlegen zurück. »Ich meine, er ist bloß für ein paar Minuten rausgegangen, das ist alles. Wollte nur eine rauchen.«

»Ja, das ist richtig«, räumte Veronica ein. »Das hatte ich vergessen. Aber er war nur ganz kurz weg.«

Serena lächelte. »Wenn ich da bin, raucht er drinnen nicht, weil ich Asthma habe. Er ist wirklich rücksichtsvoll.«

Plötzlich kündigte ihr Handy eine eingehende Textnachricht an. Sie tippte darauf. Ihr Gesicht hellte sich auf, als sie die Nachricht las.

»Ich muss los«, sagte sie unvermittelt. »Ich muss mich mit jemandem treffen.«

»Ach ja?« Veronica verdrehte die Augen. »Mit dem geheimnisvollen Unbekannten?«

Serena funkelte sie empört an. »Hör auf damit.«

Veronica lachte, dann trällerte sie: »Serena hat einen heimlichen Freund!«

»Er ist nicht mein Freund.«

»Aber ein Geheimnis ist er – sie will uns einfach nicht verraten, wer er ist. Nicht einmal *mir.*« Sie zwinkerte verständnisinnig. »Ich frage mich, ob er wohl *verheiratet* ist?«

»Nein, er ist nicht verheiratet«, hielt Serena, die rot anlief, dagegen. »Und er ist wirklich nicht mehr als ein Freund. Wie dem auch sei – ich muss los.«

»Ich auch.« Veronica nickte. »Ich habe eine Theaterprobe.« Sie lächelte Zoe zuckersüß an. »Zu schade, dass du keine Rolle bei der *Herzogin von Malfi* bekommen hast. Das wird eine fantastische Produktion. Nikos, der Intendant, ist ein Genie. Er wird eines Tages mit Sicherheit richtig berühmt.« Veronica strahlte Mariana triumphierend an. »*Ich* spiele die Herzogin.«

»Wie sollte es anders sein? Nun, vielen Dank, dass Sie mit mir geredet haben, Veronica.«

»Kein Problem.«

Veronica warf Mariana einen durchtriebenen Blick zu, dann verließ sie die Bar, gefolgt von Serena.

»Ugh …« Zoe schob ihr leeres Glas von sich und stieß einen langen Seufzer aus. »Ich hab's dir ja gesagt. Freundlich geht anders.«

Mariana widersprach nicht. Sie mochte die Mädchen auch nicht.

Weitaus wichtiger jedoch war, dass Mariana aufgrund der jahrelangen Arbeit mit ihren Patienten den Eindruck hatte, Veronica und Serena hätten sie belogen.

Doch wie genau – und warum?

13

Jahrelang hatte ich sogar Angst, den Schrank zu öffnen, in dem er verstaut war. Heute dagegen fand ich mich auf einem Stuhl wieder. Ich streckte mich und bekam ihn zu fassen, den kleinen Weidenkorb. Darin waren die Dinge verstaut, die ich vergessen wollte.

Ich setzte mich ans Licht, öffnete ihn und ging den Inhalt durch: die traurigen, einsamen Liebesbriefe, die ich verschiedenen Mädchen geschrieben, aber niemals abgeschickt hatte – kindische Geschichten über das Leben auf dem Hof und ein paar schlechte Gedichte, die ich tatsächlich vergessen hatte.

Das Letzte in dieser Büchse der Pandora war etwas, woran ich mich nur allzu gut erinnerte. Das braune, ledergebundene Tagebuch, das ich in jenem Sommer geführt hatte, als ich zwölf war – in dem Sommer, in dem ich meine Mutter verlor.

Ich öffnete das Tagebuch und blätterte durch die Seiten – lange Einträge in ungelenker, kindlicher Handschrift. So trivial. Aber ohne den Inhalt dieser Seiten wäre mein Leben ganz anders verlaufen.

Manchmal fiel es mir schwer, das Geschriebene zu entziffern. Es war fehlerhaft und verschmiert, vor allem gegen Ende. Als wäre es in großer Eile, in einem Anfall von Wahnsinn aufs Papier gekritzelt worden – oder in einem Anfall mentaler Gesundheit. Als ich da saß, schien es, als beginne der Nebel, sich zu lichten.

Ein schmaler Pfad tat sich auf, der die ganze lange Strecke zurück zu jenem Sommer führte. Zurück zu meiner Jugend.

Ich denke nie an meine Kindheit – an den Hof und daran, was dort passiert ist. Zumindest nicht bewusst. Doch ich unternehme die Reise zu diesem Ort oft genug in meinen Träumen: Ich biege auf die kurvenreiche, unbefestigte Straße ein, die zum Bauernhaus führt.

Ich möchte nicht zurückkehren.
Ich möchte mich nicht erinnern.
Nichtsdestotrotz muss ich es tun. Denn das hier ist mehr als ein Geständnis. Das hier ist eine Suche nach dem, was verloren ist, nach all den verschwundenen Hoffnungen, den vergessenen Fragen. Es ist die Suche nach einer Erklärung: für die furchtbaren Geheimnisse, auf die das Tagebuch des Kindes anspielt – das ich nun konsultiere wie einen Wahrsager, der einen Blick in seine Kristallkugel wirft.
Nur dass ich nicht in die Zukunft schauen möchte.
Ich möchte in die Vergangenheit blicken.

14

Um einundzwanzig Uhr brach Mariana auf, um sich mit Fred im Eagle zu treffen.

Das Eagle war das älteste Pub in Cambridge und heutzutage genauso beliebt, wie es schon im siebzehnten Jahrhundert gewesen war. Es bestand aus mehreren kleinen, durch Verbindungstüren zu betretenden holzvertäfelten Räumen. Die Räumlichkeiten wurden von Kerzenlicht erhellt. Es duftete nach Lammbraten, Rosmarin und Bier.

Der Hauptraum war als »Airforce Bar« bekannt. Mehrere Pfeiler stützten die durchhängende Decke, die mit Graffiti aus dem Zweiten Weltkrieg bedeckt waren. Als Mariana an der Bar stand und wartete, wurde sie sich der Nachrichten der längst toten Männer über ihrem Kopf bewusst. Britische und amerikanische Piloten hatten mit Kugelschreibern, Kerzen oder Feuerzeugen ihre Namen und die Nummer ihrer Schwadron an die Decke geschrieben, und sie hatten Zeichnungen hinzugefügt – zum Beispiel von nackten Frauen.

Mariana gab dem milchgesichtigen Barmann mit grün-schwarz karierter Schürze ein Zeichen. Er nahm einen Korb mit dampfenden Gläsern aus der Spülmaschine, dann kam er zu ihr herüber.

»Was darf ich Ihnen bringen?«, erkundigte er sich freundlich.

»Ein Glas Sauvignon, bitte.«

»Kommt sofort.«

Er schenkte ihr ein Glas Weißwein ein. Mariana bezahlte, dann sah sie sich nach einem Sitzplatz um.

Überall waren junge Leute, Händchen haltend und in romantische Gespräche vertieft. Sie verbat sich, einen Blick auf den Ecktisch zu werfen, an dem sie und Sebastian am liebsten gesessen hatten.

Sie warf einen Blick auf die Uhr. Zehn Minuten nach neun.

Fred war spät dran – vielleicht kam er gar nicht. Der Gedanke ließ

Hoffnung in ihr aufkeimen. Sie würde noch zehn Minuten warten und dann gehen.

Einen Moment später knickte sie ein und blickte zum Ecktisch hinüber. Er war leer. Sie ging hinüber und nahm Platz.

Dann saß sie dort, strich mit den Fingerspitzen über die Risse in der hölzernen Tischplatte, so, wie sie es immer getan hatte. Hier zu sitzen, kalten Weißwein zu trinken, die Augen zu schließen und dem zeitlosen Geplapper und Gelächter um sich herum zu lauschen, versetzte sie in die Vergangenheit zurück – solange sie die Augen geschlossen hielt, war sie wieder neunzehn Jahre alt und wartete darauf, dass Sebastian aufkreuzte, in seinem weißen T-Shirt und der verwaschenen Jeans mit dem Riss über dem Knie.

»Hallo«, sagte er.

Aber es war die falsche Stimme – nicht Sebastians –, stellte Mariana verwirrt fest und öffnete die Augen. Der Zauber war gebrochen.

Die Stimme gehörte Fred, der ein Pint Guinness in der Hand hielt und sie angrinste. Seine Augen strahlten, sein Gesicht war gerötet.

»Bitte entschuldige die Verspätung. Ich darf doch ›du‹ sagen, oder? Cambridge ist eine Studentenstadt mit studentischem Spirit … Deshalb bin ich auch so spät: Ich hatte noch ein Seminar, das länger gedauert hat. Anschließend bin ich so schnell geradelt, wie ich konnte – und prompt mit einem Laternenpfahl zusammengestoßen.«

»Alles in Ordnung? Tut dir etwas weh?«, erkundigte sich Mariana besorgt.

Er schüttelte den Kopf. »Mir geht's gut. Der Laternenpfahl hat das meiste abbekommen. Darf ich?«

Mariana nickte, und er setzte sich – auf Sebastians Stuhl. Für eine Sekunde überlegte sie, ob sie vorschlagen sollte, den Tisch zu wechseln, doch dann bremste sie sich. Wie hatte Clarissa es ausgedrückt? Sie musste damit aufhören, ständig über die Schulter nach hinten zu blicken. Sie musste sich auf die Gegenwart konzentrieren.

Fred zog eine kleine Packung Nüsse aus der Tasche, die er Mariana anbot. Sie schüttelte den Kopf.

Er warf sich eine Handvoll Cashewnüsse in den Mund und kaute, ohne Mariana aus den Augen zu lassen. Es entstand eine unangenehme Pause, in der sie darauf wartete, dass er etwas sagte. Mariana ärgerte sich über sich selbst. Was machte sie hier mit diesem ernsten jungen Mann? Es war eine dumme Idee gewesen, sich mit ihm zu treffen. Sie beschloss, ganz unverblümt zu sein, was untypisch für sie war. Schließlich hatte sie nichts zu verlieren.

»Hör mal«, sagte sie. »Zwischen uns wird nichts laufen. Niemals.«

Fred verschluckte sich an einer Cashewnuss und fing an zu husten. Eilig griff er nach seinem Bierglas. »Entschuldigung«, stieß er verlegen hervor, als der Hustenreiz nachließ. »Damit hatte ich nicht gerechnet. Die Nachricht ist angekommen. Du bist offensichtlich eine Nummer zu groß für mich.«

Mariana schüttelte den Kopf. »Daran liegt es nicht.«

»Woran dann?«

Verlegen zuckte sie die Achseln. »Dafür gibt es eine Million Gründe.«

»Nenn mir einen.«

»Du bist viel zu jung für mich.«

»Wie bitte?« Freds Gesicht verfärbte sich erneut. Er wirkte peinlich berührt und entrüstet. »Das ist doch *lächerlich.*«

»Wie alt bist du?«

»So jung nun auch wieder nicht – ich bin fast neunundzwanzig.«

Mariana lachte. »*Das* ist lächerlich.«

»Warum? Wie alt bist du denn?«

»Alt genug, um nicht aufzurunden. Ich bin sechsunddreißig.«

»Na und?«, entgegnete Fred unbeeindruckt. »Das Alter spielt keine Rolle. Man ist so alt, wie man sich fühlt.« Er musterte sie eindringlich. »Als ich dich das erste Mal gesehen habe, im Zug, hatte ich die starke Vorahnung, dass ich dich eines Tages bitten würde, mich zu heiraten. Und dass du Ja sagen würdest.«

»Tja, dann hast du dich eben geirrt.«

»Warum? Bist du … verheiratet?«

»Ja – nein, ich meine …«

»Er hat dich verlassen? Was für ein Idiot.«

»Ja, das denke ich gelegentlich auch.« Mariana seufzte, dann stieß sie eilig hervor, um es hinter sich zu bringen: »Er … ist gestorben. Vor ungefähr einem Jahr. Es fällt mir schwer, darüber zu reden.«

»Es tut mir leid.« Fred saß da wie ein begossener Pudel. Für einen Moment sagte er nichts. »Jetzt komme ich mir total doof vor.«

»Das musst du nicht. Es ist ja nicht deine Schuld.«

Mariana fühlte sich plötzlich müde und frustriert. Sie trank ihren Wein aus. »Ich sollte besser gehen.«

»Nein, bitte noch nicht. Ich habe dir doch noch gar nicht erzählt, wie ich über den Mord denke. Über Conrad. Deshalb bist du doch hier, oder nicht?«

»Und?«

Fred warf ihr einen verstohlenen Seitenblick zu. »Ich denke, man verdächtigt den falschen Mann.«

»Tatsächlich? Wie kommst du darauf?«

»Ich habe Conrad getroffen. Ich kenne ihn. Er ist kein Mörder.«

Mariana nickte. »Zoe ist derselben Meinung. Die Polizei allerdings nicht.«

»Nun, ich habe nachgedacht. Und ich hätte fast Lust, den Fall auf eigene Faust zu lösen. Ich liebe Puzzlespiele. So ticke ich nun mal.« Er fing an zu grinsen. »Wie wär's?«

»Wie wäre was?«

»Wie wäre es, wenn wir zwei uns zusammentun und den Fall gemeinsam lösen?«

Mariana überlegte für eine Sekunde. Sie konnte seine Hilfe gut gebrauchen und spürte, wie sie ins Wanken geriet – doch sie wusste, dass sie es bereuen würde. Also schüttelte sie den Kopf.

»Lieber nicht. Aber danke für das Angebot.«

»Gib mir Bescheid, solltest du deine Meinung ändern.« Er fischte einen Kuli aus der Tasche und kritzelte seine Telefonnummer auf die Rückseite des Bierdeckels, dann reichte er ihn Mariana. »Hier. Wenn du etwas brauchst – ganz gleich, was –, ruf mich an.«

»Danke, aber ich werde nicht lange in Cambridge bleiben.«

»Das sagst du andauernd, trotzdem bist du noch hier.« Sein Grinsen wurde breiter. »Ich habe ein gutes Gefühl, was uns betrifft, Mariana. Eine Vorahnung. Und wie du weißt, glaube ich fest an Vorahnungen.«

***

Als sie das Pub verließen, plapperte Fred fröhlich weiter. »Du kommst aus Griechenland, richtig?«

Sie nickte. »Ja. Ich bin in Athen aufgewachsen.«

»Ah, Athen ist toll. Ich liebe Griechenland. Warst du schon auf vielen Inseln?«

»Nur auf einigen.«

»Kennst du Naxos?«

Mariana erstarrte. Betreten stand sie auf der Straße, plötzlich außerstande, ihn anzusehen.

»Wie bitte?«, wisperte sie.

»Naxos! Ich war letztes Jahr dort. Ich bin ein guter Schwimmer – nun, eigentlich Taucher, ich tauche gern –, und das Meer dort ist großartig. Warst du schon mal da? Du solltest wirklich …«

»Ich muss los.«

Mariana wandte sich ab, bevor Fred die Tränen in ihren Augen sehen konnte, und eilte davon, ohne sich umzudrehen.

»Oh«, hörte sie ihn sagen. Er klang leicht schockiert. »Also gut. Wir sehen uns später …«

Mariana gab keine Antwort. *Das ist nur ein Zufall,* redete sie sich ein. *Es hat nichts zu bedeuten – vergiss es. Es bedeutet nichts. Nichts.*

Sie versuchte, die Insel aus ihren Gedanken zu verbannen, und ging weiter.

15

Nachdem sie Fred stehen gelassen hatte, kehrte Mariana schnellen Schritts zum College zurück.

Jetzt, am späteren Abend, wurde es frisch; Kälte lag in der Luft, Nebel breitete sich vom Fluss her aus. Die Straße vor ihr verschwand in waberndem Dunst, als würden dicke Rauchwolken über den Boden kriechen.

Sie war noch nicht weit gegangen, als sie merkte, dass sie verfolgt wurde.

Sie hatte die Schritte schon gehört, als sie das Pub verließen. Es waren schwere Schritte, Männerschritte; Stiefel mit festen Sohlen trafen aufs Kopfsteinpflaster – ein gleichmäßiger Rhythmus, der durch die menschenleeren Straßen hallte, ein kleines Stück hinter ihr. Es war schwer zu sagen, wie nah die Schritte tatsächlich waren; dazu hätte sie sich umdrehen müssen. Mariana nahm all ihren Mut zusammen und warf einen Blick über die Schulter.

So weit sie sehen konnte – und das war nicht weit –, war niemand da. Immer dichtere Nebelschwaden hüllten die Straße ein, verschluckten sie.

Mariana ging weiter. Bog um eine Ecke.

Die Schritte folgten ihr ein paar Sekunden später.

Sie wurde schneller. Die Schritte ebenfalls.

Sie warf erneut einen Blick über die Schulter – und diesmal sah sie jemanden.

Den Schemen eines Mannes, nicht weit hinter ihr. Er wich dem Licht einer Straßenlaterne aus, hielt sich im Schatten der Mauer.

Marianas Herz hämmerte. Sie sah sich nach einer Fluchtmöglichkeit um – und entdeckte einen Mann und eine Frau, die Arm in Arm die andere Straßenseite entlangschlenderten. Rasch trat sie vom Gehsteig und eilte über die Fahrbahn auf die beiden zu.

Doch gerade als sie die andere Straßenseite erreichte, stiegen die zwei die Stufen vor einem Haus hinauf, sperrten die Tür auf und verschwanden.

Mariana ging weiter. Sie lauschte auf die Schritte und schaute sich um. Und da war er – ein Mann in dunkler Kleidung, das Gesicht verschattet, der soeben auf dieselbe Straßenseite wechselte wie sie.

Mariana warf einen Blick in eine schmale Gasse zu ihrer Linken. Sie traf eine schnelle Entscheidung und bog in die Gasse ein. Ohne sich umzudrehen, rannte sie los.

Sie rannte die ganze Strecke bis hinunter zum Fluss. Vor ihr lag die Holzbrücke. Ohne anzuhalten, lief sie hinüber auf die andere Seite.

Unten am Wasser war es dunkler, hier gab es keine Straßenlaternen, die den trüben Nebel erhellten. Kalt und nass legte er sich auf ihre Haut. Er roch eisig, wie Schnee.

Vorsichtig bog Mariana die tief hängenden Äste einer Weide auseinander und versteckte sich hinter dem Stamm. Hielt sich daran fest, spürte die glatte, nasse Rinde und versuchte, so still und leise wie möglich zu sein. Versuchte, ihren Atem zu verlangsamen, zu beruhigen.

Sie beobachtete die Brücke. Und wartete.

Tatsächlich entdeckte sie ihren Verfolger ein paar Sekunden später – oder vielmehr seinen Schemen. Er schlich über die Brücke.

Auf der anderen Seite angekommen, verlor sie ihn aus den Augen, konnte aber noch immer seine Schritte hören, jetzt auf weicherem, erdigem Untergrund. Er streifte am Fluss entlang, nur ein paar Schritte von ihr entfernt.

Und dann herrschte plötzlich Stille. Kein einziges Geräusch war mehr zu vernehmen. Mariana hielt den Atem an.

Wo war er? Wohin war er gegangen?

Sie wartete eine scheinbare Ewigkeit, nur um sicherzugehen. War er wirklich fort? Anscheinend ja.

Vorsichtig löste sie sich vom Stamm der Weide, rannte die ganze Strecke am Ufer entlang bis zur Rückseite des St. Christopher College und hastete zu dem großen Holztor in der Ziegelmauer.

Sie streckte die Hand aus, umfasste den kalten Messingring und zog daran. Das Tor gab nicht nach. Es war abgeschlossen.

Mariana zögerte, unsicher, was sie tun sollte. Dann … hörte sie Schritte.

Dieselben festen, eiligen Schritte. Derselbe Mann.

Und die Schritte wurden lauter.

Mariana drehte sich um, doch sie konnte nichts erkennen, nur Nebelschwaden, die die Dunkelheit zusätzlich trübten.

Sie hörte, wie er näher kam.

Sie zog erneut, aber das Tor gab nicht nach. Sie spürte, wie sie in Panik ausbrach.

»Wer sind Sie?«, rief sie in die Dunkelheit hinein. »Wer ist da?«

Keine Antwort. Nur die Schritte, die immer lauter wurden.

Mariana öffnete den Mund, um zu schreien.

Plötzlich hörte sie ein kleines Stück entfernt zu ihrer Linken ein quietschendes Geräusch. In der Mauer öffnete sich ein schmales Tor. Es war nur ein Drittel so groß wie das Haupttor, aus schlichtem, unlackiertem Holz und teilweise von einem Strauch verdeckt, deshalb hatte Mariana es zuvor nicht bemerkt. Der Strahl einer Taschenlampe durchschnitt die Dunkelheit, leuchtete in ihr Gesicht, blendete sie.

»Alles in Ordnung, Miss?«

Mariana nickte. Sie hatte Morris' Stimme sofort erkannt und fühlte sich augenblicklich erleichtert.

Der Porter schwenkte die Taschenlampe zur Seite, damit ihr das Licht nicht mehr in die Augen schien, und sie sah, wie er sich bückte, um durch das niedrige Tor zu treten. Er trug einen schwarzen Mantel und schwarze Handschuhe und blickte sie prüfend an. Dann sagte er: »Ich habe meine Runde gedreht. Der Hintereingang wird um zweiundzwanzig Uhr abgesperrt, das sollten Sie doch wissen.«

»Das … das hatte ich vergessen.«

Er leuchtete auf die Brücke. Mariana folgte dem Lichtstrahl nervös mit den Augen. Niemand zu sehen.

Sie horchte. Stille. Keine Schritte.

Er war weg.

»Könnten Sie mich reinlassen?« Mariana schaute wieder zu Morris.

»Sicher. Treten Sie ein.« Er machte einen Schritt zur Seite und deutete auf das kleine Tor. »Ich benütze es oft als Abkürzung. Folgen Sie dem Durchgang. Er führt zur Buttery. Sie kommen also direkt beim Main Court heraus.«

»Vielen Dank«, sagte Mariana. »Ich bin Ihnen wirklich dankbar.«

»Keine Ursache, Miss. Ich werde noch eine Runde drehen.«

Sie ging an ihm vorbei auf das offene Tor zu, dann zog sie den Kopf ein, duckte sich und trat ein. Der alte, gemauerte Durchgang war sehr dunkel und roch nach Feuchtigkeit. Das Tor schloss sich hinter ihr. Sie hörte, wie Morris von außen absperrte.

Vorsichtig setzte Mariana einen Fuß vor den anderen und dachte über das nach, was passiert war. Einen Moment lang überkamen sie Zweifel – war ihr wirklich jemand gefolgt? Wenn ja, wer? Oder war sie einfach nur paranoid?

Auf jeden Fall war sie erleichtert, wieder in St. Christopher zu sein.

Der Durchgang mündete in einen mit Eichenpaneelen verkleideten Korridor. Er gehörte zu dem Gebäude am Main Court, in dem unter anderem die Buttery untergebracht war, wie man die College-Cafeteria in Cambridge nannte. Mariana ging hindurch und wollte gerade die Tür öffnen, die zum Vorraum der Buttery und damit zum Ausgang führte, als ihr Blick an etwas hängen blieb. Sie blieb stehen.

In dem schwach beleuchteten Korridor hing eine Reihe von Porträts, von denen ihr das ganz am Ende besonders ins Auge stach. Mariana starrte es an. Das Gesicht kannte sie.

Sie blinzelte ein paarmal, unsicher, ob sie richtig sah – dann ging sie langsam darauf zu, als befände sie sich in Trance.

Sie blieb davor stehen; ihr Gesicht war auf einer Höhe mit dem Gesicht auf dem Gemälde. Sie betrachtete es. Ja, er war es tatsächlich.

Tennyson.

Aber nicht Tennyson als alter Mann mit weißen Haaren und langem Bart wie auf den anderen Porträts, die Mariana kannte. Das hier war Alfred Tennyson als junger Mann, fast noch ein Junge.

Er konnte nicht älter als Ende zwanzig, Anfang dreißig gewesen sein, als es gemalt wurde. Eigentlich sah er sogar noch jünger aus, aber er war es, unverkennbar.

Er hatte eines der schönsten Gesichter, die Mariana je gesehen hatte. Ihn hier zu betrachten, seine Schönheit, aus dieser Nähe, raubte ihr beinahe den Atem. Er hatte ein ausgeprägtes, kantiges Kinn, sinnliche Lippen und dunkle, zerzauste, schulterlange Haare. Für einen Moment fühlte sie sich an Edward Fosca erinnert, doch sie verbannte den Professor eilig aus ihren Gedanken. Außerdem waren die Augen der beiden grundverschieden: Foscas waren dunkel, die von Tennyson hellblau, wässrig blau.

Bei der Entstehung des Bildes war Hallam schon einige Jahre tot gewesen, und doch lag noch über eine Dekade vor Tennyson, bevor er *In Memoriam* endlich vollendete. Mehr als weitere zehn lange Jahre der Trauer.

Trotzdem – das hier war kein von Verzweiflung gezeichnetes Gesicht. Es war überraschend wenig Gefühl darin zu entdecken, wenn überhaupt. Keine Traurigkeit, kein Anflug von Melancholie. Stattdessen sah Mariana Unbewegtheit und eisige Schönheit. Viel mehr nicht.

Warum?

Es schien, dachte sie, während sie die Augen verengte, um das Gemälde ganz genau zu studieren, als würde Tennyson etwas betrachten … etwas in naher Ferne.

Ja, dachte sie, seine blassblauen Augen starrten auf etwas gerade außerhalb der Sichtweite, ein Stück weiter seitlich, hinter Marianas Kopf.

Was hatte er gesehen?

Sie trat von dem Porträt zurück und spürte Enttäuschung – als wäre sie von Tennyson persönlich im Stich gelassen worden. Sie wusste nicht, was sie in seinen Augen zu finden gehofft hatte, vielleicht ein wenig Trost, Zuspruch oder Stärke; selbst Kummer wäre ihr lieber gewesen.

Lieber als *nichts*.

Sie zwang sich, nicht weiter über das Gemälde nachzudenken, und eilte zum Gabriel Court und zu ihrem Zimmer.

Vor der Tür wartete etwas auf sie.

Ein schwarzer Umschlag lag auf dem Fußboden.

Mariana hob ihn auf und öffnete ihn. Drinnen befand sich ein Briefbogen, in der Mitte geknickt. Sie faltete ihn auseinander und las die Nachricht in schwarzer Tinte und elegant geschwungener Handschrift:

Liebe Mariana,

ich hoffe, es geht Ihnen gut. Ich würde mich freuen, wenn wir uns morgen früh zu einem kleinen Gespräch treffen könnten. Wie wäre es mit zehn Uhr im Fellows' Garden?

Mit besten Grüßen
Edward Fosca

16

Wäre ich im alten Griechenland geboren worden, hätten dort unzählige schlechte Omen und Horoskope gleich bei meiner Geburt das Desaster vorhergesagt. Sonnen- und Mondfinsternisse, aufflammende Kometen und verhängnisvolle Vorzeichen …

Bei mir jedoch gab es nichts dergleichen – tatsächlich war meine Geburt völlig ereignislos. Mein Vater, der Mann, der mein Leben so nachteilig beeinflusst und mich in dieses Monster verwandelt hat, war nicht einmal anwesend. Er spielte Karten mit einigen seiner Landarbeiter, rauchte Zigarren und trank Whiskey bis spät in die Nacht.

Ich versuche, mir meine Mutter vorzustellen – wenn ich die Augen zusammenkneife, kann ich sie gerade noch sehen, unscharf und verschwommen –, meine schöne Mutter, ein Mädchen von erst neunzehn Jahren, in einem Einbettzimmer im Krankenhaus. Sie kann die Gespräche und das Lachen der Schwestern am Ende des Korridors hören. Sie ist allein, aber das ist kein Problem. Allein kann sie einen gewissen Frieden finden, sie kann ihre Gedanken denken, ohne Furcht vor einem Übergriff haben zu müssen. Sie freut sich auf ihr Baby, denn Babys, so wird ihr klar, reden nicht.

Sie weiß, dass ihr Mann einen Sohn haben will, aber insgeheim betet sie, dass sie ein Mädchen bekommt. Wenn es ein Junge wird, wird er zu einem Mann heranwachsen.

Und Männern kann man nicht trauen.

Sie ist erleichtert, als die Wehen einsetzen. Sie sind eine Ablenkung vom Denken. Sie zieht es vor, sich auf das Körperliche zu konzentrieren: das Atmen, das Zählen – den schneidenden Schmerz, der all ihre Gedanken aus ihrem Gehirn wischt, wie Kreide, die von einer Tafel geputzt wird. Sie gibt sich den Wehen hin, der Qual, sie verliert sich …

Bis ich bei Anbruch der Morgendämmerung geboren werde.
Zur Bestürzung meiner Mutter bin ich kein Mädchen.
Als mein Vater erfuhr, dass sie einen Jungen zur Welt gebracht hatte, war er begeistert. Bauern brauchen viele Söhne, genau wie Könige. Ich war sein erster.
Bereit, meine Geburt zu feiern, traf er im Krankenhaus ein, mit einer Flasche billigem Sekt.
Aber war es wirklich ein Fest?
Oder eine Katastrophe?
War mein Schicksal schon damals besiegelt? War es bereits zu spät? Hätten sie mich bei der Geburt ersticken sollen? Mich in die Grube werfen und verrotten lassen?
Ich weiß, was meine Mutter sagen würde, wenn sie das hier lesen könnte, meine Suche nach Schuld, mein Flehen nach Verantwortlichkeit. Sie würde kein Verständnis dafür haben.
Niemand ist verantwortlich, würde sie behaupten. *Glorifiziere nicht die Ereignisse deines Lebens und versuche, ihnen eine Bedeutung zu geben. Sie bedeuten nichts. Das Leben bedeutet nichts. Der Tod bedeutet nichts.*
Aber sie dachte nicht immer so.
Es gab mehr als nur eine von ihr. Es hatte einst eine andere Person gegeben, eine, die Blumen presste und Gedichtverse unterstrich. Es gab eine geheime Vergangenheit, die ich in einer Schuhschachtel ganz hinten in einem der Schränke gefunden hatte. Alte Fotos, gepresste Blumen, schlecht geschriebene Liebesgedichte von meinem Vater an meine Mutter, verfasst während seines Liebeswerbens. Aber mein Vater hatte bald aufgehört, Gedichte zu schreiben. Und meine Mutter hatte aufgehört, sie zu lesen.
Sie heiratete einen Mann, den sie kaum kannte. Und er nahm sie all denen weg, die sie jemals gekannt hatte. Er brachte sie in eine Welt der Unannehmlichkeiten – voller kalter, früher Morgen und anstrengender körperlicher Arbeit, den ganzen Tag lang: Lämmer wiegen, scheren, füttern. Wieder und wieder. Und wieder.

Es gab natürlich auch zauberhafte Momente wie die Lämmersaison, wenn die kleinen, unschuldigen Geschöpfe aus dem Boden zu schießen schienen wie weiße Champignons. Das war das Beste daran.
Allerdings baute sie nie eine Bindung zu den Tieren auf. Lernte, dies nicht zu tun.
Das Schlimmste daran war der Tod. Der ständige, nie endende Tod – und all die damit verbundenen Prozesse: das Markieren derjenigen, die getötet werden sollten, weil sie zu wenig oder zu viel zulegten oder nicht trächtig werden wollten. Und dann kam der Schlachter in seinem grauenvollen, blutverschmierten Kittel. Und mein Vater, der sich in der Nähe herumdrückte, begierig darauf, ihm zu helfen. Er liebte es, zu schlachten. Schien es zu genießen.
Meine Mutter versteckte sich unterdessen, schmuggelte eine Flasche Wodka ins Badezimmer, in die Dusche, da sie dachte, dort könne man sie nicht weinen hören. Und ich verzog mich in den entlegensten Teil des Hofes, so weit weg wie nur möglich. Ich hielt mir die Ohren zu, trotzdem konnte ich die Schreie hören.
Wenn ich zum Bauernhaus zurückkehrte, war der stechende Gestank des Todes überall. Tote Tiere, in dem offenen Schuppen gleich neben der Küche in Stücke geschnitten, Abflussrinnen rot vor Blut. Es roch nach Fleisch, das in unserer Küche gewogen und abgepackt wurde. Hart gewordene Fleischbrocken klebten am Tisch, Pfützen aus Blut sammelten sich auf der Platte, umschwirrt von fetten Fliegen.
Die nicht verwertbaren Teile der getöteten Tiere – Gedärme, Eingeweide, Knochen und andere Überbleibsel – wurden von meinem Vater entsorgt. Er warf sie in die Grube an der Rückseite des Hofs.
Ich mied die Grube, so gut es ging. Sie machte mir Angst. Mein Vater hatte mir gedroht, mich bei lebendigem Leibe darin zu versenken, sollte ich nicht gehorsam sein oder mich schlecht benehmen – oder seine Geheimnisse verraten.

Niemand wird dich je finden, hatte er gesagt. *Niemand wird je davon erfahren.*

Ich stellte mir vor, lebendig in der Grube begraben zu sein – umgeben von fauligen Kadavern, die wimmelten vor Maden und Würmern und anderen grauen, fleischfressenden Kreaturen – und ich schauderte vor Furcht.

Ich schaudere auch jetzt noch, wenn ich daran denke.

17

Um zehn Uhr am nächsten Morgen ging Mariana zu ihrem Treffen mit Professor Fosca.

Als die Uhr der Kapelle die volle Stunde schlug, traf sie im Fellows' Garden ein. Der Professor war schon da. Er trug ein weißes, am Kragen aufgeknöpftes Hemd und eine dunkelgraue Cordjacke. Seine Haare fielen ihm offen auf die Schultern.

»Guten Morgen«, begrüßte er sie. »Freut mich, Sie zu sehen. Ich war mir nicht sicher, ob Sie kommen würden.«

»Da bin ich.«

»Und so pünktlich. Was sagt das wohl über Sie aus, Mariana?«

Er lächelte. Mariana erwiderte sein Lächeln nicht. Sie war entschlossen, so wenig wie möglich preiszugeben.

Fosca öffnete das Holztörchen und deutete auf den Garten. »Wollen wir?«

Sie folgte ihm hinein. Der Fellows' Garden war nur für die Fellows und deren Gäste bestimmt – Studenten durften ihn nicht betreten. Mariana konnte sich nicht erinnern, je zuvor darin gewesen zu sein.

Sie war sofort beeindruckt, wie friedlich es dort war, wie schön – ein versunkener Tudor-Garten, umgeben von einer alten, unebenen Steinmauer. Blutrote Spornblumen wuchsen in den Ritzen zwischen den Steinen, was die Mauer irgendwann auseinanderbrechen ließe; überall gediehen farbenprächtige Pflanzen in verschiedenen Rosa-, Blau- und knalligen Rottönen.

»Es ist wunderschön hier«, sagte sie.

Fosca nickte. »O ja, in der Tat. Ich komme oft her.«

Während sie den schmalen Weg entlangschlenderten, sinnierte Fosca über die Schönheit des Gartens und von Cambridge im Allgemeinen. »Dieser Ort verströmt eine gewisse Magie, nicht wahr?« Er sah sie fragend an. »Ich bin mir sicher, das haben Sie von Anfang an gespürt – genau wie ich. Ich kann mir Sie gut als Studentin vorstellen, gerade erst angekommen, neu in diesem Land – genau wie ich –, neu in diesem Leben. Schlicht und unverfälscht – einsam … Hab ich recht?«

»Sprechen Sie von sich oder von mir?«

Fosca lächelte. »Ich nehme an, wir beide haben ganz ähnliche Erfahrungen gemacht.«

»Das bezweifle ich.«

Fosca betrachtete sie für eine Weile mit einem Blick, als wolle er etwas sagen, doch dann entschied er sich dagegen. Schweigend gingen sie weiter. Schließlich sagte er: »Sie sind sehr still. Das hatte ich nicht erwartet.«

»Was hatten Sie denn erwartet?«

Fosca zuckte die Achseln. »Keine Ahnung. Vielleicht die Inquisition?«

»Die Inquisition?«

»Dann eben ein strenges Verhör.« Er bot ihr eine Zigarette an.

Sie schüttelte den Kopf. »Ich rauche nicht.«

»Das tut keiner mehr – abgesehen von mir. Ich habe versucht, aufzuhören, und bin gescheitert. Keine Impulskontrolle.«

Er steckte sich eine Zigarette in den Mund, eine amerikanische Marke mit einem weißen Filter. Anschließend riss er ein Streichholz an, hielt es an die Zigarette und inhalierte, bevor er den Rauch in einer langen Linie ausblies. Mariana sah, wie er in den Himmel tanzte und verschwand.

»Ich habe Sie hergebeten«, sagte er, »weil ich den Eindruck habe, wir sollten miteinander reden. Mir ist zu Ohren gekommen, dass Sie sich für mich interessieren und meinen Studenten allerlei Fragen über mich stellen. Übrigens«, fügte er hinzu, »ich habe mit dem Dekan gesprochen. Er kann sich nicht erinnern, Sie gebeten zu haben, mit den Studenten zu sprechen – auch nicht informell. Also stellt sich mir die Frage, was zum Teufel Sie vorhaben, Mariana.«

Mariana wandte sich ihm zu und sah, dass Fosca sie musterte. Sein Blick war so durchdringend, dass sie den Eindruck hatte, er versuche, ihre Gedanken zu lesen. Achselzuckend wich sie diesem Blick aus. »Ich bin fasziniert, das ist alles …«

»Und ganz besonders von mir?«

»Von den Mädchen.«

»Den Mädchen?«, wiederholte Fosca überrascht. »Warum denn das?«

»Es erscheint mir einfach seltsam. Eine bestimmte Gruppe von Studentinnen zu fördern – ruft das nicht Rivalitäten und Ressentiments unter den anderen Studenten hervor?«

Fosca lächelte und zog an seiner Zigarette. »Sie sind Gruppentherapeutin, nicht wahr? Damit müssten Sie selbst am besten wissen, dass kleine Gruppen das perfekte Umfeld für außergewöhnliche Köpfe bieten. Dort können sie sich am besten entfalten. Das ist alles, was ich mache – ich schaffe dieses perfekte Umfeld.«

»Einen Kokon – für außergewöhnliche Köpfe?«

»Gut ausgedrückt.«

»Weibliche Köpfe.«

Foscas Blick wurde kühl. »Die intelligentesten Köpfe sind oftmals weiblich … Ist das so schwer zu akzeptieren? Da ist nichts Unheimliches im Gange. Ich bin ein harmloser Fellow mit einem großzügigen Alkoholkonsum, das ist alles – Missbrauch in anderer Form findet nicht statt.«

»Wer hat denn etwas von Missbrauch gesagt?«

»Mir ist bewusst, dass Sie mich als Bösewicht auserkoren haben – ein Raubtier, das sich an seinen verletzlichen Studentinnen vergreift. Allerdings werden Sie nun, da Sie die jungen Damen kennengelernt haben, einsehen, dass sie alles andere als verletzlich sind. Bei unseren Treffen passiert nichts Ungehöriges – wir sind bloß eine kleine Studiengruppe, die über Poesie spricht, Wein und den intellektuellen Austausch genießt.«

»Und nun ist eines jener Mädchen tot.«

Professor Fosca legte die Stirn in Falten. In seinen Augen blitzte unverkennbar Ärger auf. »Glauben Sie, Sie können in meine Seele blicken?«

Mariana schaute zur Seite. Seine Frage machte sie verlegen. »Nein, natürlich nicht. Ich wollte auch gar nicht andeuten, dass …«

»Vergessen Sie's.« Er zog ein weiteres Mal an seiner Zigarette. Sämtlicher Ärger war plötzlich verschwunden. »Wie Sie wissen, kommt das Wort *Psychotherapie* aus dem Griechischen. *Psyche* bedeutet Seele, *therapeia* Behandlung, abgeleitet von dem Verb *therapeuein* – heilen. Sind Sie eine Seelenheilerin? Werden Sie meine Seele heilen?«

»Nein. Das können nur Sie selbst.«

Fosca warf seine Zigarette auf den Weg und drückte sie mit dem Fuß in die Erde. »Sie sind fest entschlossen, mich nicht zu mögen, und ich habe keine Ahnung, warum.«

Zu Marianas Verdruss wusste sie das auch nicht. »Sollen wir umkehren?«

Sie gingen zurück in Richtung Tor. Fosca wandte den Blick nicht von Mariana. »Sie faszinieren mich«, sagte er. »Ich frage mich, was Sie wohl denken.«

»Ich denke nicht. Ich höre zu.«

Und das tat sie. Mariana mochte zwar kein Detective sein, aber sie war Therapeutin, und sie wusste, wie man zuhörte. Es ging darum, nicht nur das zu vernehmen, was gesagt wurde. Gerade das *Ungesagte* – all die Worte, die nicht ausgesprochen wurden, die Lügen, Ausflüchte, Projektionen, Übertragungen und anderen psychologischen Phänomene, die zwischen zwei Menschen auftraten –, erforderte eine spezielle Art des Zuhörens. Mariana musste auf sämtliche *Gefühle* hören, die Fosca unbewusst kommunizierte. In einem therapeutischen Kontext wurden diese Gefühle »Gegenübertragung« genannt, und sie verrieten ihr alles, was es über diesen Mann zu wissen gab: wer er war – und was er verbarg. Natürlich nur, solange sie ihre eigenen Gefühle heraushalten konnte, was nicht leicht war. Während sie nebeneinanderher gingen, versuchte sie, auf ihren Körper zu hören, und spürte eine zunehmende Anspannung: ein vorgerecktes Kinn, zusammengebissene Zähne. Ihr Magen fing an zu brennen, ihre Haut kribbelte, was sie mit Zorn assoziierte.

Aber wessen Zorn? Ihr eigener?

Nein – es war *seiner.*

Sein Zorn. Ja, das konnte sie spüren. Er schwieg jetzt, doch hinter seinem Schweigen lauerte Zorn. Er leugnete das natürlich, aber der Zorn war dort, brodelte unter der Oberfläche. Irgendwie hatte Mariana ihn während dieses Treffens verärgert; sie war unberechenbar, schwer zu durchschauen, schwierig – und das hatte seinen Zorn ausgelöst. Plötzlich dachte sie: *Wenn ihn so etwas so schnell wütend macht – was passiert, wenn ich ihn wirklich provoziere?*

Sie war sich nicht sicher, ob sie das herausfinden wollte.

Als sie das Gartentor erreichten, blieb Fosca stehen. Er sah sie abwägend an. Dann traf er eine Entscheidung. »Würde es Ihnen etwas ausmachen, dieses Gespräch fortzusetzen? Vielleicht bei einem Abendessen? Vielleicht am Mittwoch?«

Er sah sie an, wartete auf ihre Antwort. Mariana hielt seinem Blick stand, ohne zu blinzeln.

»Okay«, sagte sie.

Fosca lächelte. »Gut. Bei mir, um acht? Eine Sache noch …«

Bevor sie ihn aufhalten konnte, beugte er sich vor …

… und küsste sie auf die Lippen.

Es dauerte nur eine Sekunde. Bis Mariana reagieren konnte, hatte er sich schon zurückgezogen.

Fosca drehte sich um und trat durch das offene Tor. Mariana hörte, wie er pfeifend davonschlenderte.

Sie wischte den Kuss mit der Faust ab.

Wie konnte er es wagen?

Sie hatte das Gefühl, als wäre sie überfallen worden – attackiert –, und dass er irgendwie gewonnen hatte, dass es ihm gelungen war, sie in die Irre zu führen, sie einzuschüchtern.

Während sie dastand und spürte, wie ihr in der Morgensonne abwechselnd heiß und kalt wurde und brennender Zorn in ihr aufstieg, wusste sie eines mit Sicherheit: Diesmal war der Zorn, den sie empfand, nicht seiner.

Sondern ganz allein ihrer.

18

Als Fosca weg war, zog Mariana den Bierdeckel hervor, den Fred ihr gegeben hatte. Sie wählte seine Nummer, und als er sich meldete, fragte sie ihn, ob er Zeit habe, sie zu treffen.

Zwanzig Minuten später stand sie am Haupttor und sah zu, wie er sein Fahrrad an eines der Geländer kettete. Er griff in seine Tasche und holte zwei rote Äpfel heraus.

»Das ist mein Frühstück. Möchtest du einen?«

Er bot ihr einen Apfel an. Mariana wollte schon ablehnen, als ihr klar wurde, wie hungrig sie war. Sie nickte.

Fred wirkte erfreut. Er wählte den besseren der beiden Äpfel, rieb ihn an seinem Ärmel blank und reichte ihn ihr.

»Danke.« Mariana nahm ihn und biss hinein. Der Apfel war knackig und süß.

Fred nahm ebenfalls einen Bissen, dann sagte er kauend: »Ich freue mich, dass du angerufen hast. Gestern Abend bist du ein wenig … überstürzt aufgebrochen. Du wirktest so aufgebracht. Ich dachte, du wärst sauer auf mich.«

Mariana zuckte die Achseln. »Es lag nicht an dir, es lag an … Naxos.«

»Naxos?« Er starrte sie verwirrt an.

»Mein Mann ist dort gestorben. Er … ist ertrunken.«

»O Gott.« Freds Augen weiteten sich. »Um Himmels willen. Es tut mir so leid …«

»Du wusstest es nicht?«

»Natürlich nicht! Woher hätte ich das denn wissen sollen?«

»Dann ist es also bloß ein Zufall?« Sie musterte ihn aufmerksam.

»Na ja … Ich hab dir doch erzählt, dass ich manchmal über übersinnliche Kräfte verfüge. Vielleicht habe ich etwas aufgeschnappt, und deshalb ist mir Naxos in den Sinn gekommen.«

Mariana runzelte die Stirn. »Das glaube ich nicht.«

»Es stimmt aber.«

Es entstand eine unangenehme Pause. Dann fügte Fred hinzu: »Tut mir leid, wenn ich deine Gefühle verletzt habe …«

»Das hast du nicht. Vergiss es einfach.«

»Hast du mich deshalb angerufen? Um mir das zu sagen?«

Mariana schüttelte den Kopf. »Nein.«

Sie war sich nicht sicher, warum sie ihn angerufen hatte. Vielleicht war es ein Fehler gewesen. Sie hatte sich eingeredet, sie brauche Freds Hilfe, aber das war in Wahrheit ein Vorwand gewesen – vermutlich war sie einfach nur einsam und aufgewühlt wegen ihres Treffens mit Fosca. Sie ärgerte sich über sich selbst – aber es war zu spät; jetzt war Fred hier. Da konnte sie genauso gut das Beste daraus machen. »Komm«, sagte sie daher, »ich möchte dir etwas zeigen.«

Sie betraten das College-Gelände, überquerten den Main Court und gingen durch die Kolonnade weiter zum Eros Court.

Als sie den Hof erreichten, schaute Mariana hinauf zu Zoes Zimmer. Zoe war nicht da – sie hatte ein Seminar bei Clarissa. Mariana hatte ihrer Nichte absichtlich nichts von Fred erzählt, denn sie wusste nicht genau, wie sie Zoe diese Bekanntschaft erklären sollte. Zumal sie sie nicht einmal sich selbst erklären konnte.

Vor einem der den Hof umgebenden Gebäude blieb Mariana stehen und deutete mit dem Kinn auf ein Fenster im Erdgeschoss. »Das ist Taras Zimmer. Ihre Aufwartefrau hat gesehen, wie sie ihre Unterkunft an dem Abend, an dem sie gestorben ist, um genau Viertel vor acht verlassen hat.«

Fred deutete auf das Tor am hinteren Ende des Eros Court, das zu den Außenanlagen, den Backs, führte. »Ist sie durch das Tor dort weggegangen?«

»Nein.« Mariana schüttelte den Kopf, dann zeigte sie in die andere Richtung, zur Kolonnade. »Die Aufwartefrau sagt, sie sei zum Main Court gelaufen.«

»Hm. Das ist merkwürdig. Das Tor da drüben führt zum Fluss – der schnellste Weg zum Paradise.«

»Was nahelegt, dass sie anderswohin wollte.«

»Vielleicht zu Conrad? Er hat doch gesagt, sie seien verabredet gewesen.«

»Möglich.« Mariana schwieg für einen Moment. »Da ist noch etwas. Morris, der Porter, hat gesehen, wie Tara das College-Gelände um acht durchs Haupttor verlassen hat. Wenn sie also um Viertel vor acht aus dem Zimmer gegangen ist …«

Sie ließ die Frage unausgesprochen in der Luft hängen. Fred übernahm für sie: »Warum hat sie dann fünfzehn Minuten für eine Strecke gebraucht, die man in einer, höchstens zwei Minuten zurücklegen kann? Obwohl … dafür könnte es jede Menge Erklärungen geben. Vielleicht hat sie jemandem getextet oder eine Freundin getroffen …«

Während er sprach, betrachtete Mariana den üppigen Fingerhut in dem Beet unter Taras Fenster – ein kräftiger Farbklecks in Violett und Pink.

Dazwischen, auf der Erde, lag eine Zigarettenkippe. Mariana bückte sich, hob sie auf und betrachtete den unverwechselbaren weißen Filter.

»Das ist eine amerikanische Marke«, stellte Fred fest.

Mariana nickte. »Ja. Wie die, die Professor Fosca raucht.«

»Fosca?«, fragte Fred leise. »Der Name sagt mir etwas. Freunde von mir sind auf diesem College, und sie haben mir Geschichten erzählt …«

Mariana sah ihn interessiert an. »Was für Geschichten? Wovon sprichst du?«

»Cambridge ist klein. Die Leute reden nun mal.«

»Und was sagen sie?«

»Dass Fosca berühmt ist – nein, berühmt-*berüchtigt* trifft es eher – für seine Partys.«

»Was für Partys? Was weißt du darüber?«

Fred zuckte die Achseln. »Nicht viel. Die sind nur für seine Studenten. Aber es soll dabei ziemlich wild hergehen.« Er schaute sie aufmerksam an und versuchte, ihren Gesichtsausdruck zu deuten. »Glaubst du, er hat etwas damit zu tun? Mit dem Mord an Tara?«

Mariana zögerte, dann gab sie ihren Widerstand auf. »Ich muss dir etwas erzählen, Fred.«

Während sie über den Hof schlenderten, erzählte sie ihm von den Vorwürfen, die Tara gegen den Professor erhob und die dieser bestritt. Obwohl er zur Bekräftigung sogar ein Alibi dagegensetzte, sei sie trotzdem außerstande, die Sache auf sich beruhen zu lassen. Sie erwartete, dass Fred lachen oder spotten oder ihr zumindest nicht glauben würde – aber nichts von alldem geschah. Wofür sie ihm dankbar war. Sie merkte, dass er ihr immer sympathischer wurde, und zum ersten Mal seit langer Zeit fühlte sie sich nicht ganz so allein.

»Sofern Veronica, Serena und die anderen Mädchen die Wahrheit sagen, war Fosca die ganze Zeit über bei ihnen – bis auf ein paar Minuten, in denen er hinausgegangen ist, um eine Zigarette zu rauchen«, beendete sie ihre Ausführungen.

»Mal angenommen, er hat Tara durch die Fensterscheibe gesehen«, überlegte Fred, »dann hatte er auf jeden Fall genug Zeit, zu ihrem Zimmer zu gehen, sie im Hof abzufangen …«

»… und sich mit ihr um zehn im Paradise zu treffen?«

»Richtig. Warum nicht?«

Mariana schüttelte den Kopf. »Dann kann er es trotzdem nicht gewesen sein. Wenn Tara um zweiundzwanzig Uhr ermordet wurde, wäre er niemals rechtzeitig bei ihr gewesen. Man braucht von hier aus zu Fuß mindestens zwanzig Minuten bis zum Naturschutzgebiet, und mit dem Auto dauert es noch länger …«

Fred dachte kurz nach. »Es sei denn, er ist übers Wasser gekommen.«

Mariana schaute ihn erstaunt an. »Wie bitte?«

»Vielleicht hat er einen Stechkahn genommen.«

»Einen Stechkahn?« Sie hätte beinahe laut gelacht, so absurd war die Vorstellung.

»Warum nicht? Keiner beobachtet den Fluss, keiner würde ein Punt bemerken – schon gar nicht am späten Abend. Er hätte unbemerkt hin und wieder zurück gelangen können … binnen weniger Minuten.«

Mariana dachte über Freds Worte nach. »Vielleicht hast du recht.«

»Kannst du mit einem Punt umgehen?«, erkundigte er sich.

»Nicht besonders gut.«

»Ich schon.« Er grinste. »Tatsächlich bin ich sogar ziemlich gut, wenn ich das so behaupten darf ... Und, wie wär's?«

»Wie wär's womit?«

»Wir gehen zum Bootshaus, leihen uns einen Stechkahn und probieren es aus. Was spricht dagegen?«

Bevor Mariana antworten konnte, klingelte ihr Handy. Zoe war dran. Mariana nahm das Gespräch sofort entgegen.

»Zoe? Ist alles in Ordnung?«

»Wo bist du?« Zoes Stimme hatte jenen drängenden, besorgten Unterton, der Mariana sagte, dass etwas nicht stimmte.

»Ich bin im College. Und du?«

»Ich bin bei Clarissa. Die Polizei war gerade da ...«

»Warum? Was ist passiert?«

Es entstand eine Pause. Mariana hörte, dass sie sich Mühe gab, nicht in Tränen auszubrechen. Als Zoe sich halbwegs gefasst hatte, flüsterte sie heiser: »Es ist wieder passiert.«

»Was? Was meinst du?«

Mariana wusste genau, was Zoe meinte.

»Sie haben eine weitere Leiche gefunden«, stieß Zoe hervor. »Ebenfalls erstochen.«

TEIL DREI

Die gute Fabel muss also eher einfach sein als – wie es einige wollen – zwiefach, und sie darf nicht vom Unglück ins Glück, sondern sie muss vielmehr vom Glück ins Unglück umschlagen, nicht wegen der Gemeinheit, sondern wegen eines großen Fehlers entweder eines Mannes, wie er genannt wurde, oder eines besseren oder schlechteren.

Aristoteles, *Poetik*

1

Der Leichnam war auf einer Weide entdeckt worden, am Rand des Naturschutzgebietes. Es handelte sich um mittelalterliches Gemeindeland, für das die Bauern uralte Weiderechte besaßen. Einer von ihnen hatte am Morgen seine Kuhherde hergetrieben und die grausige Entdeckung gemacht.

Mariana wollte so schnell wie möglich dorthin. Zoe schlug vor, sie zu begleiten, doch Mariana wollte davon nichts wissen, und obwohl ihre Nichte wütend protestierte, blieb Mariana hart – sie war fest entschlossen, Zoe so weit wie möglich von den Schrecknissen des Lebens abzuschirmen. Und das hier würde ganz bestimmt schrecklich werden.

Also machte sie sich zusammen mit Fred auf den Weg, der sie mithilfe der Karte auf seinem Handy zu der entsprechenden Weide führte.

Als sie am Fluss entlanggingen, vorbei an den Colleges und Auen, atmete Mariana tief den Geruch nach Gras, Erde und Bäumen ein – und wurde zurückkatapultiert in jenen ersten Herbst in Cambridge vor so vielen Jahren. Sie war gerade erst angekommen, hatte die schwüle Hitze Griechenlands gegen den bleigrauen Himmel und das nasse Gras von Ostengland eingetauscht.

Seit damals hatte die englische Landschaft für Mariana nichts von ihrem Reiz verloren. Heute allerdings verspürte sie keine Begeisterung, nur ein Übelkeit erregendes Grauen. Diese Felder und Auwiesen, die sie so liebte, diese schmalen Wege, die sie mit Sebastian gegangen war, waren für immer von den schrecklichen Ereignissen überschattet. Sie standen nicht mehr für Liebe und Glück – von jetzt an standen sie für Blut und Tod.

Schweigend setzten sie ihren Weg fort. Nach ungefähr zwanzig Minuten deutete Fred nach vorn. »Dort ist es.«

Vor ihnen lag eine Weide, an deren Rand eine lange Reihe von

Fahrzeugen parkte. Polizeiwagen und Nachrichtenvans standen dicht an dicht auf dem unbefestigten Feldweg. Mariana und Fred gingen daran vorbei in Richtung Polizeiabsperrung, an der mehrere Officer die Presse in Schach hielten. Es hatte sich bereits eine kleine Schar Schaulustiger versammelt.

Mariana betrachtete die Gaffer, und plötzlich fiel ihr die morbide Menge ein, die sich am Strand zusammengeschart hatte, um zu beobachten, wie Sebastians Leichnam aus dem Wasser gezogen wurde. Sie erinnerte sich an jene Gesichter – Ausdrücke der Besorgnis, die lüsterne Erregung verschleiern sollten. Gott, wie sehr sie diese Gesichter hasste – und jetzt, da sie hier dieselben Ausdrücke sah, wurde ihr schlecht.

»Komm«, sagte sie. »Lass uns weitergehen.«

Doch Fred rührte sich nicht vom Fleck. Er wirkte leicht verunsichert.

»Wohin?«

Mariana deutete auf die Polizeiabsperrung. »Da entlang.«

»Wie sollen wir denn daran vorbeikommen? Man wird uns sehen.«

Mariana schaute sich um. »Wie wär's, wenn du zu den Polizisten gehst und sie ablenkst, damit ich unbemerkt unter der Absperrung hindurchschlüpfen kann?«

»Klar. Das kann ich tun.«

»Dann macht es dir nichts aus, wenn du nicht mitkommst?«

Fred schüttelte den Kopf. Er sah ihr nicht in die Augen. »Um ehrlich zu sein, bin ich ein bisschen empfindlich, wenn es um Blut geht – und um Leichen und so. Ich warte lieber hier.«

»Okay. Es wird nicht lange dauern.«

Er wünschte ihr viel Glück, dann nahm er all seinen Mut zusammen und marschierte hinüber zu den Polizisten. Er sprach mit ihnen, stellte Fragen – und Mariana ergriff ihre Chance.

Eilig huschte sie zur Absperrung, hob sie an und duckte sich darunter hindurch.

Dann richtete sie sich auf und ging weiter – doch sie war erst ein paar Schritte weit gekommen, als sie eine Stimme hörte: »He! Was machen Sie da?«

Mariana drehte sich um. Ein Officer stürmte auf sie zu und verstellte ihr den Weg.

»Stopp! Wer sind Sie?«

Bevor Mariana antworten konnte, wurden sie von Julian unterbrochen. Er trat aus einem Forensikzelt und winkte dem Officer. »Ist schon in Ordnung. Sie gehört zu mir. Eine Kollegin.«

Der Polizist bedachte Mariana mit einem misstrauischen Blick, aber er trat zur Seite. Mariana sah, wie er kehrtmachte, und wandte sich dann an Julian. »Danke.«

Julian lächelte. »Du gibst wohl nicht so leicht auf, was? Das gefällt mir. Hoffen wir mal, dass wir nicht dem Inspector begegnen.« Er zwinkerte ihr zu. »Möchtest du einen Blick auf die Leiche werfen? Der Pathologe ist ein alter Freund von mir.«

Sie gingen in Richtung Zelt. Davor stand besagter Pathologe und tippte etwas in sein Handy. Er war Mitte vierzig, groß, mit einer Vollglatze und stechenden blauen Augen.

»Kuba«, sagte Julian. »Ich habe eine Kollegin mitgebracht, wenn das okay ist.«

»Meinetwegen.« Kuba sah Mariana an. Dann sagte er mit leichtem polnischem Akzent: »Ich warne Sie: Es ist kein schöner Anblick. Noch schlimmer als beim letzten Mal.«

Er deutete mit seiner behandschuhten Hand auf den hinteren Teil des Zelts. Mariana holte tief Luft und ging hinein.

Und da lag sie.

Sie bot den schrecklichsten Anblick, den Mariana je gesehen hatte. Sie hatte Angst, genauer hinzuschauen. Es kam ihr einfach nicht real vor.

Die Leiche einer jungen Frau – vielmehr das, was davon übrig war – lag ausgestreckt im Gras. Der Kopf war unversehrt, der Torso dagegen bis zur Unkenntlichkeit aufgeschlitzt – eine Mischung aus Blut und Gedärmen, Erde und Schlamm. Die Augen waren geöffnet, sehend und gleichzeitig blind.

Mariana starrte in diese Augen, unfähig, wegzuschauen; wie gelähmt von dem Blick dieser Medusa – Augen, die die Macht hatten, zu versteinern, selbst nach dem Tod …

Eine Zeile aus der Tragödie *Die Herzogin von Malfi* kam ihr in den Sinn: »Bedecke ihr Gesicht, meine Augen sind geblendet – sie starb jung.«

Sie war jung gestorben. Zu jung. Sie war erst neunzehn gewesen. Nächste Woche hätte sie Geburtstag gehabt, hatte eine Party organisieren wollen.

Mariana wusste das, denn sie hatte sie sofort erkannt.

Es war Veronica.

2

Mariana entfernte sich von der Leiche.

Ihr war übel. Sie musste Abstand zwischen sich und das bringen, was sie gesehen hatte. Wollte sich davonstehlen, aber sie wusste, dass es kein Entrinnen gab – dieser Anblick würde sie für den Rest ihres Lebens verfolgen. Das Blut, der Kopf, die weit geöffneten Augen …

Hör auf damit, sagte sie sich, *hör auf, daran zu denken.*

Sie ging ein paar Schritte weiter, bis sie einen wackeligen Holzzaun erreichte, der eine Grenze zwischen dieser Weide und der danebenliegenden bildete. Als sie sich dagegenlehnte, fühlte er sich so instabil an, als würde er jeden Moment umkippen, trotzdem bot er ihr ein wenig Halt. Besser als gar nichts.

»Alles in Ordnung?«

Julian erschien an ihrer Seite und warf ihr einen besorgten Blick zu.

Mariana nickte. Sie merkte, dass ihre Augen voller Tränen waren. Verlegen wischte sie sie ab. »Es geht mir gut.«

»Wenn du so viele Tatorte gesehen hast wie ich, gewöhnst du dich daran. Wenn du mich fragst: Ich finde dich tapfer.«

Mariana schüttelte den Kopf. »Das bin ich nicht. Ganz und gar nicht.«

»Und du hattest recht wegen Conrad Ellis. Er befand sich zum Zeitpunkt des Mordes in Gewahrsam – damit ist er vom Haken …« Julian sah Kuba an, der sich ihnen näherte. »Es sei denn, du denkst, die Mädchen wurden nicht von ein und derselben Person umgebracht.«

Kuba, der inzwischen bei ihnen stehen geblieben war, schüttelte den Kopf und zog eine E-Zigarette aus der Tasche. »Nein. Es ist derselbe Täter. Derselbe Modus Operandi. Ich habe zweiundzwanzig Messerstiche gezählt.« Er inhalierte und stieß Dampfwolken aus.

Mariana sah ihn an. »Sie hielt etwas in der Hand. Was war das?«

»Ach, das ist Ihnen aufgefallen? Es war ein Pinienzapfen.«

»Das dachte ich mir. Wie seltsam.«

»Warum sagst du das?«, fragte Julian.

Mariana wandte sich wieder ihm zu und zuckte die Achseln. »Na ja, es gibt hier in der Nähe keine Pinien.« Sie überlegte kurz. »Existiert eine Liste von den Dingen, die man bei Taras Leiche gefunden hat?«

»Komisch, dass Sie das sagen«, ließ sich Kuba vernehmen. »Dasselbe habe ich mich auch gefragt, also habe ich nachgeschaut. Eine solche Liste gibt es, und es wurde tatsächlich ein Pinienzapfen bei Taras Leiche gefunden..«

»Ein Pinienzapfen?« Julian runzelte die Stirn. »Wie interessant. Er muss eine bestimmte Bedeutung für den Mörder haben ... aber welche?«

Noch während er sprach, fiel Mariana plötzlich eines von Professor Foscas Dias ein, die er in seiner Vorlesung über Eleusis gezeigt hatte: das Marmorrelief eines Pinienzapfens.

Ja, dachte sie. *Das hat etwas zu bedeuten.*

Julian sah sich um und schüttelte frustriert den Kopf. »Wie macht er das? Bringt sie auf freiem Feld um – dann verschwindet er, blutverschmiert. Er hinterlässt keine Zeugen, keine Mordwaffe, keinen einzigen erkennbaren Hinweis ... nichts.«

»Nur einen Einblick in die Hölle«, sagte Kuba. »Aber du irrst dich, was das Blut angeht, Julian. Er muss nicht zwangsläufig blutverschmiert sein, denn er metzelt seine Opfer post mortem.«

»Was?« Mariana riss entsetzt die Augen auf. »Wie meinen Sie das?«

»Genau so, wie ich es gesagt habe. Er schneidet ihnen zuerst die Kehle durch.«

»Sind Sie sicher?«

»O ja.« Kuba nickte. »In beiden Fällen war die Todesursache ein tiefer Einschnitt, der das Gewebe bis zur Halswirbelsäule durchtrennte. Der Tod muss unverzüglich eingetreten sein. Der Tiefe der

Wunde nach zu urteilen, wurden die Mädchen vermutlich von hinten angegriffen. Darf ich?«

Er trat hinter Julian und demonstrierte elegant, was er meinte – wobei er seine E-Zigarette als Messer benutzte. Mariana zuckte zusammen, als er so tat, als würde er Julian die Kehle aufschlitzen.

»Seht ihr? Die arterielle Spritzblutung geht nach vorn. Anschließend legt er die Leiche auf den Boden. Wenn er zusticht, sickert das Blut einfach nach unten, in die Erde. Es ist also durchaus möglich, dass er gar kein Blut an sich hat.«

Mariana schüttelte den Kopf. »Aber – das ergibt doch keinen Sinn.«

»Warum nicht?«

»Weil das nicht für einen Blutrausch spricht. Er verliert nicht die Kontrolle, gerät nicht in *Rage* …«

Kuba schüttelte den Kopf. »Nein. Im Gegenteil. Er geht sehr ruhig vor, kontrolliert, als würde er eine Art Tanz aufführen. Ausgesprochen präzise. *Rytualistyczny* …« Er suchte nach dem englischen Wort. »Ritualistisch? Ist das korrekt?«

»Ritualistisch?«

Mariana hatte eine Reihe von Bildern vor ihrem inneren Auge: Edward Fosca am Rednerpult auf dem Podium, wie er über religiöse Riten doziert; die Postkarte in Taras Zimmer mit einem alten griechischen Orakel, das Opfer fordert; und – ganz hinten in ihrer Erinnerung – der unauslöschliche, strahlend blaue Himmel mit der gleißenden Sonne und eine Tempelruine, einer rachsüchtigen Göttin geweiht.

Da war etwas, worüber sie nachdenken musste. Doch bevor sie Kuba weiter ausfragen konnte, wollte eine laute Stimme hinter ihr wissen: »Was geht hier vor?«

Sie drehten sich um und sahen sich Chief Inspector Sangha gegenüber.

Er sah gar nicht glücklich aus.

3

Was macht sie hier?«, fragte Sangha mit finsterem Blick.

Julian trat einen Schritt vor. »Mariana gehört zu mir. Ich dachte, sie verfügt womöglich über psychologisches Insiderwissen – und sie war mir tatsächlich eine große Hilfe.«

Sangha schraubte den Becherdeckel von seiner Thermoskanne, stellte ihn vorsichtig auf einen der Zaunpfähle und schenkte sich Tee ein. Er sah erschöpft aus, dachte Mariana. Sie beneidete ihn nicht um seinen Job. Der Umfang seiner Ermittlungen hatte sich gerade verdoppelt, und er hatte seinen einzigen Verdächtigen verloren. Sie zögerte, weil sie die Dinge nicht noch schlimmer machen wollte, aber ihr blieb keine Wahl.

»Chief Inspector«, sagte sie daher. »Ist Ihnen bewusst, dass es sich bei dem Opfer um Veronica Drake handelt? Sie war Studentin am St. Christopher College.«

Der Inspector starrte sie an. In seinem Blick lag Bestürzung. »Sind Sie sicher?«

Mariana nickte. »Professor Fosca hat beide Opfer unterrichtet. Sie waren Teil seiner speziellen Gruppe.«

»Was für eine spezielle Gruppe?«

»Ich denke, das sollten Sie ihn selbst fragen.«

Inspector Sangha leerte seinen Teebecher, bevor er antwortete. »Verstehe. Irgendwelche weiteren Tipps, Mariana?«

Mariana gefiel sein Ton nicht, aber sie blieb höflich. »Das war's für den Augenblick.«

Sangha schüttete die letzten Tropfen auf den Boden, dann schraubte er den Becher wieder auf die Kanne.

»Ich hatte Sie bereits gebeten, sich nicht in meine Ermittlungen einzumischen. Lassen Sie es mich so ausdrücken: Wenn ich Sie noch einmal dabei erwische, wie Sie unbefugt einen Tatort betreten, werde ich Sie persönlich verhaften. Haben Sie mich verstanden?«

Mariana öffnete den Mund, um etwas zu erwidern, aber Julian war schneller.

»Entschuldigung. Das kommt nicht wieder vor.«

Er führte eine widerwillige Mariana vom Tatort weg zur Polizeiabsperrung.

»Ich fürchte, Sangha hat es auf dich abgesehen«, sagte er in bedauerndem Ton. »An deiner Stelle würde ich ihm aus dem Weg gehen. Wenn er beißt, ist er definitiv noch schlimmer, als wenn er bellt.« Er zwinkerte ihr zu. »Keine Sorge – ich halte dich über die Entwicklungen auf dem Laufenden.«

»Danke. Das weiß ich zu schätzen.« Mariana streckte ihm die Hand entgegen.

Julian hielt sie fest. »Wo bist du untergebracht? Man hat mich in ein Hotel gleich am Bahnhof gesteckt.«

»Ich übernachte im College.«

»Wie angenehm. Hast du Lust, dich heute Abend auf einen Drink mit mir zu treffen, um über alte Zeiten zu plaudern? Außerdem bin ich neugierig, was du in der Zwischenzeit so alles gemacht hast …«

Mariana schüttelte den Kopf und schaute über seine Schulter. »Nein, tut mir leid, ich kann nicht.«

»Oh, warum denn nicht?« Julian ließ ihre Hand los, drehte sich um und folgte ihrem Blick. Seine Augen blieben an Fred hängen, der Mariana von der anderen Seite der Absperrung winkte.

»Aha.« Er furchte die Stirn. »Du bist bereits verabredet.«

»Wie bitte?« Mariana schüttelte den Kopf. »Nein. Das ist doch bloß Fred. Ein Freund – von Zoe.«

»Klar.« Julian verzog die Lippen zu einem schiefen Grinsen. Offenbar glaubte er ihr kein Wort. »Keine Sorge, wir laufen uns bestimmt bald wieder über den Weg, Mariana.« Damit drehte er sich um und ging davon.

Mariana war sauer – auf sich selbst. Sie duckte sich unter der Absperrung hindurch und kehrte zu Fred zurück. Mit jedem Schritt wurde ihr Ärger größer. Warum hatte sie Julian diese dämliche Lüge aufgetischt, Fred sei ein Freund von Zoe? Sie hatte nichts Falsches getan, hatte nichts zu verbergen – also warum hatte sie *gelogen?*

Ein möglicher Grund war natürlich, dass sie sich selbst gegenüber nicht ehrlich war, ihre Gefühle für Fred betreffend. War das möglich? Wenn ja, so wäre das ein zutiefst verstörender Gedanke.

Doch war es der einzige Punkt, in dem sie sich selbst belog, oder gab es noch andere?

4

Kaum war die Nachricht durchgesickert, dass eine zweite Studentin vom St. Christopher College ermordet worden war – noch dazu die Tochter eines US-Senators –, ging sie auch schon als Schlagzeile um die Welt.

Senator Drake und seine Frau reisten aus Washington an, gejagt von den US-Medien und verfolgt von Presseleuten aus aller Herren Länder, die in erstaunlich kurzer Zeit am St. Christopher College eintrafen.

Mariana fühlte sich an einen mittelalterlichen Belagerungszustand erinnert. Ganze Horden von Journalisten und Kameraleuten fanden sich ein, zurückgehalten nur von einer fadenscheinigen Absperrung, mehreren Polizisten in Uniform und einigen Portern, allen voran Mr. Morris. Er hatte die Ärmel hochgekrempelt und schien bereit, das College notfalls mit Fäusten zu verteidigen.

Auf dem Kopfsteinpflaster vor dem Haupttor errichtete man ein Mediencamp, das rasch immer größer wurde und sich bald bis zur King's Parade erstreckte, wo reihenweise Übertragungswagen parkten. In einem speziellen Pressezelt am Fluss gaben Senator Drake und seine Gemahlin ein Fernsehinterview, in dem sie eindringlich um Informationen baten, die zur Ergreifung des Mörders ihrer Tochter dienlich sein könnten.

Auf Senator Drakes Ersuchen wurde Scotland Yard eingeschaltet. London schickte zusätzliche Officer, die Straßensperren errichteten, von Tür zu Tür gingen, um die Einwohner von Cambridge zu befragen, und durch die malerischen Gassen patrouillierten.

Das Wissen, dass man es mit einem Serienmörder zu tun hatte, versetzte die gesamte Stadt in Alarmbereitschaft. Unterdessen wurde Conrad Ellis auf freien Fuß gesetzt, sämtliche Anklagepunkte gegen ihn fallen gelassen.

Eine nervöse, angespannte Energie lag in der Luft. Ein Monster mit einem Messer war unter ihnen, durchstreifte unbemerkt die Straßen, zweifelsohne bereit, zuzuschlagen und anschließend unerkannt in der Dunkelheit zu verschwinden … Seine Unsichtbarkeit verlieh ihm etwas Übermenschliches, verwandelte ihn in eine Kreatur aus einem Mythos, in ein Phantom.

Nur dass Mariana wusste, dass er weder ein Monster war noch ein Phantom. Er war einfach nur ein Mann, und er verdiente es nicht, mythologisiert zu werden.

Alles, was er verdiente, waren Mitleid und Furcht, vorausgesetzt, sie konnte Mitleid und Furcht für ihn aufbringen – laut Aristoteles genau die Eigenschaften, die in der Tragödie die Katharsis ausmachen. Nun, Mariana wusste nicht genug über diesen Wahnsinnigen, um Mitleid zu empfinden.

Doch sie verspürte Furcht.

5

Meine Mutter sagte oft, dass sie dieses Leben für mich nicht wollte.

Sie teilte mir mit, dass wir eines Tages gehen würden, sie und ich. Und dass es nicht leicht werden würde.

Ich habe keine Ausbildung, sagte sie. *Ich habe mit fünfzehn die Schule verlassen. Versprich mir, dass du nicht dasselbe tust. Du brauchst eine Ausbildung – nur so kannst du Geld verdienen. Nur so kannst du überleben, in Sicherheit sein.*

Das werde ich niemals vergessen. Mehr als alles andere wollte ich in Sicherheit sein.

Selbst jetzt noch fühle ich mich nicht sicher.

Mein Vater war ein gefährlicher Mann, das ist der Grund dafür. Sobald der Whiskey floss, trat ein gewisses Flackern in seine Augen. Er wurde zunehmend streitsüchtig. Seinen Zorn zu meiden glich dem Gang durch ein Minenfeld.

Ich war besser darin als meine Mutter – besser darin, die Dinge ruhig zu handhaben, immer mehrere Schritte voraus zu sein, das Gespräch auf sicherem Boden zu halten, vorauszuahnen, wohin es führte, ihn wenn nötig auszumanövrieren, von den Themen abzulenken, die womöglich seinen Unmut heraufbeschworen. Früher oder später verpatzte es meine Mutter immer, entweder versehentlich oder auf eine masochistische Art absichtlich. Sie sagte etwas, tat etwas, widersprach ihm, kritisierte ihn, servierte ihm etwas, das er nicht mochte.

Seine Augen fingen an zu glitzern. Seine Unterlippe sackte herab. Er zeigte die Zähne. Zu spät wurde ihr klar, dass er in Rage geriet. Dann warf er den Tisch um, zerschmetterte ein Glas. Ich sah zu, hilflos, unfähig, sie zu verteidigen oder zu beschützen, wenn sie auf der Suche nach Zuflucht ins Schlafzimmer rannte. Panisch versuchte sie, die Tür zu schließen … aber zu spät …

Ich verstand es nicht.
Warum verließ sie ihn nicht? Warum packte sie nicht einfach unsere Taschen und schlich sich mit mir in der Nacht davon? Wir hätten zusammen gehen können. Aber diese Wahl traf sie nicht. Warum nicht? Hatte sie zu große Angst? Oder wollte sie nicht zugeben, dass ihre Familie recht hatte, dass sie einen schrecklichen Fehler begangen hatte?
Oder verschloss sie die Augen vor der Wahrheit und klammerte sich an die Hoffnung, dass sich die Lage auf magische Weise verbessern würde? Vielleicht war es das. Schließlich war sie sehr geübt darin, zu ignorieren, was sie nicht sehen wollte – und was ihr direkt ins Gesicht starrte.
Ich lernte, das ebenfalls zu tun.
Ich lernte auch schon sehr früh, dass ich nicht auf dem Boden ging, sondern über ein schmales Geflecht unsichtbarer Seile darüber balancierte. Ich musste ausgesprochen vorsichtig sein und mir alle Mühe geben, nicht abzurutschen und zu stürzen. Bestimmte Aspekte meiner Persönlichkeit waren anscheinend abstoßend. Ich hatte abscheuliche Geheimnisse zu verbergen – auch wenn ich nicht wusste, welche.
Mein Vater wusste es. Er kannte meine Sünden.
Und er bestrafte mich dementsprechend dafür.
Er schleifte mich nach oben. Er nahm mich mit ins Badezimmer und verschloss die Tür …
Und dann fing es an.
Verspüre ich Schmerz, wenn ich ihn mir jetzt vorstelle, jenen verängstigten kleinen Jungen? Einen Hauch von Empathie? Er ist bloß ein Kind, hat sich keines meiner Verbrechen schuldig gemacht – er hat Angst, Schmerzen. Verspüre ich auch nur eine Sekunde lang Mitleid? Kann ich mich in seine Notlage hineinversetzen, in all das, was er durchgemacht hat?
Nein. Das kann ich nicht.
Ich verbanne sämtliches Mitgefühl aus meinem Herzen.
Ich verdiene es nicht.

6

Veronica wurde zuletzt lebend gesehen, als sie am Samstagabend eine Probe für die Aufführung der *Herzogin von Malfi* am ADC – dem Amateur Dramatic Club Theatre, das zur Universität von Cambridge gehörte – verließ. Anschließend war sie wie vom Erdboden verschluckt, bis ihre Leiche am nächsten Tag gefunden wurde.

Wie war das möglich?

Wie hatte ihr Mörder aus dem Nichts auftauchen und sie auf offener Straße verschleppen können, ohne Zeugen oder eine einzige Spur zu hinterlassen – gerade am Wochenende, wenn abends so viele Studenten unterwegs waren? Für Mariana ließ das nur einen Schluss zu: Veronica war freiwillig mit ihm gegangen. Sie war bereitwillig und gelassen in den Tod gegangen – weil sie den Mann kannte und ihm vertraute.

Mariana beschloss, sich einen Eindruck von dem Ort zu verschaffen, an dem man Veronica zuletzt gesehen hatte, also machte sie sich auf den Weg zum ADC Theatre in der Park Street.

Das Theater war ursprünglich eine alte Poststation mit Herberge gewesen, die man in den 1850er-Jahren umgebaut hatte. Mariana warf einen Blick an der Fassade hinauf. Der Name prangte in dicken schwarzen Lettern über dem Eingang.

An einer großen Tafel warb ein Plakat für die demnächst stattfindende Inszenierung: *Die Herzogin von Malfi*, die, so vermutete Mariana, nun nicht stattfinden würde – zumindest nicht mit Veronica als Herzogin.

Sie ging die Stufen zum Haupteingang hinauf. Drückte gegen die Tür. Abgeschlossen. Im Foyer brannten keine Lichter.

Sie überlegte einen Moment. Dann machte sie kehrt und bog um die Ecke zur Seite des Gebäudes. Ein großes, schwarzes, schmiedeeisernes Tor versperrte den Zutritt zu einem Innenhof. Hier hatten sich einst die Stallungen befunden. Mariana versuchte es erneut, und diesmal hatte sie Glück: Das Tor war unverschlossen.

Sie betrat den Hof und ging zum Bühneneingang. Die Tür war abgesperrt.

Frustriert wollte sie aufgeben, als ihr plötzlich etwas einfiel. Sie warf einen Blick auf die Feuertreppe. Eine Wendeltreppe, die zur Theaterbar im ersten Stock führte.

Als Mariana hier studierte, war die Bar des ADC berühmt für seine langen Öffnungszeiten gewesen. Manchmal waren Sebastian und sie samstagabends auf einen letzten Drink dorthin gegangen, hatten getanzt und sich betrunken an der Bar geküsst.

Sie begann die Stufen hinaufzusteigen, drehte Runde um Runde, bis sie oben vor dem Notausgang stand.

Ohne allzu große Hoffnung streckte Mariana die Hand aus und zog am Griff. Zu ihrer Überraschung öffnete sich die Tür.

Sie zögerte kurz. Dann ging sie hinein.

7

Die ADC-Bar war eine altmodische Theaterkneipe mit samtbezogenen Hockern, in der es nach Bier und kaltem Zigarettenrauch roch.

Die Lichter waren ausgeschaltet. Es war düster, geheimnisvoll, und Mariana war für einen Moment abgelenkt – von zwei Geistern, die sich an der Bar küssten.

Ein lauter Knall ließ Mariana zusammenfahren.

Ein weiterer Knall. Das ganze Gebäude schien zu erzittern.

Sie beschloss, nachzusehen. Die Geräusche kamen von unten. Sie verließ die Bar und versuchte, so lautlos wie möglich zur Haupttreppe zu gelangen.

Noch ein Knall.

Er schien aus dem Saal zu kommen. Horchend blieb sie am Fuß der Treppe stehen, aber alles blieb still.

Sie schlich zu den Saaltüren, öffnete sie einen Spalt und spähte hinein.

Der Zuschauerraum war offenbar leer. Auf der Bühne waren die Kulissen für *Die Herzogin von Malfi* aufgebaut – die albtraumhafte Nachbildung eines Gefängnisses im Stil des deutschen Expressionismus, mit schiefen Wänden und Gitterstäben, die krumm in alle Richtungen ragten.

Ein junger Mann stand auf der Bühne.

Er trug kein Hemd, sein Oberkörper triefte vor Schweiß. Anscheinend war er damit beschäftigt, die gesamte Kulisse mit einem Hammer klein zu schlagen. Seine Handlungen zeugten von einer Gewaltbereitschaft, die ziemlich beunruhigend war.

Vorsichtig ging Mariana nach vorn, vorbei an Reihen von leeren, roten Sitzen, bis sie die Bühne erreicht hatte.

Der junge Mann bemerkte sie erst, als sie direkt hinter ihm stand. Er war etwas über eins achtzig, hatte kurze schwarze Haare und einen Bartschatten, als hätte er sich eine Woche lang nicht mehr rasiert. Er konnte nicht viel älter als Anfang zwanzig sein, aber sein Gesicht wirkte nicht jugendlich, nicht freundlich.

»Wer sind Sie?«, fragte er und starrte sie an.

»Ich bin … Psychotherapeutin.« Mariana beschloss zu lügen. »Ich arbeite für die Polizei.«

»Hm. Die war doch gerade eben hier.«

»Richtig.« Mariana meinte, einen Akzent herauszuhören. »Sind Sie aus Griechenland?«

»Wieso?« Er sah sie mit plötzlichem Interesse an. »Sind Sie es etwa?«

Seltsamerweise verspürte sie für den Bruchteil einer Sekunde erneut den Impuls zu lügen. Aus irgendeinem Grund wollte sie nicht, dass er irgendetwas über sie wusste. Doch sie würde mehr aus ihm herausbekommen, wenn sie eine gemeinsame Basis herstellte. »Ich bin zur Hälfte Griechin«, antwortete sie mit einem kleinen Lächeln. Dann fügte sie auf Griechisch hinzu: »Ich bin in Athen aufgewachsen.«

Der junge Mann wirkte erfreut, das zu hören. Er wurde ruhiger, sein Ärger schien abzukühlen. »Und ich bin aus Thessaloniki. Freut mich, Sie kennenzulernen.« Er streckte die Hand nach ihr aus. »Warten Sie, ich helfe Ihnen.«

Schwungvoll zog er Mariana hinauf auf die Bühne. Sie landete unsicher auf ihren Füßen. »Danke.«

»Ich bin Nikos. Nikos Kouris. Und wie heißen Sie?«

»Mariana. Sind Sie Student?«

»Ja.« Er nickte. »Ich bin für das hier verantwortlich.« Er deutete auf die demolierten Kulissen. »Ich bin der Intendant. Sie blicken auf die Zerstörung meiner künstlerischen Ambitionen.« Er lachte hohl. »Die Aufführung wurde abgesagt.«

»Wegen Veronica?«

Nikos runzelte die Stirn. »Es wollte sogar ein Agent aus London kommen, um sich das Stück anzusehen. Ich habe den ganzen Sommer daran gearbeitet und alles geplant. Für nichts …«

Er riss zornig einen Teil der Wand ein, der mit einem lauten Knall auf dem Bühnenboden landete. Die alten Bretter zitterten.

Mariana betrachtete ihn aufmerksam. Alles an ihm schien vor Wut zu vibrieren; ein kaum gezügelter Zorn, als würde er jeden Moment ausrasten und wahllos um sich schlagen – und *sie* niederstrecken anstelle der Kulissen. Er jagte ihr Angst ein.

»Darf ich Sie nach Veronica fragen?«

»Worum geht es denn?«

»Ich bin nur neugierig, wann Sie sie das letzte Mal gesehen haben.«

»Bei der Generalprobe. Ich hatte einige kritische Anmerkungen, was ihr gar nicht gefallen hat. Sie war eine eher mittelmäßige Schauspielerin, wenn Sie die Wahrheit wissen wollen. Nicht ansatzweise so talentiert, wie ich anfangs dachte.«

»Verstehe. In welcher Stimmung war sie?«

»Nachdem ich sie kritisiert hatte? In keiner guten.«

»Wann ist sie gegangen? Wissen Sie das noch?«

»Gegen sechs, würde ich sagen.«

»Hat sie erwähnt, wohin sie wollte?«

»Nein.« Nikos schüttelte den Kopf. »Aber ich glaube, sie wollte sich mit dem Professor treffen.« Er machte sich daran, ein paar Stühle zu stapeln.

Mariana beobachtete ihn. Spürte, wie ihr Herz schneller schlug. Etwas atemlos hakte sie nach. »Mit dem Professor?«

»Ja.« Der junge Mann zuckte die Achseln. »Ich kann mich nicht an seinen Namen erinnern. Er ist zur Generalprobe gekommen.«

»Wie hat er ausgesehen? Können Sie ihn beschreiben?«

Nikos überlegte für eine Sekunde. »Groß. Bart. Amerikaner.« Er schaute auf die Uhr. »Was wollen Sie sonst noch wissen? Ich bin nämlich beschäftigt.«

»Das ist alles, danke. Darf ich wohl die Garderobe sehen? Hat Veronica irgendetwas dort zurückgelassen?«

»Ich glaube nicht, dass da noch was ist. Die Polizei hat alles mitgenommen. War eh nicht viel.«

»Ich würde trotzdem gern einen Blick hineinwerfen. Wenn das für Sie okay ist.«

»Nur zu.« Er deutete zur Seitenbühne. »Die Stufen hinunter, auf der linken Seite.«

»Danke.«

Nikos sah sie nachdenklich an, doch er sagte nichts. Mariana verschwand eilig hinter den zertrümmerten Kulissen.

Es war dunkel dort; ihre Augen brauchten einige Sekunden, um sich darauf einzustellen. Etwas ließ sie innehalten und einen Blick über die Schulter werfen, zurück auf die Bühne. Nikos hatte seine zerstörerische Tätigkeit wieder aufgenommen. Sie sah sein Gesicht, das vor Wut verzerrt war. *Er hasst es, wenn er nicht bekommt, was er will,* dachte sie. Es steckte echter Zorn in dem jungen Mann, und sie war froh, dass sie von ihm wegkam.

Sie wandte den Blick ab und eilte die schmalen Stufen hinunter zur Künstlergarderobe.

Es war ein ziemlich beengter Raum, den sich alle Schauspieler teilten. Stangen voller Kostüme konkurrierten um Platz mit Perücken, Make-up, Requisiten, Büchern und Schminktischen. Mariana ließ die Augen über das Durcheinander schweifen – es war unmöglich, zu sagen, welche Sachen Veronica gehört hatten.

Sie bezweifelte, dass sie hier etwas Nützliches finden würde. Dennoch …

Ihr Blick blieb an den Schminktischen hängen. Jeder Darsteller hatte einen eigenen Spiegel – und diese waren mit Lippenstift verziert: Herzen, Küsse und Toi-toi-toi-Wünsche. Unter manchen Rahmen steckten Karten und Fotos.

Eine Karte erweckte ihre Aufmerksamkeit. Sie sah nicht aus wie die anderen.

Mariana trat näher und betrachtete sie. Ein religiöses Motiv – eine Heiligenikone. Die Heilige war schön, hatte lange blonde Haare … wie Veronica. In ihrem Hals steckte ein silberner Dolch. Noch verstörender aber war, dass sie eine flache Schale in den Händen hielt, in der zwei menschliche Augäpfel lagen.

Mariana wurde übel, als sie das sah. Mit zitternder Hand griff sie nach der Postkarte und zog sie unter dem Rahmen hervor. Dann drehte sie sie um.

Und fand wie bei Tara ein handgeschriebenes Zitat in altgriechischer Schrift.

ἴδεσθε τὰν Ἰλίου
καὶ Φρυγῶν ἑλέπτολιν
στείχουσαν, ἐπὶ κάρα στέφη
βαλουμέναν χερνίβων τε παγάς,
βωμόν γε δαίμονος θεᾶς
ῥανίσιν αἱματορρύτοις
χρανοῦσαν εὐφυῆ τε σώματος δέρην
σφαγεῖσαν.

8

Nach dem zweiten Mord herrschte eine nahezu leblose Atmosphäre am St. Christopher; alle schienen wie betäubt.

Es war, als würde sich eine Art Pestilenz im College ausbreiten, eine Seuche – wie die Krankheit, die in einem griechischen Mythos Theben zerstört hatte; ein unsichtbares, über die Luft übertragenes Gift, das durch die Höfe waberte und vor dem diese uralten Mauern, die einst Zuflucht geboten hatten vor der Außenwelt, nun keinen Schutz mehr ermöglichten.

Trotz der Proteste des Dekans und seiner Beteuerungen, die Studenten seien im College sicher, holten immer mehr Eltern ihre Kinder ab. Mariana konnte es ihnen nicht verdenken, genauso wenig wie sie es den Studenten verdenken konnte, die abreisen wollten. Ein Teil von ihr wünschte sich, sie könnte sich Zoe schnappen und nach London bringen. Doch sie hütete sich, diesen Vorschlag zu machen: Es war beschlossene Sache, dass Zoe blieb – genau wie Mariana.

Der Mord an Veronica hatte Zoe besonders schwer getroffen. Die Tatsache, dass er ihr so sehr zu schaffen machte, erstaunte Zoe selbst. Sie fühle sich wie eine Heuchlerin, behauptete sie.

»Ich meine, ich habe Veronica nicht einmal *gemocht* – keine Ahnung, warum ich nicht aufhören kann zu weinen.«

Mariana vermutete, dass Zoe Veronicas Tod als Möglichkeit nutzte, ihre Trauer um Tara auszudrücken; eine Trauer, die zu überwältigend und zu beängstigend war, als dass sie sich ihr zu stellen vermochte. Also waren diese Tränen eine gute Sache, eine gesunde Sache, und das sagte sie der weinenden Zoe, während sie neben ihr auf dem Bett saß, sie hielt und in ihren Armen wiegte.

»Es ist okay, Liebes. Es ist okay. Lass es raus, dann geht es dir besser.«

Endlich versiegten die Tränen. Mariana bestand darauf, mit Zoe zum Mittagessen zu gehen; sie hatte in den vergangenen vierundzwanzig Stunden kaum etwas zu sich genommen. Zoe, mit geröteten Augen und völlig erschöpft, willigte ein. Auf dem Weg in die Hall, den großen, eleganten Speisesaal des St. Christopher College, begegneten sie Clarissa, die vorschlug, dass sie ihr am High Table Gesellschaft leisteten.

Der »High Table«, wie man an britischen Colleges jenen Tisch im Speisesaal nannte, der exklusiv für die Fellows und ihre Gäste reserviert war, stand am Ende der riesigen Halle auf einem bühnenähnlichen Podium. Von den eichenvertäfelten Wänden blickten Porträts der ehemaligen Direktoren auf sie herab. Am gegenüberliegenden Ende war ein Büfett für die Studenten aufgebaut; man wurde vom Cafeteria-Personal bedient, das elegante Westen mit Fliegen trug. Die Studenten saßen an langen Tischen, die sich über den gesamten Speisesaal erstreckten.

Es waren nicht viele Studenten in der Hall. Mariana schaute unwillkürlich zu den Anwesenden hinüber, die sich mit gesenkten Stimmen und besorgten Stimmen unterhielten, während sie in ihrem Essen stocherten. Niemand schien in wesentlich besserer Verfassung zu sein als Zoe.

Zoe und Mariana nahmen mit Clarissa am hinteren Ende des Tisches Platz, ein Stück von den anderen Fellows entfernt. Clarissa studierte interessiert die Speisekarte. Trotz der schrecklichen Ereignisse schien ihr Appetit ungebrochen. »Ich entscheide mich für den Fasan«, sagte sie. »Und anschließend … nehme ich vielleicht die in Wein pochierten Birnen. Oder diesen klebrig-süßen Karamellpudding.«

Mariana nickte. »Und du, Zoe?«

Zoe schüttelte den Kopf. »Ich bin nicht hungrig.«

Clarissa warf ihr einen besorgten Blick zu. »Sie müssen etwas essen, mein liebes Kind … Sie sehen gar nicht gut aus. Sie brauchen etwas im Magen, damit Sie bei Kräften bleiben.«

»Wie wär's mit dem Lachs auf Gemüse?«, schlug Mariana vor.

Zoe zuckte die Achseln. »Einverstanden.«

Der Kellner kam und nahm ihre Bestellung auf. Als er wieder weg war, zeigte Mariana ihnen die Postkarte, die sie im ADC Theatre gefunden hatte.

Clarissa nahm die Karte und studierte aufmerksam das Bild. »Ah, die heilige Lucia, wenn ich mich nicht irre.«

»Die heilige Lucia?«

»Sie kennen sie nicht? Nun, ich nehme an, sie ist unter den Heiligen eher unbekannt. Eine Märtyrerin während der diokletianischen Christenverfolgung um 300 nach Christus. Ihr wurden die Augen herausgerissen, bevor sie erstochen wurde.«

»Die arme Lucia.«

»Sie sagen es. Daher gilt sie auch als die Schutzpatronin der Blinden. Normalerweise wird sie auf Bildern genau so dargestellt: Sie trägt ihre Augen in einer Schale vor sich her.« Clarissa drehte die Postkarte um. Ihre Lippen bewegten sich stumm, als sie die altgriechischen Verse las. »Diesmal«, sagte sie, »handelt es sich um ein Zitat aus Euripides' Tragödie *Iphigenie in Aulis.*«

»Und was bedeutet es?«

»Es geht um Iphigenie, die in den Tod geführt wird.« Clarissa nahm einen Schluck Wein und übersetzte: »Seht die Zerstörerin von Ilion und dem Phrygerland, / wie sie dahingeht, dass man ihr das Haupt bekränze / und besprenge mit Wasser zum Opfer! / Sie wird den Altar der gewaltigen Göttin / mit Tropfen ihres Bluts beflecken / und ihren schönen Nacken.«

Mariana wurde schlecht. »Mein Gott.«

»Nicht sehr appetitlich, das kann ich Ihnen versichern.« Clarissa gab Mariana die Postkarte zurück.

Mariana sah Zoe an. »Was denkst du? Glaubst du, Fosca hat sie ihr geschickt?«

»Professor Fosca?«, fragte Clarissa verblüfft, während Zoe die Postkarte betrachtete. »Sie wollen damit doch nicht etwa andeuten … Glauben Sie wirklich, dass Professor Fosca …«

»Fosca hat eine Gruppe mit Lieblingsstudentinnen. Wussten Sie das, Clarissa?« Mariana schaute kurz zu Zoe hinüber. »Sie haben sich privat getroffen – heimlich. Er nennt sie ›Die Mädchen‹.«

»*Die Mädchen?*«, wiederholte Clarissa. »Das höre ich zum ersten Mal. Vielleicht eine Anspielung auf ›Die Apostel‹?«

»*Die Apostel?*«

»Tennysons geheimer Debattierklub – dort ist er Hallam begegnet.«

Mariana starrte sie an. Es dauerte eine Sekunde, bis sie ihre Stimme wiederfand. Sie nickte. »Vielleicht.«

»Selbstverständlich waren ›Die Apostel‹ allesamt männlich. Ich gehe davon aus, dass es bei den ›Mädchen‹ nur weibliche Mitglieder gibt?«

»Genau. Tara und Veronica waren beide Mitglieder. Halten Sie das nicht für einen seltsamen Zufall? Was denkst du, Zoe?«

Zoe nickte unbehaglich, den Blick auf Clarissa gerichtet. »Um ehrlich zu sein, würde es zu ihm passen, so etwas zu tun.«

»Wie meinen Sie das?«

»Der Professor ist mitunter eher altmodisch – zumindest was die Postkarten betrifft. Er verschickt oft handgeschriebene Nachrichten. Im letzten Semester hat er eine Vorlesung über die Bedeutung des Briefes als Kunstform gehalten. Mir ist natürlich klar, dass das gar nichts beweist …«

»Ach?«, entgegnete Mariana. »Da wäre ich mir gar nicht so sicher.«

Clarissa tippte auf die Postkarte. »Was glauben Sie, was das bedeutet? Ich verstehe einfach nicht den Zweck.«

»Es ist ein Spiel. So hat er sein Vorhaben angekündigt – es ist eine Herausforderung, und er genießt sie.« Mariana wählte ihre Worte mit Bedacht. »Da wäre noch etwas … etwas, dessen er sich möglicherweise gar nicht bewusst ist. Es gibt einen Grund dafür, dass er diese Zitate gewählt hat; sie bedeuten ihm etwas.«

»Inwiefern?«

»Das weiß ich nicht.« Sie schüttelte den Kopf. »Ich verstehe es nicht – aber wir *müssen* es verstehen. Das ist die einzige Möglichkeit, ihn aufzuhalten.«

»Und mit ›ihn‹ meinen Sie Edward Fosca?«, vergewisserte sich Clarissa ungläubig.

»Möglicherweise.«

Clarissa wirkte nicht überzeugt, aber sie beließ es dabei. Mariana betrachtete schweigend die Postkarte.

Ihr Essen wurde serviert, und Clarissa ließ es sich schmecken. Mariana konzentrierte sich auf Zoe, um sicherzugehen, dass sie auch ein paar Bissen zu sich nahm.

Edward Fosca wurde während der Mahlzeit nicht mehr erwähnt. Doch er blieb in Marianas Gedanken – hing dort in ihrem Kopf wie eine Fledermaus in der Dunkelheit.

9

Nach dem Mittagessen gingen Mariana und Zoe auf einen Drink in die College-Bar.

Dort war es merklich ruhiger als sonst. Nur eine Handvoll Studenten saß vor ihren Getränken. Marianas Blick fiel auf Serena, die allein am Ende der Bar hockte, einen Gin Tonic trank und auf ihre Handytastatur eintippte. Sie bemerkte die beiden Frauen nicht.

Zoe bestellte zwei Gläser Wein, während Mariana zu Serena ging.

»Hallo«, sagte Mariana.

Serena sah auf, dann wandte sie sich, ohne zu antworten, wieder ihrem Handy zu.

»Wie geht es Ihnen, Serena?«

Keine Antwort. Mariana schaute Hilfe suchend zu Zoe hinüber. Zoe tat so, als würde sie etwas trinken. Mariana nickte.

»Darf ich Ihnen noch ein Glas bestellen?«

Serena schüttelte den Kopf. »Nein. Ich muss gleich los.«

Mariana lächelte. »Ihr heimlicher Verehrer?«

Offenbar hatte sie das Falsche gesagt, denn Serena ging wütend auf sie los.

»Was zum Teufel ist Ihr Problem?«

»Wie bitte?«

»Was haben Sie gegen Professor Fosca? Anscheinend sind Sie besessen von ihm. Was haben Sie der Polizei über ihn erzählt?«

»Ich habe ihm nichts vorgeworfen«, hielt sie dagegen. »Ich habe der Polizei lediglich vorgeschlagen, ihm ein paar Fragen zu stellen.«

»Nun, das hat sie. Sie hat ihm viele Fragen gestellt. Und mir ebenfalls. Sind Sie jetzt glücklich?«

»Und was haben Sie der Polizei geantwortet?«

»Ich habe die Wahrheit gesagt. Dass ich am Mittwochabend, als Veronica umgebracht wurde, bei Professor Fosca war – ich hatte den ganzen Abend über Seminar.«

»Und er hat den Raum nicht verlassen? Nicht einmal, um eine Zigarette zu rauchen?«

»Nicht einmal das.«

Serena musterte Mariana kühl, dann wurde sie von einer eingehenden Textnachricht auf ihrem Handy abgelenkt. Sie las sie und stand auf.

»Ich muss gehen.«

»Warten Sie.« Mariana senkte die Stimme. »Serena. Ich möchte, dass Sie sehr vorsichtig sind, okay?«

»Ach, scheren Sie sich zum Teufel.« Serena nahm ihre Handtasche und ging hinaus. Mariana seufzte. Zoe setzte sich auf Serenas leeren Barhocker.

»Das ist nicht gut gelaufen.«

»Nein.« Mariana schüttelte den Kopf. »In der Tat nicht.«

»Und was jetzt?«

»Ich habe keine Ahnung.«

Zoe zuckte die Achseln. »Wenn Professor Fosca bei Serena war, als Veronica getötet wurde, dann kann er es nicht gewesen sein.«

»Es sei denn, Serena lügt.«

»Glaubst du wirklich, sie würde für ihn lügen? Zwei Mal?« Zoe sah sie zweifelnd an. »Ich weiß nicht. Mariana …«

»Was?«

Zoe wich ihrem Blick aus. Für einen Moment sagte sie nichts. »Es ist schon sonderbar, wie sehr du dich auf ihn fixierst.«

»Wie meinst du das?«

»Der Professor hat ein Alibi für beide Morde, und du lässt trotzdem nicht locker. Geht es dir dabei um ihn – oder um dich?«

»Um mich?« Mariana traute kaum ihren Ohren. Sie spürte, wie sich ihre Wangen vor Empörung röteten. »Wovon sprichst du?«

Zoe schüttelte den Kopf. »Vergiss es.«

»Wenn du mir etwas sagen möchtest – raus damit.«

»Das hat ja doch keinen Sinn. Ich weiß, je mehr ich versuche, dir diese Sache mit Professor Fosca auszureden, desto tiefer verbeißt du dich darin. Du bist so stur!«

»Ich bin nicht stur.«

Zoe lachte. »Sebastian hat behauptet, du seist der sturste Mensch, dem er je begegnet ist.«

»Das hat er mir nie gesagt.«

»Nun, er hat es *mir* gesagt.«

»Ich verstehe nicht, was hier vorgeht, Zoe. Ich verstehe nicht, was du mir zu sagen versuchst. Was für eine *Sache* mit Fosca?«

»Das würde ich gern von dir erfahren.«

»Wie bitte? Ich fühle mich nicht zu ihm hingezogen, wenn es das ist, was du andeutest!«

Ihr war bewusst, dass sie die Stimme erhoben hatte, denn mehrere Studenten rund um die Bar sahen zu ihnen herüber. Soweit sie sich erinnern konnte, war es das erste Mal, dass Zoe und sie in Streit zu geraten drohten. Mariana spürte, wie sie wütend wurde, was völlig irrational war. Warum?

Sie starrten einander einen Moment lang an.

Zoe machte als Erste einen Rückzieher. »Vergiss es«, sagte sie und schüttelte den Kopf. »Es tut mir leid. Ich rede Unsinn.«

»Mir tut es auch leid.«

Zoe schaute auf ihre Uhr. »Ich muss los. Gleich findet ein Seminar über *Das verlorene Paradies* statt.«

»Na, dann viel Spaß.«

»Sehen wir uns beim Abendessen?«

»Oh …« Mariana zögerte. »Ich kann nicht. Ich … ich treffe mich mit …«

Sie wollte Zoe nichts von ihren Dinnerplänen mit Professor Fosca erzählen, nicht jetzt; Zoe würde doch nur alle möglichen Dinge hineininterpretieren, die so gar nicht zutrafen.

»Ich … ich treffe einen Freund.«

»Wen?«

»Niemanden, den du kennst, einen alten Freund vom College. Du solltest jetzt aber wirklich aufbrechen, damit du nicht zu spät kommst.«

Zoe nickte. Sie gab Mariana einen flüchtigen Kuss auf die Wange.

Mariana drückte ihren Arm. »Zoe, sei bitte ebenfalls vorsichtig. Versprochen?«

»Du meinst, ich soll nicht zu fremden Männern ins Auto steigen?«

»Blödsinn. Ich meine es ernst.«

»Ich kann auf mich selbst aufpassen, Mariana. Ich habe keine Angst.«

In Zoes Stimme schwang eine Vermessenheit mit, die Mariana zutiefst besorgte.

10

Nachdem Zoe gegangen war, blieb Mariana an der Bar sitzen und nippte an ihrem Wein. Sie ging das Gespräch noch einmal im Kopf durch.

Was, wenn Zoe recht hatte? Was, wenn Fosca unschuldig war?

Der Professor hatte ein Alibi für beide Morde, und trotzdem hatte Mariana ein Netz des Misstrauens um ihn gesponnen. Statt auf Fakten hatte sie sich auf Anhaltspunkte gestützt – doch wie sahen diese Anhaltspunkte eigentlich genau aus? Es waren Kleinigkeiten: der ängstliche Ausdruck in Zoes Augen, die Tatsache, dass Tara und Veronica sein Seminar über griechische Tragödien besuchten, und nicht zuletzt die Tatsache, dass Mariana Fosca für den Absender jener ominösen Postkarten hielt.

Ihre Intuition sagte ihr, dass derjenige, der die Karten verschickt hatte, auch der Mörder der Mädchen war. Die Intuition, also das, was für einen Mann wie Chief Inspector Sangha wie eine irrationale, womöglich sogar wahnhafte Schlussfolgerung klingen mochte, war für eine Therapeutin wie Mariana oftmals das einzige verfügbare Mittel. Obwohl es unglaublich erschien, dass ein Professor dieser Universität seine Studentinnen ermordete – noch dazu auf eine derart grauenvolle, öffentliche Art und Weise – und hoffte, damit durchzukommen.

Dennoch … wenn sie recht hatte …

Dann war Fosca bisher damit durchgekommen.

Doch was, wenn sie sich täuschte?

Mariana musste klar denken – aber sie konnte es nicht. Ihr Kopf war wie benebelt, und das lag nicht am Wein. Sie fühlte sich überfordert und zunehmend verunsichert. Also, was nun? Sie hatte keine Ahnung, wie ihr nächster Schritt aussehen sollte.

Ich muss mich beruhigen, dachte sie. *Was würde ich tun, wenn ich mit einem Patienten arbeite und den Eindruck gewinne, ich sei der Sache nicht gewachsen?*

Sofort fiel ihr die Antwort ein. Sie würde selbstverständlich um Hilfe bitten. Sie würde sich Rat bei ihrer Supervisorin holen.

Das war keine schlechte Idee.

Ihre Supervisorin aufzusuchen, konnte nur hilfreich sein. Und hier rauszukommen, nach London zu fahren, diesem College und seiner vergifteten Atmosphäre zu entrinnen, und sei es auch nur für ein paar Stunden, wäre eine immense Erleichterung.

Ja, dachte sie. *Genau das werde ich tun – ich werde Ruth anrufen und mich als Erstes morgen früh mit ihr in London treffen.*

Doch zunächst hatte sie eine Verabredung, heute Abend, hier in Cambridge.

Um zwanzig Uhr war sie zum Essen verabredet – mit Edward Fosca.

11

Um zwanzig Uhr machte sich Mariana auf den Weg zu Foscas Räumlichkeiten.

Sie starrte auf die große, eindrucksvolle Tür. *Professor Edward Fosca* stand in weißer Schönschrift auf einem schwarzen Türschild.

Von drinnen hörte sie leise klassische Musik. Sie klopfte. Keine Antwort.

Sie klopfte noch einmal, lauter. Eine Weile hörte sie nichts, dann …

»Es ist offen«, rief eine gedämpfte Stimme. »Treten Sie ein!«

Mariana holte Luft und wappnete sich, dann öffnete sie die Tür. Dahinter befand sich eine Treppe aus Ulmenholz, alt, schmal und uneben dort, wo sich das Holz verzogen hatte. Sie musste auf ihre Schritte achten, als sie nach oben stieg.

Die Musik wurde lauter – eine lateinische, religiöse Arie oder ein Psalm, mit einer Melodie unterlegt. Sie hatte so etwas schon einmal gehört, aber sie erinnerte sich nicht mehr genau, wo. Die Musik klang schön, aber unheilvoll, mit Streichinstrumenten, die wie ein Herz pulsierten und die ironischerweise Marianas eigenes angstvolles Herzklopfen nachahmten.

Oben angekommen, blieb sie vor einer Tür stehen, die einen Spaltbreit offen stand. Sie trat ein und gelangte in einen Flur. Das Erste, was sie sah, war ein großes Kruzifix an der Wand, kunstvoll aus dunklem Holz geschnitzt, im gotischen Stil und aufwendig verziert. Allein seine Größe wirkte einschüchternd. Eilig huschte Mariana daran vorbei und betrat das Wohnzimmer.

Sie konnte kaum etwas sehen; das einzige Licht stammte von den halb abgebrannten, unförmigen Kerzen, die überall verteilt waren. Ihre Augen brauchten einige Sekunden, um sich an die stygische Dunkelheit zu gewöhnen, die von brennendem Weihrauch erfüllt war; schwarzer Rauch schlängelte sich in die Höhe und ließ das Licht der Kerzen noch diffuser erscheinen, machte es noch schwerer, etwas zu erkennen.

Der Raum war groß, mit Fenstern, die auf den Hof hinausgingen. Mehrere Türen führen zu weiteren Räumen. Die Wände waren bedeckt mit Gemälden, die Regale bogen sich unter der Last der Bücher. Die Tapete war dunkelgrün und schwarz, ein sich wiederholendes Muster aus Blättern und Laubwerk mit einem verwirrenden Effekt – Mariana hatte den Eindruck, sich in einem Dschungel zu befinden.

Auf dem Kaminsims und auf den Tischen standen Skulpturen und Ziergegenstände. Ein menschlicher Schädel glänzte im Dämmerlicht. Auf dem Couchtisch entdeckte sie eine kleine Dionysos-Statue: der griechische Gott, eine Weinhaut umklammernd, mit zotteligen Haaren und Beinen, Hörnern und dem Schwanz einer Ziege. Daneben lag ein Pinienzapfen.

Plötzlich spürte Mariana Blicke im Nacken. Sie war sich sicher, dass sie gemustert wurde, und drehte sich um.

Edward Fosca stand hinter ihr. Sie hatte ihn nicht eintreten hören. Hatte er die ganze Zeit über in einer dunklen Ecke gestanden und sie beobachtet?

»Guten Abend«, begrüßte er sie.

Er sah extrem gut aus, dachte Mariana – ein Gedanke, über den sie sich augenblicklich ärgerte. Seine dunklen Augen und die weißen Zähne glänzten im Kerzenschein, das zerzauste Haar fiel ihm auf die Schultern. Er trug einen schwarzen Smoking, ein weißes Hemd und eine schwarze Fliege.

»Mir war nicht klar, dass wir zum High Table gehen«, sagte sie.

»Das tun wir auch nicht.«

»Aber Sie sind gekleidet, als würden Sie …«

»Ah.« Fosca blickte an sich hinab und lächelte. »Ich habe nicht oft die Gelegenheit, mit einer so schönen Frau zu Abend zu essen. Ich dachte, ich kleide mich der Gelegenheit entsprechend. Lassen Sie mich Ihnen etwas zu trinken geben.«

Ohne auf eine Antwort zu warten, nahm er eine offene Flasche

Champagner aus einem silbernen Eiskübel. Er füllte sein eigenes Glas nach, dann schenkte er eins für Mariana ein und reichte es ihr.

»Danke.«

Edward Fosca nahm sich einen Moment Zeit, um Mariana zu betrachten. Seine dunklen Augen schienen sie genauestens zu taxieren.

»Auf uns«, sagte er schließlich.

Mariana wiederholte den Toast nicht. Stattdessen hob sie das Glas an die Lippen und nippte am Champagner. Er war spritzig, trocken, erfrischend, und er schmeckte gut. Hoffentlich würde er ihre Nerven besänftigen. Sie nahm einen weiteren Schluck.

Von unten drang ein Klopfen zu ihnen herauf. »Ah«, sagte Fosca. »Das wird Greg sein.«

»Greg?«

»Von der Buttery.«

Auf der Treppe waren Schritte zu hören, dann erschien Gregory, ein leichtfüßiger Kellner in Weste und Krawatte. In der einen Hand hielt er eine Warmhaltebox, in der anderen eine Kühltasche. Er nickte Mariana freundlich zu.

»Guten Abend, Miss.« Dann sah er den Professor an. »Darf ich …?«

»Gern.« Fosca nickte. »Nur zu. Richten Sie an. Ich werde servieren.«

»Sehr gut, Sir.«

Er verschwand im Esszimmer. Mariana warf Fosca einen fragenden Blick zu.

»Ich wollte uns etwas mehr Privatsphäre verschaffen, als das im Speisesaal möglich ist«, erklärte er. »Allerdings bin ich kein großer Chef de Cuisine – also habe ich das Team von der Buttery überredet, die Speisen zuzubereiten und uns zu bringen.«

»Wie haben Sie das denn geschafft?«

»Mit einem sehr großzügigen Trinkgeld. Ich werde Ihnen nicht schmeicheln, indem ich Ihnen die Summe verrate.«

»Sie haben große Mühen auf sich genommen, Professor.«

»Ich habe Sie schon einmal darum gebeten: Bitte nennen Sie mich Edward. Und – es war mir ein Vergnügen, Mariana.«

Er verstummte und musterte sie erneut, die Lippen zu einem Lächeln verzogen. Mariana fühlte sich ein wenig unbehaglich. Sie wandte den Blick ab. Ihre Augen schweiften zum Couchtisch … und dem Pinienzapfen.

»Warum liegt der dort?«

Fosca folgte ihrem Blick. »Sie meinen den Pinienzapfen? Nun, er erinnert mich an zu Hause.«

»Er erinnert mich an das Dia von dem Pinienzapfen, das Sie in Ihrer Vorlesung über Eleusis gezeigt haben.«

Fosca nickte. »Ja, in der Tat. Das ist richtig. Jedem Eingeweihten wurde am Eingang ein Pinienzapfen überreicht.«

»Verstehe. Warum ein Pinienzapfen?«

»Nun, es geht im Grunde nicht um den Pinienzapfen an sich, sondern darum, was er symbolisiert.«

»Und das wäre …?«

Er schwieg für einen kurzen Augenblick, dann sagte er: »Es geht um den Samen, den Samen im Zapfen. Den Samen in uns – den Geist im Körper. Es geht darum, den eigenen Geist dafür zu öffnen, um das Bemühen, nach innen zu blicken und seine Seele zu finden.«

Fosca nahm den Pinienzapfen und reichte ihn Mariana.

»Der ist für Sie. Er gehört Ihnen.«

»Nein, danke.« Mariana schüttelte den Kopf. »Ich möchte ihn nicht.«

Ihre Worte klangen schärfer als beabsichtigt.

»Nun denn …«

Fosca lächelte amüsiert und legte ihn auf den Tisch zurück. Es entstand eine Pause. Einen Moment später kehrte Greg aus dem Esszimmer zurück.

»Es ist angerichtet, Sir. Der Pudding steht im Kühlschrank.«

»Danke.«

»Guten Abend.« Er nickte Mariana zu und verließ den Raum. Mariana hörte, wie er die Stufen hinuntersprang und die Tür hinter sich schloss.

Sie waren allein.

Die Spannung zwischen ihnen war nahezu greifbar. Mariana spürte sie deutlich, allerdings wusste sie nicht, was Fosca empfand, was sich hinter seiner kühlen, charmanten Art verbarg. Er war nahezu undurchschaubar.

Fosca deutete in Richtung des angrenzenden Raums.

»Wollen wir?«

12

In dem mit dunklem Holz vertäfelten Esszimmer stand ein langer Tisch, bedeckt mit einer weißen Leinentischdecke. Silberne Kerzenhalter mit brennenden Kerzen standen darauf, auf der Anrichte wartete ein Dekanter mit Rotwein.

Hinter dem Tisch konnte man durch das Fenster die Eiche in der Mitte des Hofes vor dem immer dunkler werdenden Himmel sehen; Sterne funkelten durch die Äste. In jeder anderen Situation, dachte Mariana, wäre ein Dinner in diesem wunderschönen alten Zimmer unglaublich romantisch gewesen. Doch jetzt nicht.

»Nehmen Sie Platz«, forderte Fosca sie auf.

Mariana ging zum Tisch. Zwei Plätze waren eingedeckt, einander gegenüber. Sie setzte sich, und Fosca ging zum Büfett, wo die Speisen angerichtet waren – eine Lammkeule, Bratkartoffeln und grüner Salat.

»Riecht gut«, sagte er. »Glauben Sie mir – das hier wird sehr viel besser schmecken, als wenn ich mich selbst als Koch versucht hätte. Ich habe einen ziemlich verwöhnten Gaumen, doch was die Zubereitung von Mahlzeiten angeht, bin ich eher einfach gestrickt. Mehr als die üblichen Pastarezepte, die eine italienische Mutter ihrem Sohn beibringt, sind bei mir nicht drin.«

Er lächelte Mariana an, dann nahm er ein großes Tranchiermesser zur Hand. Es glänzte im Kerzenschein. Sie sah zu, wie er rasch und geschickt die Lammkeule zerteilte.

»Sie sind Italiener?«, fragte sie.

Fosca nickte. »Amerikaner in zweiter Generation. Meine Großeltern sind mit dem Schiff von Sizilien in die Staaten gekommen.«

»Dann sind Sie in New York aufgewachsen?«

»Nicht direkt. In New York State. Auf einer Farm, mitten im Nichts.«

Fosca legte Mariana mehrere Scheiben Lammfleisch, dazu Kartoffeln und etwas Salat auf den Teller. Anschließend stellte er sich seine eigene Mahlzeit zusammen.

»Und Sie sind in Athen groß geworden?«

»Ja.« Mariana nickte. »Am Stadtrand.«

»Wie exotisch. Da bin ich ja ganz eifersüchtig.«

Mariana legte den Kopf schräg. »Dasselbe könnte ich wegen der Farm in New York behaupten.«

»Nicht, wenn Sie dort gewesen wären. Es war kein schöner Ort. Ziemlich abgewirtschaftet. Ich konnte es kaum erwarten, endlich von dort wegzukommen.« Sein Gesicht verdüsterte sich, als er das sagte. Er sah jetzt irgendwie anders aus. Härter – und älter. Er stellte den Teller vor sie hin, dann nahm er seinen eigenen und setzte sich ihr gegenüber. »Ich mag es blutig. Ich hoffe, das ist okay.«

Mariana nickte.

»Guten Appetit.«

Sie blickte auf ihren Teller. Die rasierklingendünnen Lammscheiben waren so blutig, so roh, dass sich eine schimmernde rote Pfütze auf dem weißen Porzellan ausbreitete. Allein bei dem Anblick wurde ihr übel.

»Danke, dass Sie meine Einladung zum Essen angenommen haben, Mariana. Wie ich schon im Fellows' Garden sagte – Sie faszinieren mich. Es ist immer faszinierend, wenn jemand Interesse für mich bekundet. Und das haben Sie definitiv getan.« Er lachte leise. »Dieser Abend bietet mir die Gelegenheit, mich zu revanchieren.«

Mariana nahm ihre Gabel zur Hand, doch sie brachte es nicht über sich, das Fleisch zu essen. Stattdessen konzentrierte sie sich auf die Kartoffeln und den Salat und schob die grünen Blätter von der immer größer werdenden Blutpfütze weg.

Sie konnte Foscas Augen auf sich spüren. Wie kühl sein Blick war – wie der eines Basilisken.

»Sie haben noch gar nicht das Lamm probiert«, stellte er fest.

Mariana nickte. Sie schnitt ein kleines Stück Fleisch ab und schob sich das rote Scheibchen in den Mund. Es schmeckte feucht, metallisch, nach Blut. Es kostete sie alle Mühe, zu kauen und zu schlucken.

Fosca lächelte. »Gut.«

Mariana griff nach ihrem Glas. Sie spülte den Blutgeschmack mit den Resten ihres Champagners hinunter.

Als er bemerkte, dass ihr Glas leer war, stand Fosca auf. »Lassen Sie uns zum Wein übergehen.«

Er ging zum Büfett und schenkte zwei Gläser dunkelroten Bordeaux aus dem Dekanter ein, dann kehrte er zum Tisch zurück und reichte Mariana eins davon. Sie hob es an die Lippen und trank. Der Wein schmeckte erdig, kieselig und vollmundig. Sie spürte bereits die Wirkung des Champagners auf ihren nüchternen Magen. Sie hätte aufhören sollen zu trinken, um nicht betrunken zu werden. Aber sie hörte nicht auf.

Fosca setzte sich wieder, beobachtete sie, lächelte. »Erzählen Sie mir von Ihrem Ehemann.«

Mariana schüttelte den Kopf. »Nein.«

Er wirkte überrascht. »Nein? Wieso nicht?«

»Weil ich es nicht möchte.«

»Verraten Sie mir wenigstens seinen Namen.«

»Sebastian«, sagte Mariana leise.

Und irgendwie – allein indem sie seinen Namen nannte –, beschwor sie ihn für eine Sekunde herauf, ihren Schutzengel, fühlte sie sich sicherer, ruhiger, und Sebastian flüsterte ihr ins Ohr: *Hab keine Angst, Liebling, steh für dich selbst ein. Du musst dich nicht fürchten …*

Mariana beschloss, seinen Rat anzunehmen. Sie schaute auf und begegnete Foscas Blick, ohne zu blinzeln. »Erzählen Sie mir von sich selbst, Professor.«

»Edward. Was würden Sie gern wissen?«

»Erzählen Sie mir von Ihrer Kindheit.«

»Von meiner Kindheit?«

»Was war Ihre Mutter für ein Mensch? Mochten Sie sie?«

Fosca lachte. »Meine Mutter? Wollen Sie mich beim Abendessen psychoanalysieren?«

»Ich bin nur neugierig«, erwiderte Mariana. »Und ich wüsste gern, was sie Ihnen außer Pastarezepten noch beigebracht hat.«

Fosca schüttelte den Kopf. »Meine Mutter hat mir leider sehr wenig beigebracht … Wie war es bei Ihnen? Was war Ihre Mutter für ein Mensch?«

»Ich habe meine Mutter nie wirklich gekannt.«

»Ach.« Fosca nickte. »Ich glaube, ich kannte meine Mutter auch nicht.«

Er überlegte einen Moment lang. Mariana konnte sehen, wie sich die Rädchen in seinem Kopf drehten – in einem wahrhaft brillanten Kopf, wie sie annahm. Mit einem messerscharfen Verstand. Sie musste vorsichtig sein. »Hatten Sie eine glückliche Kindheit?«, erkundigte sie sich in beiläufigem Ton.

»Ich sehe, Sie sind fest entschlossen, das hier zu einer Therapiesitzung zu machen.«

»Keine Therapiesitzung – nur eine Unterhaltung.«

»Unterhaltungen gehen in beide Richtungen, Mariana.«

Fosca schaute sie abwartend an, lächelnd. Als sie erkannte, dass ihr keine Wahl blieb, nahm sie die Herausforderung an.

»Nein, ich hatte keine sonderlich glückliche Kindheit«, sagte sie. »Manchmal, vielleicht. Ich habe meinen Vater sehr geliebt, aber …«

»Aber was?«

Mariana hob die Schultern. »Der Tod war allzu präsent.«

Ihre Blicke begegneten sich. Fosca nickte bedächtig. »Ja, ich kann es in Ihren Augen sehen. Es liegt eine große Traurigkeit darin. Sie erinnern mich an eine Heldin bei Tennyson: *Mariana.* ›Er kommet nicht, sagte sie. Ich bin es müde, so müde. Ich wünschte, ich wäre tot.‹«

Mariana wandte den Blick ab. Sie fühlte sich bloßgestellt und gereizt. Sie griff nach ihrem Glas und leerte es. Dann sah sie ihn direkt an.

»Jetzt sind Sie an der Reihe, Professor.«

»Sehr gern.« Fosca nippte an dem blutroten Bordeaux. »War ich ein glückliches Kind?« Er schüttelte den Kopf. »Nein. War ich nicht.«

»Warum nicht?«

Er antwortete nicht sofort. Stattdessen stand er auf und holte den Wein, um Mariana nachzuschenken.

»Möchten Sie die Wahrheit hören? Mein Vater war ein ausgesprochen gewalttätiger Mann. Ich fürchtete ständig um mein Leben – und um das von meiner Mutter. Ich musste mit ansehen, wie er sie bei vielen Gelegenheiten misshandelte.«

Mit so einem aufrichtigen Geständnis hatte Mariana nicht gerechnet. Seine Worte klangen nach der Wahrheit, und trotzdem waren sie frei von jeglichem Gefühl. Es war, als würde er nichts empfinden.

»Es tut mir leid«, sagte sie. »Wie furchtbar.«

Er schwieg für einen Moment, dann stellte er den Dekanter zurück auf das Büfett und setzte sich wieder. »Sie sind geschickt darin, den Menschen Dinge zu entlocken, Mariana. Soweit ich das beurteilen kann, sind Sie eine gute Therapeutin. Trotz meiner Absicht, Ihnen nichts über mich zu verraten, haben Sie mich am Ende auf Ihre Couch gezogen.« Seine Mundwinkel zuckten nach oben. »Therapeutisch gesprochen.«

Mariana zögerte. »Waren Sie jemals verheiratet?«

Fosca lachte. »Was für ein Gedankengang! Von der Couch ins Bett …« Er nahm einen Schluck Wein. »Ich war nie verheiratet, nein. Bin wohl nie der richtigen Frau begegnet.« Er machte eine kurze Pause, ohne sie aus den Augen zu lassen, dann fügte er hinzu: »Noch nicht.«

Mariana antwortete nicht. Er hielt den Blick weiter auf sie gerichtet, bedeutungsvoll, intensiv, bedächtig. Sie fühlte sich wie ein Reh im Scheinwerferlicht. Ihr kam das Wort in den Sinn, das Zoe benutzt hatte: *verwirrend.* Unfähig, seinen Blick noch länger zu ertragen, wandte sie sich ab, was ihn zu amüsieren schien.

»Sie sind eine schöne Frau«, hörte sie ihn sagen, »aber Sie besitzen mehr als Schönheit. Sie verfügen über eine bestimmte Eigenschaft – Stille. Wie die Stille in den Tiefen des Ozeans, weit unterhalb der Wellen, wo keine Bewegung stattfindet. Sehr still … und sehr traurig.«

Mariana erwiderte nichts. Es gefiel ihr nicht, wohin das hier führte – sie spürte, dass sie die Oberhand verlor, sollte sie sie jemals besessen haben. Sie war außerdem leicht betrunken und völlig unvorbereitet auf Foscas plötzlichen Wechsel von Romantik zu Mord.

»Heute Morgen«, sagte er, »habe ich Besuch von Chief Inspector Sangha erhalten. Er wollte wissen, wo ich war, als Veronica ermordet wurde.«

Er sah Mariana an. Vermutlich wartete er auf eine Reaktion. Sie zeigte keine.

»Und was haben Sie gesagt?«

»Die Wahrheit. Dass ich Serena Privatunterricht in meinen Räumlichkeiten erteilt habe. Ich habe ihm vorgeschlagen, sich bei ihr danach zu erkundigen, sollte er mir nicht glauben.«

»Aha.«

»Der Inspector hat mir zahlreiche Fragen gestellt – die letzte betraf Sie. Wissen Sie, was er gefragt hat?«

Mariana schüttelte den Kopf. »Ich habe keine Ahnung.«

»Er wollte wissen, warum Sie mir gegenüber so voreingenommen sind. Was ich getan habe, um das zu verdienen.«

»Und was haben Sie geantwortet?«

»Ich sagte, ich hätte keine Ahnung, aber ich würde Sie danach fragen.« Er legte die Finger um den Stiel seines Weinglases. »Also tue ich das jetzt. Was ist los, Mariana? Seit dem Mord an Tara haben Sie eine Kampagne gegen mich inszeniert. Was, wenn ich Ihnen versichere, dass ich ein unschuldiger Mann bin? Ich würde Ihnen liebend gern den Gefallen tun, als Ihr Sündenbock herzuhalten, aber …«

»Sie sind nicht mein Sündenbock.«

»Nicht? Ein Außenseiter – ein Amerikaner mit proletarischen Wurzeln in der elitären Welt der englischen Akademiker? Ich steche dort heraus wie ein bunter Hund.«

»Ganz sicher nicht.« Mariana schüttelte den Kopf. »Ich würde sagen, Sie haben sich wunderbar eingefügt.«

»Nun, natürlich habe ich mein Bestes gegeben, um mich anzupassen, doch die Quintessenz ist, dass ich für die Engländer immer ein

Fremder sein werde, dem man mit Misstrauen begegnet, auch wenn diese ihre Ausländerfeindlichkeit sehr viel subtiler verpacken als die Amerikaner.« Er musterte Mariana mit seinem intensiven Blick. »Auch Sie werden stets eine Fremde sein – auch Sie gehören nicht hierher.«

»Wir reden hier nicht über mich.«

»O doch, das tun wir – wir sind aus ein und demselben Holz geschnitzt.«

Sie runzelte die Stirn. »Nein, das sind wir nicht. Ganz und gar nicht.«

»Ach, Mariana.« Er lachte. »Sie glauben doch nicht im Ernst, dass ich meine Studentinnen umbringe? Das ist absurd. Auch wenn es einige sicher verdient hätten.« Er lachte erneut. Sein Lachen jagte Mariana einen Schauer über den Rücken.

Gerade hatte sie einen Eindruck gewonnen, wenn auch nur flüchtig, wie er wirklich war: gefühllos, sadistisch, vollkommen gleichgültig. Sie begab sich auf gefährliches Terrain, das wusste sie, doch der Wein hatte sie mutig und verwegen gemacht; außerdem würde sie diese Chance wahrscheinlich nie wieder bekommen. Sie wählte ihre nächsten Worte sorgfältig.

»Dann würde ich gern wissen, was Sie denken. Was für eine Art Mensch hat die Mädchen getötet?«

Fosca schien überrascht über ihre Frage zu sein, doch er nickte. »Ich habe in der Tat darüber nachgedacht.«

»Das dachte ich mir.«

»Und als Erstes fiel mir auf«, fuhr er fort, »dass die Morde religiöser Natur sind. So viel steht fest. Der Täter ist ein spiritueller Mann. Zumindest in seinen Augen.«

Mariana dachte an das Kruzifix in Foscas Flur. *Wie du,* dachte sie.

Der Professor trank etwas Wein und sprach weiter. »Bei den Übergriffen handelt es sich nicht um zufällige Attacken. Ich glaube nicht, dass der Polizei das bislang bewusst ist: Die Morde müssen als Opferungen verstanden werden.«

Mariana blickte auf. »Als Opferungen?«

»Richtig. Es handelt sich um ein Ritual – von Wiedergeburt und Auferstehung.«

»Ich sehe hier keine Auferstehung. Nur Tod.«

»Es kommt ganz darauf an, wie man es betrachtet.« Er lächelte sein allgegenwärtiges Lächeln. »Und ich sage Ihnen noch etwas: Er ist ein Showman. Er liebt es, zu performen.«

Genau wie du, dachte sie wieder.

»Die Morde erinnern mich an ein jakobinisches Drama. Gewalt und Schrecken – um zu schockieren und zu unterhalten.«

»Zu *unterhalten?*«

»Theatralisch ausgedrückt.«

Seine Zähne blitzten im Kerzenlicht, und Mariana verspürte plötzlich den überwältigenden Drang, so schnell wie möglich von ihm wegzukommen. Sie schob ihren Teller von sich. »Ich bin fertig.«

»Sind Sie sicher, dass Sie nicht mehr wollen?«

Sie nickte. »Ich habe genug.«

13

Professor Fosca schlug vor, dass sie Kaffee und Dessert im Wohnzimmer zu sich nahmen. Zögernd folgte Mariana ihm in den angrenzenden Raum. Er deutete auf das große dunkle Sofa am Kamin. »Nehmen Sie doch Platz.«

Mariana hatte keine Lust, neben ihm zu sitzen, noch dazu so dicht. Es verunsicherte sie. Und dann kam ihr ein Gedanke: Wenn *sie* sich schon unwohl fühlte, wenn sie mit ihm allein war, wie mochte sich dann ein achtzehnjähriges Mädchen fühlen?

Sie schüttelte den Kopf. »Ich bin müde. Ich denke, ich lasse den Nachtisch ausfallen.«

»Gehen Sie nicht, noch nicht. Ich mache uns einen Kaffee.«

Bevor sie widersprechen konnte, verließ Fosca das Wohnzimmer und verschwand in die Küche.

Mariana widerstand dem Impuls, davonzulaufen. Sie fühlte sich benommen und frustriert – und sie war wütend auf sich selbst. Sie hatte nichts erreicht. Hatte nichts Neues erfahren, nichts, was sie nicht schon wusste. Am besten ging sie, bevor er zurückkam und sie gezwungen war, seine amourösen Avancen abzuwehren oder Schlimmeres.

Sie ließ die Augen durch den Raum schweifen, während sie überlegte, was sie tun sollte. Ihr Blick fiel auf einen kleinen Stapel Bücher auf dem Couchtisch. Sie fasste das oberste Buch ins Auge und legte den Kopf schräg, um den Titel zu lesen.

Die gesammelten Werke von Euripides.

Mariana schaute über die Schulter Richtung Küche. Fosca war noch nicht wieder zu sehen. Sie stand auf und huschte zum Couchtisch. Streckte die Hand aus und nahm das Buch. Ein rotes Lesezeichen aus Leder schaute heraus.

Sie schlug die entsprechende Seite auf. Das Lesezeichen markierte eine Szene aus Euripides' Tragödie *Iphigenie in Aulis.* Auf der einen

Seite stand der englische Text, auf der anderen das altgriechische Original.

Mehrere Verse waren unterstrichen. Mariana erkannte sie sofort. Es waren dieselben wie die auf der Postkarte, die Veronica erhalten hatte.

ἴδεσθε τὰν Ἰλίου
καὶ Φρυγῶν ἑλέπτολιν
στείχουσαν, ἐπὶ κάρα στέφη βαλουμέναν χερνίβων τε παγάς,
βωμόν γε δαίμονος θεᾶς
ῥανίσιν αἱματορρύτοις
χρανοῦσαν εὐφυῆ τε σώματος δέρην
σφαγεῖσαν.

»Wonach suchen Sie?«

Mariana fuhr zusammen – seine Stimme war direkt hinter ihr. Sie klappte das Buch zu und drehte sich mit einem gezwungenen Lächeln zu ihm um. »Nach nichts Bestimmtem. Ich habe mich nur ein wenig umgeschaut.«

Fosca reichte ihr eine Tasse Espresso. »Hier, bitte.«

»Danke.«

Er warf einen Blick auf das Buch. »Wie Sie sich sicher denken können, zählt Euripides zu meinen Lieblingsdramatikern. Er ist für mich wie ein alter Freund.«

»Tatsächlich?«

»Aber ja. Er ist der einzige Tragödiendichter, der die Wahrheit sagt.«

»Die Wahrheit? Worüber?«

»Über alles. Das Leben. Den Tod. Die unglaubliche Grausamkeit der Menschen. Er erzählt alles so, wie es ist.«

Fosca trank einen kleinen Schluck Espresso und sah sie durchdringend an. Als sie in seine dunklen Augen schaute, hegte Mariana nicht länger Zweifel. Sie war sich absolut sicher: Sie blickte in die Augen eines Mörders.

TEIL VIER

Wenn also ein Mann daherkommt und ähnlich redet, sich ähnlich gebärdet wie der eigene Vater, dann wird auch der Erwachsene [...] sich diesem Mann unterwerfen, ihm zujubeln, sich von ihm manipulieren lassen, ihm sein Vertrauen gewähren, schließlich sich ihm vollständig ausliefern und die Sklaverei nicht merken, wie man alles nicht merkt, was die Fortsetzung der eigenen Kindheit bedeutet.

Alice Miller, *Am Anfang war Erziehung*

Die Kindheit bringt den Mann hervor,
Wie der Morgen den Tag hervorbringt.

John Milton, *Das wiedergewonnene Paradies*

1

Der Tod und was danach passiert, hat mich immer schon sehr interessiert.
Seit Rex, nehme ich an.
Rex ist meine früheste Erinnerung. Ein wunderschönes Geschöpf – ein schwarz-weißer Hütehund. Die beste Art von Tier. Er duldete es, dass ich ihn an den Ohren zog und versuchte, mich auf ihn zu setzen – sämtliche Missetaten, zu denen ein Kleinkind fähig ist –, und trotz allem wedelte er immer mit dem Schwanz, wenn er mich kommen sah, und begrüßte mich liebevoll. Es war eine Lektion in Sachen Vergebung, nicht nur einmal, sondern wieder und wieder.
Er brachte mir bei, was Vergebung bedeutet, und mehr als das: Er brachte mir etwas über den Tod bei.
Als ich fast zwölf war, wurde Rex alt. Es fiel ihm schwer, die Schafe zusammenzuhalten. Meine Mutter schlug vor, ihn von seinen Pflichten zu entbinden und einen jüngeren Hund zu besorgen, der seinen Platz einnehmen sollte.
Ich wusste, dass mein Vater Rex nicht mochte – manchmal hatte ich sogar den Eindruck, er würde ihn hassen. Oder war es meine Mutter, die er hasste? Sie liebte Rex, sogar noch mehr als ich. Sie liebte ihn für seine bedingungslose Zuneigung – und weil er nicht sprechen konnte. Er war ihr ständiger Begleiter, arbeitete Tag für Tag an ihrer Seite, und sie kochte und kümmerte sich um ihn mit weit mehr Hingebung, als sie je ihrem Mann entgegengebracht hatte.
Ich erinnere mich, was mein Vater sagte, als meine Mutter vorschlug, einen anderen Hund zu besorgen. Wir waren in der Küche. Ich hockte auf dem Fußboden und streichelte Rex. Meine Mutter stand am Herd und kochte. Mein Vater schenkte sich einen Whiskey ein. Nicht seinen ersten.

Ich werde ganz bestimmt nicht zwei Hunde durchfüttern, sagte er. *Ich werde den da erschießen.*
Nein, entgegnete sie. Und ausnahmsweise meinte sie, was sie sagte. *Wenn du dem Hund auch nur ein Haar krümmst, werde ich …*
Was?, fragte mein Vater. *Willst du mir drohen?*
Ich wusste, was kam. Man braucht wirklich Mumm, um sich für jemand anderen zu opfern. Und das tat sie, als sie sich an jenem Tag für Rex einsetzte.
Mein Vater drehte natürlich durch. Das klirrende Geräusch von zersplitterndem Glas sagte mir, dass es zu spät war – ich sollte schleunigst in Deckung gehen, wie Rex, der aus meinen Armen gesprungen und schon halb zur Tür hinaus war. Doch mir blieb keine andere Wahl, als dort auf dem Fußboden sitzen zu bleiben, in der Falle, während mein Vater den Tisch umstieß, der mich nur um Haaresbreite verfehlte. Meine Mutter vergalt es ihm, indem sie Teller nach ihm warf.
Er stiefelte mit erhobenen Fäusten durch das zerbrochene Geschirr auf sie zu. Sie stand mit dem Rücken zur Anrichte. Ebenfalls in der Falle. Und dann …
Plötzlich hielt sie ein Messer in der Hand. Ein großes Messer, das zum Zerlegen der Lämmer verwendet wurde. Sie deutete damit auf die Brust meines Vaters. Auf sein Herz.
Ich bringe dich um, verflucht noch mal, stieß sie hervor. *Ich meine es ernst.*
Für einen Moment herrschte Stille.
Mir wurde klar, es bestand durchaus die Möglichkeit, dass sie ihn abstach. Zu meiner Enttäuschung tat sie es nicht.
Mein Vater sagte kein weiteres Wort. Er drehte sich bloß um und ging hinaus. Die Küchentür schlug hinter ihm zu.
Einige Sekunden lang regte sich meine Mutter nicht. Dann fing sie an zu weinen. Es ist schrecklich, die eigene Mutter weinen zu sehen. Man fühlt sich so unfähig, so machtlos.
Ich werde ihn für dich umbringen, sagte ich. *Ich meine es ernst.*

Doch meine Worte brachten sie nur noch mehr zum Weinen.
Und dann … hörten wir einen Schuss.
Und noch einen.
Ich erinnere mich nicht daran, das Haus verlassen oder hinaus auf den Hof gestolpert zu sein. Alles, was ich vor mir sehe, ist Rex' schlaffer, blutender Körper am Boden und meinen Vater, der davonstapft, das Gewehr in der Hand.
Ich sah zu, wie das Leben aus Rex wich. Seine Augen wurden glasig und blicklos. Seine Zunge verfärbte sich blau. Langsam wurden seine Glieder steif. Ich konnte nicht aufhören, ihn anzustarren. Selbst damals, in diesem jungen Alter, spürte ich, dass der Anblick des toten Tieres mein Leben für immer befleckt hatte.
Das weiche, nasse Fell. Der verendende Körper. Das Blut. Ich schloss die Augen, aber ich konnte es noch immer sehen.
Das Blut.
Und später, als meine Mutter und ich Rex zur Grube trugen und ihn hineinwarfen, damit er darin verrottete, wusste ich, dass jener Teil von mir mit ihm untergegangen war. Der gute Teil.
Ich versuchte, ein paar Tränen für ihn aufzubringen, aber ich konnte nicht weinen. Der bedauernswerte Hund hatte mir niemals Schaden zugefügt – er hatte mir nur Liebe entgegengebracht, Freundlichkeit.
Trotzdem konnte ich nicht um ihn weinen.
Stattdessen lernte ich, wie man hasste.
Ein kalter, harter Klumpen Hass formte sich in meinem Herzen, wie ein Diamant in einem dunklen Stück Kohle.
Ich schwor, dass ich meinem Vater niemals vergeben würde. Und dass ich eines Tages Rache an ihm nähme. Doch bis dahin, bis ich groß war, saß ich in der Falle.
Also zog ich mich in meine Fantasien zurück. Malte mir aus, wie mein Vater litt.
Und ich litt ebenfalls.
Ich stellte mir vor, ich würde ihm entkommen, im Badezimmer,

hinter der verschlossenen Tür, auf dem Heuboden oder hinten in der Scheune. Ich würde seinem Körper entrinnen, seiner Seele …

Ich spielte grausame, entsetzlich brutale Todesszenen durch: qualvolle Vergiftungen, brutale Messerstechereien, Metzeleien und Ausweidungen. Ich würde gestreckt und gevierteilt werden, zu Tode gefoltert. Ich würde bluten.

Ich würde auf meinem Bett stehen und mich darauf vorbereiten, von heidnischen Priestern geopfert zu werden. Sie würden mich packen und von der Klippe stoßen, tief hinunter ins Meer, in die Tiefen, in denen Seeungeheuer kreisten und darauf warteten, mich zu verschlingen.

Ich schloss die Augen und sprang vom Bett.

Und wurde in Stücke gerissen.

2

Auf unsicheren Beinen verließ Mariana Professor Foscas Räumlichkeiten.

Das kam nicht vom Wein und vom Champagner – obwohl Mariana mehr getrunken hatte, als gut war. Es war der Schock über das, was sie gerade gesehen hatte – das unterstrichene Zitat in seiner Euripides-Ausgabe. Es war seltsam, dachte sie, dass Momente extremer Klarheit oftmals genauso beschaffen waren wie Trunkenheit.

Sie konnte es nicht für sich behalten. Sie musste mit jemandem reden. Aber mit wem?

Sie blieb auf dem Hof stehen, um nachzudenken. Es würde nichts bringen, sich an Zoe zu wenden – nicht jetzt, nicht nach ihrem letzten Gespräch; Zoe würde sie einfach nicht ernst nehmen. Sie brauchte einen verständnisvollen Zuhörer. Sie dachte an Clarissa, aber sie war sich nicht sicher, ob diese ihr glauben würde. Glauben wollte.

Blieb nur eine Person übrig.

Sie zog ihr Handy hervor und rief Fred an. Er behauptete, er sei mehr als glücklich, sie wiedersehen zu können, und schlug vor, dass sie sich in ungefähr zehn Minuten im Gardie's trafen.

Das Gardenia, bei Generationen von Studenten als »Gardie's« bekannt und beliebt, war ein griechischer Imbiss im Zentrum von Cambridge, der bis spätabends geöffnet hatte. Mariana machte sich auf den Weg durch die kurvenreiche, Fußgängern vorbehaltene Gasse – und konnte schon von Weitem den Duft nach Fisch 'n' Chips riechen, die in heißem Öl brutzelten.

Das Gardie's war winzig – kaum eine Handvoll Gäste passten gleichzeitig hinein –, also versammelten sich die Leute davor und aßen in der Gasse. Fred wartete draußen vor dem Eingang, unter der grünen Markise und dem Schild mit der Aufschrift: *Gönn dir eine Pause – auf die griechische Art.*

Fred grinste, als er Mariana entdeckte.

»Hallo. Möchtest du ein paar Pommes? Gehen auf meine Rechnung.«

Der Geruch nach Frittiertem erinnerte Mariana daran, wie hungrig sie war – das blutige Essen bei Fosca hatte sie kaum angerührt. Sie nickte dankbar.

»Liebend gern.«

»Kommt sofort, Miss.«

Fred sprang die Stufen zum Eingang hinauf, stolperte und prallte gegen einen anderen Kunden, der ihn wüst beschimpfte. Mariana musste schmunzeln: Fred zählte zu den unbeholfensten Menschen, die sie je kennengelernt hatte. Kurz darauf kam er wieder heraus, zwei weiße Papiertüten mit dampfenden Pommes in der Hand.

»Bitte sehr«, sagte er und reichte ihr eine davon. »Ketchup? Mayo?«

Mariana schüttelte den Kopf. »Weder noch, danke.« Sie pustete über die heißen Pommes, dann probierte sie eine. Sie schmeckte salzig und scharf, vielleicht etwas zu scharf. Sie hustete, und Fred warf ihr einen besorgten Blick zu.

»Zu viel Essig? Tut mir leid. Mir ist die Hand ausgerutscht.«

»Schon gut.« Mariana schüttelte den Kopf. »Schmeckt großartig.«

»Fein.«

Für einen Moment standen sie dort und aßen schweigend. Mariana musterte Fred kauend. Im weichen Licht der Außenbeleuchtung wirkten seine jungenhaften Züge noch jünger. Er ist fast noch ein Kind, dachte sie. Ein eifriger Pfadfinder. In diesem Augenblick verspürte sie aufrichtige Zuneigung für ihn, doch sie verdrängte dieses Gefühl.

Fred bemerkte ihren Blick und schenkte ihr ein scheues Lächeln. Zwischen zwei Mundvoll sagte er: »Ich werde bestimmt bereuen, was ich dir jetzt gestehe, aber ich bin echt froh, dass du mich angerufen hast. Das bedeutet, dass du mich vermisst hast, wenigstens ein kleines bisschen …«

Als er ihren Gesichtsausdruck sah, verschwand sein Lächeln. »Oh, ich sehe schon, ich habe mich geirrt. Deshalb hast du nicht angerufen.«

»Ich habe dich angerufen, weil etwas passiert ist – und weil ich gern mit dir darüber reden würde.«

»Du willst mit *mir* reden?« Fred wirkte gleich etwas hoffnungsvoller.

»Ach, Fred.« Mariana verdrehte die Augen. »Jetzt hör doch einfach mal zu.«

»Schieß los.«

Fred aß weiter seine Pommes, während Mariana ihm erzählte, was geschehen war – wie sie die Postkarten und dann eines der Zitate unterstrichen in Foscas Buch entdeckt hatte.

Als sie fertig war, schwieg er. Nach einer ganzen Weile fragte er: »Und was hast du jetzt vor?«

Mariana sah ihn hilflos an. »Ich weiß es nicht.«

Fred wischte sich etwas Mayo vom Mund, zerknüllte die Papiertüte und warf sie in den Mülleimer. Sie beobachtete ihn, versuchte, seinen Gesichtsausdruck zu lesen.

»Du glaubst also nicht, dass ich mir … das nur einbilde?«

»Nein.« Fred schüttelte den Kopf.

»Obwohl er ein Alibi hat – für beide Morde?«

Er zuckte die Achseln. »Eines der Mädchen, die ihm ein Alibi gegeben haben, ist tot.«

»Ja.«

»Vielleicht lügt Serena.«

»Ja.«

»Außerdem besteht natürlich noch eine weitere Möglichkeit …«

»Und die wäre?«

»Er arbeitet mit jemandem zusammen. Mit einem Komplizen.«

Mariana zögerte. »Meinst du wirklich?«

»Warum nicht? Es erklärt, wie er an zwei Orten gleichzeitig sein kann.«

»Möglich wäre es.«

»Du wirkst nicht überzeugt.«

Mariana zögerte. »Er kommt mir nicht vor wie ein Mensch, der sich mit einem Partner zusammentut. Ich halte ihn eher für den Typ ›einsamer Wolf‹.«

»Vielleicht.« Fred überlegte eine Sekunde. »Wie dem auch sei – wir brauchen einen *Beweis,* irgendetwas Konkretes, sonst wird uns am Ende niemand glauben.«

»Und woher bekommen wir diesen Beweis?«

»Wir denken uns etwas aus.« Er senkte die Stimme. »Hör zu, Mariana. Fosca weiß, dass du ihm auf die Schliche gekommen bist, deshalb …«

Er sprach den Satz nicht zu Ende. Mariana nickte. Sie wusste auch so, was er sagen wollte.

»Mach dir keine Sorgen. Ich bin vorsichtig.«

»Gut.« Fred zögerte. »Eins noch.« Sein Grinsen kehrte zurück. »Du siehst heute Abend unglaublich schön aus, umwerfend … Würdest du mir die Ehre erweisen, meine Frau zu werden?«

»Nein.« Mariana schüttelte den Kopf. »Das werde ich nicht. Aber vielen Dank für die Pommes.«

»Keine Ursache.«

»Gute Nacht.«

Sie lächelte, dann drehte sie sich um und ging davon. Am Ende der Gasse warf sie einen Blick über die Schulter, immer noch lächelnd – aber Fred war verschwunden.

Als hätte er sich plötzlich in Luft aufgelöst.

***

Auf dem Rückweg zum College klingelte Marianas Handy. Sie zog es aus der Tasche und warf einen Blick aufs Display – eine unterdrückte Nummer.

Zögernd meldete sie sich. »Hallo?«

Keine Antwort.

»Hallo?«

Schweigen. Dann ein Flüstern.

»Hallo, Mariana.«

Sie erstarrte. »Wer spricht da?«

»Ich kann dich sehen, Mariana. Ich beobachte dich.«

»Henry?« Sie war sich sicher, dass er der Anrufer war – sie hatte seine Stimme erkannt. »Henry, sind Sie das?«

Die Leitung wurde unterbrochen. Mariana stand da und starrte das Telefon in ihrer Hand an. Sie fühlte sich zutiefst unbehaglich. Langsam drehte sie sich einmal um sich selbst – aber die Straße war menschenleer.

3

Am nächsten Morgen stand Mariana früh auf, um nach London zu fahren.

Als sie ihr Zimmer verließ und vom Gabriel Court zum Main Court ging, warf sie einen Blick in den Durchgang zum Angel Court.

Und da war er – Edward Fosca. Er stand draußen vor dem Eingang zu seinen Räumlichkeiten und rauchte.

Und er war nicht allein. Er sprach mit jemandem – einem College-Porter, der Mariana den Rücken zugewandt hatte. Der Größe und Gestalt nach zu urteilen, handelte es sich um Morris.

Mariana eilte zum Durchgang und drückte sich an die Wand, dann spähte sie vorsichtig um die Ecke der Mauer herum.

Irgendetwas sagte ihr, dass es sich lohnte, der Sache nachzugehen; es lag an Foscas Gesichtsausdruck. Er wirkte zutiefst verärgert Freds Worte, es wäre möglich, dass Fosca mit jemandem zusammenarbeitete, kamen ihr in den Sinn.

War dieser Jemand vielleicht Morris?

Sie sah, wie Fosca etwas in die Hand des Porters drückte, das aussah wie ein dicker Briefumschlag. Ein Briefumschlag? Womit? Geld?

Mariana spürte, wie die Fantasie mit ihr durchging, doch anstatt ihr Einhalt zu gebieten, ließ sie ihr freien Lauf. Erpresste Morris den Professor? Steckte das hinter diesem Treffen? Wurde der Porter für sein Schweigen bezahlt?

War das der konkrete Beweis, nach dem sie suchte – den sie brauchte?

Morris drehte sich abrupt um und entfernte sich von Fosca. Er kam direkt in Marianas Richtung.

Sie zog den Kopf ein und drückte sich wieder gegen die Wand. Morris marschierte an ihr vorbei, ohne sie zu bemerken. Mariana sah zu, wie er den Main Court überquerte und das Eingangstor passierte.

Eilig folgte sie ihm.

4

Schnellen Schritts verließ Mariana das College-Gelände und achtete darauf, eine sichere Distanz zu Morris zu wahren. Er schien keine Ahnung zu haben, dass er verfolgt wurde. Pfeifend schlenderte er die reihenhausgesäumte Straße mit den an die Geländer geketteten Fahrrädern entlang. Der Porter schien den Spaziergang zu genießen und keinerlei Eile zu haben.

Er bummelte am Emmanuel College vorbei, dann bog er links in eine schmale Straße ein und entfernte sich aus ihrem Blickfeld.

Mariana lief ihm nach und spähte in die Straße – eine Sackgasse. Auf beiden Seiten standen weitere Reihenhäuser, am Ende befand sich eine alte, rote, mit Efeu bewachsene Backsteinmauer.

Zu Marianas Überraschung ging Morris direkt darauf zu.

Davor angekommen, steckte er die Finger in einen Spalt zwischen den Steinen und zog sich hoch. Dann schwang er sich behände über die Mauer – und verschwand auf der anderen Seite.

Verdammt, dachte Mariana.

Sie eilte auf die Mauer zu, ließ den Blick über die Steine gleiten und überlegte kurz, ob sie es schaffen konnte, darüberzuklettern.

Sie entdeckte eine Lücke zwischen den Steinen, griff nach oben und hielt sich daran fest, doch ein Stein löste sich. Sie stürzte nach hinten.

Fing sich.

Warf den Stein weg und versuchte es erneut.

Diesmal gelang es Mariana, sich hochzuziehen. Mit Mühe kletterte sie über die Mauer – und fiel auf der anderen Seite zu Boden.

Sie landete in einer anderen Welt.

5

Auf der anderen Seite der Mauer gab es keine Straße. Keine Häuser. Nur wild wachsendes Gras, Koniferen und wuchernde Brombeersträucher. Es dauerte ein paar Sekunden, bis Mariana realisierte, wo sie war.

Das hier war der verlassene Friedhof an der Mill Road.

Mariana war schon einmal hier gewesen, vor zwanzig Jahren, als sie ihn an einem schwülen Sommernachmittag mit Sebastian erkundet hatte. Der Friedhof hatte ihr damals nicht gefallen; er war ihr unheimlich und verwahrlost erschienen.

Sie mochte ihn auch jetzt nicht.

Sie richtete sich auf. Sah sich um. Von Morris war weit und breit nichts zu sehen. Sie lauschte. Alles war still. Schritte waren keine zu hören, nicht einmal Vogelgezwitscher. Nur tödliche Stille.

Mariana blickte auf die Verbindungswege vor ihr, die sich durch ein Meer aus moosbewachsenen Grabsteinen und großen Stechpalmensträuchern schlängelten. Viele der Grabsteine waren umgekippt oder in zwei Teile gebrochen und warfen dunkle, gezackte Schatten aufs Gras. Die Namen und Daten waren längst verwittert. So viele Menschen, an die sich niemand mehr erinnerte – so viele vergessene Leben. Über alldem hing ein Gefühl von Verlust, von Vergeblichkeit. Mariana konnte es kaum erwarten, hier fortzukommen.

Sie schlug den Weg ein, der der Mauer am nächsten war, da sie auf keinen Fall die Orientierung verlieren wollte.

Ab und an blieb sie stehen und horchte, aber noch immer war kein Geräusch zu vernehmen.

Keine Schritte.

Nichts.

Sie hatte ihn verloren.

Vielleicht hatte er sie gesehen und war ihr absichtlich entwischt? Es ergab keinen Sinn, weiterzugehen.

Sie wollte sich gerade auf die Suche nach dem Ausgang machen, als eine große Bronzestatue ihre Aufmerksamkeit erregte: ein männlicher Engel auf einem Kreuz, die Arme ausgestreckt, mit großen, angeschlagenen Flügeln. Mariana starrte den Engel für einen Moment wie gebannt an. Die Statue war angelaufen und beschädigt, aber trotzdem schön – sie sah ein bisschen aus wie Sebastian.

Und dann fiel Mariana etwas auf – direkt dahinter entdeckte sie durchs Laubwerk, dass eine junge Frau einen der Wege entlangeilte. Mariana erkannte sie sofort.

Es war Serena.

Serena sah Mariana nicht. Sie blieb vor einer flachen, rechteckigen Gruft aus einstmals weißem Marmor stehen. Jetzt war die große Steinplatte grau und moosbefleckt, rundherum wuchsen Wildblumen.

Die junge Frau setzte sich, nahm ihr Handy zur Hand und schaute aufs Display.

Mariana schlich näher und versteckte sich hinter einem Baum. Sie spähte durch die Zweige.

Serena hob den Kopf. Ein Mann tauchte aus dem dichten Laub der umstehenden Büsche und Sträucher auf.

Es war Morris.

Der Porter ging zu Serena. Keiner von beiden sagte ein Wort. Er nahm seine Melone ab und legte sie auf einen Grabstein. Dann umfasste er Serenas Hinterkopf – und zog sie mit einer plötzlichen, gewaltsamen Bewegung an sich, um sie voller Begierde zu küssen.

Mariana beobachtete, wie Morris Serena auf die Marmorplatte der Gruft legte, ohne den Kuss zu unterbrechen. Er schob sich auf sie. Sie hatten Sex – aggressiven, animalischen Sex. Mariana fühlte sich abgestoßen und war gleichzeitig wie gebannt – außerstande, den Blick abzuwenden. Und dann, genauso abrupt, wie es begonnen hatte, war es vorbei. Sie kamen zum Höhepunkt, danach herrschte Stille.

Einen Moment lang lagen sie reglos da. Dann stand Morris auf. Er richtete seine Kleidung, griff nach seiner Melone und klopfte ein paar Staubkörner ab.

Mariana beschloss, sich zurückzuziehen. Sie machte einen Schritt nach hinten. Unter ihrem Fuß knackte ein Zweig.

Laut.

Durch die Äste sah sie, wie Morris sich umblickte. Er bedeutete Serena, leise zu sein. Dann verschwand er hinter einem Baum, und Mariana verlor ihn aus den Augen.

Sie machte kehrt und hastete zurück. Doch wie gelangte sie zum Ausgang? Sie beschloss, den Weg zu nehmen, den sie gekommen war, an der Mauer entlang. Irgendwann würde sie bestimmt auf ein Tor stoßen. Sie drehte sich um …

… und sah Morris direkt hinter sich stehen.

Er starrte sie schwer atmend an. Für ein paar Sekunden sagte keiner von ihnen ein Wort.

Dann fragte er mit leiser Stimme: »Was zur Hölle machen Sie hier?«

»Wie bitte? Entschuldigen Sie mich.« Sie versuchte, an ihm vorbeizugehen, doch Morris verstellte ihr den Weg. Er lächelte.

»Haben Sie die Show genossen?«

Mariana fühlte, wie ihre Wangen brannten, und wandte den Blick ab.

Er lachte. »Ich durchschaue Sie. Sie machen mir nichts vor, nicht für eine Sekunde. Ich hatte Sie von Anfang an im Blick.«

»Was wollen Sie damit sagen?«

»Ich will damit sagen, dass Sie sich nicht in die Angelegenheiten anderer Leute mischen sollen. Wer die Nase zu tief in Dinge steckt, die ihn nichts angehen, darf sich nicht wundern, wenn sie ihm abgeschnitten wird.«

»Wollen Sie mir etwa drohen?«

Mariana klang mutiger, als sie sich fühlte. Morris lachte nur. Er warf ihr einen letzten Blick zu, dann drehte er sich um und schlenderte davon.

Mariana stand da, zitternd, eingeschüchtert, wütend und den Tränen nahe. Sie fühlte sich paralysiert, konnte sich nicht vom Fleck rühren. Nach einer Weile schaute sie auf. Ihr Blick fiel auf die Statue.

Der Engel sah sie an, die Arme ausgestreckt, als wolle er sie umarmen.

In diesem Moment überfiel sie eine überwältigende Sehnsucht nach Sebastian – danach, dass er sie in die Arme nahm, festhielt und für sie kämpfte. Aber er war tot.

Und Mariana würde lernen müssen, für sich selbst zu kämpfen.

6

Mariana nahm den Schnellzug nach London.

Er hielt nicht an allen Stationen und schien seinem Ziel förmlich entgegenzurasen – viel zu schnell. Der Zug ruckelte und holperte wie verrückt in den Gleisen, schaukelte und schwankte, als gerate er jeden Moment außer Kontrolle. Die Schienen quietschten – ein hohes, schrilles Kreischen, als würde jemand schreien. Die Waggontür schloss nicht richtig, ging immer wieder auf und fiel dann mit einem Knall zu, der Mariana jedes Mal erschreckte und aus ihren Gedanken riss.

Es gab vieles, worüber sie nachdenken musste. Die Konfrontation mit Morris verunsicherte sie zutiefst. Sie versuchte, sich einen Reim darauf zu machen. Dann war *er* also der Mann, mit dem sich Serena heimlich traf? Kein Wunder, dass sie das geheim gehalten hatten – Morris hätte seinen Job verloren, wenn herausgekommen wäre, dass er eine Affäre mit einer Studentin hatte.

Mariana hoffte, dass nicht mehr dahintersteckte, doch das bezweifelte sie.

Morris hatte etwas mit Fosca zu tun, aber was? Und worin bestand der Bezug zu Serena? War es möglich, dass sie den Professor gemeinsam erpressten? Wenn ja, so war es ein gefährliches Spiel, sich gegen einen Psychopathen zu stellen, der bereits zwei Menschen getötet hatte.

Mariana hatte sich in Morris getäuscht, das erkannte sie jetzt; sie war auf sein altmodisches Gehabe hereingefallen – aber er war kein Gentleman. Sie dachte an das bösartige Funkeln in seinen Augen, als er ihr gedroht hatte. Er hatte ihr Angst einjagen wollen – und das hatte er geschafft.

Bamm! Die Wagentür schlug zu. Mariana zuckte zusammen.

Hör auf damit, rief sie sich selbst zur Räson. *Du machst dich verrückt.* Sie musste sich ablenken, an etwas anderes denken.

Zerstreut zog sie die Ausgabe des *British Journal of Psychiatry* hervor, das immer noch in ihrer Handtasche steckte. Sie blätterte durch die Seiten und versuchte zu lesen, doch sie konnte sich nicht konzentrieren. Immer wieder schweiften ihre Gedanken zu Morris und Fosca und zu den toten Mädchen. Und noch etwas anderes machte ihr zu schaffen: das Gefühl, sie würde beobachtet.

Sie sah sich im Waggon um. Es saßen ein paar Fahrgäste darin, aber niemand, den sie kannte, zumindest bemerkte sie keinen. Niemand schien sich für sich zu interessieren.

Dennoch wurde sie das Gefühl nicht los. Als sich der Zug London näherte, kam ihr ein nervenaufreibender Gedanke.

Was, wenn sie sich in Bezug auf Fosca irrte? Was, wenn der Mörder ein Fremder war – und damit für sie unsichtbar? Was, wenn er gleich hier, in diesem Waggon, saß und sie in ebendieser Sekunde beobachtete? Mariana schauderte.

Bamm. Die Tür fiel zu.

Bamm.

Bamm.

7

Kurz darauf fuhr der Zug in King's Cross ein. Doch selbst als Mariana den Bahnhof verließ, hatte sie noch den Eindruck, beobachtet zu werden. Das unheimliche, kribbelnde Gefühl von Augen in ihrem Nacken.

In der Gewissheit, jemand stünde unmittelbar hinter ihr, wirbelte sie herum – halb davon überzeugt, Morris zu sehen …

Aber er war nicht da.

Der Eindruck blieb. Sie kam an Ruths Haus an und fühlte sich verunsichert und paranoid. *Vielleicht bin ich verrückt,* dachte sie. *Vielleicht ist das die Erklärung.*

Verrückt oder nicht – es gab niemanden, den sie jetzt lieber gesehen hätte als die ältere Dame, die in der Hausnummer fünf in den Redfern Mews auf sie wartete. Allein auf die Klingel zu drücken, war erleichternd.

Ruth war während des Studiums Marianas Ausbilderin gewesen. Und nach dem Abschluss wurde sie zu ihrer Supervisorin. Ein Supervisor spielt eine bedeutende Rolle im Leben eines Therapeuten – Mariana berichtete ihr von ihren Patienten, ihren Gruppen, und Ruth half Mariana, ihre Gefühle zu sortieren und zwischen den Gefühlen ihrer Patienten und ihren eigenen zu unterscheiden, was nicht immer einfach war. Ohne Supervision konnte sich ein Therapeut schnell emotional überfordert fühlen von all dem Leid, das er auffangen musste. Und er würde möglicherweise die Objektivität einbüßen, die so wichtig war für ein effektives Arbeiten.

Nach Sebastians Tod hatte Mariana begonnen, Ruth regelmäßiger aufzusuchen; sie brauchte ihre Unterstützung jetzt mehr denn je. Im Grunde war es eine Therapie – und Ruth schlug ihr vor, sich überweisen zu lassen und eine richtige Therapie zu beginnen, mit Ruth als ihrer Therapeutin. Aber Mariana lehnte ab. Sie konnte nicht genau erklären, warum, wusste nur, dass sie keine Therapie brauchte;

sie brauchte einzig und allein Sebastian. Und alle Gespräche auf der ganzen Welt konnten ihn nicht ersetzen.

»Mariana, meine Liebe«, sagte Ruth, als sie die Tür öffnete und ihr zur Begrüßung ein freundliches Lächeln schenkte. »Kommen Sie doch herein!«

»Hallo, Ruth.«

Es tat gut, das Haus zu betreten, ins Wohnzimmer zu gehen, das stets nach Lavendel duftete, und das beruhigende Ticken der silbernen Uhr auf dem Kaminsims zu hören.

Mariana setzte sich auf ihren üblichen Platz – auf die Kante der verblichenen blauen Couch. Ruth wählte den Sessel ihr gegenüber.

»Sie klangen am Telefon ziemlich erschüttert«, begann die ältere Frau das Gespräch. »Erzählen Sie mir doch, was Sie bewegt, Mariana.«

»Ich weiß gar nicht, wo ich anfangen soll. Ich glaube, es hat mit Zoes Anruf aus Cambridge begonnen.«

Und dann erzählte sie ihre Geschichte so klar und umfassend wie möglich. Ruth hörte zu und nickte gelegentlich, doch sie sagte sehr wenig. Als Mariana fertig war, schwieg die Supervisorin noch für einen Moment. Dann seufzte sie kaum hörbar – ein trauriges, müdes Seufzen, das Marianas Pein weitaus eloquenter reflektierte als Worte.

»Ich kann den Druck spüren, der auf Ihnen lastet«, sagte sie. »Das Bedürfnis, stark zu sein für Zoe, für das College, für Sie selbst …«

Mariana schüttelte den Kopf. »Ich selbst bin nicht wichtig. Aber Zoe und diese Mädchen … Ich habe solche Angst!« Ihre Augen füllten sich mit Tränen. Ruth beugte sich vor und schob die Schachtel mit Papiertüchern über den Couchtisch. Mariana nahm sich ein Tuch und wischte sich über die Augen. »Danke. Es tut mir leid. Ich weiß nicht einmal, warum ich weine.«

»Sie weinen, weil Sie sich ohnmächtig fühlen.«

Mariana nickte. »Das ist richtig.«

»Aber es stimmt nicht. Sie sind nicht ohnmächtig. Das wissen Sie, oder?« Ruth nickte ihr ermutigend zu. »In Ihnen steckt viel mehr, als Sie vermuten. Das College ist letztendlich nichts anderes als eine weitere Gruppe – mit einem kranken Kern. Wenn etwas derart Toxisches, Bösartiges, Mörderisches in einer Ihrer Gruppen umginge …«

Ruth ließ den Satz unvollendet in der Luft hängen. Mariana dachte nach.

»Sie wollen wissen, was ich dann tun würde? Das ist eine gute Frage.« Sie nickte. »Ich nehme an, ich würde darüber reden – innerhalb der Gruppe, meine ich.«

»Genau das hatte ich im Sinn.« Ruths Augen blitzten auf. »Reden Sie mit diesen Studentinnen, den *Mädchen* – nicht *einzeln,* sondern *als Gruppe.*«

»Als Therapiegruppe, meinen Sie?«

»Warum nicht? Laden Sie sie zu einer Sitzung ein – mal abwarten, was dabei herauskommt.«

»Das ist eine faszinierende Idee, doch ich habe keine Ahnung, wie sie darauf reagieren werden.«

»Denken Sie darüber nach. Eine Gruppe therapiert man am besten …«

»… als Gruppe.« Mariana nickte. »Ja, dessen bin ich mir bewusst.«

Sie verstummte kurz. Es war ein guter Ratschlag – nicht leicht zu befolgen, aber er betraf ein Thema, mit dem sie sich auskannte – und schon fühlte sie sich etwas weniger überfordert. Sie lächelte dankbar.

Ruth zögerte. »Da ist noch etwas, Mariana. Eine Sache, die anzusprechen mir weit weniger leichtfällt … Eine Sache, die mich umtreibt – diesen Mann betreffend, Edward Fosca. Ich möchte, dass Sie sehr aufpassen.«

»Ich passe auf.«

»Ich meine, Sie sollen auf sich selbst aufpassen.«

»Worauf genau bezieht sich diese Warnung?«

»Ich gehe davon aus, dass das Ganze alle möglichen Gefühle und Assoziationen in Ihnen hervorruft. Es überrascht mich, dass Sie nicht Ihren Vater erwähnt haben.«

Mariana sah Ruth erstaunt an. »Was hat mein Vater mit Fosca zu tun?«

»Nun, beide sind ausgesprochen charismatische Männer, mächtig innerhalb ihres sozialen Umfelds – und dem Anschein nach in höchstem Maße narzisstisch. Ich frage mich, ob Sie den gleichen Drang verspüren, diesen Mann für sich zu gewinnen, wie Sie es bei Ihrem Vater getan haben.«

»Nein.« Mariana ärgerte sich über Ruths Hinweis. »Nein«, wiederholte sie. »Außerdem habe ich eine sehr negative Übertragung, was Edward Fosca betrifft.«

Ruth zögerte. »Ihre Gefühle für Ihren Vater waren auch nie ganz positiv.«

»Das ist etwas anderes.«

»Tatsächlich? Es fällt Ihnen immer noch sehr schwer, selbst jetzt noch, ihn zu kritisieren oder sich einzugestehen, dass er Sie auf fundamentale Art enttäuscht hat. Er hat Ihnen nie die Liebe gegeben, nach der Sie sich gesehnt haben. Sie haben lange gebraucht, bis Sie in der Lage waren, das zu erkennen und zu benennen.«

Mariana schüttelte den Kopf. »Ehrlich, Ruth, ich glaube nicht, dass wir meinen Vater miteinbeziehen sollten …«

Ruth sah sie nachdenklich an. »Mein Gefühl sagt mir, dass Ihr Vater in gewisser Weise eine zentrale Rolle spielt, was Sie angeht. Das mag im Augenblick nicht viel Sinn ergeben, aber eines Tages ist es womöglich von entscheidender Bedeutung.«

Mariana wusste nicht, was sie erwidern sollte, also schwieg sie.

»Und Sebastian?«, fragte Ruth nach einer Pause. »Wie geht es Ihnen mit ihm?«

Mariana schüttelte den Kopf. »Ich möchte jetzt nicht über Sebastian reden. Heute nicht.«

Bald darauf erhob sie sich. Die Erwähnung ihres Vaters hatte einen Schatten über die Sitzung geworfen, der erst dann verschwand, als sie in Ruths Flur stand.

Mariana umarmte die alte Dame zum Abschied. Sie spürte die Wärme und Zuneigung, die in dieser Umarmung lag. Prompt traten ihr die Tränen in die Augen. »Ich danke Ihnen so sehr, Ruth. Für alles.«

»Rufen Sie mich an, wenn Sie mich brauchen – jederzeit. Ich möchte nicht, dass Sie sich allein fühlen.«

»Danke.«

»Wissen Sie«, fügte Ruth nach kurzem Zögern hinzu, »es könnte Ihnen helfen, mit Theo zu reden.«

»Mit Theo?«

»Warum nicht? Die Psychopathie ist schließlich sein Spezialgebiet. Er ist wirklich brillant. Die Kenntnisse, über die er verfügt, können nur von Nutzen sein.«

Mariana dachte über Ruths Vorschlag nach. Theo war ein forensischer Therapeut, der seine Ausbildung mit ihr zusammen in London absolviert hatte. Obwohl sie beide in Ruths Obhut gewesen waren, hatten sie einander nicht gut gekannt.

»Ich bin mir nicht sicher«, sagte sie. »Ich meine, ich habe Theo sehr lange nicht gesehen … Glauben Sie nicht, es wäre ihm lästig?«

»Ganz und gar nicht. Sie könnten versuchen, sich mit ihm zu treffen, bevor Sie nach Cambridge zurückkehren. Ich rufe ihn kurz an.«

Das machte Ruth – und Theo sagte Ja, natürlich erinnere er sich an Mariana und er würde sich gern mit ihr unterhalten. Sie verabredeten sich in einem Pub in Camden.

An jenem Abend um achtzehn Uhr machte sich Mariana auf den Weg, um sich mit Theo Faber zu treffen.

8

Mariana traf als Erste im Oxford Arms ein. Sie bestellte sich ein Glas Weißwein und wartete.

Sie war gespannt darauf, Theo zu sehen – aber auch skeptisch. Sich Ruth als ausbildende Therapeutin zu teilen, hatte sie in gewisser Hinsicht zu Geschwistern gemacht, die um die Aufmerksamkeit der Mutter buhlten. Mariana war oft ein wenig eifersüchtig – wenn nicht gar missgünstig – gewesen, da sie wusste, dass Ruth eine Schwäche für Theo besaß. Ihre Stimme nahm stets einen beschützerischen Ton an, wenn sie von ihm sprach, woraufhin Mariana sich unsinnigerweise ausgemalt hatte, Theo wäre eine Waise. Es war ein Schock für sie gewesen, als seine Eltern gesund und munter bei der Abschlussfeier auftauchten.

In Wahrheit hatte er etwas von einem verwahrlosten Kind an sich – eine Andersartigkeit, die Mariana herausspürte und die nichts mit seiner äußeren Erscheinung zu tun hatte, sondern einzig und allein seinem Verhalten geschuldet war: eine gewisse Distanziertheit, um nicht zu sagen Verschlossenheit anderen gegenüber, eine Unbeholfenheit, die Mariana auch in sich selbst wiederfand.

Theo kam ein paar Minuten zu spät. Er begrüßte Mariana freundlich, bestellte sich an der Bar eine Cola light und setzte sich zu ihr an den Tisch.

Er sah noch genauso aus wie früher, hatte sich nicht im Mindesten verändert. Er musste um die vierzig sein und war von schlanker Statur. Seine Cordjacke war abgewetzt, sein weißes Hemd zerknittert; seine Kleidung roch leicht nach Zigarettenrauch. Er hat ein nettes Gesicht, dachte Mariana, und er machte einen einfühlsamen Eindruck, aber in seinen Augen lag etwas – wie lautete noch gleich das richtige Wort? – Ängstliches, ja Gehetztes. Ihr wurde klar, dass sie ihn mochte und sich trotzdem nicht ganz wohl in seiner Gesellschaft fühlte, auch wenn sie nicht genau festmachen konnte, woran das lag.

»Danke, dass du dich mit mir triffst«, sagte sie. »Das Ganze kam ja etwas plötzlich.«

»Keine Ursache. Die Sache interessiert mich. Ich habe die Geschichte verfolgt, genau wie alle anderen. Faszinierend …« Er hielt kurz inne, dann korrigierte er sich eilig: »Ich meine, es ist natürlich *schrecklich.* Aber eben auch faszinierend.« Er lächelte. »Ich würde dich gern darüber ausquetschen.«

Mariana lächelte ebenfalls. »Eigentlich hatte ich gehofft, ich könnte *dich* ausquetschen.«

»Ach.« Theo wirkte überrascht. »Aber du bist dort, Mariana, in Cambridge. Ich nicht. Du hast doch weit mehr Einblick als ich.«

»Ich habe allerdings nur sehr wenig Erfahrung in forensischen Dingen.«

»Das macht keinen Unterschied, wirklich nicht. Meiner Erfahrung nach ist jeder Fall einzigartig.«

»Das ist seltsam. Julian behauptet das Gegenteil. Er sagt, jeder Fall sei wie der andere.«

»Julian? Du meinst Julian Ashcroft?«

»Er arbeitet für die Polizei.«

Theo zog eine Augenbraue in die Höhe. »Ich erinnere mich an Julian. Wir haben zusammen in einer forensischen Klinik gearbeitet. Er war ein bisschen … merkwürdig. Blutrünstig. Außerdem hat er unrecht: Jeder Fall ist grundverschieden. Schließlich hat auch niemand ein und dieselbe Kindheit wie ein anderer.«

»Ja, das sehe ich genauso.« Mariana nickte. »Trotzdem … Fällt dir irgendetwas ein, wonach wir suchen sollten?«

Theo nahm einen Schluck Cola light und zuckte die Achseln. »Hm. Sagen wir mal, ich bin der Mann, hinter dem du her bist. Sagen wir, ich bin extrem krank und hochgefährlich. Es ist absolut möglich, dass ich das vor dir verbergen kann. Vielleicht nicht über einen längeren Zeitraum oder in einer therapeutischen Umgebung – doch auf einer oberflächlichen Ebene ist es sehr einfach, der Welt ein falsches Selbst zu präsentieren. Sogar den Leuten, denen man jeden Tag begegnet.« Er spielte für einen Augenblick mit seinem Ehering, drehte ihn an seinem Finger. »Du möchtest meinen Rat hören? Vergiss das *Wer.* Fang mit dem *Warum* an.«

»Du meinst, warum er tötet?«

»Ja.« Theo nickte. »Etwas an dem, was du mir erzählt hast, klingt in meinen Ohren nicht richtig. Die Opfer – wurden sie sexuell missbraucht?«

Mariana schüttelte den Kopf. »Nein, darauf gab es keinen Hinweis.«

»Also, was sagt uns das?«

»Dass ihm das Töten an sich, das Erstechen und Verstümmeln, Befriedigung verschafft? Vielleicht. Allerdings glaube ich nicht, dass das so einfach ist.«

Theo nickte. »Ich auch nicht.«

»Laut dem Pathologen wurde der Tod durch das Durchtrennen der Kehle herbeigeführt, die Messerstiche erfolgten post mortem.«

»Verstehe«, sagte Theo, noch immer fasziniert. »Das bedeutet, das Ganze hat einen gewissen performativen Aspekt. Er inszeniert seine Taten – um dem Publikum zu gefallen.«

»Und wir sind das Publikum?«

»Das ist richtig.« Theo nickte. »Was glaubst du, warum er das macht? Warum will er, dass wir diese grauenhafte Gewalt sehen?«

Mariana überlegte. »Ich denke … er will uns glauben machen, dass die Opfer in einem Blutrausch getötet wurden – von einem Serienkiller, einem Wahnsinnigen mit einem Messer. In Wahrheit allerdings ist er äußert ruhig und kontrolliert vorgegangen – die Morde waren vorsätzlich und sorgfältig geplant.«

»Genau. Was bedeutet, dass wir es nicht mit einer impulsgesteuerten, sondern mit einer sehr viel intelligenteren – und sehr viel gefährlicheren Person – zu tun haben.«

Mariana dachte an Edward Fosca und nickte. »Ja, der Meinung bin ich auch.«

»Ich möchte dir eine Frage stellen.« Theo sah sie aufmerksam an. »Als du die Leiche von Nahem gesehen hast, was ist dir da als Erstes in den Sinn gekommen?«

Mariana blinzelte. Kurz sah sie Veronicas Gesicht vor sich. Sie verdrängte das Bild. »Ich weiß nicht … Es war schrecklich.«

Theo schüttelte den Kopf. »Nein. Das war nicht das, was du gedacht hast. Sag mir die Wahrheit – was ist dir als Erstes in den Sinn gekommen?«

Leicht verlegen zuckte Mariana die Achseln. »Ich weiß, das ist seltsam … Es war ein Vers aus einem Drama.«

»Interessant. Erzähl weiter.«

»Aus einem Stück von Webster. *Die Herzogin von Malfi.* ›Bedecke ihr Gesicht – meine Augen sind geblendet …‹«

»Ja.« Theos Blick hellte sich schlagartig auf. Aufgeregt beugte er sich vor. »Ja, das ist es.«

»Ich verstehe nicht …?«

»Meine Augen sind *geblendet.* Die Leichen sind so zugerichtet, um uns zu blenden. Um uns blind zu machen vor Entsetzen. *Warum?*«

»Ich weiß es nicht.«

»Denk darüber nach! Warum versucht er, uns blind zu machen? *Was sollen wir nicht sehen?* Wovon versucht er, uns abzulenken? Beantworte diese Fragen, Mariana, und du schnappst ihn.«

Mariana nickte und ließ seine Worte auf sich wirken. Eine Zeit lang saßen sie in kontemplativem Schweigen da und sahen einander an.

Schließlich sagte Theo: »Du besitzt die seltene Gabe der Empathie. Das spüre ich. Ich kann verstehen, warum Ruth dich in höchsten Tönen lobt.«

»Das habe ich nicht verdient, aber vielen Dank. Es ist schön, das zu hören.«

»Sei nicht so bescheiden. Es ist nicht leicht, anderen Menschen gegenüber so offen und empfänglich zu sein. Du schaffst es, ihre Gefühle zu fühlen … Das ist in vielerlei Hinsicht ein vergifteter Kelch. Der Ansicht war ich immer schon.« Er machte eine Pause, dann fügte er mit leiser Stimme hinzu: »Verzeih mir, ich sollte das nicht sagen, aber ich nehme noch etwas anderes an dir wahr …« Er zögerte.

»Eine Art – Furcht. Du hast vor irgendetwas Angst. Und du denkst, es ist dort draußen …« Er deutete in die Luft. »Aber dort ist es nicht. Es ist hier.« Er tippte sich auf die Brust. »Tief in deinem Innern.«

Mariana blinzelte. Sie fühlte sich bloßgestellt. Peinlich berührt schüttelte sie den Kopf.

»Ich … ich weiß nicht, was du meinst.«

»Nun, mein Rat ist: Schenke dem Aufmerksamkeit. Geh freundlich damit um. Wir sollten immer achtgeben, wenn unser Körper uns etwas mitteilt. Das ist es, was Ruth sagt.«

Er wirkte plötzlich leicht verlegen; vielleicht spürte er, dass er eine Grenze überschritten hatte. Er sah auf seine Armbanduhr. »Ich muss los. Ich bin mit meiner Frau verabredet.«

»Sicher. Ich danke dir sehr, dass du dich mit mir getroffen hast, Theo.«

»Keine Ursache. Es war schön, dich zu sehen, Mariana. Ruth hat mir erzählt, dass du eine eigene Praxis aufgemacht hast?«

»Das ist richtig. Und du bist in Broadmoor?«

»Um für meine Sünden zu büßen.« Er grinste. »Keine Ahnung, wie lange ich es noch aushalte. Ich bin dort nicht sonderlich glücklich. Ich würde mir gern einen neuen Job suchen, aber ich habe keine Zeit.«

Noch während er sprach, kam Mariana ein Gedanke.

»Warte«, sagte sie.

Sie griff in ihre Tasche und zog das *British Journal of Psychiatry* heraus, dann blätterte sie durch die Seiten, bis sie gefunden hatte, wonach sie suchte. Sie drehte die Zeitschrift so um, dass Theo sie lesen konnte, und tippte auf eine Annonce.

»Sieh mal.«

Es handelte sich um ein Stellenangebot für die Position eines Psychotherapeuten im Grove, der forensischen Sicherheitsstation einer psychiatrischen Klinik im Norden Londons.

»Was hältst du davon, Theo? Ich kenne Professor Diomedes, er ist der Leiter der Klinik. Er ist spezialisiert auf Gruppentherapie – und er hat mich als Studentin eine Zeit lang unterrichtet.«

»Ja.« Theo nickte. »Ja, ich weiß, wer er ist.« Er studierte die Anzeige mit offenkundigem Interesse. »Das Grove? Ist das nicht die Klinik, in die Alicia Berenson eingewiesen wurde? Nachdem sie ihren Mann umgebracht hatte?«

»Alicia Berenson?«

»Die Malerin … die, die nicht redet.«

»Ach, ich erinnere mich.« Mariana warf ihm einen ermutigenden Blick zu. »Vielleicht solltest du dich um die Stelle bewerben? Sie wieder zum Sprechen bringen?«

»Ja, vielleicht.« Theo überlegte einen Moment, dann nickte er, wie um sich selbst zu bestätigen. »Vielleicht tue ich das.«

9

Die Fahrt zurück nach Cambridge verging wie im Flug. Mariana war die ganze Zeit über in Gedanken versunken. Immer wieder ging sie im Geiste ihr Gespräch mit Ruth und ihr Treffen mit Theo durch. Seine Überlegung, dass die Morde so ungeheuer grausam waren, um von etwas anderem abzulenken, ließ Mariana nicht los. Ihr Gefühl sagte ihr, dass er richtiglag, auch wenn sie sich nicht recht erklären konnte, warum.

Ruths Vorschlag, eine Gruppensitzung mit den Mädchen zu organisieren, war sicher nicht leicht umzusetzen, aber definitiv einen Versuch wert.

Was Ruth über Marianas Vater gesagt hatte, war dagegen weitaus problematischer.

Mariana verstand nicht, wieso ihre Supervisorin auf ihn zu sprechen gekommen war. Was hatte sie noch gleich gesagt?

Das mag im Augenblick nicht viel Sinn ergeben, aber eines Tages ist es vielleicht von entscheidender Bedeutung.

Kryptischer hätte sie sich nicht ausdrücken können. Ruth wollte sie offensichtlich auf etwas hinweisen, aber worauf?

Mariana überlegte hin und her, während sie auf die Felder blickte, die an der Fensterscheibe vorbeihuschten. Sie dachte an ihre Kindheit in Athen und an ihren Vater: wie sie ihn als Kind vergöttert und idealisiert hatte, diesen schönen, klugen, charismatischen Mann. Sie hatte lange gebraucht, um zu erkennen, dass ihr Vater nicht ganz der Mann war, für den sie ihn hielt.

Die Erkenntnis erfolgte, als sie Anfang zwanzig war, nach ihrem Abschluss in Cambridge. Sie lebte in London und absolvierte ihre Lehramtsausbildung. Damals hatte sie eine Therapie bei Ruth begonnen – mit der Absicht, über den Verlust ihrer Mutter hinwegzukommen, doch dann stellte sich heraus, dass sie hauptsächlich über ihren Vater sprach.

Sie fühlte sich veranlasst, Ruth zu überzeugen, was für ein wundervoller Mann er war, wie brillant, wie fleißig, wie viel er geopfert hatte, indem er zwei Kinder allein großzog – und wie sehr er sie liebte.

Nachdem Ruth ihr mehrere Monate lang zugehört hatte, ohne viel zu sagen, schaltete sie sich endlich ein.

Was sie sagte, war schlicht, direkt und vernichtend.

So sanft wie möglich brachte sie Mariana bei, dass sie in Bezug auf ihren Vater die Augen vor der Wahrheit verschloss. Nach allem, was sie gehört hatte, müsse sie Marianas Einschätzung hinterfragen. In ihren Augen sei der Mann, den Mariana beschrieb, kein liebevoller Vater; er mache auf sie einen autoritären, kalten, emotional unzugänglichen Eindruck, zudem wirke er überaus kritisch und in höchstem Maße unfreundlich – bis hin zur Grausamkeit. Nichts davon habe auch nur im entferntesten Sinne etwas mit Liebe zu tun.

»Liebe stellt keine Bedingungen«, sagte Ruth. »Liebe setzt nicht voraus, dass man sich verbiegt, um jemandem zu gefallen – was einem ohnehin nie gelingt. Man kann niemanden lieben, vor dem man Angst hat, Mariana. Ich weiß, es ist schwer, das zu hören. Es handelt sich um eine Art Verblendung – und solange man nicht aufwacht und anfängt, klar zu sehen, wird sie einen das ganze Leben über begleiten und einem die Sicht auf sich selbst und auf andere nehmen.«

Mariana schüttelte den Kopf. »Sie täuschen sich, was meinen Vater angeht«, sagte sie. »Ich weiß, dass er schwierig ist – aber er liebt mich. Und ich liebe ihn.«

»Nein«, widersprach Ruth mit fester Stimme. »Bestenfalls können wir das, was Sie empfinden, als den *Wunsch,* geliebt zu werden, bezeichnen. Schlimmstenfalls handelt es sich um eine pathologische Bindung an einen narzisstischen Mann: ein Konglomerat aus Dankbarkeit, Furcht, Erwartung und pflichtbewusstem Gehorsam, und auch das hat nicht im entferntesten Sinne etwas mit Liebe zu tun. Sie lieben ihn nicht. Und Sie kennen und lieben auch sich selbst nicht.«

Ruth hatte recht – es *war* schwer, das zu hören, geschweige denn zu akzeptieren. Mariana war aufgestanden und hinausgegangen. Tränen der Wut strömten über ihr Gesicht. Sie schwor sich, nie mehr zurückzukehren.

Doch dann, auf der Straße vor Ruths Haus, blieb sie plötzlich stehen. Sie musste an Sebastian denken – daran, wie unwohl sie sich stets fühlte, wenn er ihr ein Kompliment machte.

»Du hast keine Ahnung, wie schön du bist«, sagte er immer wieder.

»Hör auf damit«, tat Mariana das Kompliment dann mit einer wegwerfenden Handbewegung ab, während sich ihr Gesicht vor Verlegenheit rötete. Sebastian täuschte sich; sie war weder klug noch schön – so sah sie sich nicht.

Warum nicht?

Mit wessen Augen sah sie sich? Mit ihren eigenen?

Oder mit denen ihres Vaters?

Sebastian sah nicht mit den Augen ihres Vaters oder irgendeines anderen, er sah mit seinen eigenen Augen. Was, wenn Mariana das ebenfalls täte? Was, wenn sie – wie Elaine aus Tennysons Ballade *Die Dame von Shalott* – aufhörte, das Leben durch einen Spiegel zu betrachten und ihm stattdessen direkt ins Gesicht blickte?

Und so hatte es begonnen – ein Riss in der Mauer aus Verblendung und Verleugnung, durch den gerade genug Licht fiel, um etwas zu erkennen. Dieser Moment erwies sich als Aha-Erlebnis für Mariana; er trieb sie dazu an, sich auf eine Reise der Selbstentdeckung zu begeben, auf die sie liebend gern verzichtet hätte. Am Ende brach sie ihr Lehramtsstudium ab und begann mit ihrer Ausbildung zur Psychotherapeutin. Obwohl seitdem viele Jahre vergangen waren, hatte sie die Gefühle für ihren Vater nie ganz klären können; und nun, da er tot war, würde ihr das wohl auch nie mehr gelingen.

10

Versunken in melancholische Gedanken, stieg Mariana in Cambridge aus dem Zug und kehrte zu Fuß nach St. Christopher zurück, wobei sie kaum auf ihre Umgebung achtete. Als sie am College eintraf, war die erste Person, die sie sah, Morris. Er stand zusammen mit einigen Polizisten vor der Pförtnerloge. Sein Anblick rief ihr erneut die peinliche Begegnung von heute Morgen vor Augen. Sie fühlte sich elend.

Ohne ihn anzuschauen, ging sie an ihm vorbei. Aus dem Augenwinkel bekam sie mit, wie er zum Gruß an den Hut tippte, als sei nichts passiert. Ganz offensichtlich hatte er das Gefühl, die Oberhand zu haben.

Gut, dachte sie, sollte er das ruhig denken.

Fürs Erste, so beschloss sie, würde sie das, was passiert war, nicht erwähnen – zum Teil auch deshalb nicht, weil sie sich Inspector Sanghas Reaktion vorstellen konnte: Ihre Unterstellung, dass Morris mit Fosca unter einer Decke steckte, würde doch nur für Ungläubigkeit und Spott sorgen. Wie Fred richtig sagte: Sie brauchte einen Beweis. Es wäre besser, wenn sie schwieg und Morris in dem Glauben ließ, er würde damit durchkommen – ja, es wäre in der Tat besser, wenn er sich seinen eigenen Strick knüpfte.

Plötzlich verspürte sie den Drang, Fred anzurufen, mit ihm zu reden – und blieb wie angewurzelt stehen.

Was zum Teufel dachte sie sich nur dabei? War es möglich, dass sie Gefühle für ihn entwickelte? Für diesen *Jungen?* Nein, das wäre illoyal – und gleichzeitig beängstigend. Hätte sie Fred bloß nie angerufen!

Als Mariana vor ihrem Zimmer ankam, stellte sie fest, dass die Tür einen Spalt offen stand.

Sie erstarrte und lauschte angestrengt, doch sie hörte nichts.

Langsam streckte sie die Hand aus und drückte dagegen. Die Tür quietschte, als sie aufschwang.

Mariana warf einen Blick hinein. Der Anblick, der sich ihr bot, ließ sie nach Luft schnappen. Es sah aus, als hätte jemand den Raum auseinandergenommen: Sämtliche Schubladen und Schranktüren standen offen, der Inhalt ihrer Reisetasche, den sie darin verstaut hatte, lag wüst verstreut auf dem Fußboden. Sogar die Wäsche, die Elsie für sie erledigt hatte, war aus dem bereitgestellten Korb gerissen.

Eilig rief sie Morris in der Pförtnerloge an und bat ihn, einen Officer zu ihr zu schicken.

Ein paar Minuten später stand Morris mit zwei Polizisten im Raum und begutachtete den Schaden.

»Sind Sie sicher, dass nichts gestohlen wurde?«, fragte er.

Mariana nickte. »Ich glaube nicht.«

»Wir haben nicht bemerkt, dass jemand Verdächtiges das College verlassen hat. Wahrscheinlich handelt es sich um die Tat eines Insiders.«

»Sieht aus wie das Werk eines aufgebrachten Studenten«, stellte Morris fest. Seine Mundwinkel zuckten nach oben. »Haben Sie jemanden verärgert, Miss?«

Mariana ignorierte ihn. Sie bedankte sich bei den Polizisten und pflichtete ihnen bei, dass es sich vermutlich nicht um Einbruchsdiebstahl handelte. Sie boten ihr an, das Zimmer auf Fingerabdrücke untersuchen zu lassen, und Mariana wollte schon annehmen, als ihr Blick auf etwas fiel, was sie ihre Meinung ändern ließ.

Ein Kreuz – ein *Kruzifix*, um genau zu sein – war mit einem Messer oder anderen scharfen Gegenstand tief in den Mahagonischreibtisch geschnitzt worden.

»Das wird nicht nötig sein«, lehnte sie ab. »Ich werde die Sache nicht weiter verfolgen. Vermutlich handelt es sich nur um einen dummen Streich.«

Die Officer wirkten skeptisch, aber sie erhoben keine Einwände.

Als sie den Raum verlassen hatten, strich Mariana mit den Fingerspitzen über die Rillen des Kreuzes.

Sie dachte an Henry.

Und zum ersten Mal hatte sie Angst vor ihm.

11

Ich habe über die Zeit nachgedacht.
Darüber, dass womöglich nichts jemals wirklich vergeht. Sie war die ganze Zeit hier – meine Vergangenheit, meine ich –, und der Grund dafür, dass sie mich einholt, ist der, dass sie nie weg war. Auf eine seltsame Art und Weise werde ich immer da sein, werde immer zwölf Jahre alt sein – gefangen in der Zeit, an jenem furchtbaren Tag, am Tag nach meinem Geburtstag, an dem sich alles veränderte.
Es fühlt sich an, als würde ich es genau jetzt erleben, während ich das hier schreibe.
Meine Mutter wollte, dass ich mich hinsetze, auf den unbequemen Holzstuhl, während sie mir die Neuigkeit überbrachte. Ich wusste, dass etwas nicht stimmte, weil sie mich in das Wohnzimmer an der Vorderseite des Hauses holte, das wir sonst nie benutzten.
Ich dachte, sie wolle mir sagen, dass sie sterben würde, dass sie todkrank sei – denn das ließ mich der Ausdruck auf ihrem Gesicht vermuten.
Aber es kam viel schlimmer.
Sie sagte, sie würde gehen. Die Situation mit meinem Vater sei in letzter Zeit ganz besonders aus dem Ruder gelaufen; sie hatte ein blaues Auge und eine aufgeplatzte Lippe, um das zu beweisen. Und endlich hatte sie den Mut gefunden, ihn zu verlassen.
Ich verspürte eine riesige Woge des Glücks – Freude ist das einzige Wort, das es annähernd traf.
Doch mein Lächeln schwand rasch, als ich meiner Mutter zuhörte, die mir von ihren Plänen berichtete: Sie wollte zunächst bei einer Cousine auf dem Sofa übernachten und anschließend bei ihren Eltern wohnen, bis sie auf eigenen Füßen stand. An der

Art und Weise, wie sie meinen Blick mied, wurde deutlich, was sie nicht aussprach: dass sie mich nicht mitnehmen würde.
Ich starrte sie schockiert an.
War unfähig, irgendetwas zu fühlen oder zu denken – bis heute weiß ich kaum, was sie sonst noch gesagt hat. Weiß nur, dass sie mir versprach, mich zu holen, sobald sie sich ein neues Zuhause eingerichtet habe. Was genauso gut auf einem anderen Planeten hätte sein können, denn alles, was zählte, war, dass sie mich zurückließ. Mich hierließ. Bei ihm.
Ich wurde geopfert. Der Hölle anheimgegeben.
Und dann, mit jener seltsamen, haarsträubenden Unbeholfenheit, die sie mitunter an den Tag legte, teilte sie mir mit, dass sie meinen Vater noch nicht informiert habe. Dass sie mir zuerst Bescheid geben wollte.
Ich glaube nicht, dass sie die Absicht hatte, es ihm zu sagen. Dieses Gespräch war ihr einziger Abschied – von mir, vom Hier und Jetzt.
Hätte sie nur ein kleines bisschen Verstand besessen, hätte sie eine Tasche gepackt und wäre noch in derselben Nacht abgehauen.
So hätte ich es gemacht.
Sie dagegen bat mich, ihr Geheimnis für mich zu behalten; ich musste ihr versprechen, niemandem davon zu erzählen. Meine schöne, törichte, vertrauensselige Mutter – in vielerlei Hinsicht war ich um einiges älter und weiser als sie. Und ich war um einiges verschlagener. Ich musste es ihm nur sagen. Dem rasenden Irren von ihrem Plan, das sinkende Schiff zu verlassen, erzählen. Er würde schon dafür sorgen, dass sie nicht ging. Ich würde sie nicht verlieren. Denn ich wollte sie nicht verlieren.
Oder?
Ich liebte sie – oder nicht?
Etwas geschah mit mir, mit meinem Denken. Es begann während des Gesprächs mit meiner Mutter und in den Stunden da-

nach: Ich gewann eine Art Erkenntnis, langsam und schleichend , erfuhr eine seltsame Erleuchtung.
Ich dachte, sie würde mich lieben.
Doch dann stellte sich heraus, dass es mehr als eine von ihr gab.
Und nun fing ich plötzlich an, diese andere Person zu sehen – sah, wie sie dort stand, im Hintergrund, und zuschaute, während mein Vater mich quälte. Warum hatte sie ihn nicht aufgehalten? Warum hatte sie mich nicht beschützt?
Warum hatte sie mir nicht beigebracht, dass ich es wert war, beschützt zu werden?
Sie war für Rex eingetreten, sie hatte meinem Vater ein Messer an die Brust gehalten und ihm gedroht, ihn zu erstechen. Für mich hatte sie das nie getan.
Ich spürte, wie etwas in mir in Brand geriet – Zorn loderte auf, eine Wut, die nicht mehr erlöschen würde. Ich wusste, dass es falsch war, ich wusste, dass ich sie eindämmen sollte, bevor sie mich überwältigte. Doch stattdessen nährte ich die Flammen. Und ich brannte.
All die Grausamkeiten, die ich ertrug – ich hatte sie ihretwegen auf mich genommen, um sie zu beschützen. Sie dagegen hatte mich nie an die erste Stelle gesetzt. Jeder ist sich selbst der Nächste, das war anscheinend ihr Motto. Mein Vater hatte recht: Sie war selbstsüchtig, verwöhnt, gedankenlos. Grausam.
Sie musste bestraft werden.
Doch das hätte ich ihr zu jener Zeit niemals sagen können. Ich verfügte nicht über das notwendige Vokabular. Jahre später hätte ich sie womöglich damit konfrontiert – vielleicht mit Anfang zwanzig –, wenn mich das Alter wortgewandter gemacht hätte. Und nach einem Drink zu viel, nach dem Abendessen, hätte ich mich an sie gewandt, an diese alte Frau, und hätte versucht, sie so zu verletzen, wie sie einst mich verletzt hatte. Ich hätte meinem Unmut Luft gemacht, und dann, in meiner Fantasie, wäre sie zusammengebrochen, wäre vor mir auf die

Knie gefallen und hätte mich um Vergebung angefleht. Die ich ihr gnädigerweise gewährt hätte.

Was für ein Luxus das gewesen wäre – zu verzeihen. Doch diese Chance bekam ich nie.

An jenem Abend ging ich zu Bett, brennend vor Hass. Er fühlte sich an wie glühend heißes, rotes Magma, das in einem Vulkan aufstieg. Ich schlief ein … und träumte, ich würde nach unten gehen, ein großes Tranchiermesser aus der Schublade nehmen und meiner Mutter damit den Kopf abschneiden. Ich hackte und sägte ihr mit dem Messer den Hals durch, bis der Kopf ab war. Dann versteckte ich ihn in ihrem rot-weiß gestreiften Strickbeutel und schob ihn unter mein Bett, wo er in Sicherheit war. Die Leiche entsorgte ich in der Grube mit den anderen Kadavern, dort würde man sie niemals finden.

Als ich im schrecklichen gelben Licht der Morgendämmerung aus diesem Traum erwachte, fühlte ich mich angeschlagen und orientierungslos – und ich war ängstlich, verwirrt wegen dem, was passiert war.

Verunsichert tappte ich nach unten in die Küche und öffnete die Schublade, in der die Messer aufbewahrt wurden.

Ich nahm das größte Messer heraus, betrachtete es und untersuchte es auf Blutspuren. Es waren keine daran. Die Klinge glänzte sauber im Sonnenschein.

Und dann hörte ich Schritte. Schnell versteckte ich das Messer hinter meinem Rücken. Sie kam herein, quicklebendig und unversehrt.

Seltsamerweise hatte der Anblick meiner Mutter mit intaktem Kopf nichts Beruhigendes für mich.

Tatsächlich war ich enttäuscht.

12

Am nächsten Morgen traf Mariana Zoe und Clarissa zum Frühstück im Speisesaal.

Das Büfett für die Fellows war in einem Erker an der Seite des High Table aufgebaut. Es gab eine großzügige Auswahl an Brot und Gebäck sowie Töpfe voller Butter, Gelee und Marmelade. In großen silbernen Warmhaltewannen wurden Gerichte wie Rührei, Schinken und Würstchen angeboten. Auf einer Schiefertafel waren weitere traditionelle Speisen aufgeführt, die in der Küche vorrätig waren.

Clarissa pries die Vorzüge eines umfangreichen Frühstücks, während sie sich in die Schlange vor dem Büfett einreihten. »Es macht einen fit für den Tag«, dozierte sie. »In meinen Augen gibt es nichts Wichtigeres als das. Gesalzene Räucherheringe eignen sich zum Beispiel ganz hervorragend dafür.« Sie sann über die verschiedenen Optionen nach. »Aber heute werde ich mich nicht dafür entscheiden. Heute nehme ich Kedgeree. Gute, altmodische Hausmannskost: Schellfisch, gekochter Reis, Eier und Butter – damit kann man nichts verkehrt machen.«

Clarissas Behauptung sollte sich bald als falsch erweisen. Kaum hatten sie wieder Platz genommen und Clarissa die erste Gabel voll in den Mund geschoben, lief sie auch schon knallrot an, hustete und zog dann eine lange Gräte zwischen den Lippen hervor, die sie voller Entsetzen betrachtete.

»Großer Gott! Der Koch will uns wohl umbringen! Seien Sie vorsichtig, meine Teuersten.«

Sie stocherte vorsichtig mit der Gabel in ihrem Fisch herum, während Mariana von ihrem Abstecher nach London berichtete – und von Ruths Vorschlag, mit den Mädchen eine Gruppensitzung zu organisieren.

Sie bemerkte, dass ihre Nichte eine Augenbraue in die Höhe zog. »Was hältst du davon, Zoe?«

Zoe warf ihr einen argwöhnischen Blick zu. »Ich muss aber nicht dabei sein, oder?«

Mariana verbarg ihr Amüsement. »Nein, du musst nicht daran teilnehmen, keine Sorge.«

Zoe wirkte erleichtert. »Na dann, nur zu. Allerdings glaube ich kaum, dass sie mitmachen werden. Es sei denn, er fordert sie dazu auf.«

Mariana nickte. »Das wäre durchaus möglich.«

Clarissa stieß sie am Arm an. »Wenn man vom Teufel spricht.«

Mariana und Zoe schauten auf. Edward Fosca erschien in der Hall am High Table und nahm am anderen Ende Platz. Er spürte Marianas Blick, drehte den Kopf in ihre Richtung, und für einige Sekunden sahen sie einander an. Dann wandte er sich ab.

Abrupt stand Mariana auf. Zoe warf ihr einen alarmierten Blick zu.

»Was hast du vor?«

»Es gibt nur eine Möglichkeit, herauszufinden, ob du tatsächlich recht hast.«

»Mariana …«

Doch Mariana ignorierte Zoe und ging zum anderen Ende der langen Tafel, zu Professor Fosca. Er trank einen schwarzen Kaffee und hatte einen schmalen Gedichtband aufgeschlagen.

Als Mariana vor ihm stehen blieb, hob er den Blick.

»Guten Morgen.«

»Professor«, sagte sie. »Ich habe eine Bitte an Sie.«

»Tatsächlich?« Fosca sah sie zweifelnd an. »Und die wäre?«

Sie hielt seinem Blick stand und erwiderte mit fester Stimme: »Hätten Sie etwas dagegen, wenn ich mit Ihren Studentinnen spreche – Ihren *speziellen* Studentinnen, meine ich? Mit den Mädchen?«

»Ich dachte, das hätten Sie bereits getan.«

»Ich würde gern als Gruppe mit ihnen reden.«

»Als Gruppe?«

»Ja. In einer Gruppensitzung.«

»Müssten das nicht die Mädchen selbst entscheiden?«

»Ich glaube nicht, dass sie einwilligen werden, es sei denn, Sie bitten sie darum.«

Fosca lächelte. »Dann wünschen Sie sich in Wirklichkeit nicht meine Zustimmung, sondern meine Mithilfe?«

»So könnte man es ausdrücken.«

Ein feines Lächeln trat auf Foscas Lippen. »Haben Sie denn schon einen Ort und einen Zeitpunkt für diese Gruppensitzung festgelegt?«

Mariana überlegte kurz. »Wie wär's heute, um siebzehn Uhr … im Gemeinschaftsraum?«

»Sie scheinen davon auszugehen, dass ich großen Einfluss auf die Mädchen habe. Ich versichere Ihnen: Das ist nicht der Fall.« Er hielt kurz inne, dann fuhr er fort: »Darf ich fragen, was Sie mit dieser Gruppensitzung bezwecken? Was genau hoffen Sie zu erreichen?«

»Ich erhoffe mir gar nichts. So funktionieren Therapien nicht. Ich möchte diesen jungen Frauen einfach einen Raum bieten, in dem sie einige der schrecklichen Dinge verarbeiten können, die sie in der letzten Zeit erlebt haben.«

Fosca nahm einen Schluck Kaffee. »Erstreckt sich die Einladung auch auf mich? Als Teil der Gruppe?«

»Ich würde es vorziehen, wenn Sie nicht kommen. Ihre Anwesenheit könnte die Mädchen befangen machen.«

»Was, wenn dies meine Bedingung wäre, Ihnen zu helfen?«

Mariana zuckte die Achseln. »Dann bliebe mir keine Wahl.«

»In diesem Fall werde ich teilnehmen.«

Sein Lächeln wurde breiter. Sie lächelte nicht zurück.

»Das führt mich zu der Frage«, sagte sie mit leicht gerunzelter Stirn, »was um alles auf der Welt Sie so verzweifelt zu verbergen versuchen, Professor.«

»Ich versuche nichts zu verbergen, Mariana.« Fosca schob die Kaffeetasse von sich. »Sagen wir, ich möchte einfach nur teilnehmen, um meine Studentinnen zu beschützen.«

»Sie wollen sie beschützen? Wovor?«

»Vor Ihnen, Mariana«, sagte er. »Vor Ihnen.«

13

Um siebzehn Uhr wartete Mariana im Gemeinschaftsraum auf die Mädchen.

Sie hatte den Raum von siebzehn bis achtzehn Uhr dreißig gebucht. Es standen mehrere große Sofas mit niedrigen Tischen darin, außerdem ein Esstisch, der sich über eine ganze Wandlänge erstreckte. An den Wänden hingen alte Meister, gedeckte, düstere Gemälde auf karmesinrot-goldenen Velourstapeten.

Im Marmorkamin brannte ein kleines Feuer, die flackernden Flammen spiegelten sich in den vergoldeten Einrichtungsgegenständen. Es herrschte eine beruhigende, anheimelnde Atmosphäre, die in Marianas Augen perfekt war für die Gruppenrunde.

Sie stellte neun hochlehnige Stühle in einem Kreis auf.

Anschließend nahm sie auf einem davon Platz und vergewisserte sich, dass sie von hier aus die Uhr auf dem Kaminsims im Blick hatte. Es war jetzt kurz nach fünf.

Mariana fragte sich, ob die Mädchen auftauchen würden oder nicht. Sie wäre nicht sonderlich überrascht gewesen, wenn sie der Sitzung fernblieben.

Doch dann, einen Moment später, öffnete sich die Tür, und die fünf jungen Frauen kamen eine nach der anderen hereinmarschiert. Ihren versteinerten Gesichtsausdrücken nach zu urteilen, waren sie nicht freiwillig hier.

»Guten Tag«, begrüßte Mariana sie freundlich. »Danke, dass Sie gekommen sind. Nehmen Sie doch bitte Platz.«

Foscas Studentinnen warfen einen Blick auf die kreisförmig angeordneten Stühle, dann sahen sie einander an, bevor sie sich zögernd setzten. Die große Blonde schien die Anführerin zu sein; Mariana spürte, dass die anderen sich ihr unterordneten. Sie nahm zuerst Platz, die übrigen Mädchen folgten ihrem Beispiel.

Sie setzten sich nebeneinander und ließen die Stühle rechts und links neben Mariana frei, genau wie den Platz Mariana direkt gegenüber. Mariana fühlte sich plötzlich leicht eingeschüchtert angesichts dieser Mauer aus unfreundlichen jungen Gesichtern.

Wie albern, dachte sie, sich von einer Handvoll Zwanzigjähriger verunsichern zu lassen, ganz gleich, wie schön oder wie intelligent sie waren. Mariana hatte das Gefühl, sie wäre wieder in der Schule, ein hässliches Entlein, das sich am Rand des Schulhofs herumdrückte, konfrontiert mit einer Bande beliebter Mädchen. Die sehr junge Mariana in ihr spürte Angst in sich aufsteigen, und für eine Sekunde fragte sie sich, wie diese jungen Frauen empfinden mochten – ob sie ähnliche Minderwertigkeitsgefühle verbargen. Fühlten sie sich hinter der kühlen Fassade der Überlegenheit genauso klein wie sie damals? Was nur schwer vorstellbar war.

Serena war die Einzige, die sie kannte, und ihr schien es schwerzufallen, Mariana in die Augen zu schauen. Morris musste ihr von der Konfrontation berichtet haben, denn sie hielt den Kopf gesenkt und starrte verlegen in ihren Schoß.

Die anderen musterten Mariana ausdruckslos. Anscheinend warteten sie darauf, dass sie etwas sagte. Doch das tat sie nicht. Schweigend saßen sie da.

Mariana warf einen Blick auf die Uhr; es war jetzt zehn Minuten nach fünf. Professor Fosca war bisher nicht erschienen – und mit ein bisschen Glück würde er auch nicht mehr kommen.

»Ich denke, wir fangen jetzt an«, sagte sie schließlich.

»Was ist mit dem Professor?«, fragte das blonde Mädchen.

»Er wurde vermutlich aufgehalten. Wir sollten ohne ihn beginnen. Stellen wir uns doch zunächst einmal vor: Ich bin Mariana.«

Es entstand eine kurze Pause. Das blonde Mädchen hob die Schultern und ließ sie wieder herabsacken. »Carla.«

Wieder folgten die anderen ihrem Beispiel.

»Natasha.«

»Diya.«

»Lilian.«

Serena war als Letzte an der Reihe. Sie sah Mariana gleichgültig an. »Sie kennen meinen Namen.«

»Ja, Serena, das ist richtig.«

Mariana sammelte sich, dann wandte sie sich an die Gruppe.

»Wie fühlt es sich für Sie an, hier zusammenzusitzen?«

Die Mädchen beantworteten ihre Frage mit Schweigen. Keine Reaktion, nicht einmal ein Achselzucken. Mariana konnte die kalte Feindseligkeit spüren, die sie ihr entgegenbrachten. Ohne sich davon entmutigen zu lassen, fuhr sie fort.

»Ich werde Ihnen sagen, wie sich das für mich anfühlt. Es ist seltsam. Meine Augen werden immer wieder von den leeren Stühlen angezogen.« Sie nickte in Richtung der drei leeren Stühle im Kreis. »Dort sollten eigentlich auch Menschen sitzen.«

»Sie meinen den Professor«, stellte Carla fest.

»Nicht nur. Was denken Sie – wen könnte ich noch meinen?«

Carla warf einen Blick auf die freien Plätze und verdrehte spöttisch die Augen. »Ach, dafür sind die beiden anderen Stühle? Für Tara und Veronica? Wie albern.«

»Warum ist das albern?«

»Nun, das liegt doch wohl auf der Hand: weil sie nicht kommen werden!«

»Das bedeutet aber nicht, dass sie nicht immer noch Teil der Gruppe sind«, hielt Mariana in ruhigem Ton dagegen. »Das ist häufig Thema bei Gruppentherapien – auch wenn manche Leute nicht mehr unter uns sind, bleibt doch eine starke Präsenz.«

Während sie sprach, betrachtete sie den leeren Stuhl ihr gegenüber – und sah Sebastian dort sitzen, der sie amüsiert anschaute.

Sie verdrängte das Bild und fuhr fort.

»Ich frage mich, wie es sich anfühlt, Teil einer Gruppe wie dieser zu sein. Was bedeutet es für Sie?«

Keines der Mädchen antwortete. Alle sahen sie ausdruckslos an.

»Bei einer Gruppentherapie machen wir die Gruppe oft zu unserer Familie. Wir erschaffen Geschwister, Elternfiguren, Onkel und

Tanten. Ich gehe davon aus, dass das hier tatsächlich ein bisschen ist wie eine Familie. In gewisser Hinsicht haben Sie zwei Ihrer Schwestern verloren.«

Keine Reaktion. Vorsichtig tastete Mariana sich vor.

»Ich nehme an, Professor Fosca ist Ihr ›Vater‹?« Eine Pause. Dann setzte sie erneut an: »Ist er ein guter Vater?«

Natasha stieß einen schweren, genervten Seufzer aus. »Das ist so ein *Schwachsinn*«, murmelte sie mit starkem russischem Akzent. »Es ist offensichtlich, was Sie da tun.«

»Was denn?«

»Sie versuchen, uns dazu zu bringen, etwas Schlechtes über den Professor zu sagen. Uns auszutricksen. Damit er Ihnen in die Falle geht.«

»Warum sollte ich versuchen, ihn in die Falle zu locken?«

Natasha seufzte erneut, diesmal verächtlich. Sie machte sich nicht die Mühe, zu antworten.

An ihrer Stelle ergriff Carla das Wort: »Hören Sie, Mariana. Wir wissen, was Sie denken. Aber der Professor hatte nichts mit den Morden zu tun.«

»Genau.« Natasha nickte vehement. »Wir waren *die ganze Zeit über* bei ihm.«

Plötzlich lag Leidenschaft in ihrer Stimme – und unterschwellige Feindseligkeit.

»Sie sind sehr aufgebracht, Natasha«, stellte Mariana fest. »Das kann ich spüren.«

Natasha lachte. »Gut, denn das richtet sich gegen Sie.«

Mariana nickte. »Es ist leicht, auf mich wütend zu sein. Ich bin keine Bedrohung. Sehr viel schwerer ist es dagegen, auf Ihren ›Vater‹ wütend zu sein – weil er zugelassen hat, dass zwei seiner Kinder ums Leben gekommen sind.«

»Um Himmels willen – es ist doch nicht seine Schuld, dass Tara und Veronica tot sind!«, schaltete sich Lilian ein.

»Wessen Schuld ist es dann?«, fragte Mariana.

Lilian zuckte die Achseln. »Ihre eigene.«

Mariana betrachtete sie aufmerksam. »Ach. Wie kann es ihre eigene Schuld sein?«

»Sie hätten vorsichtiger sein müssen. Tara und Veronica waren dumm. Beide.«

»Das stimmt«, pflichtete Diya ihr bei.

Carla und Natasha nickten.

Für einen Moment war Mariana sprachlos. Sie wusste, dass es leichter war, zornig zu sein als traurig – doch sie, die so ausgesprochen sensibel war, wenn es darum ging, Emotionen aufzuschnappen, konnte hier keinerlei Traurigkeit spüren. Keinen Kummer, kein Bedauern, keinen Verlust. Nur Geringschätzung. Nur Verachtung.

Es war seltsam. Normalerweise würde eine Gruppe wie diese ihre Reihen schließen, zusammenstehen, doch Mariana fiel auf, dass die einzige Person in St. Christopher, die wahre Emotionen über Taras und Veronicas Tod bekundet hatte, Zoe war.

Sie fühlte sich stark an Henrys Therapiegruppe in London erinnert. Hier stieß sie auf etwas Vergleichbares – sie musste nur an die Art und Weise denken, wie Henrys Anwesenheit die Londoner Gruppe von innen heraus spaltete, sie attackierte, sodass sie nicht normal funktionieren konnte.

Passierte so etwas auch in dieser Gruppe? Was in diesem Fall bedeutete, dass die Gruppe nicht auf eine Bedrohung von außen reagierte.

Es bedeutete, dass die Bedrohung bereits da war.

In diesem Moment klopfte es. Die Tür öffnete sich …

… und Professor Fosca erschien im Türrahmen.

»Darf ich mich zu Ihnen gesellen?«, fragte er lächelnd.

14

Verzeihen Sie, dass ich zu spät komme«, sagte Fosca. »Ich musste noch etwas erledigen.«

Mariana legte die Stirn in Falten. »Es tut mir leid, wir haben schon angefangen.«

»Vielleicht darf ich mich ja noch anschließen?«

»Das entscheide nicht ich, das entscheidet die Gruppe.« Sie sah die anderen an. »Wer ist der Ansicht, dass Professor Fosca teilnehmen sollte?«

Noch bevor sie zu Ende gesprochen hatte, schossen fünf Hände in die Höhe. Nur Marianas Hand blieb unten.

»Sie haben nicht die Hand gehoben, Mariana«, stellte Fosca fest.

Sie schüttelte den Kopf. »Nein, das habe ich nicht. Aber ich bin überstimmt.«

Die Energie im Raum veränderte sich, nachdem Fosca dem Kreis beigetreten war. Mariana spürte eine zunehmende Anspannung unter den Mädchen, und sie bemerkte, dass Fosca und Carla einen verstohlenen Blick austauschten, als er zu einem der freien Stühle ging.

»Bitte, fahren Sie fort«, wandte er sich an Mariana und nahm Platz.

Mariana machte eine kurze Pause und beschloss, einen anderen Ansatz zu versuchen. Mit einem unschuldigen Lächeln fragte sie: »Sie befassen sich mit dem Thema griechische Tragödien, Professor?«

»Das ist korrekt.«

»Haben Sie sich mit *Iphigenie in Aulis* beschäftigt? Der Geschichte von Agamemnon und Iphigenie?«

Sie betrachtete den Professor aufmerksam, während sie sprach – doch er zeigte keine offensichtliche Reaktion auf die Erwähnung des Stücks. Er nickte nur.

»Das haben wir in der Tat. Wie Sie wissen, zählt Euripides zu meinen Lieblingsdichtern.«

Mariana nickte ebenfalls. »Das ist mir bekannt. Nun, mir erschien die Figur der Iphigenie schon immer ziemlich kurios, und ich frage mich, wie Ihre Studentinnen darüber denken.«

»Kurios? Inwiefern?«

Mariana dachte für eine Sekunde nach. »Ich nehme an, es stört mich, dass sie so passiv ist … so ergeben.«

»Ergeben?«

»Sie kämpft nicht um ihr Leben. Sie ist weder gefesselt noch sonst wie beeinträchtigt – sie lässt sich aus freien Stücken von ihrem Vater opfern.«

Fosca sah die anderen an. »Das ist ein interessanter Punkt, den Mariana da anspricht. Möchte jemand etwas dazu sagen? Carla?«

Carla wirkte erfreut, dass sie aufgerufen wurde. Sie lächelte Mariana geduldig an, als würde sie ein Kind bei Laune halten. »Die Art und Weise, wie Iphigenie stirbt, ist der springende Punkt.«

»Könnten Sie das etwas näher ausführen, Carla?«, bat Fosca seine Studentin.

»Das bedeutet, dass sie so zu tragischer Größe findet – indem sie einen Heldentod stirbt.«

Carla sah Fosca Anerkennung heischend an. Er deutete ein Lächeln an.

Mariana schüttelte den Kopf. »Tut mir leid, aber das kann ich nicht nachvollziehen.«

»Nicht?«, fragte Fosca interessiert. »Warum nicht?«

Mariana sah die jungen Frauen im Kreis eine nach der anderen an. »Ich denke, die beste Art, diese Frage zu beantworten, ist es, Iphigenie herzuholen, in diese Gruppensitzung. Laden wir sie ein, auf einem der leeren Stühle Platz zu nehmen. Was sagen Sie dazu?«

Einige der Mädchen tauschten höhnische Blicke aus.

»Das ist so bescheuert«, sagte Natasha.

»Warum? Sie war in Ihrem Alter, oder nicht? Etwas jünger vielleicht. Sechzehn, siebzehn? Was für ein mutiger, außergewöhnlicher

Mensch sie war. Stellen Sie sich vor, was sie mit ihrem Leben hätte anfangen können, wenn sie überlebt hätte, was sie hätte erreichen können! Was würden wir zu Iphigenie sagen, sollte sie jetzt hier sitzen? Was hätten wir ihr mitzuteilen?«

»Nichts«, erwiderte Diya unbeeindruckt. »Was gibt es da schon zu sagen?«

»Nichts? Sie würden nicht versuchen, sie vor ihrem psychopathischen Vater zu warnen? Sie würden nicht helfen, sie zu retten?«

»Sie zu retten?« Diya warf ihr einen verächtlichen Blick zu. »Wovor? Vor ihrem Schicksal? So funktionieren Tragödien aber nicht.«

»Wie dem auch sei«, ließ Carla sich vernehmen. »Es war nicht Agamemnons Schuld. Es war Artemis, die Iphigenies Tod forderte. Es war der Wille der Götter.«

»Was ist, wenn es keine Götter gibt?«, fragte Mariana. »Nur ein Mädchen und seinen Vater. Was dann?«

»Keine Ahnung«, erwiderte Carla. »Dann ist es keine Tragödie.«

Diya nickte. »Nur eine kaputte griechische Familie.«

Fosca hatte bislang geschwiegen und die Debatte mit stillem Vergnügen beobachtet. Doch nun schien seine Neugier die Oberhand zu gewinnen.

»Was würden *Sie* Iphigenie sagen, Mariana? Diesem Mädchen, das in den Tod gegangen ist, um Griechenland zu retten? Sie war sogar noch jünger, als Sie denken – erst vierzehn, fünfzehn. Wenn sie jetzt hier wäre, was würden Sie ihr sagen?«

Mariana zuckte die Achseln. »Ich nehme an, ich würde etwas über die Beziehung zu ihrem Vater erfahren wollen … Und ich wüsste gern, warum sie sich veranlasst sah, sich für ihn zu opfern.«

»Warum hat sie es Ihrer Meinung nach getan?«

Mariana überlegte. »Ich glaube, Kinder tun alles, um geliebt zu werden. Wenn sie noch sehr jung sind, ist das eine Frage des körperlichen, später des seelischen Überlebens. Sie tun, was immer nötig ist, um umsorgt zu werden.« Sie senkte die Stimme, sprach nicht mit Fosca, sondern mit den jungen Frauen, die um sie herum saßen. »Und manche Menschen nutzen das zu ihrem Vorteil aus.«

»Was genau wollen Sie damit sagen?«, hakte Fosca nach.

»Wäre ich ihre Therapeutin, würde ich versuchen, Iphigenie zu helfen, etwas zu erkennen – etwas, was für sie *unsichtbar* war.«

»Und das wäre?«, fragte Carla.

Mariana wählte ihre Worte mit Bedacht. »Ich würde Iphigenie helfen zu erkennen, dass sie in ihrem sehr jungen Alter Missbrauch mit Liebe verwechselte. Und dieser Fehler beeinflusste das Bild, das sie von sich selbst hatte ... und von der Welt um sie herum. Agamemnon war kein Held – er war ein Wahnsinniger, ein kindermordender Psychopath. Iphigenie hätte diesen Mann nicht lieben und ehren müssen. Sie hätte nicht für ihn sterben müssen, um ihm zu gefallen.«

Mariana sah den Mädchen in die Augen, versuchte verzweifelt, zu ihnen durchzudringen. Sie hoffte, sie zu berühren ... aber schaffte sie das tatsächlich? Sie konnte es nicht sagen. Sie spürte Foscas Augen auf sich – und dass er kurz davorstand, einzugreifen. Daher fuhr sie rasch fort: »Hätte Iphigenie aufgehört, sich wegen ihres Vaters zu belügen – wäre sie aufgewacht und hätte der schrecklichen, vernichtenden Wahrheit ins Gesicht geblickt, dass das *keine Liebe* war, dass er sie nicht liebte, weil er gar nicht fähig war zu lieben –, hätte sie niemals ohne Widerstand den Kopf auf den Opferblock gelegt. Sie hätte dem Henker das Beil aus den Händen gerissen. Sie wäre zur Göttin geworden.«

Mariana wandte sich Fosca zu und versuchte vergeblich, den Zorn in ihrer Stimme zu unterdrücken.

»Aber das geschah nicht. Genauso wenig bei Tara oder Veronica. Sie hatten nie die Chance, Göttinnen zu werden. Sie hatten nie die Chance, erwachsen zu werden.«

Sie sah Fosca direkt an. Seine Augen blitzten verärgert. Doch genau wie sie ließ er sich seinen Unmut nicht anmerken.

»Ich nehme an, Sie setzen mich in der gegenwärtigen Situation mit dem Vater gleich. Mit Agamemnon. Ist es das, was Sie nahelegen wollen?«

»Seltsam, dass Sie das ansprechen. Bevor Sie dazustießen, erörterten wir gerade Ihre Verdienste als ›Vater‹ der Gruppe.«

»Oh, tatsächlich? Und wie lautete der allgemeine Konsens?«

»So weit sind wir nicht gekommen. Ich fragte die Mädchen, ob sie sich in Ihrer Obhut weniger sicher fühlen, jetzt, da zwei von ihnen tot sind.«

Während sie sprach, wanderten ihre Augen zu den beiden leeren Stühlen. Fosca folgte ihrem Blick.

»Ah. Jetzt verstehe ich«, sagte er. »Die leeren Stühle repräsentieren die fehlenden Gruppenmitglieder ... ein Stuhl für Tara, einer für Veronica?«

»Das ist richtig.«

»Allerdings stellt sich mir die Frage«, sagte er nach einer kurzen Pause, »ob da nicht ein Stuhl fehlt.«

»Wie meinen Sie das?«

»Sie wissen es nicht?«

»Was weiß ich nicht?«

»Oh. Sie hat es Ihnen nicht erzählt. Wie interessant.« Foscas Verärgerung schien Amüsiertheit zu weichen. »Vielleicht sollten Sie diese mächtige analytische Linse wieder auf sich selbst richten, Mariana. Was für eine ›Mutter‹ sind Sie?«

»*Medice, cura te ipsum* – Arzt, heile dich selbst«, fügte Carla schmunzelnd hinzu.

Fosca lachte leise. »Ja, ja, genau.«

Er wandte sich mit gespielt therapeutischem Habitus an seine Studentinnen. »Was halten wir von diesem Blendwerk – als *Gruppe?* Was glauben wir, was das zu *bedeuten* hat?«

»Nun«, antwortete Carla. »Ich denke, es sagt *sehr viel* über ihre Beziehung.«

Natasha nickte. »O ja. Sie stehen sich längst nicht so nahe, wie Mariana vermutet.«

»Offensichtlich misstraut sie ihrer Mutter«, fügte Lilian hinzu.

»Warum wohl?«, murmelte Fosca, noch immer grinsend.

Mariana konnte fühlen, wie ihr die Röte ins Gesicht stieg. Ihre Wangen fingen an zu brennen vor Ärger über dieses kleine Spiel, das sie spielten. Es war wie auf dem Schulhof: Wie ein ganz gewöhnlicher Fiesling hatte Fosca die Gruppe manipuliert und sie gegen sie aufgewiegelt. Sie waren alle mit von der Partie, grinsten und verspotteten sie. Plötzlich hasste sie sie alle.

»Wovon reden Sie?«, fragte sie.

Fosca sah sich im Kreis um. »Wer gibt sich die Ehre? Serena? Wie wär's mit Ihnen?«

Serena nickte und stand auf. Sie verließ den Kreis und ging zum Esstisch hinüber, wo sie einen weiteren Stuhl mit hoher Lehne nahm, den sie in die Lücke zwischen einem der beiden leeren Stühle und Marianas Stuhl schob. Dann setzte sie sich wieder.

»Danke«, sagte Fosca und richtete die Augen auf Mariana. »Es fehlte noch ein Stuhl. Für das letzte der Mädchen.«

»Und wer ist das?«

Doch Mariana ahnte bereits, wie Foscas Antwort lauten würde. Und tatsächlich.

»Ihre Nichte«, sagte er. »Zoe.«

15

Nach der Sitzung stolperte Mariana fassungslos hinaus auf den Main Court.

Sie musste mit Zoe reden, um ihre Version der Geschichte zu erfahren. Die Gruppe hatte auf die ihr eigene grausame Weise ins Schwarze getroffen: Mariana musste den Fokus auf sich selbst – und auf Zoe – richten, wollte nachvollziehen können, warum Zoe ihr nicht anvertraut hatte, dass sie zu den Mädchen gehörte. Sie musste wissen, warum.

Sie schlug den Weg zu Zoes Zimmer ein, um ihre Nichte zur Rede zu stellen, doch in dem Moment, in dem sie den Durchgang zum Eros Court erreichte, blieb sie stehen.

Sie sollte sehr vorsichtig vorgehen. Zoe war labil und verletzlich, doch aus irgendeinem Grund vermutete Mariana, dass Edward Fosca hinter Zoes Zurückhaltung steckte, ihrer Tante die Wahrheit zu sagen.

Und Fosca hatte gerade eben vorsätzlich Zoes Vertrauen missbraucht, um Mariana zu provozieren. Es war also zwingend nötig, dass sie den Köder nicht schluckte. Sie durfte auf keinen Fall in Zoes Zimmer platzen und sie der Lüge bezichtigen.

Sie musste ihre Nichte unterstützen, sich genau überlegen, wie sie vorgehen wollte.

Also beschloss sie, erst einmal darüber zu schlafen – und am nächsten Morgen mit Zoe zu reden, wenn sie sich ein wenig beruhigt hatte. Gedankenverloren machte sie kehrt, ohne Fred zu bemerken, der aus der Dunkelheit heraus auf den Weg trat.

»Hallo, Mariana.«

Sie schnappte nach Luft. »Fred! Was machst du denn hier?«

»Ich wollte zu dir. Mich vergewissern, dass es dir gut geht.«

»Ja, das tut es, so halbwegs zumindest.«

»Du wolltest dich doch melden, wenn du aus London zurück bist.«

»Ich weiß, tut mir leid. Ich war … ich war beschäftigt.«

»Bist du sicher, dass es dir gut geht? Du siehst aus, als könntest du einen Drink vertragen.«

Mariana lächelte. »Da hast du recht, das könnte ich.«

Fred erwiderte ihr Lächeln. »Nun, in dem Fall – wie wär's?«

Mariana zögerte, unsicher. »Oh, na ja, ich …«

Rasch fügte Fred hinzu: »Ich habe zufällig einen äußerst beeindruckenden Burgunder da, hab ich bei einem Festessen in der Hall mitgehen lassen und für eine besondere Gelegenheit aufgehoben. Was sagst du? Gehen wir zu mir?«

Was soll's, dachte Mariana. Sie nickte. »Klar, warum nicht?«

»Wirklich?« Freds Gesicht hellte sich auf. »Okay, großartig. Bitte sehr …«

Er reichte ihr den Arm, aber Mariana nahm ihn nicht. Stattdessen marschierte sie los – und Fred beeilte sich, zu ihr aufzuschließen.

16

Freds Zimmer im Trinity College war größer als Zoes, allerdings wirkte die Einrichtung noch ein bisschen abgenutzter. Das Erste, was Mariana auffiel, war die Ordnung: Abgesehen von unzähligen Papierstapeln – Seiten voll unleserlichem Gekritzel und eng geschriebenen mathematischen Formeln – war alles aufgeräumt, nirgendwo lag etwas herum. Freds Unterlagen sahen aus wie das Werk eines Wahnsinnigen – oder eines Genies: Buchstaben und Zahlen, verbunden durch Pfeile und krakelige Notizen an den Seitenrändern.

Die einzigen persönlichen Gegenstände, die Mariana ausmachen konnte, waren zwei gerahmte Fotos im Bücherregal, eines davon leicht verblasst, als sei es in den Achtzigern aufgenommen worden. Es zeigte einen attraktiven jungen Mann und eine Frau, vermutlich Freds Eltern, die vor einer Wiese mit Lattenzaun standen. Auf dem anderen Foto war ein kleiner Junge mit einem Hund abgebildet – ein ernst dreinblickender kleiner Junge mit Topfschnitt.

Mariana sah zu Fred hinüber. Er hatte noch immer denselben ernsten Gesichtsausdruck. Konzentriert machte er sich daran, ein paar Kerzen anzuzünden. Anschließend legte er Musik auf, Klaviersonaten von Bach. Er räumte alle Papiere vom Sofa und stapelte sie auf dem Schreibtisch.

»Ist das deine Doktorarbeit?«, fragte sie und deutete auf seine Unterlagen.

»Nein.« Fred schüttelte den Kopf. »Ich schreibe bloß etwas. Eine Art … Buch.« Er schien nicht recht zu wissen, wie er sich ausdrücken sollte. »Möchtest du dich nicht setzen?«

Er deutete aufs Sofa. Mariana nahm Platz. Sie spürte eine kaputte Feder unter sich und rückte ein kleines Stück zur Seite.

Fred holte die Flasche Burgunder und präsentierte sie Mariana stolz. Ein älterer Jahrgang. »Nicht schlecht, hm? Zum Glück hat man mich nicht erwischt, als ich sie stibitzt habe – sonst wäre ich jetzt wahrscheinlich einen Kopf kürzer!«

Er kämpfte mit dem Korkenzieher. Für eine Sekunde glaubte Mariana, er würde die Flasche fallen lassen, doch dann glitt der Korken mit einem lauten Plopp heraus, und Fred schenkte den dunkelroten Wein in zwei angeschlagene, nicht zusammenpassende Weingläser. Er reichte Mariana das weniger kaputte Glas.

»Danke.«

Er prostete ihr zu. »Zum Wohl.«

Mariana nahm einen kleinen Schluck Wein. Er war exzellent. Fred kam offenbar zu demselben Schluss. Er seufzte glücklich, die Lippen leicht rötlich verfärbt.

»Wundervoll«, befand er.

Sie schwiegen für einen Moment. Mariana lauschte der Musik, verlor sich in Bachs steigenden und fallenden Tonfolgen, so elegant, so mathematisch im Aufbau – was vermutlich der Grund dafür war, dass sie Freds Mathematikergehirn ansprachen.

Sie beäugte den Papierstapel auf dem Schreibtisch. »Dieses Buch, das du schreibst … wovon handelt es?«

»Willst du die Wahrheit wissen?« Fred legte den Kopf schief. »Ich habe keine Ahnung.«

Mariana lachte. »Du musst doch wissen, worüber du schreibst!«

»Tja …« Fred schaute zur Seite. »Ich nehme an, es geht in gewisser Hinsicht … um meine Mutter.«

Er warf ihr einen schüchternen Blick zu, als fürchte er, sie würde anfangen zu lachen.

Aber Mariana fand das gar nicht komisch. Sie sah ihn neugierig an. »Um deine Mutter?«

Fred nickte. »Ja. Sie hat mich verlassen, als ich noch ein Junge war. Sie ist … gestorben.«

»Das tut mir leid«, sagte Mariana. »Meine Mutter ist ebenfalls früh gestorben.«

»Ach?« Freds Augen weiteten sich. »Das wusste ich nicht. Dann sind wir beide Waisen.«

»Ich war keine Waise. Ich hatte meinen Vater.«

»Ja.« Fred nickte und fügte mit leiser Stimme hinzu: »Ich auch.«

Er griff nach der Flasche und schenkte Mariana nach. »Danke, das ist genug«, sagte sie, doch er ignorierte ihre Worte und füllte das Glas bis zum Rand. Es machte ihr nichts aus. Zum ersten Mal seit Tagen entspannte sie sich – und dafür war sie ihm dankbar.

Fred füllte sein Glas ebenfalls nach. »Der Tod meiner Mutter hat mich zur theoretischen Mathematik geführt – und in Paralleluniversen. Darum geht es in meiner Dissertation.«

»Ich bin mir nicht sicher, ob ich das verstehe.«

»Ich mir auch nicht. Aber wenn es andere Universen gibt, die mit unserem identisch sind, bedeutet das, dass irgendwo ein Universum existiert, in dem meine Mutter nicht gestorben ist.« Er zuckte die Achseln. »Also habe ich mich auf die Suche nach ihr begeben.«

Ein trauriger, abwesender Ausdruck trat in seine Augen. Er wirkte wie ein verlorener kleiner Junge. Mariana verspürte Mitleid mit ihm.

»Und hast du sie gefunden?«, fragte sie.

Er zuckte die Achseln. »Auf eine gewisse Weise, ja … Ich habe entdeckt, dass Zeit nicht existiert – nicht wirklich –, also ist sie nirgendwohin gegangen. Sie ist direkt hier.«

Während Mariana noch versuchte, das zu verdauen, stellte Fred sein Weinglas auf den Couchtisch, nahm die Brille ab und sah ihr in die Augen.

»Mariana …«

»Bitte nicht.«

»Was? Du weißt doch gar nicht, was ich sagen will.«

»Du willst mir eine Liebeserklärung machen – und ich will sie nicht hören.«

»Eine Liebeserklärung? Nein. Ich will dir bloß eine Frage stellen. Gestehst du mir eine Frage zu?«

»Kommt darauf an.«

»Ich liebe dich.«

Mariana runzelte die Stirn. »Das ist keine Frage.«

»Willst du mich heiraten? Das ist die Frage.«

»Fred, halt bitte die Klappe …«

»Ich liebe dich, Mariana. Ich habe mich auf den ersten Blick in dich verliebt, als ich dich im Zug sitzen sah. Ich möchte mit dir zusammen sein. Ich möchte für dich da sein, dich umsorgen …«

Er hatte genau das Falsche gesagt. Mariana spürte, wie ihr warm wurde; ihre Wangen brannten vor Ärger. »Nun, ich will aber nicht *umsorgt* werden. Ich bin keine Jungfrau in Nöten, kein … *junges Mädchen,* das darauf wartet, gerettet zu werden. Ich brauche keinen Ritter in schimmernder Rüstung! Ich will … ich will …«

»Was? Was willst du?«

»Ich will *in Ruhe gelassen werden.*«

»Nein.« Fred schüttelte den Kopf. »Das glaube ich nicht.« Dann ergänzte er eilig: »Denk an meine Prophezeiung: Eines Tages werde ich dich bitten, mich zu heiraten, und du wirst Ja sagen.«

Mariana musste lachen. »Tut mir leid, Fred. Nicht in diesem Universum.«

»Hm. In einem anderen Universum küssen wir uns bereits.«

Bevor sie einen Einwand erheben konnte, beugte Fred sich vor und drückte seine Lippen auf ihre. Sie spürte die Sanftheit seines Kusses, die Wärme, die Zärtlichkeit. Beunruhigend und entwaffnend zugleich.

Es war so schnell vorbei, wie es begonnen hatte. Er zog sich zurück; seine Augen suchten die ihren. »Entschuldige. Ich … ich konnte nicht anders.«

Mariana schüttelte den Kopf, ohne etwas zu erwidern. Sie fühlte sich auf eine Art und Weise betroffen, die sie nicht erklären konnte.

»Ich möchte dich nicht verletzen, Fred.«

»Das macht mir nichts aus. Es ist okay, wenn du mich verletzt. Denk dran: *Doch besser, ich habe geliebt und verlorn / Als wäre die Liebe für immer versiegt.*«

Fred lachte. Dann bemerkte er Marianas fassungslosen Gesichtsausdruck und fragte besorgt: »Was ist? Habe ich was Falsches gesagt?«

»Nichts.« Mariana sah auf die Uhr. »Es ist schon spät. Ich sollte besser gehen.«

»Jetzt schon?« Fred wirkte gequält, doch er riss sich zusammen und fügte hinzu: »Gut. Dann bringe ich dich nach unten.«

»Du musst mich nicht begleiten …«

»Ich möchte es aber.«

Mariana meinte, eine leichte Veränderung in seinem Verhalten zu bemerken. Er wirkte entschlossener. Ein Teil seiner Wärme schien verpufft. Ohne sie anzusehen, stand er auf.

»Gehen wir«, sagte er.

17

Schweigend gingen Fred und Mariana die Treppe hinunter. Bis sie auf der Straße standen, wechselten sie kein Wort. Dann wünschte ihm Mariana eine gute Nacht.

Fred machte keinerlei Anstalten, umzukehren. »Ich mache noch einen Spaziergang.«

»Jetzt?«

»Ich gehe oft am Abend spazieren. Ist das ein Problem?«

Seine Stimme klang widerborstig, feindselig. Sie spürte, dass er sich zurückgewiesen fühlte. Und sie spürte, dass sie sauer auf ihn war. Das mochte vielleicht unfair sein, aber so war es nun einmal. Seine verletzten Gefühle gingen sie nichts an. Es gab Wichtigeres, worum sie sich Sorgen machen musste.

»Okay«, sagte sie. »Mach's gut.«

Fred rührte sich noch immer nicht vom Fleck. Er ließ sie nicht aus den Augen. Plötzlich sagte er: »Warte.« Er griff in seine Hosentasche und zog ein paar zusammengefaltete Blätter heraus. »Die hier wollte ich dir später geben – bitte, nimm sie jetzt.«

Er streckte sie ihr entgegen. Mariana ergriff sie nicht.

»Was ist das?«

»Ein Brief. Er ist für dich – er drückt meine Gefühle besser aus, als ich es mündlich tun kann. Lies ihn. Dann wirst du verstehen.«

»Ich möchte den Brief nicht.«

Er hielt ihr die Blätter erneut hin. »Bitte, Mariana. Nimm ihn.«

»Nein. Stopp. Ich lasse mich nicht nötigen.«

»Mariana …«

Aber sie drehte sich um und ließ ihn stehen. Als sie die Straße entlangging, war sie zunächst noch wütend, anschließend verspürte sie einen überraschenden Anflug von Traurigkeit, dann Bedauern. Nicht, weil sie ihn verletzt, sondern weil sie ihn zurückgewiesen hatte, weil sie die Tür zugeschlagen hatte zu der Geschichte, die vielleicht hätte erzählt werden können.

War das möglich? Konnte Mariana ihn jemals lieben lernen, diesen ernsten jungen Mann? Konnte sie ihn nachts umarmen und ihm ihre Geschichten anvertrauen? Schon als sie darüber nachdachte, wusste sie, dass es unmöglich war.

Wie auch?

Sie hatte so viel zu erzählen. Aber das war allein für Sebastians Ohren bestimmt.

* * *

Als Mariana St. Christopher erreicht hatte, ging sie nicht sofort in ihr Zimmer. Stattdessen bummelte sie über den Main Court – und in das Gebäude, in dem die Buttery untergebracht war.

Sie schlenderte durch die Eingangshalle und betrat den mit Eichenpaneelen vertäfelten Korridor, wo sie vor dem Gemälde stehen blieb.

Dem Porträt von Tennyson.

Das Bild war ihr im Kopf geblieben – immer wieder hatte sie daran gedacht, ohne genau zu wissen, warum. Trauriger, schöner Tennyson.

Nein, nicht traurig, das war nicht das richtige Wort, um den Ausdruck in seinen Augen zu beschreiben. Aber was war es dann?

Sie musterte prüfend sein Gesicht, versuchte zu lesen, was darin stand. Wieder hatte sie das merkwürdige Gefühl, er würde an ihr vorbeischauen, genau über ihre Schulter, als betrachtete er etwas … etwas, das gerade außerhalb des Blickfelds lag.

Doch was?

Und dann verstand Mariana plötzlich. Sie verstand, wonach er suchte, oder vielmehr: *wen.*

Es war Hallam.

Tennyson sah Hallam an – Hallam, der gleich jenseits des Lichts stand, hinter dem Schleier. Jetzt verstand sie den Ausdruck in seinen

Augen. Es waren die Augen eines Mannes, der mit den Toten kommunizierte.

Tennyson war verloren, er liebte einen Geist. Er hatte dem Leben den Rücken gekehrt. Und Mariana?

Einst dachte sie, auch sie hätte das getan.

Und jetzt?

Jetzt war sie sich da nicht mehr so sicher.

Nachdenklich blieb Mariana noch einen Moment vor dem Gemälde stehen. Dann riss sie sich davon los und wollte gerade gehen, als sie Schritte hörte. Sie zögerte.

Die hart besohlten Schuhe eines Mannes schlurften langsam über den Steinfußboden des langen, düsteren Durchgangs, der von dem kleinen Tor auf der Rückseite des College-Gebäudes zur Buttery führte.

Die Schritte kamen näher.

Zunächst konnte Mariana niemanden erkennen. Doch dann nahm sie eine Bewegung wahr. Ein Messer blitzte im schwachen Licht des Korridors auf.

Wie erstarrt stand sie da, wagte es kaum zu atmen. Und dann … löste sich Henry aus der Dunkelheit.

Er starrte sie an.

In seinen Augen lag ein entsetzlicher Ausdruck, leicht manisch, als wäre er nicht ganz bei Sinnen. Er schien in einen Kampf verwickelt gewesen zu sein, seine Nase blutete. Auch sein Gesicht war blutverschmiert, Blut tropfte auf sein Hemd. Er hielt das Messer in der Hand, mit einer etwa zwanzig Zentimeter langen Klinge.

Mariana bemühte sich, ruhig zu bleiben. Furchtlos. Dennoch zitterte ihre Stimme leicht, als sie ihn ansprach.

»Henry? Bitte nehmen Sie das Messer herunter.«

Er reagierte nicht. Stierte sie nur an. Seine Augen waren riesig, wie Scheinwerfer, und er stand definitiv unter Drogeneinfluss.

»Was machen Sie hier?«, fragte sie.

Henry schwieg. Nach einer Weile antwortete er: »Ich musste Sie sehen. Sie wollten mich nicht in London treffen, also musste ich hierherkommen.«

»Wie haben Sie mich gefunden?«

»Ich habe Sie im Fernsehen gesehen. Sie standen mit der Polizei zusammen.«

»Ich kann mich gar nicht erinnern, gefilmt worden zu sein«, erwiderte Mariana vorsichtig. »Ich habe mein Bestes gegeben, der Kamera aus dem Weg zu gehen.«

»Denken Sie, ich lüge? Dass ich Sie gestalkt habe?«

»Henry, Sie sind in mein Zimmer eingebrochen, habe ich recht?«

»Sie haben mich im Stich gelassen, Mariana.« Ein hysterischer Ton schlich sich in seine Stimme. Sie ... Sie haben mich *geopfert* ...«

»Wie bitte?« Mariana war fassungslos. »Warum benutzen Sie dieses Wort?«

»Es ist also wahr.«

Er hob das Messer und machte einen Schritt auf sie zu, doch Mariana wich nicht zurück.

»Lassen Sie das Messer sinken, Henry.«

Er machte einen weiteren Schritt. »Ich kann so nicht weitermachen. Ich muss mich befreien. Mit dem Messer. Ich muss mich befreien ...«

»Henry, bitte hören Sie auf!«

Er hielt das Messer in die Höhe, als wolle er jeden Augenblick zustoßen. Marianas Herz raste.

»Ich werde mich jetzt umbringen, hier, vor Ihnen«, stieß er hervor. »Und Sie werden mir dabei zusehen.«

»Henry!«

Er nahm das Messer hinter den Kopf, dann ...

»He!«

Henry hörte die Stimme hinter ihm und wirbelte herum. Morris stürmte durch den Korridor und warf sich auf Henry. Die beiden Männer rangen um das Messer. Morris überwältigte Henry mühelos und schleuderte ihn zur Seite, als wäre er eine Strohpuppe. Henry sackte zu Boden.

»Lassen Sie ihn«, bat Mariana den Porter. »Tun Sie ihm nichts.«

Sie rannte zu Henry, um ihm aufzuhelfen, aber er stieß ihre Hand weg.

»Ich hasse Sie!«, schrie er. Er klang wie ein kleiner Junge. Seine geröteten Augen füllten sich mit Tränen.

Morris rief die Polizei, und Henry wurde verhaftet, aber Mariana bestand darauf, dass er eine psychiatrische Behandlung benötigte. Er wurde in eine Klinik eingewiesen und auf die geschlossene Abteilung verlegt, wo man ihm antipsychotische Medikamente verabreichte. Mariana vereinbarte ein Gespräch mit dem behandelnden Psychiater für den nächsten Morgen.

Sie gab sich selbst die Schuld an dem, was passiert war.

Henry hatte recht: Sie hatte ihn geopfert – ihn und die anderen verletzlichen Menschen, die sich in ihre Obhut begeben hatten. Wäre sie da gewesen, als Henry sie brauchte, wäre es vielleicht nicht so weit gekommen. Das war die Wahrheit.

Und jetzt musste Mariana dafür sorgen, dass dieses gewaltige Opfer nicht umsonst gewesen war. Was immer sie dafür zu tun hatte.

18

Es war fast ein Uhr morgens, als Mariana in ihr Zimmer zurückkehrte. Sie war erschöpft, aber viel zu wach, um schlafen zu können, zu verunsichert, zu aufgewühlt.

Der Raum war kalt, also stellte sie die alte Elektroheizung an der Wand an. Offenbar war sie seit dem vergangenen Winter nicht mehr benutzt worden, denn als sie warm wurde, roch es nach verbranntem Staub. Mariana setzte sich auf den harten Holzstuhl mit der hohen Lehne und starrte auf den Heizstab, der rot in der Dunkelheit glühte, spürte die Hitze, die er verströmte, lauschte dem leisen Summen. Sie dachte nach. Über Edward Fosca.

Er war so arrogant, so selbstsicher. *Er meint, er kommt damit durch,* dachte sie. *Er glaubt, er hat gewonnen.*

Aber das hatte er nicht. Noch nicht. Mariana war fest entschlossen, ihn zu überlisten. Sie *musste* ihn überlisten, und wenn sie dafür die ganze Nacht lang hier sitzen und sich den Kopf zerbrechen würde, wie ihr das gelingen konnte.

Stundenlang kauerte sie auf dem Stuhl, in einer Art Trance, und dachte und dachte, ging alles noch einmal durch, was seit Zoes Anruf an jenem Donnerstagabend passiert war. Sie dachte über jedes einzelne Detail nach, über all die verschiedenen Ereignisstränge, betrachtete sie aus jedem Winkel und versuchte, einen Sinn darin zu erkennen – versuchte, klar zu sehen.

Sie war sich sicher, dass die Antwort direkt vor ihren Augen lag. Trotzdem bekam sie sie nicht zu fassen – fast war es, als würde sie versuchen, im Dunkeln ein Puzzle zusammenzusetzen.

Fred würde behaupten, dass Mariana in einem anderen Universum die Antwort längst gefunden hätte. In einem anderen Universum wäre sie klüger gewesen.

Doch leider nicht in diesem.

Sie saß dort, bis ihr Kopf schmerzte. Dann, bei Anbruch der Morgendämmerung, gab sie auf, erschöpft und deprimiert. Sie kroch ins Bett und fiel beinahe sofort in einen tiefen Schlaf.

Während Mariana schlief, hatte sie einen Albtraum. Sie träumte, dass sie Sebastian suchte, in menschenleeren Landschaften, bei Wind und Schnee. Schließlich fand sie ihn in der schäbigen Hotelbar eines abgelegenen Hotels in den Alpen, während eines Schneesturms. Sie begrüßte ihn überglücklich – doch zu ihrem Entsetzen erkannte Sebastian sie nicht. Er meinte, sie habe sich verändert, sei eine andere Person. Mariana schwor ihm immer wieder, dass sie noch dieselbe sei: *Ich bin's, ich bin's!,* rief sie flehentlich. Doch als sie versuchte, ihn zu küssen, entzog er sich ihr und marschierte hinaus in den Schneesturm. Mariana brach zusammen, weinend, untröstlich – und Zoe erschien, eingewickelt in eine blaue Decke. Mariana gestand ihr, wie sehr sie Sebastian liebte – mehr als alles andere auf der Welt. Mehr als ihr eigenes Leben. Zoe schüttelte den Kopf und behauptete, die Liebe bringe doch nur Leid, Mariana solle endlich aufwachen. »Wach auf, Mariana.«

»Was?«

»Wach auf … wach auf!«

Schweißgebadet und mit rasendem Herzen schreckte Mariana aus dem Schlaf.

Jemand hämmerte an ihre Zimmertür.

19

Erschrocken setzte Mariana sich im Bett auf. Das Hämmern gegen ihre Zimmertür ging weiter.

»Moment!«, rief sie, »ich komme.«

Wie viel Uhr war es? Helligkeit drang an den Rändern der Vorhänge ins Zimmer. Acht? Neun?

»Wer ist dort?«

Keine Antwort. Das Hämmern wurde lauter – genau wie das Hämmern in ihrem Kopf. Sie hatte grauenhafte Kopfschmerzen; anscheinend hatte sie mehr getrunken als angenommen.

»Eine Sekunde!«

Mariana stieg aus dem Bett. Benommen schleppte sie sich zur Tür, schloss auf und öffnete.

Vor ihr stand Elsie, die Hand erhoben, um erneut zu klopfen. Sie lächelte breit.

»Guten Morgen, meine Gute.«

Sie hatte sich einen Staubwedel unter den Arm geklemmt und hielt einen Eimer mit Putzmitteln in der Hand. Ihre aufgemalten Augenbrauen bildeten einen steilen Winkel, was sie ziemlich beängstigend aussehen ließ. Sie hatte ein aufgeregtes Glitzern in den Augen, das Mariana unheimlich vorkam, wie das Funkeln in den Augen eines Raubtiers.

»Wie viel Uhr ist es, Elsie?«

»Kurz nach elf, meine Gute. Ich habe Sie doch nicht etwa geweckt?«

Sie reckte den Kopf an Mariana vorbei ins Zimmer und betrachtete das ungemachte Bett. Mariana roch Zigarettenrauch, und war das Alkohol in Elsies Atem? Oder war es ihr eigener Atem, der danach roch?

»Ich habe nicht gut geschlafen«, sagte Mariana. »Ich hatte einen Albtraum.«

»Oje.« Elsie nickte mitfühlend. »Das überrascht mich nicht, bei allem, was hier vorgeht. Ich fürchte, ich überbringe weitere schlechte Nachrichten, meine Gute. Doch ich finde, Sie sollten es wissen.«

»Was sollte ich wissen?« Mariana starrte sie mit weit aufgerissenen Augen an. Plötzlich war sie hellwach und voller Furcht. »Was ist passiert?«

»Ich erzähle es Ihnen ja, wenn Sie mir die Gelegenheit dazu geben. Möchten Sie Elsie nicht hereinbitten?«

Mariana machte einen Schritt zurück, und Elsie betrat das Zimmer. Lächelnd stellte sie den Eimer ab. »So ist es besser. Machen Sie sich auf etwas gefasst, meine Gute.«

»Worauf? Worum geht es denn eigentlich, Elsie?«

»Man hat eine weitere Leiche entdeckt.«

»Was? Wann?«

»Heute Morgen – am Fluss. Wieder ein Mädchen.«

Mariana brauchte eine Sekunde, um ihre Stimme zu finden.

»Zoe … Wo ist Zoe?«

Elsie schüttelte den Kopf. »Keine Sorge, Zoe ist in Sicherheit. Wie ich sie kenne, faulenzt sie wahrscheinlich noch in ihrem Bett.« Sie zwinkerte Mariana zu. »Offenbar liegt das in der Familie.«

»Um Himmels willen, Elsie, nun reden Sie schon! Wer ist das tote Mädchen?«

Elsie verzog die Lippen. Nun sah sie wirklich gruselig aus. »Es ist die kleine Serena.«

»O Gott.« Marianas Augen füllten sich mit Tränen. Sie unterdrückte ein Schluchzen.

»Das arme Ding.« Elsie seufzte bekümmert. »Ja, ja, die Wege des Herrn sind unergründlich … Jetzt muss ich aber weitermachen – wer rastet, der rostet.«

Sie wandte sich zum Gehen, hielt jedoch noch einmal inne. »Du meine Güte, beinahe hätte ich es vergessen … Das hat jemand unter Ihre Tür geschoben, meine Gute.«

Elsie griff in den Putzeimer und zog etwas heraus. Sie reichte es Mariana.

»Hier …«

Es war eine Postkarte.

Mariana kannte das Foto darauf – es zeigte eine schwarz-weiße antike griechische Vase, Tausende von Jahren alt, auf der das Opfer der Iphigenie durch ihren Vater Agamemnon abgebildet war.

Mit zitternder Hand drehte sie sie um. Und dort, auf der Rückseite, fand sie wie erwartet das handgeschriebene Zitat in altgriechischer Schrift:

τοιγάρ σέ ποτ᾽ οὐρανίδαι
πέμψουσιν θανάτοις: ἦ σὰν
ἔτ᾽ ἔτι φόνιον ὑπὸ δέραν
ὄψομαι αἷμα χυθὲν σιδάρῳ.

Ein seltsames Gefühl des Schwindels, der Benommenheit, stieg in Mariana auf, als sie die Postkarte in ihren Händen betrachtete. Es war, als würde sie aus großer Höhe darauf hinabblicken und liefe Gefahr, die Balance zu verlieren und hinabzustürzen … in einen tiefen, finsteren Abgrund.

20

Einen Moment lang stand Mariana da wie angewurzelt. Sie bekam kaum mit, wie Elsie den Raum verließ.

Ihre Augen waren noch immer auf die Postkarte in ihren Händen geheftet. Sie konnte den Blick einfach nicht losreißen, starrte wie paralysiert auf die altgriechischen Buchstaben, die in ihrem Kopf Feuer zu fangen schienen und sich tief in ihr Gehirn einbrannten.

Nur mit Mühe gelang es ihr, die Karte umzudrehen und so den Zauber zu brechen. Sie musste klar denken – musste zu einem Schluss kommen, was zu tun war.

Natürlich würde sie sich an die Polizei wenden. Selbst wenn man sie für verrückt hielte – was man vermutlich längst tat –, durfte sie die Postkarten nicht länger behalten. Sie musste Inspector Sangha davon in Kenntnis setzen.

Sie musste ihn aufsuchen.

Mariana schob die Postkarte in ihre Handtasche, dann machte sie sich eilig frisch und zog sich an.

Kurz darauf trat sie hinaus in den wolkenverhangenen Vormittag. Die Morgensonne musste erst noch durch die dichten Wolken dringen, stellenweise schwebte ein feiner Nebelteppich wie Rauch über dem Boden. Auf der anderen Seite des Hofes konnte Mariana im Zwielicht eine Gestalt ausmachen.

Edward Fosca.

Was machte er dort? Wollte er sehen, wie Mariana auf die Postkarte reagierte? Ihre Qual genießen? Sie konnte seinen Gesichtsausdruck nicht erkennen, doch sie war sich sicher, dass er grinste.

Mariana war plötzlich außer sich.

Es war untypisch für sie, die Beherrschung zu verlieren – aber sie hatte kaum geschlafen, und weil sie so aufgeregt und verängstigt war und so wütend, ließ sie es zu. Nicht aus Mut, sondern vielmehr aus

Verzweiflung. Ein gewaltiger Ausbruch geballten Leids – gegen Edward Fosca gerichtet.

Noch bevor sie wusste, was sie tat, marschierte sie auch schon quer über den Hof auf ihn zu. Zuckte er leicht zurück? Möglich. Doch er hielt die Stellung, auch als sie sich vor ihm aufbaute, nur wenige Zentimeter von ihm entfernt, die Wangen gerötet, die Augen blitzend, schwer atmend.

Sie sagte nichts. Starrte ihn mit zunehmendem Zorn einfach nur an.

Er lächelte ein wenig unsicher. »Guten Morgen, Mariana.«

Mariana hielt die Postkarte in die Höhe. »Was hat das zu bedeuten?«

»Hm?«

Fosca nahm die Karte. Warf einen Blick auf das handgeschriebene Zitat auf der Rückseite. Murmelte auf Griechisch vor sich hin, während er las.

»Was hat das zu bedeuten?«, wiederholte sie.

»Das ist aus *Elektra,* von Euripides.«

»Sagen Sie mir, was da steht«, verlangte sie.

Fosca sah Mariana in die Augen. »Da steht: ›Dafür werden die Himmlischen dich / In den Tod noch senden. Wahrlich, / Ich werde noch sehen, wie deinem Nacken / Blut entströmt, vom Schwert getroffen.‹«

Als Mariana das hörte, brach sich ihr brodelnder Zorn endgültig Bahn. Ihre Hände ballten sich zu Fäusten. Mit aller Kraft boxte sie ihm ins Gesicht.

Fosca taumelte nach hinten. »Herrgott …«

Noch bevor er nach Luft schnappen konnte, schlug Mariana ein weiteres Mal zu. Und noch einmal.

Er hob schützend die Hände, aber sie prügelte mit den Fäusten auf ihn ein und schrie: »Sie Bastard – Sie kranker Bastard …«

»Mariana – hören Sie auf! Aufhören!«

Doch Mariana konnte nicht aufhören, wollte nicht aufhören … Sie spürte zwei Hände, die sie von hinten bei den Schultern packten und zurückzogen.

Ein Officer hielt sie fest, drückte gewaltsam ihre Arme hinab.

Eine Schar Schaulustiger kam zusammen. Julian stand dort und starrte Mariana ungläubig an.

Ein weiterer Officer ging zu Fosca, um ihm behilflich zu sein, doch der Professor scheuchte ihn ärgerlich weg. Seine Nase blutete – sein frisches, weißes Hemd war rot gefleckt. Er wirkte bestürzt und verlegen. Es war das erste Mal, dass Mariana ihn die Fassung verlieren sah, was sie ein klein wenig befriedigte.

Chief Inspector Sangha erschien. Er musterte Mariana sprachlos – als würde er eine Irre betrachten. Dann fand er seine Stimme wieder.

»Was zum Teufel ist hier los?«

21

Eine halbe Stunde später saß Mariana im Büro des Dekans, wo man sie darum bat, ihr Handeln zu erklären. Sie hatte es gerade noch geschafft, ihren Telefontermin mit Henrys Psychiater wahrzunehmen und sich zu vergewissern, dass es ihm den Umständen entsprechend gut ging. Jetzt blickte sie Chief Inspector Sangha, Julian und den Dekan an, die ihr gegenüber Platz genommen hatten – und Edward Fosca.

Es war schwer, die richtigen Worte zu finden. Je mehr sie sagte, desto mehr spürte sie, dass die anderen ihr nicht glaubten. Als sie ihre Geschichte erzählte, alles laut aussprach, wurde ihr bewusst, wie unglaubwürdig sie in der Tat klingen musste.

Edward Fosca hatte sich wieder gefangen – er lächelte die ganze Zeit über, als würde sie einen langen Witz erzählen und er auf die Pointe warten.

Mariana hatte sich ebenfalls gefasst und gab sich alle Mühe, ruhig zu bleiben. Sie präsentierte ihre Erzählung, so einfach und klar sie konnte, mit so wenigen Emotionen wie möglich. Schritt für Schritt erklärte sie, wie sie zu der unglaublichen Schlussfolgerung gekommen war, dass der Professor drei seiner Studentinnen ermordet hatte.

Die Mädchen hätten sie misstrauisch gemacht, sagte sie. Eine Gruppe junger Lieblingsstudentinnen. Niemand wusste, was bei diesen Treffen vor sich ging. Als Gruppentherapeutin und nicht zuletzt als Frau konnte sie kaum umhin, sich Gedanken zu machen. Professor Fosca übe eine seltsame, guruähnliche Kontrolle über seine Studentinnen aus, was sie aus erster Hand mitbekommen habe – selbst ihre eigene Nichte habe gezögert, Fosca und die Gruppe zu verraten.

»Das ist ein typisches, ungesundes Gruppenverhalten – das Verlangen, sich anzupassen und zu unterwerfen. Das Äußern von Meinungen, die im Widerspruch zu denen der Gruppe oder des Gruppenanführers stehen – wenn sie denn überhaupt geäußert werden können –, ruft große Ängste hervor. Das habe ich gespürt, als Zoe über den Professor gesprochen hat. Irgendetwas stimmte nicht. Ich merkte, dass sie Furcht vor ihm empfand.«

Kleine Gruppen wie diese, wie die Mädchen, erklärte Mariana, seien besonders empfänglich für unbewusste Manipulation oder Missbrauch. Unbewusst könnten die Mädchen dem Gruppenanführer genauso begegnen, wie sie früher ihrem Vater begegnet waren – abhängig und bereit, sich ihm zu unterwerfen. »Wenn man eine labile junge Frau ist«, fuhr sie fort, »die die eigene Kindheit und das Leid, das sie ertragen musste, nicht wahrhaben will, wird man sich möglicherweise mit einem weiteren Missbrauchstäter zusammentun und sich vormachen, dass sein Verhalten absolut normal ist. Wenn man dagegen die Augen öffnen und ihn verurteilen würde, müsste man auch andere Personen in seinem Leben verurteilen. Ich weiß nicht, wie die Kindheit dieser Mädchen aussah. Es ist leicht, Tara als privilegierte junge Frau ohne Probleme darzustellen, doch für mich sind ihr Alkohol- und Drogenkonsum ein Hinweis auf große Probleme – und auf eine große Verletzbarkeit. Die schöne, abgestürzte Tara, sie war seine Lieblingsstudentin.«

Während sie sprach, hielt sie Augenkontakt mit Fosca. Sie war sich des anschwellenden Ärgers in ihrer Stimme bewusst und tat ihr Bestes, um ihn unter Kontrolle zu halten. Fosca sah sie kühl an, das andauernde Lächeln auf den Lippen. Bemüht gelassen fuhr sie fort.

»Mir ist klar geworden, dass ich die Morde von der falschen Seite her betrachtete. Es handelte sich nicht um das Werk eines Wahnsinnigen, eines psychopathischen Killers, getrieben von unkontrollierbarem Zorn – so sollte es bloß aussehen. Diese Mädchen wurden auf methodische, rationale Art und Weise getötet. Das einzige wirkliche Opfer war Tara.«

»Und wie kommen Sie zu der Annahme?«, meldete sich Edward Fosca das erste Mal zu Wort.

Mariana sah ihm in die Augen. »Weil Tara Ihre Geliebte war.

Doch dann ist irgendetwas vorgefallen … Hat sie Sie dabei erwischt, wie Sie mit den anderen Mädchen geschlafen haben? Hat Sie gedroht, Sie bloßzustellen? Und dann? Was wäre dann passiert? Sie hätten Ihren Job verloren und damit den Zutritt zu der elitären akademischen Welt, die Sie so sehr lieben; Sie hätten Ihre Reputation verloren. Das konnten Sie nicht zulassen. Sie haben Tara gedroht, sie umzubringen. Und dann haben Sie Ihre Drohung wahr gemacht. Unglücklicherweise hat sich Tara zuvor Zoe anvertraut … und Zoe sich mir.«

Fosca fixierte sie mit seinen dunklen Augen, die im Licht glitzerten wie schwarzes Eis. »Das ist Ihre Theorie?«

»Ja.« Mariana hielt seinem Blick stand. »Das ist meine Theorie. Veronica und Serena haben Ihnen ein Alibi gegeben – offenbar standen sie unter Ihrem Einfluss. Haben die Mädchen ihre Meinung geändert, haben sie Ihnen ebenfalls gedroht? Oder wollten Sie einfach nur sichergehen, dass dies niemals geschehen würde?«

Niemand sagte etwas. Im Raum herrschte absolute Stille.

Der Chief Inspector goss sich wortlos einen Tee ein. Der Dekan starrte Mariana verblüfft an, offenbar traute er seinen Ohren nicht. Julian wollte ihr nicht in die Augen sehen; er tat so, als würde er seine Notizen durchgehen.

Edward Fosca durchbrach als Erster das Schweigen. Er wandte sich an Chief Inspector Sangha.

»Selbstverständlich weise ich diese Vorwürfe zurück. Ausnahmslos. Ich beantworte Ihnen gern sämtliche Fragen, die Sie mir vermutlich stellen möchten. Doch vorweg, Inspector: Brauche ich einen Anwalt?«

Der Inspector hob abwehrend die Hand. »Ich glaube, so weit sind wir noch nicht, Professor. Wenn Sie sich bitte einen Augenblick gedulden würden.« Sangha richtete die Augen auf Mariana. »Haben Sie irgendwelche Beweise für diese Anschuldigungen?«

Mariana schüttelte den Kopf. Dann hielt sie abrupt inne und nickte. »Doch – die Postkarten.«

»Ah. Die berühmten Postkarten.« Sangha blickte auf die Karten, die vor ihm auf dem Schreibtisch lagen. Er schob sie langsam zusammen.

»Wenn ich Sie richtig verstehe«, sagte er, »dann glauben Sie, dass diese Postkarten den Opfern vor dem Mord zugestellt wurden? Ähnlich wie eine Visitenkarte, mit der der Mörder seine Absicht ankündigt?«

»Ja, das tue ich.«

»Und jetzt haben Sie ebenfalls eine erhalten und befürchten, dass Sie selbst in Gefahr schweben? Warum sollte er Sie als Opfer ausgewählt haben?«

Mariana zuckte die Achseln. »Ich glaube, ich bin für ihn zu einer Bedrohung geworden. Bin ihm zu nahe gekommen. Habe mir Zutritt zu seinem Kopf verschafft.«

Sie sah Fosca nicht an, da sie fürchtete, erneut die Fassung zu verlieren.

»Wissen Sie, Mariana«, hörte sie ihn sagen. »Jeder kann aus einem Buch abschreiben. Dazu benötigt man keinen Harvard-Abschluss.«

»Dessen bin ich mir bewusst, Professor. Doch als ich in Ihrem Wohnzimmer war, habe ich genau die zitierte Stelle in Ihrer zweisprachigen Euripides-Ausgabe entdeckt – unterstrichen. Ist das wirklich bloß Zufall?«

Fosca lachte. »Wir können gern in mein Zimmer gehen und meine Bücher durchsehen. Sie werden feststellen, dass ich praktisch *alles* unterstreiche.« Bevor sie etwas dagegenhalten konnte, fuhr er fort: »Glauben Sie wirklich, ich hätte den Mädchen Postkarten mit Zitaten aus griechischen Tragödien geschickt und sie anschließend umgebracht, wenn ebendieses Thema auf meinem Lehrplan steht? Halten Sie mich tatsächlich für so dumm?«

Mariana schüttelte den Kopf. »Es ist nicht dumm, da Sie davon ausgingen, dass diese Nachrichten von der Polizei nicht verstanden, ja vielleicht nicht einmal bemerkt wurden. Es war Ihr ganz privater Scherz, auf Kosten der Mädchen. Das hat mich davon überzeugt, dass Sie es waren. Psychologisch betrachtet ist es genau das, was Sie tun *würden*.«

Inspector Sangha ergriff das Wort, noch ehe Fosca etwas erwidern konnte. »Professor Fosca hat Glück, er wurde im College gesehen, genau zu der Zeit, in der Serena ermordet wurde – gegen Mitternacht.«

»Wer hat ihn gesehen?«

Der Inspector wollte sich Tee nachschenken, doch er musste feststellen, dass die Thermoskanne leer war. Er seufzte, dann wandte er sich Mariana zu. »Morris. Der Haupt-Porter. Er hat den Professor draußen vor seinen Räumlichkeiten angetroffen, wo er eine Zigarette rauchte. Sie haben sich mehrere Minuten unterhalten.«

»Er lügt.«

»Mariana ...«

»Sie hören mir jetzt zu!«

Bevor Sangha sie aufhalten konnte, teilte Mariana ihm mit, dass sie den Verdacht hegte, Morris würde Fosca erpressen. Sie sei ihm gefolgt und habe ihn und Serena zusammen gesehen.

Der Chief Inspector starrte sie perplex an.

»Sie haben die beiden gesehen? Auf dem *Friedhof?* Ich denke, Sie sollten mir jetzt besser erzählen, was genau Sie dort zu suchen hatten.«

Und das tat sie, detailgenau, doch zu ihrem Unmut schien sich der Inspector in zunehmendem Maße für Morris als Verdächtigen zu interessieren anstatt für Edward Fosca.

»Das erklärt, wie sich der Mörder nahezu unsichtbar bewegen konnte«, schaltete sich Julian ein. »Wer hält sich unbemerkt auf dem College-Gelände auf? Wen sehen wir nicht? Einen Mann in Uniform – einen Mann, der befugt ist, sich dort aufzuhalten. Einen Porter.«

»Genau.« Der Chief Inspector dachte einen Moment lang nach. Dann winkte er einen jungen Polizisten zu sich und trug ihm auf, Morris zur Befragung zu holen.

Mariana wollte einen Einwand erheben, obwohl sie wusste, dass das nur wenig bringen würde. Doch dann sah Julian sie freundlich an.

»Hör mal, Mariana«, sagte er mit warmer Stimme, »ich bin auf deiner Seite, also reg dich bitte nicht über das auf, was ich jetzt sagen werde.«

Mariana sah ihn fragend an.

»Um ehrlich zu sein, ist es mir gleich aufgefallen, als ich dir hier in Cambridge begegnet bin. Du kamst mir ein wenig seltsam vor – ein bisschen paranoid.«

Mariana musste lachen. »Wie bitte?«

»Ich weiß, es ist nicht leicht, das zu hören, aber es ist offensichtlich, dass du unter Verfolgungswahn leidest. Es geht dir nicht gut. Du brauchst Hilfe. Und ich würde dir gern helfen … wenn du mich lässt.«

»Du kannst mich mal, Julian.«

Der Inspector knallte seine Thermoskanne auf die Schreibtischplatte. »Das reicht!«

Es folgte Schweigen. Dann sagte Chief Inspector Sangha mit fester Stimme: »Mariana, Sie haben meine Geduld wiederholt auf die Probe gestellt, indem Sie völlig unhaltbare Anschuldigungen gegen Professor Fosca vorgebracht haben – von dem tätlichen Angriff ganz zu schweigen. Es ist sein gutes Recht, Anzeige zu erstatten.«

Sie versuchte, ihn zu unterbrechen, aber Sangha sprach weiter. »Nein, genug – jetzt hören Sie *mir* zu. Ich möchte, dass Sie morgen abreisen. Weg von diesem College und weg von Professor Fosca, weg von den Ermittlungen, weg von mir. Ansonsten werde ich Sie verhaften lassen und wegen Justizbehinderung vor Gericht bringen. Habe ich mich klar ausgedrückt? Hören Sie auf Julian, suchen Sie einen Arzt auf. Holen Sie sich Hilfe.«

Mariana öffnete den Mund – und unterdrückte einen Schrei. Am liebsten hätte sie vor lauter Frust geheult. Schweigend schluckte sie ihren Zorn hinunter. Es ergab keinen Sinn, weiter zu argumentieren. Sie senkte den Kopf, entrüstet, aber geschlagen.

Sie hatte verloren.

TEIL FÜNF

Das Uhrwerk ist aufgezogen. Jetzt schnurrt es von allein ab. Das ist das Praktische bei einer Tragödie. Ein kleiner Stups mit dem Finger, und die Sache läuft.

Jean Anouilh, *Antigone*

1

Eine Stunde später hielt ein Polizeiwagen auf der Rückseite des Colleges vor dem Tor, das auf eine schmale Straße hinausging. Auf diese Weise sollte vermieden werden, dass die Presse Wind von Morris' Verhaftung bekam. Mariana stand mit einigen Studenten und Mitarbeitern zusammen und beobachtete, wie Morris in Handschellen zum Wagen geführt wurde. Mehrere Porter buhten und verhöhnten ihn, als er an ihnen vorbeigeführt wurde. Morris' Gesicht verfärbte sich leicht, aber er reagierte nicht. Er biss die Zähne zusammen und hielt die Augen gesenkt.

Kurz bevor er den Wagen erreichte, schaute er auf. Mariana folgte seinem Blick. Er schweifte zu einem der Fenster … dem Fenster, hinter dem Edward Fosca stand.

Fosca beobachtete die Vorgänge mit einem kleinen Lächeln. *Er lacht uns aus,* dachte Mariana.

Seine Augen begegneten denen von Morris, und für eine Sekunde blitzte Zorn in den Zügen des Porters auf.

Dann nahm ihm der Officer, der ihn führte, die Melone ab und drückte ihn in den Streifenwagen. Mariana sah zu, wie er mit Morris im Fond davonfuhr – dann wurde das Tor wieder geschlossen.

Mariana schaute zu Foscas Fenster hinüber.

Er war fort.

»Gott sei Dank«, hörte sie den Dekan sagen. »Endlich ist es vorbei.«

Er täuscht sich, dachte sie. *Es ist alles andere als vorbei.*

***

Fast unmittelbar darauf schlug das Wetter um. Als würde er auf die Ereignisse im College reagieren, zog sich der Indian Summer, der so lange gehalten hatte, schließlich zurück. Ein kühler Wind pfiff durch die Höfe. Es fing an zu regnen, in der Ferne donnerte es.

Mariana und Zoe saßen mit Clarissa bei einem Drink im Fellows' Parlor – einem Gesellschaftsraum für die Fellows. An diesem Nachmittag waren außer ihnen nur noch drei weitere Frauen da.

Der Fellows' Parlor war ein großer, dunkel gehaltener Raum mit alten Ledersofas und -sesseln, Mahagonischreibtischen und Mahagonicouchtischen, auf denen sich Zeitungen und Zeitschriften stapelten. Es roch nach Rauch, Holz und Asche aus den Kaminen. Der Wind drückte gegen die Fensterscheiben, Tropfen prasselten gegen das Glas. Es war so frisch, dass Clarissa darum gebeten hatte, ein kleines Feuer anzuzünden.

Mariana, Zoe und Clarissa hatten in niedrigen Sesseln vor dem Kamin Platz genommen und tranken Whiskey. Mariana ließ ihren Whiskey im Glas kreisen und beobachtete die bernsteinfarbene Flüssigkeit, die im Licht der Flammen leuchtete. Es war ein tröstliches Gefühl, hier zu sein, gemütlich mit Clarissa und Zoe am Feuer zu sitzen. Diese kleine Gruppe gab ihr Kraft – und Mut. Mut war genau das, was sie jetzt brauchte, was sie alle brauchten.

Zoe kam von einem Seminar an der Fakultät für Anglistik. Möglicherweise der vorerst letzte Seminartermin, sagte Clarissa; es hieß, das College werde wegen der laufenden polizeilichen Ermittlungen vorübergehend schließen.

Zoe war vom Regen erwischt worden. Während sie sich von den warmen Flammen trocknen ließ, erzählte Mariana, was geschehen war – und von ihrer Konfrontation mit Edward Fosca. Als sie geendet hatte, sagte Zoe leise: »Das war ein Fehler. Ihn so anzugehen, meine ich. Jetzt weiß er, dass du Bescheid weißt.«

Mariana sah ihre Nichte an. »Ich dachte, du hältst ihn für unschuldig?«

Zoe schüttelte den Kopf. »Ich habe meine Meinung geändert.«

Clarissa sah von einer zur anderen. »Dann sind Sie beide also davon überzeugt, dass er *schuldig* ist? Das möchte man kaum glauben.«

»Ich weiß«, sagte Mariana. »Trotzdem: Ich glaube es.«

»Ich auch«, pflichtete Zoe ihr bei.

Clarissa erwiderte nichts. Sie griff nach der Whiskeykaraffe und schenkte sich nach. Mariana bemerkte, dass ihre Hand zitterte.

»Was sollen wir jetzt tun?«, fragte Zoe. »Du wirst doch nicht tatsächlich abreisen, oder?«

»Selbstverständlich nicht.« Mariana schüttelte den Kopf. »Soll er mich doch verhaften, dieser Chief Inspector Sangha. Ich werde nicht nach London zurückkehren.«

»Nicht?« Clarissa wirkte erstaunt. »Aber warum denn nicht, um Himmels willen?«

»Ich darf nicht weglaufen. Nicht schon wieder. Ich muss bleiben – ich muss mich dieser Sache stellen, worum auch immer es dabei geht. Ich habe keine Angst.« Der letzte Satz klang ungewohnt in Marianas Ohren, daher sagte sie ihn gleich noch einmal: »Ich habe keine Angst.«

»Ts, ts, ts.« Clarissa schüttelte den Kopf. »Das ist der Whiskey, der aus Ihnen spricht, meine Teuerste.«

»Möglich.« Mariana schmunzelte. »Aber angetrunkener Mut ist besser als gar keiner.« Sie wandte sich an Zoe. »Wir machen weiter. Wir machen weiter – und wir schnappen ihn.«

»Wie denn? Wir brauchen Beweise!«

»Stimmt.«

Zoe zögerte. »Wie wär's mit der Mordwaffe?«

Etwas in ihrer Stimme ließ Mariana aufhorchen. »Du meinst das Messer?«

Zoe nickte. »Meines Erachtens wurde es noch nicht gefunden. Ich glaube aber, ich weiß, wo es ist.«

»Woher denn?«, fragte Mariana perplex.

Zoe wich ihrem Blick aus und wandte sich stattdessen dem Feuer zu – eine verstohlene, schuldbewusste Geste, die Mariana aus Zoes Kindheit kannte.

»Zoe?«

»Das ist eine lange Geschichte, Mariana.«

»Jetzt wäre der passende Zeitpunkt, um sie zu erzählen, findest du nicht?« Sie senkte die Stimme. »Bei meiner Gruppensitzung mit den

Mädchen habe ich etwas erfahren, Zoe … Man hat mir mitgeteilt, dass *du* ebenfalls Teil der Gruppe bist.«

Zoes Augen weiteten sich. Sie schüttelte den Kopf. »Das ist nicht wahr.«

»Zoe, bitte lüg mich nicht an.«

»Es stimmt aber nicht! Ich war nur einmal da.«

»Und warum hast du das mir gegenüber nie erwähnt?«

»Ich weiß es nicht.« Zoe senkte den Kopf. »Ich hatte Angst. Ich habe mich so geschämt! Ich wollte es dir schon lange erzählen, aber ich …«

Sie verstummte. Mariana legte ihre Hand auf Zoes. »Dann erzähl es mir jetzt. Erzähl es uns beiden.«

Zoe nickte. Ihre Lippe zitterte leicht. Sie begann zu sprechen, und Mariana wappnete sich.

Schon die ersten Worte jagten ihr einen eiskalten Schauder über den Rücken.

»Es beginnt mit Demeter«, sagte Zoe. »Und mit Persephone.« Sie sah Mariana an. »Du kennst die beiden, oder?«

Mariana brauchte einen kurzen Moment, um ihre Stimme wiederzufinden.

»Ja.« Sie nickte. »Ich kenne die zwei.«

2

Zoe leerte ihr Glas und stellte es auf dem Kaminsims ab. Das Feuer qualmte leicht; grau-weißer Rauch waberte in die Höhe.

Mariana beobachtete ihre Nichte, die rot-goldenen Flammen, die in ihrem Rücken tanzten. Sie fühlte sich wie bei einem Lagerfeuer, wo man ihr gleich eine Gruselgeschichte erzählen würde. Was auf gewisse Weise auch zutraf.

Zoe fing an, zögerlich zunächst, häppchenweise. Sie berichtete, wie angetan Professor Fosca von den geheimen Riten in Eleusis war, die zu Ehren Persephones abgehalten wurden – Riten, die einen auf eine Reise vom Leben in den Tod und wieder zurück mitnahmen.

Der Professor behauptete, das Geheimnis zu kennen – und er teilte es mit einigen speziellen Studentinnen.

»Er hat mich einen Verschwiegenheitseid schwören lassen. Ich durfte mit niemandem darüber reden. Ich weiß, dass das seltsam ist, aber – ich war so glücklich, dass er mich für besonders genug hielt, für klug genug, um dem Kreis der Eingeweihten anzugehören! Außerdem war ich neugierig. Und dann … Dann war ich an der Reihe, in den Kreis der Mädchen aufgenommen zu werden. Er bat mich, um Mitternacht zum Ziertempel zu kommen. Dort sollte die Zeremonie stattfinden.«

»Zum Ziertempel?«

»Du weißt schon – dieser Staffagebau am Fluss, in der Nähe vom Paradise.«

Mariana nickte. »Ach, den Folly. Ja, den kenne ich. Erzähl weiter.«

»Um kurz vor zwölf traf ich mich mit Carla und Diya am Bootshaus. Die beiden brachten mich in einem Punt zum Folly.«

»In einem Punt? Wieso das denn?«

»So kommt man von hier aus am leichtesten dorthin – der Fußweg am Fluss entlang ist überwuchert mit Brombeergestrüpp.« Sie hielt kurz inne, dann sprach sie weiter. »Die anderen waren schon da, als ich eintraf. Veronica und Serena standen am Eingang zum Folly. Sie trugen Masken und waren als Persephone und Demeter verkleidet.«

»Allmächtiger!«, stieß Clarissa ungläubig hervor und bedeutete Zoe mit einer ungeduldigen Geste, weiterzusprechen.

»Lilian hat mich in den Tempel hineingeführt. Dort wartete der Professor. Er verband mir die Augen, und dann trank ich *kykeon*. Professor Fosca behauptete, es sei bloß Gerstenwasser, aber das war gelogen. Tara erzählte mir später, er habe G darunter gemischt, eine Droge, die er regelmäßig von Conrad bezog.«

Marianas Anspannung wuchs ins Unermessliche – sie wollte gar nichts mehr hören, doch sie wusste, dass ihr keine Wahl blieb. »Weiter, Zoe.«

»Und dann«, fuhr Zoe fort, »flüsterte er mir ins Ohr, dass ich heute Nacht sterben und bei Anbruch der Morgendämmerung wiedergeboren werden würde. Er zog ein Messer hervor und hielt es mir an die Kehle.«

»Wie bitte?«, hauchte Mariana entsetzt.

»Er hat mich nicht verletzt – er sagte, es sei nur ein rituelles Opfer. Anschließend hat er mir die Augenbinde abgenommen, und ich habe gesehen, wohin er das Messer legte: in eine Mauerritze, zwischen zwei Steinplatten.«

Zoe schloss kurz die Augen. »Es fällt mir schwer, mich an das zu erinnern, was danach geschah. Meine Beine fühlten sich an, als wären sie aus Gummi, als würde ich zerfließen. Wir verließen den Folly und waren plötzlich in einem Waldgebiet. Einige der Mädchen tanzten nackt zwischen den Bäumen, andere schwammen im Fluss, aber ich … ich wollte mich nicht ausziehen.« Sie schüttelte den Kopf. »Warum ich mich dagegen sträubte, weiß ich nicht mehr genau. Auf alle Fälle verlor ich die anderen aus den Augen, war allein und high und hatte Angst … und er war da.«

»Edward Fosca.«

»Ja.« Zoe schien seinen Namen nicht aussprechen zu wollen. »Ich versuchte zu sprechen, aber es ging nicht. Er küsste mich, berührte mich, behauptete, er würde mich lieben. Er hatte einen irren Ausdruck in den Augen … Ich erinnere mich genau an seine Augen – sie waren völlig verrückt. Ich wollte fliehen, aber auch das war nicht möglich. Und dann, dann erschien Tara, und sie fingen an, sich zu küssen, und irgendwie gelang es mir, wegzulaufen. Ich rannte durch die Bäume, immer weiter weg …« Sie blickte zu Boden und schwieg.

»Was ist anschließend passiert, Zoe?«, drängte Mariana.

Zoe hob die Schultern und ließ sie wieder herabsacken. »Nichts. Ich habe nie mit den Mädchen darüber gesprochen – nur mit Tara.«

»Und was war mit Professor Fosca?«

»Er tat so, als sei nie etwas passiert. Also habe ich das Gleiche getan.« Sie verschränkte die Finger. »Aber dann kam Tara an jenem Abend zu mir ins Zimmer und erzählte mir, er habe gedroht, sie umzubringen. Ich hatte Tara noch nie so verängstigt gesehen – sie war nahezu panisch.«

»Mein liebes Mädchen, Sie hätten das College warnen müssen«, schaltete sich die alte Professorin ein. »Sie hätten jemanden informieren müssen. Warum sind Sie nicht zu mir gekommen, Zoe?«

»Hätten Sie mir denn geglaubt, Clarissa? Die Geschichte klingt doch völlig absurd – außerdem hätte mein Wort gegen seins gestanden.«

Mariana nickte, den Tränen nahe. Am liebsten hätte sie Zoe in eine Umarmung gezogen und sie fest an sich gedrückt.

Aber zuerst musste sie noch etwas wissen.

»Zoe – warum jetzt? Warum erzählst du es uns jetzt?«

Eine Weile sagte Zoe nichts. Stattdessen ging sie zurück zu ihrem Sessel, über dessen Lehne ihre Jacke hing, die am Feuer trocknete. Sie griff in die Tasche.

Zog eine leicht feuchte, regengesprenkelte Postkarte heraus, die sie in Marianas Schoß fallen ließ.

»Weil ich auch eine Karte bekommen habe.«

3

Mariana starrte auf die Postkarte in ihrem Schoß.

Das Foto zeigte ein düsteres Rokokogemälde – Iphigenie nackt auf einem Bett; Agamemnon, der sich von hinten anschleicht, einen Dolch in der Hand. Auf der Rückseite stand wie immer etwas in altgriechischer Schrift. Mariana hielt sich nicht damit auf, Clarissa um eine Übersetzung zu bitten.

Sie musste jetzt stark sein für Zoe. Sie musste klar und schnell denken. Sie musste ihre Emotionen zurückdrängen, damit man sie ihrer Stimme nicht anhörte.

»Wann hast du die Karte bekommen, Zoe?«

»Heute Nachmittag. Sie klemmte unter meiner Tür.«

»Verstehe«, sagte Mariana mehr zu sich selbst als zu ihrer Nichte und nickte. »Das ändert die Dinge.«

»Nein, das denke ich nicht.«

»Doch. Wir müssen dich fortbringen. Sofort. Wir werden nach London zurückkehren.«

»Dem Himmel sei Dank«, sagte Clarissa.

»Nein.« Zoe schüttelte den Kopf. Ein störrischer Ausdruck trat auf ihr Gesicht. »Ich bin kein Kind mehr. Ich werde nirgendwohin gehen. Ich bleibe hier, genau wie du gesagt hast – wir werden kämpfen, und wir werden ihn schnappen.«

Mariana fiel auf, wie verletzlich Zoe trotz ihrer tapferen Worte aussah, wie müde und ausgelaugt. Die Ereignisse der letzten Tage hatten sie sichtlich mitgenommen und verändert – sie wirkte angeschlagen, sowohl seelisch als auch körperlich. So zerbrechlich und doch fest entschlossen, weiterzumachen. *So sieht Tapferkeit aus,* dachte Mariana. *Das nennt man Mut.*

Clarissa schien ebenso zu empfinden. Mit leiser Stimme sagte sie: »Zoe, mein liebes Kind, Ihre Tapferkeit ist löblich, doch Mariana hat recht. Wir müssen zur Polizei gehen und sie über alles informieren, was Sie uns gerade mitgeteilt haben … Anschließend ist es zwingend nötig, dass Sie Cambridge verlassen, Sie beide. Noch heute Abend.«

Zoe schnitt eine Grimasse und schüttelte den Kopf. »Es bringt doch nichts, die Polizei einzuschalten, Clarissa. Dieser Inspector wird ohnehin denken, dass Mariana mich dazu angestiftet hat. Es ist reine Zeitverschwendung, und Zeit haben wir nicht. Wir brauchen *Beweise.*«

»Zoe …«

»Nein, bitte hör mir zu.« Sie sah Mariana eindringlich an. »Lass uns im Folly nachsehen – nur für alle Fälle. Vielleicht finden wir dort das Messer, das er benutzt hat. Wenn nicht, fahren wir nach London, okay?«

Mariana wollte gerade zu einer Antwort ansetzen, als ihr die alte Professorin zuvorkam.

»Grundgütiger«, sagte sie, »wollen Sie sich etwa beide umbringen lassen?«

»Nein.« Zoe schüttelte den Kopf. »Die Morde geschehen immer bei Nacht – da bleiben uns noch ein paar Stunden.« Sie schaute aus dem Fenster, dann warf sie Mariana einen hoffnungsvollen Blick zu. »Es hat aufgehört zu regnen. Der Himmel klart auf.«

»Noch nicht«, widersprach Mariana, die ebenfalls nach draußen sah. »Aber bald.« Sie überlegte für eine Sekunde. »Am besten, du gehst unter die Dusche und ziehst dir trockene Kleidung an. Wir treffen uns in zwanzig Minuten in deinem Zimmer.«

»Einverstanden.« Zoe nickte erfreut.

Mariana sah zu, wie sie ihre Sachen zusammensuchte. »Bitte sei vorsichtig.«

»Bin ich«, versprach Zoe und verließ den Fellows' Parlor. Im selben Moment, in dem sich die Tür hinter ihr schloss, wandte sich Clarissa an Mariana. Sie machte einen besorgten Eindruck. »Mariana, ich muss doch sehr bitten. Unter diesen Umständen ist es höchst unsicher für Sie beide, sich an den Fluss zu begeben …«

Mariana schüttelte den Kopf. »Ich habe nicht die Absicht, Zoe in die Nähe des Flusses gelangen zu lassen. Ich werde sie dazu bringen, ein paar Sachen einzupacken, und anschließend kehren wir nach London zurück, noch heute Abend, genau wie Sie es vorgeschlagen haben.«

»Gott sei Dank.« Clarissa wirkte erleichtert. »Das ist die richtige Entscheidung.«

»Sie müssen mir jetzt aufmerksam zuhören, Clarissa. Ich möchte, dass Sie zur Polizei gehen und Bericht erstatten, sollte mir irgendetwas zustoßen. Geben Sie alles weiter, was Zoe gesagt hat.«

Clarissa nickte. Sie blickte zutiefst unglücklich drein. »Ich wünschte, Sie beide würden sich gleich an die Polizei wenden.«

»Zoe hat recht – es ist sinnlos. Inspector Sangha würde mir nicht einmal zuhören. Aber er wird *Ihnen* zuhören.«

Clarissa sagte nichts. Sie seufzte nur und blickte ins Feuer.

»Ich werde Sie von London aus anrufen«, versprach Mariana.

Keine Antwort. Clarissa schien sie nicht einmal zu hören.

Mariana verspürte Enttäuschung. Sie hatte sich mehr erwartet. Hatte erwartet, dass Clarissa ihr Fels in der Brandung wäre – doch offenbar war alles zu viel für sie. Sie schien plötzlich gealtert, wirkte eingefallen und klein.

Sie würde ihr keine große Hilfe sein, stellte Mariana fest. Welchen Schrecken Zoe und sie auch immer entgegenblickten – sie würden sich ihnen allein stellen müssen.

Mariana küsste die Professorin zum Abschied sanft auf die Wange, dann ließ sie sie allein vor dem Kamin zurück.

4

Als Mariana den Hof überquerte, um zu Zoes Zimmer zu gelangen, konzentrierte sie sich auf die praktischen Dinge. Sie mussten rasch ihre Sachen packen und sich dann ungesehen durch die Hintertür vom College-Gelände schleichen. Von dort aus würden sie ein Taxi zum Bahnhof nehmen und in den Zug nach London King's Cross steigen. Und dann wären sie in ihrem kleinen gelben Haus in Sicherheit. Allein bei der Vorstellung ging ihr das Herz auf.

Sie stieg die Steintreppe hinauf. Zoes Zimmer war leer; sie musste noch ein Stockwerk tiefer im Duschraum sein.

Marianas Handy klingelte. Fred war dran.

Sie meldete sich zögernd. »Hallo?«

»Mariana, ich bin's.« Fred klang nervös. »Ich muss mit dir reden. Es ist wichtig.«

»Das ist gerade kein guter Zeitpunkt. Außerdem bin ich der Meinung, wir hätten gestern Abend alles geklärt.«

»Es geht aber nicht um gestern Abend. Bitte hör mir gut zu, ich meine es ernst. Ich hatte eine Vorahnung – *dich* betreffend.«

»Fred, ich habe jetzt keine Zeit …«

»Ich weiß, dass du mir nicht glaubst, aber es ist wahr. Du schwebst in ernsthafter Gefahr. Genau jetzt, in ebendieser Sekunde. Wo auch immer du bist – mach, dass du wegkommst. Hau ab. Lauf!«

Mariana legte auf, genervt und stinksauer. Sie hatte weiß Gott genug Probleme, auch ohne Freds Unsinn. War sie vorher schon nervös gewesen, standen ihre Nerven jetzt kurz vor dem Zerreißen.

Warum brauchte Zoe so lange?

Unruhig ging Mariana im Zimmer auf und ab. Ihre Augen schweiften über die Habseligkeiten ihrer Nichte: ein Babyfoto in einem Silberrahmen, ein Foto von Zoe als Brautjungfer bei Marianas Hochzeit, verschiedene Glücksanhänger und Modeschmuck, den sie von ihren Auslandsreisen mitgebracht hatte, Steine und Kristalle und andere Kindheitserinnerungen, die Zoe mit sich herumschleppte, seit sie ein kleines Mädchen war – genau wie das alte, abgewetzte Zebra, das auf ihrem Kopfkissen lag.

Mariana war gerührt von all dem Krempel. Plötzlich musste sie an die kleine Zoe denken, die vor dem Bett kniete, die Hände zum Gebet gefaltet. *Gott behüte Mariana, Gott behüte Sebastian, Gott behüte Großvater, Gott behüte Zebra* – und so weiter, einschließlich Menschen, deren Namen sie nicht kannte, wie die unglückliche Frau an der Bushaltestelle oder den Mann aus dem Buchladen mit der Erkältung. Mariana hatte das kindliche Ritual voller Zärtlichkeit beobachtet, auch wenn sie nicht einen Moment an Zoes Gebete glaubte. Mariana glaubte nicht, dass man so leicht mit Gott in Kontakt treten konnte oder daran, dass sein mitleidloses Herz von den Gebeten eines kleinen Mädchens erweicht werden könnte.

Doch jetzt merkte sie auf einmal, wie ihre Knie nachgaben, wie sie nach vorn sackte, als werde sie von einer unsichtbaren Macht zu Boden gezwungen. Sie kniete nieder, faltete ihre Hände und neigte den Kopf zum Gebet.

Aber Mariana betete nicht zu Gott, auch nicht zu Sebastian.

Stattdessen betete sie zu drei schmutzigen, verwitterten Marmorsäulen auf einem Hügel, die sich vor einem leuchtend blauen, vogelfreien Himmel erhoben.

Sie betete zu der Göttin.

»Verzeih mir«, flüsterte sie. »Was immer ich getan habe – was immer ich getan habe, um deinen Zorn zu erwecken. Du hast mir Sebastian genommen. Das ist genug. Ich flehe dich an, nimm mir nicht auch noch Zoe. Bitte, ich werde das nicht zulassen. Ich …«

Sie hielt inne, plötzlich verlegen angesichts der Worte, die aus ihrem Mund kamen. Sie fühlte sich mehr als nur ein bisschen verrückt, wie ein wahnsinniges Kind, das mit dem Universum verhandelte.

Und trotzdem … Auf einer sehr tiefen Ebene war sich Mariana bewusst, dass sie endlich den Moment erreicht hatte, auf den alles hinauslief: die lange verzögerte und doch unausweichliche Konfrontation, ihre Abrechnung mit Kore, dem Mädchen.

Mariana stützte sich auf Zoes Bett ab und erhob sich langsam.

Zebra rutschte vom Kissen, fiel vom Bett und landete auf dem Fußboden.

Mariana hob das Kuscheltier auf und legte es wieder aufs Kopfkissen. Dabei bemerkte sie, dass die Naht an Zebras Bauch aufgegangen war; über drei Stiche fehlte der Faden. Etwas ragte aus dem hervorquellenden Füllmaterial heraus.

Mariana zögerte. Dann, ohne recht zu wissen, was sie da tat, zog sie es heraus und betrachtete es. Es handelte sich um Papier, klein zusammengefaltet.

Vorsichtig faltete sie es auseinander und hielt mehrere Bögen in der Hand – einen maschinengeschriebenen Brief.

Mariana setzte sich aufs Bett.

Und fing an zu lesen.

5

Und dann, eines Tages, verließ uns meine Mutter.
Ich erinnere mich nicht an den exakten Moment, in dem sie fortging, auch nicht an einen endgültigen Abschied, aber es muss wohl einen gegeben haben. Ich erinnere mich auch nicht daran, dass mein Vater dabei war – er war vermutlich auf den Feldern, als sie ihre Flucht antrat.
Letztendlich schickte sie niemanden, um mich abzuholen. Ich habe sie nie wiedergesehen.
An dem Abend, als sie ging, stieg ich die Treppe hinauf in mein Zimmer. Ich setzte mich an meinen kleinen Schreibtisch und schrieb stundenlang in mein Tagebuch. Als ich fertig war, las ich nicht, was ich geschrieben hatte.
Und ich schrieb nie wieder etwas hinein. Ich legte es in eine Kiste, die ich versteckte – zusammen mit den anderen Dingen, die ich vergessen wollte.
Doch heute nehme ich es zum ersten Mal wieder heraus und lese alles.
Nun ja … fast alles.
Zwei Seiten fehlen.
Zwei Seiten sind herausgerissen.
Sie wurden vernichtet, weil sie gefährlich waren. Warum? Weil sie eine andere Geschichte erzählten.
Aber das ist okay, nehme ich an. Jede Geschichte kann eine kleine Überarbeitung vertragen.
Ich wünschte, ich könnte die nächsten Jahre auf dem Hof überarbeiten – abändern oder einfach vergessen.
Den Schmerz, die Furcht, die Demütigung – jeden Tag war ich entschlossener, die Flucht anzutreten. *Eines Tages werde ich auch abhauen. Ich werde frei sein. In Sicherheit. Ich werde glücklich sein. Ich werde geliebt werden.*

Das wiederholte ich immer und immer wieder, für mich, nachts, unter der Bettdecke. Es wurde in Zeiten des Kummers mein Mantra. Mehr als das, es wurde meine Berufung.
Es führte mich zu dir.
Ich dachte nie, dass ich dazu fähig sei. Zu lieben, meine ich. Ich kannte nur Hass. Ich habe große Angst, dass ich eines Tages auch dich hassen werde. Doch bevor ich dich verletze, werde ich das Messer auf mich selbst richten und es mir tief ins Herz stoßen.
Ich liebe dich, Zoe.
Deshalb schreibe ich das hier.
Ich möchte, dass du in mir den Menschen siehst, der ich bin. Und dann? Dann wirst du mir verzeihen, nicht wahr? Du wirst all meine Wunden küssen, damit sie endlich anfangen können zu heilen. Du bist mein Schicksal, das weißt du, oder? Vielleicht glaubst du es noch nicht. Aber ich habe dich von Anfang an gekannt. Ich hatte eine Vorahnung – von der ersten Sekunde an, als ich dich sah.
Du warst so scheu am Anfang, so misstrauisch. Ich musste die Liebe langsam aus dir herauskitzeln. Doch ich bin geduldig.
Wir werden zusammen sein, das verspreche ich dir, eines Tages, wenn mein Plan aufgeht. Meine brillante, wundervolle Idee.
Ich muss dich warnen: Mein Plan verlangt Blut – und Opfer.
Ich werde ihn dir erklären, wenn wir allein sind. Bis dahin hab Vertrauen.

Für immer dein
X

6

Mariana ließ den Brief in ihren Schoß sinken.

Es fiel ihr schwer zu denken, schwer zu atmen. Als wäre ihr die Luft ausgegangen, nachdem man ihr wiederholt in den Magen geboxt hatte. Sie verstand nicht, was sie da gelesen hatte. Was hatte es zu bedeuten, dieses ungeheuerliche Dokument?

Es ergab keinen Sinn. Sie glaubte nicht, dass es echt war – wollte es nicht glauben. Es konnte nicht – durfte nicht – das bedeuten, was sie dachte. Und trotzdem blieb nur eine Schlussfolgerung übrig, ganz gleich, wie inakzeptabel oder unsinnig oder erschreckend ihr diese auch erscheinen mochte: Edward Fosca hatte ihn geschrieben, diesen höllischen Liebesbrief, und er hatte ihn an Zoe gerichtet.

Mariana schüttelte den Kopf. Nein – nicht an Zoe, zumindest nicht an *ihre* Zoe. Sie konnte einfach nicht glauben, dass Zoe sich tatsächlich mit diesem *Monster* eingelassen hatte.

Dann fiel ihr plötzlich der seltsame Ausdruck auf dem Gesicht ihrer Nichte ein, als sie Fosca über den Hof hinweg angeblickt hatte. Einen Ausdruck, den Mariana für Furcht gehalten hatte. Was, wenn etwas Komplizierteres dahintersteckte?

Was, wenn Mariana alles von Anfang an aus dem falschen Blickwinkel betrachtet hatte? Was, wenn …

Schritte kamen die Treppe herauf.

Mariana erstarrte. Sie wusste nicht, was sie tun sollte. Sie musste zuerst nachdenken.

Sie nahm den Brief und stopfte ihn in ihre Tasche. Unmittelbar darauf erschien Zoe an der Tür.

»Entschuldige, Mariana. Ich habe so schnell gemacht, wie ich konnte.«

Lächelnd betrat sie den Raum. Ihre Wangen waren gerötet, die Haare nass. Sie trug einen Bademantel und hatte zwei Handtücher über dem Arm hängen. »Ich ziehe mir nur schnell etwas an. Gib mir eine Sekunde.«

Mariana sagte nichts. Zoe schlüpfte in ihre Sachen, und der Anblick ihrer nackten Haut, so jung und glatt, erinnerte sie an das wunderschöne kleine Mädchen, das sie so geliebt hatte – das wunderschöne, unschuldige Kind. Was war daraus geworden? Was war geschehen?

Tränen traten ihr in die Augen, aber nicht aus Sentimentalität; es waren Tränen der Wut, des körperlichen Schmerzes, als hätte ihr jemand ins Gesicht geschlagen. Mariana wandte sich ab, damit Zoe sie nicht sehen konnte, und wischte sich hastig über die Augen.

»Ich bin so weit«, sagte Zoe. »Gehen wir?«

»Gehen?« Mariana sah sie verständnislos an. »Wohin?«

»Zum Folly natürlich. Um das Messer zu suchen.«

»Was? Oh …«

Zoe sah sie überrascht an. »Bist du bereit?«

Mariana nickte langsam. All ihre Hoffnungen, zu entkommen, ihre Überlegungen, mit Zoe nach London zu fliehen, waren schlagartig aus ihrem Kopf verschwunden. Sie konnte nirgendwohin, konnte nicht davonlaufen. Jetzt nicht mehr.

»Okay«, willigte sie tonlos ein.

Wie eine Schlafwandlerin folgte Mariana Zoe die Stufen hinunter und über den Eros Court. Es hatte aufgehört zu regnen; der Himmel war bleigrau, erdrückende anthrazitfarbene Wolken ballten sich über ihren Köpfen, davongetrieben im auffrischenden Wind.

»Wir sollten den Weg über den Fluss nehmen. Das ist am einfachsten«, schlug Zoe vor.

Mariana erwiderte nichts, sie nickte nur kurz.

»Ich kann mit einem Punt umgehen«, sagte Zoe. »Ich bin zwar nicht so gut, wie Sebastian es war, aber schlecht bin ich auch nicht.«

Mariana nickte erneut und folgte Zoe zum Fluss.

Vor dem Bootshaus schaukelten sieben Stechkähne im Wasser, am Ufer vertäut. Zoe nahm eine der langen Stangen, die an der Wand des Bootshauses lehnten. Sie wartete, bis Mariana in einen Kahn geklettert war, dann löste sie die schwere Kette.

Mariana nahm auf der niedrigen Holzbank Platz, die feucht war vom Regen, doch das bemerkte sie kaum.

»Es wird nicht lange dauern«, versicherte ihr Zoe und stieß sich mit der Stange vom Ufer ab. Die Fahrt begann.

Sie waren nicht allein unterwegs, das wusste Mariana von Anfang an. Sie spürte, dass sie verfolgt wurden, doch sie widerstand der Versuchung, einen Blick über die Schulter Richtung Ufer zu werfen. Als sie endlich den Kopf drehte, sah sie in einiger Entfernung flüchtig die Gestalt eines Mannes, der hinter einem Baum verschwand.

Doch Mariana beschloss, dass sie sich das nur einbildete. Denn der Mann war nicht der, den sie erwartet hatte, war nicht Edward Fosca.

Sondern Fred.

7

Wie Zoe vorhergesagt hatte, kamen sie schnell voran. Bald hatten sie die Colleges hinter sich gelassen und waren umgeben von offenen Feldern zu beiden Seiten des Flusses – eine natürliche Landschaft, die seit Jahrhunderten unverändert überlebt hatte.

Auf den Weiden grasten schwarze Kühe. In der Luft hing der Geruch von Feuchtigkeit, moderndem Eichenholz und feuchtem Schlamm. Irgendwo in der Nähe brannte ein Lagerfeuer; Mariana konnte den Rauch riechen, ein Gestank nach brennenden, fauligen Blättern.

Es hatte aufgehört zu regnen. Über dem Fluss stieg eine feine Nebelschicht auf, die Zoe umhüllte. Durch die schweren Wolken blitzten vereinzelte Sonnenstrahlen. Zoe sah so schön aus, wie sie da stand, im diffusen Licht, die Stange in der Hand, die Haare flatternd im Wind, einen versonnenen Ausdruck im Gesicht. Sie ähnelte der Dame von Shalott aus Tennysons gleichnamiger Ballade auf ihrer letzten, schicksalhaften Reise über den Fluss.

Mariana versuchte nachzudenken, doch es fiel ihr schwer, sich zu konzentrieren. Mit jedem gedämpften Plätschern, wenn die Stange ins Wasser eintauchte, mit jedem Stoß, der den Stechkahn weiter über den Fluss trieb, wusste sie, dass ihnen die Zeit davonlief. Bald würden sie am Ziertempel ankommen.

Und was dann?

Der Brief, den sie in Zebras Bauch gefunden hatte, brannte in ihrer Tasche. Sie musste versuchen, sich einen Reim darauf zu machen, doch auch das fiel ihr schwer.

Das, was sie schlussfolgerte, konnte nicht stimmen. Sie irrte sich gewiss.

»Du bist sehr still«, bemerkte Zoe. »Woran denkst du?«

Mariana schaute auf. Sie versuchte zu sprechen, doch ihre Stimme versagte. Also schüttelte sie nur den Kopf und zuckte die Achseln.

»Wir sind gleich da.« Zoe deutete auf die Flussbiegung.

Mariana drehte sich um. »Oh …«

Zu ihrer Überraschung glitt ein Schwan über das Wasser. Er kam auf sie zu; seine schmutzig weißen Federn bauschten sich im Wind. Als er den Stechkahn erreicht hatte, drehte er seinen langen Hals und sah sie direkt an. Seine schwarzen Augen starrten in ihre.

Ein Schauder lief Marianas Rückgrat hinab. Sie wandte den Blick ab.

Als sie wieder hinsah, war der Schwan verschwunden.

»Wir sind angekommen«, sagte Zoe. »Sieh nur.«

Mariana betrachtete den Ziertempel am Flussufer. Er war nicht groß, nur vier Steinsäulen, die ein geschwungenes Dach trugen, verbunden durch gemauerte Wände mit Fenstern darin. Ursprünglich weiß, war der Bau nach zwei Jahrhunderten verfärbt vom unerbittlichen Regen und Wind; Rost und Algen ließen die Säulen gold-grün erscheinen.

Es war ein merkwürdiger Ort für einen Staffagebau – allein, am Flussufer, umgeben von Wäldern und Marschland. Zoe und Mariana glitten daran vorbei, vorbei an wilden Schwertlilien, die im Wasser wuchsen, vorbei an den wuchernden, dornigen Rosen, die den Landweg blockierten.

Zoe lenkte den Stechkahn ans Ufer. Sie verkeilte die Stange tief im Schlamm und vertäute das Punt, dann sprang sie hinaus und reichte Mariana die Hand, um ihr an Land zu helfen. Doch Mariana nahm die Hand nicht. Sie brachte es nicht über sich, Zoe zu berühren.

»Wirklich alles okay?«, fragte diese. »Du bist so seltsam.«

Mariana erwiderte nichts. Sie kletterte ans grasbewachsene Ufer und ging mit Zoe zum Folly.

Dort blieb sie stehen und schaute daran hinauf.

Über dem Eingang entdeckte sie ein in Stein gemeißeltes Wappen – das Emblem eines Schwans im Sturm.

Mariana erstarrte und betrachtete es reglos.

Doch dann setzte sie sich wieder in Bewegung und folgte Zoe hinein.

8

Zwei Fenster in der Steinwand gingen auf den Fluss hinaus. Unter einem befand sich drinnen eine Sitzbank, ebenfalls aus Stein. Zoe deutete aus dem Fenster auf das grüne Waldgebiet, nicht weit von ihnen entfernt.

»Dort drüben hat man Taras Leiche gefunden – zwischen den Bäumen, im Marschland. Ich zeige dir, wo.« Und dann bückte sie sich und schaute unter die Bank. »Und hier hat er das Messer versteckt. Hier, in einer der Ritzen …«

Zoe schob die Hand in eine Lücke zwischen zwei Steinplatten. Ein Lächeln trat auf ihre Lippen.

»Aha.«

Sie zog die Hand zurück – und hielt ein Messer zwischen den Fingern. Es war etwa zwanzig Zentimeter lang und voller rötlicher Rostflecke. Oder handelte es sich um getrocknetes Blut?

Mariana fiel auf, dass Zoe das Messer mit geübtem Griff hielt. Und dann stand sie auf und richtete die Klinge direkt auf Mariana.

Ohne zu blinzeln, sah sie ihre Tante an. Ihre blauen Augen strahlten Feindseligkeit aus.

»Komm«, forderte sie Mariana auf. »Lass uns einen Spaziergang machen.«

»Wie bitte?«

»Da entlang – zwischen den Bäumen hindurch. Geh'n wir.«

»Warte. Moment.« Mariana schüttelte den Kopf. »Das bist nicht du, Zoe.«

»Was?«

»Das bist nicht du. Das ist *er*.«

»Wovon redest du?«

»Ach, Zoe. Ich weiß Bescheid. Ich habe den Brief gefunden.«

»Welchen Brief?«

Anstelle einer Antwort zog Mariana die Papierbögen aus der Tasche. Sie faltete sie auseinander und zeigte sie Zoe.

»Den hier.«

Für eine Sekunde starrte Zoe Mariana nur an, ohne irgendeine emotionale Regung zu zeigen. Ihr Blick war völlig ausdruckslos.

»Du hast ihn gelesen?«

»Ich bin versehentlich darauf gestoßen …«

»Hast du ihn gelesen?«

Mariana nickte und flüsterte: »Ja.«

Zorn blitzte in Zoes Augen auf. »Du hattest kein Recht dazu!«

»Zoe. Ich verstehe das nicht. Das kann … das kann doch unmöglich bedeuten, dass …«

»Was? Was kann es unmöglich bedeuten?«

Mariana suchte nach den richtigen Worten. »Dass du etwas mit diesen Morden zu tun hast. Dass *du und er …*«

»Warum nicht? Er liebt mich. Wir lieben uns …«

»Nein, Zoe. Das, was ich dir jetzt sage, ist wichtig. Ich sage es, weil ich dich liebe. Du bist ein Opfer. Ganz gleich, was du denkst, *das ist keine Liebe …*«

Zoe versuchte, sie zu unterbrechen, aber das ließ Mariana nicht zu. Unbeirrt fuhr sie fort: »Ich weiß, dass du das nicht hören möchtest. Ich weiß, du hältst das für hoch romantisch, aber was auch immer er dir gegeben hat – es war keine Liebe. Edward Fosca ist nicht fähig zu lieben. Er ist zu kaputt, zu gefährlich …«

»Edward Fosca?« Zoe starrte sie verblüfft an. »Du denkst, *Edward Fosca* hat mir den Brief geschickt?« Sie schüttelte verächtlich den Kopf. »*Er* hat den Brief nicht geschrieben.«

»Wer dann?«

Plötzlich verschwand die Sonne. Die Zeit schien zu kriechen. Mariana hörte Regentropfen auf die Fensterbank an der Außenseite des Ziertempels fallen; irgendwo in der Ferne schrie eine Eule. In diesem zeitlosen Raum wurde Mariana etwas klar: Sie wusste, was Zoe gleich sagen würde, und vielleicht hatte sie es auf einer bestimmten Ebene schon immer gewusst.

Kurz darauf drängte sich ein Sonnenstrahl durch die bleigrauen Wolken – die Zeit holte sich mit einem abrupten Ruck selbst ein. Mariana wiederholte ihre Frage.

»Wer dann, Zoe? Wer hat den Brief geschrieben?«

Tränen traten in Zoes Augen. Flüsternd antwortete sie: »Natürlich Sebastian.«

TEIL SECHS

Oft hört' ich, Gram erweiche das Gemüt,
Er mach' es zaghaft und entart' es ganz:
Drum denk' ich auf Rache und lass ab vom Weinen.

William Shakespeare, *König Heinrich VI., zweiter Teil*

1

Mariana und Zoe musterten einander stumm.

Es regnete jetzt wieder. Mariana konnte den Regen, der draußen auf die aufgeweichte Erde prasselte, hören und riechen. Durch die Fensterscheibe sah sie, wie die Tropfen die Spiegelbilder der zitternden, bebenden Bäume auf der Wasseroberfläche verzerrten. Endlich brach sie das Schweigen.

»Du lügst«, sagte sie.

»Nein.« Zoe schüttelte den Kopf. »Ich lüge nicht. Sebastian hat den Brief geschrieben. An mich.«

»Das stimmt nicht. Er …« Mariana suchte verzweifelt nach den richtigen Worten. »Sebastian hat das nicht geschrieben.«

»Selbstverständlich hat er das getan. Wach auf. Du bist so blind, Mariana.«

Mariana blickte auf den Brief in ihrer Hand. Hilflos. »Du … und Sebastian …« Sie konnte den Satz nicht zu Ende bringen. Ihr Blick wanderte zu Zoe, in der Hoffnung, sie würde Mitleid mit ihr empfinden.

Aber Zoe hatte nur Mitleid für sich selbst. Tränen glitzerten in ihren Augen. »Ich habe ihn geliebt, Mariana. Ich habe ihn geliebt …«

»Nein. Nein!«

»Es ist wahr. Ich war in Sebastian verliebt, solange ich denken kann – seit ich ein kleines Mädchen war. Und er hat *mich* geliebt.«

»Zoe, hör auf damit. Bitte …«

»Du musst dich dem stellen. Jetzt. Mach die Augen auf. Wir waren Liebende. Seit jener Reise nach Griechenland. Erinnerst du dich an meinen fünfzehnten Geburtstag, in Athen? Sebastian hat mich mitgenommen in den Olivenhain hinter dem Haus. Er hat mich geliebt, dort, auf dem Boden.«

»Nein.« Mariana wollte lachen, aber sie fühlte sich zu elend. Es war schrecklich. »Du lügst …«

»Nein, *du* lügst. Du belügst dich selbst, deshalb bist du so daneben. Weil du tief im Innern die Wahrheit kennst. Sebastian hat dich nie geliebt. Er hat mich geliebt – immer nur mich. Dich hat er doch nur geheiratet, um in meiner Nähe zu sein, und natürlich wegen des Geldes. Aber auch das weißt du, stimmt's, Mariana?«

Mariana schüttelte den Kopf. »Ich höre mir das nicht länger an.«

Sie drehte sich um und ging aus dem Ziertempel. Ging weiter. Und weiter.

Und dann fing sie an zu rennen.

2

Mariana!«, rief Zoe hinter ihr her. »Wohin gehst du? Du kannst nicht davonlaufen. Jetzt nicht mehr.«

Mariana ignorierte sie und hastete weiter. Zoe folgte ihr.

Donner grollte aus den düsteren Wolken über ihren Köpfen, kurz darauf zerriss ein gleißender Blitz das Grau. Der Himmel war beinahe grün. Und dann öffnete er seine Schleusen. Regen prasselte auf den matschigen Boden herab und wühlte die Wasseroberfläche des Flusses auf.

Mariana rannte in den Wald. Zwischen den Bäumen war es dunkel und unheimlich. Es roch feucht und modrig. Die ineinander verschlungenen Äste waren voller Spinnweben; mumifizierte Schmeißfliegen und andere Insekten hingen an den seidenen Fäden über ihrem Kopf.

Zoe war ihr dicht auf den Fersen, ihre höhnische Stimme hallte durch die Bäume.

»Eines Tages hat Großvater uns im Olivenhain erwischt. Er hat gedroht, es dir zu erzählen – also musste Sebastian ihn umbringen. Er hat ihm mit seinen starken Händen die Luft abgeschnürt, doch er brauchte gar nicht fest zuzudrücken – der Alte hat vor Schreck einen Herzinfarkt bekommen. Und dann hat sich herausgestellt, dass Großvater dir sein gesamtes Vermögen hinterlassen hat … *So viel Geld!* Das hat Sebastian total überwältigt. Er musste es haben. Er wollte es für mich, für sich – für *uns*. Aber du warst im Weg …«

Die Äste und Zweige der dicht stehenden Bäume griffen nach Mariana, zerkratzten ihre Hände und Arme.

Zoe war dicht hinter ihr, stürmte durch den Wald wie eine Rachefurie.

»Sebastian hat behauptet, wenn dir irgendetwas zustoßen sollte, wäre er der Hauptverdächtige«, rief sie atemlos. »›Wir brauchen etwas, was von mir ablenkt‹, hat er gesagt – wie bei einem Zaubertrick. Weißt du noch, wie er immer für mich gezaubert hat, als ich klein war? ›Wir müssen dafür sorgen, dass jeder auf das Falsche schaut – an der falschen Stelle.‹ Ich habe ihm von Professor Fosca und den Mädchen erzählt – da ist die Idee in ihm aufgekeimt. Hat in seinem Kopf Blüten getrieben wie eine wunderschöne Blume. Ach, er hatte eine so poetische Ausdrucksweise, findest du nicht? Nach und nach hat er jedes kleine Detail ausgearbeitet. Die Idee war fantastisch. Perfekt. Aber dann … dann hast du ihn mitgenommen, und er ist nie zurückgekehrt. Sebastian wollte nicht nach Naxos reisen. Du hast ihn dazu gezwungen. Es ist deine Schuld, dass er tot ist!«

»Nein«, wisperte Mariana. »Das ist nicht fair …«

»Doch, das ist es«, zischte Zoe. »Du hast ihn umgebracht. Und damit hast du auch mich getötet.«

Plötzlich öffnete sich der Wald zu einer offenen Fläche. Mariana blieb stehen. Vor ihnen erstreckte sich das Marschland – ein riesiges Feuchtgebiet, bestehend aus klarem, grünem Wasser und nassen, schlammigen Böden, durchsetzt mit Grasstauden und überwuchert von Brombeergestrüpp. Ein gespaltener, umgestürzter Baum lag im Wasser, wo er langsam verrottete, bedeckt mit gelbgrünem Moos, umgeben von Fliegenpilzen.

Ein seltsamer Geruch nach Verwesung hing in der Luft, ein stechender, fauliger Gestank. Konnte es das stehende Gewässer sein?

Oder war es … der Tod?

Zoe blieb keuchend hinter Mariana stehen.

Mariana drehte sich um. Zoe hielt noch immer das Messer in der Hand; ihre Augen waren gerötet und voller Tränen.

»Als ich erfuhr, dass er tot ist, hatte ich das Gefühl, man würde mir einen Dolch in die Eingeweide rammen. Ich wusste nicht, wohin mit all dem Zorn – mit all dem Schmerz … Und dann, eines Tages, verstand ich. Ich musste Sebastians Plan ausführen, für ihn, genauso, wie er es gewollt hatte. Das war das Letzte, was ich für ihn tun konnte. Um ihn und sein Andenken zu ehren – und um Rache zu nehmen.«

Mariana war fassungslos. Sie fand kaum ihre Stimme, doch schließlich brachte sie ein heiseres Flüstern zustande.

»Was hast du getan, Zoe?«

»Nicht *ich*. Er. Es war *Sebastians* Idee … Ich habe bloß das getan, was er gesagt hat. Ihm einen Liebesdienst erwiesen. Ich habe die Zitate abgeschrieben, die er herausgesucht hat, ich habe die Postkarten so verschickt, wie er es wollte, ich habe die entsprechenden Absätze in Foscas Büchern unterstrichen. Während eines Seminars in Foscas Räumlichkeiten habe ich so getan, als müsste ich zur Toilette gehen. Stattdessen habe ich mich in sein Schlafzimmer geschlichen und ein paar von Taras Haaren verteilt, außerdem etwas Blut. Die Polizei hat es noch nicht entdeckt, aber das ist nur eine Frage der Zeit, da bin ich mir ganz sicher.«

»Edward Fosca ist unschuldig? Du hast ihm die Morde angehängt?«

»Nein.« Zoe schüttelte den Kopf. »*Du* hast sie ihm angehängt, Mariana. Sebastian war sich sicher, ich müsse nur so tun, als hätte ich Angst vor Fosca. Den Rest hast du erledigt. Das war das Lustigste an der ganzen Posse: dich beim Detektivspielen zu beobachten.« Sie verzog die Lippen zu einem Grinsen. »Aber du bist nicht der Detektiv – du bist das *Opfer.*«

Langsam setzten sich die Puzzlestücke zusammen, und Mariana war endlich in der Lage, sich der entsetzlichen Wahrheit zu stellen, vor der sie so gern die Augen verschlossen hätte. In der griechischen Tragödie gab es ein Wort dafür: Anagnorisis – Erkenntnis –, der Moment, in dem der Held schlussendlich die Wahrheit erkennt und damit sein Schicksal, obwohl er beides die ganze Zeit über direkt vor Augen hatte. Mariana hatte sich immer gefragt, wie sich ein solcher Moment wohl anfühlen mochte. Nun wusste sie es.

»Du hast sie umgebracht, diese Mädchen … Wie konntest du nur?«

»Die Mädchen waren nie wichtig, Mariana – sie waren bloß eine Ablenkung. *Ein Täuschungsmanöver*, so hat Sebastian es bezeichnet.« Sie zuckte gleichgültig die Achseln. »Das mit Tara war …

schwierig. Aber Sebastian meinte, ich müsse ein Opfer bringen. Er hatte recht. Auf gewisse Art und Weise war es eine Befreiung.«

»Eine Befreiung?«

»Ja, so konnte ich mich endlich selbst erkennen. Herausfinden, wer ich jetzt bin – ich bin wie Klytämnestra. Oder Medea. Das ist es, was mich ausmacht.«

»Nein. Nein, du irrst dich.« Mariana wandte sich ab. Sie konnte Zoes Anblick nicht länger ertragen. Tränen strömten über ihre Wangen. »Du bist keine Göttin, Zoe. Du bist ein Monster.«

»Sollte das tatsächlich der Fall sein«, hörte sie Zoe sagen, »dann hat mich Sebastian zu einem gemacht. Und du ebenfalls.«

Und dann bekam Mariana plötzlich von hinten einen kräftigen Stoß.

Sie ging zu Boden, Zoe in ihrem Rücken. Sie kämpfte, versuchte, ihre Nichte abzuschütteln, aber Zoe drückte sie mit ihrem ganzen Gewicht in den morastigen Boden.

»Morgen, wenn man deine Leiche findet«, flüsterte ihr Zoe ins Ohr, »werde ich dem Inspector sagen, dass ich versucht habe, dich aufzuhalten, dass ich dich angefleht habe, den Folly nicht allein aufzusuchen, doch leider hast du nicht auf mich gehört. Clarissa wird ihm meine Geschichte über Professor Fosca erzählen, man wird seine Räumlichkeiten durchsuchen und die Beweise finden, die ich dort platziert habe …«

Zoe kroch von Mariana herunter und drehte sie auf den Rücken, dann kniete sie sich auf Marianas Arme. Mit hoch erhobenem Messer beugte sie sich über sie. Ihre Augen blickten wild – die Augen eines Monsters.

»Man wird denken, auch du seist Edward Fosca zum Opfer gefallen. Opfer Nummer vier. Niemand wird je auf die Wahrheit kommen … dass *wir* dich getötet haben, *Sebastian und ich.*«

Sie nahm das Messer noch ein Stück weiter zurück, bereit, zuzustoßen.

Plötzlich fand Mariana ihre Kraft wieder. Sie befreite sich von Zoes Knien und packte ihren Arm. Die beiden Frauen rangen miteinander, dann gelang es Mariana, Zoe das Messer aus der Hand zu schlagen.

Es flog durch die Luft und landete mit einem dumpfen Aufprall in einem hohen Grasbüschel.

Zoe stieß einen Schrei aus, sprang auf und rannte los, um danach zu suchen.

Mariana richtete sich auf und bemerkte aus dem Augenwinkel, wie jemand am Rand der Lichtung erschien.

Es war Fred.

Mit besorgtem Gesicht lief er auf Mariana zu. Zoe, die im Gras kniete, sah er nicht. »Bleib stehen, Fred!«, versuchte Mariana, ihn zu warnen.

Aber Fred hörte nicht auf sie. Sekunden später war er bei ihr. »Alles okay mit dir? Ich bin dir gefolgt. Ich habe mir Sorgen gemacht, und …«

Hinter seiner Schulter sah Mariana Zoe auftauchen, das Messer in der Hand.

»Fred!«, schrie sie voller Panik, doch es war zu spät.

Zoe rammte das Messer tief in Freds Rücken. Der riss entsetzt die Augen auf, dann gaben seine Knie nach, und er sackte zu Boden, wo er reglos liegen blieb. Unter ihm bildete sich eine Blutlache.

Zoe zog das Messer heraus- Anschließend stieß sie Fred mehrmals mit der Spitze an, um festzustellen, ob er tot war. Sie wirkte nicht überzeugt.

Ohne nachzudenken, schloss Mariana ihre Hand um einen großen, kalten Stein, der in dem morastigen Boden steckte. Sie zog ihn heraus.

Dann wankte sie zu Zoe, die sich immer noch über Fred beugte.

Gerade als diese das Messer in seine Brust stoßen wollte, ließ Mariana den Stein von der Seite auf Zoes Hinterkopf hinabsausen.

Zoe verlor das Gleichgewicht, rutschte im Matsch aus. Das Messer fiel ihr aus der Hand, streifte ein Büschel aus starrem Sumpfgras und blieb leicht schräg mit dem Griff im Morast stecken. Nahezu zeitgleich stürzte Zoe vornüber zu Boden – direkt in die Klinge.

Für eine endlose Sekunde blieb sie reglos liegen. Mariana dachte, sie wäre tot.

Doch dann warf sie sich mit einem animalischen Stöhnen auf den Rücken. Mit weit aufgerissenen Augen starrte sie auf das Messer, das aus ihrer Brust herausragte …

… und fing an zu schreien.

Sie hörte gar nicht mehr auf, war völlig hysterisch, schrie vor Schmerz, vor Angst, vor Entsetzen – die Schreie eines zutiefst erschütterten Kindes.

Doch zum ersten Mal in ihrem Leben kam Mariana Zoe nicht zu Hilfe. Stattdessen zog sie ihr Handy aus der Tasche und rief die Polizei.

Und die ganze Zeit über schrie Zoe, schrie und schrie – bis sich ihre Schreie mit dem Heulen der näher kommenden Sirenen mischten.

3

Zoe wurde in einem Rettungswagen weggebracht, begleitet von zwei bewaffneten Polizisten.

Im Grunde war das nicht nötig, denn sie hatte sich in ein Kind zurückverwandelt, ein verängstigtes, wehrloses kleines Mädchen. Nichtsdestotrotz würde sie wegen versuchten Mordes angeklagt werden; weitere Anklagen würden folgen. Versuchter Mord deshalb, weil Fred den Angriff überlebt hatte, wenn auch nur knapp. Er befand sich in kritischem Zustand und wurde mit einem separaten Rettungswagen ins Krankenhaus gebracht.

Mariana war wie erstarrt. Sie saß am Flussufer auf einer Bank und hielt einen Becher mit starkem, süßem Tee in den Händen, den ihr Inspector Sangha aus seiner Thermoskanne eingeschenkt hatte – gegen den Schock und als Friedensangebot.

Es hatte aufgehört zu regnen. Der Himmel war jetzt klar; nur vereinzelte graue Streifen trübten das helle Licht. Die Sonne ging langsam hinter den Bäumen unter und ließ den Himmel rosa-golden leuchten.

Mariana führte den Becher zum Mund und nippte vorsichtig an dem heißen Tee. Ein weiblicher Officer gesellte sich zu ihr und legte tröstend den Arm um sie, doch Mariana bemerkte es kaum. Jemand breitete eine Decke über ihren Knien aus. Auch das bekam sie kaum mit. Ihr Kopf war völlig leer. Ihre Augen schweiften über den Fluss – und plötzlich sah sie den Schwan. Mit zunehmender Geschwindigkeit trieb er über das Wasser.

Während sie ihn betrachtete, spreizte der Schwan die Flügel und schwang sich in die Luft. Ihre Augen folgten ihm zum Himmel.

Der weibliche Officer stand auf und entfernte sich, als Inspector Sangha auf Mariana zutrat. Er setzte sich zu ihr auf die Bank.

»Sie werden froh sein zu erfahren, dass wir Fosca verhaftet haben. Es hat sich herausgestellt, dass er mit all seinen Studentinnen eine sexuelle Beziehung hatte. Morris hat gestanden, ihn erpresst zu haben – Sie hatten also recht. Mit etwas Glück bekommen beide, was sie verdient haben.«

Der Inspector schaute Mariana an und bemerkte, dass sie nichts von dem registrierte, was er sagte. Er suchte ihren Blick und wies auf den Tee, dann fragte er leise: »Wie geht es Ihnen? Fühlen Sie sich etwas besser?«

Mariana schüttelte leicht den Kopf. Sie fühlte sich nicht besser, eher noch schlechter – wenn dies überhaupt möglich war.

Trotzdem war irgendetwas anders. Aber was?

Plötzlich wurde sie wachsam – nein, *wach* war ein besseres Wort: Alles erschien ihr klarer, als hätte sich der Nebel in ihrem Kopf gelichtet. Die Farben waren kräftiger, die Umrisse der Dinge um sie herum definierter. Die Welt kam ihr nicht mehr gedämpft und grau vor und wie in weiter Ferne – hinter einem Schleier.

Sie wirkte wieder lebendig, strahlend und voller Farben; getränkt vom Herbstregen, pulsierend im unendlichen Kreislauf von Leben und Tod.

EPILOG

Anschließend stand Mariana lange Zeit unter Schock.

Zurück in London, schlief sie nachts unten auf dem Sofa. Sie fühlte sich außerstande, jemals wieder in dem Bett zu liegen, das sie mit ihm geteilt hatte – mit diesem Mann. Sie wusste nicht mehr, wer er gewesen war. Sie betrachtete ihn als eine Art Fremden, als Blender, mit dem sie all die Jahre verbracht hatte – ein Schauspieler, mit dem sie das Bett geteilt hatte, während er plante, sie umzubringen.

Wer war diese Scheinperson? Was hatte sich hinter der schönen Fassade verborgen? War alles nur gespielt gewesen – wirklich alles?

Jetzt, da die Show vorbei war, musste sie ihre eigene Rolle in Augenschein nehmen. Was nicht leicht war.

Wenn sie die Augen schloss und versuchte, sich sein Gesicht vorzustellen, hatte sie Probleme, seine Züge auszumachen. Er verblasste, wie die Erinnerung an einen Traum, und an seine Stelle trat das Gesicht ihres Vaters, sie sah die Augen ihres Vaters anstelle von Sebastians Augen, als gehörten sie im Grunde ein und derselben Person.

Was hatte Ruth noch gesagt? Ihr Vater sei essenziell für ihre Geschichte? Zu jener Zeit hatte Mariana das nicht verstanden.

Doch nun schien sie langsam zu begreifen.

Sie hatte Ruth nicht wieder aufgesucht. Noch nicht. War nicht bereit gewesen zu weinen, zu reden, zu empfinden. Es war noch zu frisch.

Auch ihre Gruppentherapiestunden hatte sie bislang ausgesetzt. Wie sollte sie jemals wieder einem anderen Menschen helfen, ihm Rat geben?

Sie wusste nicht mehr weiter.

Was Zoe betraf – nun sie hatte sich nicht mehr von ihrem hysterischen Schreianfall erholt. Die Messerwunde hatte versorgt werden können, doch das Ganze hatte zu einem schweren seelischen Zusammenbruch geführt. Nach ihrer Verhaftung hatte Zoe bereits mehrere Suizidversuche unternommen.

Sie wurde schließlich für verhandlungsunfähig erklärt und in die geschlossene Psychiatrie überwiesen, ins Grove, das im ältesten Teil des Edgware Hospital im Norden Londons untergebracht war– ausgerechnet die Klinik, die Mariana Theo für seine Bewerbung empfohlen hatte.

Wie sich herausstellte, hatte Theo ihren Rat befolgt. Er arbeitete jetzt im Grove – und Zoe war seine Patientin.

Theo versuchte mehrmals, Mariana zu kontaktieren, doch Mariana weigerte sich, mit ihm zu sprechen, und ließ seine Anrufe unerwidert.

Sie wusste, was er wollte. Er wollte sie dazu bringen, mit Zoe zu reden. Sie machte ihm keinen Vorwurf deswegen. An seiner Stelle hätte sie das Gleiche getan. Jegliche Art von Kommunikation zwischen den beiden Frauen wäre grundlegend für Zoes Heilung gewesen.

Doch Mariana musste für ihre eigene Heilung sorgen.

Sie konnte den Gedanken, jemals wieder mit Zoe zu sprechen, nicht ertragen. Allein bei der Vorstellung wurde ihr übel.

Es war keine Frage des Verzeihens. Vergebung war ohnehin nichts, worüber Mariana entscheiden konnte. Ruth pflegte zu sagen, dass man Vergebung nicht erzwingen könne – sie müsse spontan erlebt werden, als Akt der Gnade und nur dann, wenn eine Person dazu bereit war.

Mariana war nicht bereit. Und sie wusste auch nicht, ob sie jemals dazu bereit sein würde.

Sie verspürte so einen Zorn, so einen Schmerz! Sollte sie Zoe jemals wiedersehen, hätte sie nicht gewusst, was sie sagen oder tun sollte, denn Zoe war mit Sicherheit nicht verantwortlich für ihr Handeln. Da war es besser, wenn sie sich fernhielt und ihre Nichte ihrem Schicksal überließ.

Mariana besuchte Fred ein paarmal, während er im Krankenhaus lag. Sie fühlte sich für ihn verantwortlich und sie empfand Dankbarkeit. Er hatte ihr immerhin das Leben gerettet, das würde sie ihm nie vergessen. Zunächst war er noch schwach und konnte nicht reden, doch auf seinem Gesicht lag stets ein Lächeln, wenn Mariana bei ihm war. Sie saßen in einträchtigem Schweigen zusammen, und Mariana wurde sich bewusst, wie merkwürdig das war, wie wohl sie sich in seiner Nähe fühlte, wie vertraut er ihr erschien, dieser Mann, den sie kaum kannte. Es war zu früh, um zu sagen, ob jemals etwas zwischen ihnen entstehen würde, doch sie verwarf die Vorstellung nicht mehr gänzlich.

Neuerdings dachte sie über viele Dinge ganz anders.

Es war, als wäre alles, was Mariana jemals gekannt hatte, woran sie geglaubt oder worauf sie vertraut hatte, plötzlich weggefallen und hätte nichts als eine große Lücke hinterlassen. Wochen-, nein monatelang verharrte sie in einer Art Schwebezustand – bis eines Tages ein Brief von Theo eintraf.

***

In seinem Brief bat Theo Mariana erneut, ihre Weigerung, Zoe zu besuchen, zu überdenken. Er berichtete aufschlussreich und mit großem Einfühlungsvermögen über die junge Frau, bevor er seine Aufmerksamkeit Mariana zuwandte.

Ich kann mich des Gefühls nicht erwehren, dass es dir genauso guttun würde wie ihr – und dir eine Art Abschluss verschaffen könnte. Ich weiß, es wird nicht angenehm, aber möglicherweise wäre es hilfreich. Ich vermag mir nicht einmal ansatzweise vorzustellen, was du durchgemacht hast. Zoe fängt an, sich etwas mehr zu öffnen – und ich bin zutiefst verstört über die geheime Welt, die sie mit deinem verstorbenen Ehemann geteilt hat. Ich erfahre Dinge, die wahrhaft erschreckend sind. Und ich muss sagen, Mariana, ich bin der Ansicht, dass du von großem Glück reden kannst, noch am Leben zu sein.

Theo beendete seinen Brief mit folgenden Worten:

Ich weiß, es ist nicht leicht, doch ich bitte dich, in Erwägung zu ziehen, dass sie in gewisser Hinsicht ebenfalls ein Opfer ist.

Dieser Satz machte Mariana sehr wütend. Sie zerriss das Schreiben und warf es in den Abfalleimer.

Doch als sie sich an jenem Abend schlafen legte und die Augen schloss, erschien ein Gesicht vor ihrem inneren Auge. Nicht das Gesicht von Sebastian oder das ihres Vaters, sondern das eines kleinen Mädchens.

Eines kleinen, verängstigten, sechsjährigen Mädchens.

Zoes Gesicht.

Was war mit ihr geschehen? Was hatte man diesem Kind angetan? Was hatte es erlitten – direkt vor Marianas Augen –, im Verborgenen, auf der Seitenbühne, direkt hinter den Kulissen?

Mariana hatte Zoe im Stich gelassen. Es war ihr nicht gelungen, sie zu beschützen, ja, sie hatte es nicht einmal geschafft, Zoes Leid zu *sehen* – und dafür hatte sie die Verantwortung zu übernehmen.

Wie hatte sie so blind sein können? Das musste sie herausfinden. Musste es verstehen. Musste sich dieser Frage stellen, musste sich Zoe stellen …

Oder sie würde verrückt werden.

Und deshalb machte sich Mariana an einem verschneiten Februarmorgen auf den Weg in den Norden von London zum Edgware Hospital – und zum Grove. Theo wartete am Empfang auf sie. Er begrüßte sie herzlich.

»Ich hätte niemals gedacht, dass ich dich hier sehen würde«, sagte er. »Seltsam, wie sich die Dinge entwickeln.«

»Ja, das ist es in der Tat.«

Theo nahm sie mit durch die Sicherheitsschleuse und führte sie durch die schäbigen Korridore der geschlossenen Abteilung. Unterwegs warnte er Mariana, dass Zoe sich seit ihrer letzten Begegnung deutlich verändert hatte.

»Sie fühlt sich extrem unwohl. Du wirst sie kaum wiedererkennen. Ich denke, du solltest dich wappnen.«

»Verstehe.«

»Ich bin wirklich froh, dass du gekommen bist. Das wird helfen. Sie spricht oft von dir, musst du wissen. Immer wieder bittet sie darum, dich sehen zu dürfen.«

Mariana erwiderte nichts. Theo warf ihr einen Seitenblick zu.

»Ich weiß, dass das nicht leicht für dich ist«, sagte er. »Ich erwarte nicht, dass du ihr irgendwelche wohlwollenden Gefühle entgegenbringst.«

Das tue ich auch nicht, dachte Mariana.

Theo schien ihre Gedanken zu lesen. Er nickte. »Verstehe. Ich weiß, dass sie versucht hat, dir wehzutun.«

»Sie hat versucht, mich umzubringen, Theo.«

»Ich glaube, so einfach ist das nicht, Mariana.« Theo zögerte. »*Er* hat versucht, dich umzubringen. Sie war bloß sein Mittel zum Zweck. Seine Marionette. Er hatte sie voll und ganz unter seiner Kontrolle. Aber das war nur ein Teil von ihr – der andere Teil liebt dich noch immer. Und braucht dich.«

Mariana fühlte sich zunehmend beklommen. Hierherzukommen war ein Fehler gewesen. Sie war nicht bereit, Zoe gegenüberzutreten, war nicht bereit für die Gefühle, die diese in ihr auslösen würde – für das, was sie möglicherweise sagte oder tat.

Offenbar spürte Theo Marianas Bedenken, denn er schien sie zur Eile antreiben zu wollen, damit sie es sich zu guter Letzt nicht anders überlegte. Er deutete mit dem Kinn auf eine Tür am Ende des Korridors.

»Geh ruhig weiter. Sie ist im Aufenthaltsraum, gleich dort hinten. Sie neigt nicht dazu, mit den anderen in Kontakt zu treten, aber wir bringen sie immer dazu, sich während der freien Zeiten zu ihnen zu gesellen. Ich muss kurz nach einer weiteren Patientin sehen, dann stoße ich zu euch.«

Theo nickte ihr aufmunternd zu, dann blieb er vor einer Tür stehen, klopfte und öffnete sie.

Dahinter sah Mariana eine schöne, rothaarige Frau sitzen, die aus dem vergitterten Fenster in den grauen Himmel draußen starrte. Sie drehte sich um und sah Theo misstrauisch an, der nun den Raum betrat und die Tür hinter sich schloss.

Mariana ging auf die Tür am Ende des Korridors zu. Sie blieb davor stehen. Zögerte.

Dann streckte sie die Hand aus, drehte den Knauf …

… und trat ein.

DANK

Den Großteil dieses Buchs habe ich während der COVID-19-Pandemie geschrieben. Ich war so dankbar, etwas zu haben, worauf ich mich während jener langen Monate konzentrieren konnte – sozusagen während meines ganz privaten Lockdowns. Und ich war dankbar, meiner Wohnung entkommen und in die Welt in meinem Kopf flüchten zu können – teil real, teils fiktiv, eine Übung in Nostalgie –, ein Versuch, meine Jugend wiederaufleben zu lassen an einem Ort, den ich liebe.

Es war gleichzeitig das nostalgische Verlangen nach einer bestimmten Art von Roman, nach den Büchern, die mich als Teenager in ihren Bann geschlagen haben: mit einer Detektivgeschichte, einem Geheimnis, der Suche nach dem Täter. Mein erster Dank gilt daher all den klassischen Krimiautorinnen, die mir all die Jahre über so viel Freude und Inspiration geschenkt haben: Agatha Christie, Dorothy L. Sayers, Ngaio Marsh, Margaret Millar, Margery Allingham, Josephine Tex, P. D. James und Ruth Rendell.

Es ist kein Geheimnis, dass das Schreiben eines zweiten Romans eine ganz andere Sache ist als ein Debüt. *Die stumme Patientin* entstand in einem Zustand völliger Isolation; ich hatte keine Leserschaft vor Augen und nichts zu verlieren. Das Buch hat mein Leben verändert und exponentiell erweitert. Bei *Die verschwundenen Studentinnen* verspürte ich dagegen ungleich mehr Druck; allerdings war ich diesmal nicht allein – ich hatte jede Menge unglaublich talentierte, brillante Menschen um mich herum, die mich unterstützten und berieten. Ich muss mich bei so vielen bedanken, dass ich hoffe, nicht versehentlich jemanden auszulassen.

Beginnen möchte ich mit meinem Agenten und lieben Freund Sam Copeland, dafür, dass er mir ein Fels in der Brandung war und zudem ein unerschöpflicher Quell der Weisheit, des Humors und der Freundlichkeit. Genauso dankbar bin ich dem brillanten, engagierten Team bei Rogers, Coleridge & White: Peter Straus, Stephen

Edwards, Tristan Kendrick, Sam Coates, Katharina Volckmer und Honor Spreckley, um nur einige zu nennen.

In kreativer Hinsicht war die Arbeit am Lektorat dieses Buches die schönste berufliche Erfahrung, die ich je gemacht habe. Ich habe so viel gelernt. Ich bedanke mich von Herzen bei meinem fantastischen US-Lektor Ryan Doherty von Celadon sowie bei meinen gleichermaßen talentierten Lektoren Emad Akhtar und Katie Espiner in London bei Orion. Es hat mir große Freude bereitet, mit euch zu arbeiten, und ich bin euch dankbar für eure großartige Unterstützung. Ich hoffe, wir können immer zusammenarbeiten.

Danke, Hal Jensen, für die unglaublich detaillierten und hilfreichen Anmerkungen, genau wie für deine Freundschaft und dafür, dass du meine Besessenheit von diesem verflixten Buch ertragen hast. Danke, Nedie Antoniades, für all die Unterstützung und für die zahlreichen Gespräche; ich verlasse mich so sehr auf dich, und ich bin dir aufrichtig dankbar. Das Gleiche gilt vor Ivan Fernandez Soto: danke für die heilige Lucia und all die anderen Einfälle und dafür, dass ich dich in den vergangenen drei Jahren mit all diesen verrückten Plot-Twists bombardieren durfte. Ein großes Dankeschön an Umy Thurman für all die großartigen Anmerkungen, Vorschläge und für die selbst gekochten Mahlzeiten in New York. Ich werde dir immer dankbar sein. Diane Medak – danke für deine Freundschaft, deine Unterstützung, und dass ich immer bei dir bleiben darf. Ich kann es kaum erwarten, wiederzukommen.

Ich danke Professor Adrian Poole, dem besten Lehrer, den ich je hatte – danke für Ihre hilfreichen Kommentare und für Ihre Unterstützung beim Altgriechischen, außerdem dafür, dass Sie meine Liebe zu antiken Tragödien entfacht haben. Ich danke dem Trinity-College in Cambridge dafür, dass es mich so herzlich willkommen geheißen und mir als Inspirationsquelle für das St. Christopher College gedient hat.

Ich danke all meinen wundervollen Freunden bei Celadon – ich kann mir ein Leben ohne euch nicht vorstellen. Jamie Raab und Deb Futter, ich werde euch ewig dankbar sein – danke für eure Hilfe. Rachel Chou und Christine Mykityshyn – ihr seid beide brillant, ein Großteil des Erfolgs meines letzten Buches geht auf euer Konto. Danke. Danke auch Cecily von Buren-Freeman – deine Kommentare haben das Buch wirklich verbessert, ich bin dir dafür sehr dankbar. Ebenfalls bei Celadon: danke, Anne Twomey, Jennifer Jackson, Jaime Noven, Anna Belle Hindenlang, Clay Smith, Randi Kramer, Heather Orlando-Jerabek, Rebecca Ritchey und Laruen Dooley. Danke, Will Staehle, für das fantastische Cover, danke, Jeremy Pink, dass du alles in Rekordzeit auf die Beine gestellt hast. Ein großes Dankeschön auch an den Vertrieb von Macmillan – ihr seid die Allerbesten!

Bei Orion/Hachette möchte ich David Shelley für seine Unterstützung danken. Ich habe mich so ermutigt durch deinen Einsatz gefühlt – ich bin dir so dankbar. Danke auch an Sarah Benton, Maura Wilding, Lynsey Sutherland, Jen Wilson, Esther Waters, Victoria Laws – danke für eure fantastische Arbeit! Vielen Dank, Emma Mitchell und FMCM für die Öffentlichkeitsarbeit.

Mein besonderer Dank gilt María Fasce in Madrid, für die aufschlussreichen, nützlichen Hinweise – und die Ermutigung.

Danke, Christine Michaelides, für die Hilfe bei den Beschreibungen. Neunzig Prozent haben es nicht ins Buch geschafft, aber ich habe zumindest etwas gelernt! Danke, Emily Holt, für die hilfreichen Kommentare und den Zuspruch. Mein Dank gilt Vicky Holt und meinem Vater George Michaelides für die Unterstützung.

Ein großes Dankeschön an die fabelhafte Katie Haines. Noch einmal: Die Zusammenarbeit mit dir macht mir große Freude. Ich kann es kaum erwarten, dass wir wieder ins Theater gehen dürfen.

Ein Dankeschön an Tiffany Gassouk, die mich in Paris willkommen geheißen hat, als ich dort arbeitete, und die mich so sehr ermutigt hat. Ein Dankeschön außerdem an Tony Parsons für die aufmunternden Worte und die Hilfe. Ich bin wirklich dankbar. Danke an Anita Baumann, Emily Koch und Hannah Beckerman für den Zuspruch und die hilfreichen Ratschläge. Katie Marsh, liebe Freundin, danke für deine permanenten Ermutigungen. Und *last but not least* – danke, David Fraser.

QUELLENVERZEICHNIS

S. 5: Lord Tennyson, Alfred: *Die Vision der Sünde*

S. 86: Homer: *Ilias*. Übersetzt von Roland Hampe. Reclam, Ditzingen, 2020, S. 3

S. 89: Lord Tennyson, Alfred: *In Memoriam A. H. H.*

S. 93: Lord Tennyson, Alfred: *In Memoriam A. H. H.*

S. 97: Miller, Arthur: Interview *The Meaning of Suffering*

S. 97: Cavafy, C. P.: *Ithaka*

S. 175: Aristoteles: *Poetik*. Übersetzt und herausgegeben von Manfred Fuhrmann. Reclam, Stuttgart 1982. S. 39ff. Mit freundlicher Genehmigung des Reclam Verlags Stuttgart.

S. 180: Webster, John: *Die Herzogin von Malfi*

S. 200: Euripides: *Iphigenie in Aulis*. Übersetzung, Anmerkungen und Nachwort von Horst-Dieter Blume. Reclam, Stuttgart 2014. S. 72. Mit freundlicher Genehmigung des Reclam Verlags Stuttgart.

S. 217: Lord Tennyson, Alfred: *Mariana*

S. 225: Alice Miller, *Am Anfang war Erziehung*. © Suhrkamp Verlag Frankfurt am Main 1983. Alle Rechte bei und vorbehalten durch Suhrkamp Verlag Berlin.

S. 225: Milton, John: *Das wiedergewonnene Paradies*

S. 252: Webster, John: *Die Herzogin von Malfi*

S. 286: Lord Tennyson, Alfred: *In Memoriam A. H. H.*

S. 296: Euripides: *Elektra*. Übersetzt und mit einem Nachwort versehen von Hellmut Flashar. Verlag Antike e.K., Frankfurt am Main, 2006. S. 27. Mit freundlicher Genehmigung des Vandenhoeck & Ruprecht Verlags Göttingen.

S. 305: Anouilh, Jean: *Antigone*. © 2020 in Langen Müller Verlag, München aus dem Französischen von Franz Geiger, Mit freundlicher Genehmigung des Langen Müller Verlags München.

S. 331: Shakespeare, William: *König Heinrich VI.* 2. Teil.